12 HORAS *para dizer* EU TE AMO

OLIVIA POULET &
LAURENCE DOBIESZ

12 HORAS *para dizer* EU TE AMO

São Paulo
2023

Grupo Editorial
UNIVERSO DOS LIVROS

12 hours to say I love you
Copyright © 2022 Olivia Poulet e Laurence Dobiesz

© 2023 by Universo dos Livros

Todos os direitos reservados e protegidos pela Lei 9.610 de 19/02/1998.
Nenhuma parte deste livro, sem autorização prévia por escrito da editora, poderá ser reproduzida ou transmitida, sejam quais forem os meios empregados: eletrônicos, mecânicos, fotográficos, gravação ou quaisquer outros.

Diretor editorial
Luis Matos

Gerente editorial
Marcia Batista

Assistentes editoriais
Letícia Nakamura
Raquel F. Abranches

Tradução
Jacqueline Valpassos

Preparação
Bia Bernardi

Revisão
Aline Graça
Nathalia Ferrarezi

Arte
Renato Klisman

Ilustração de capa
Bilohh

Dados Internacionais de Catalogação na Publicação (CIP)
Angélica Ilacqua CRB-8/7057

P35h
    Poulet, Olivia
        12 horas para dizer eu te amo / Olivia Poulet, Laurence Dobiesz ; tradução de Jacqueline Valpassos. -- São Paulo : Universo dos Livros, 2023.
        384 p. : il.

    ISBN 978-65-5609-380-2
    Título original: *12 hours to say I love you*

      1. Ficção inglesa I. Título II. Dobiesz, Laurence III. Valpassos, Jacqueline

23-2062   CDD 823

Universo dos Livros Editora Ltda.
Avenida Ordem e Progresso, 157 — 8º andar — Conj. 803
CEP 01141-030 — Barra Funda — São Paulo/SP
Telefone: (11) 3392-3336
www.universodoslivros.com.br
e-mail: editor@universodoslivros.com.br

— *Desisti de tentar encontrar você.*
Ela atirou os braços em volta do meu pescoço
e pousou a testa contra a minha.
— *Nunca desista. Eu* sempre *encontrarei
meu caminho de volta para você.*

Aos nossos pais, Peter e Roger,
por acreditarem em nós.

E às nossas mães, Katie e Rebecca, por nos
ajudarem a acreditar em nós mesmos.

PRÓLOGO
MAIO DE 1997

Pippa

Apobosto que a Claire Danes não teve que lidar com nada disso. Aposto que o Leo era um baita profissional. Perfeito entrosamento do elenco, respeito e profunda admiração do estúdio de cinema e comunicação natural com Luhrmann. Os dois devem ter demonstrado apoio supremo e afinidade na tela desde o primeiro dia.

Diferente de Jonty Ronson, que fumou um tremendo baseado de skank a caminho do ensaio geral, quase desmaiou, ficou pálido e nauseado, o que culminou num vômito cataclísmico, e até ontem nem tinha aprendido suas falas. Jonty Ronson, cuja atenção galanteadora me levou a acreditar que ele só tinha olhos para sua Julieta, mas que logo se tornou um galinha em ambas as famílias, tratando logo de marcar território ao dar uns amassos com Ama, em seguida apalpando as generosas nádegas de Lady Capuleto e agora dando umas investidas em Lady Montéquio enquanto ela realiza seu extenso (e revelador) aquecimento físico. Como posso levar a plateia às lágrimas quando meu Romeu está ocupado demais para bater o texto comigo passando a mão na mãe dele à esquerda do palco?

Respire fundo, Pippa. E solte. Não serei derrubada pela falta de profissionalismo dos outros. Vou dar tudo de mim. Ultrapassarei quaisquer obstáculos perturbadores que se meterem no meu caminho. Eu me erguerei como uma fênix das cinzas. Essa é minha chance de ouro. Esta é a noite em que ponho de lado qualquer dúvida e provo aos meus pais que eu, Pippa Lyons, sua única família, estou destinada a ser uma grande atriz. Afinal, não é todo dia que uma garota de quinze anos consegue o papel principal numa peça clássica, não é mesmo? E com certeza não é todo dia que a peça acontece no colégio para meninos do qual meu pai por acaso é o diretor. Se é possível haver mais motivos para eu brilhar, não consigo imaginar. E meninos interpretando *meninos*?! Aí está um conceito inovador. Até então, eu monopolizava o mercado nestes papéis: de sr. Bumble a John Proctor e a Worzel Gummidge (tá, talvez este último não tenha representado meu melhor momento), em geral ostentando uma barba falsa que coçava pra caramba e beijando corajosamente meus próprios polegares durante qualquer cena romântica de menina com menina. Mas isso é diferente. Desta vez, temos toda a gama de sexos coberta! Desta vez, estou com trajes que de fato servem em mim! Desta vez, os polegares serão substituídos por lábios humanos! E, *desta vez*, eu sou a *protagonista*! E não é uma protagonista qualquer — *Julieta*!

Avisto Tania do outro lado do palco. Ela está tão agitada quanto eu: pula de um pé para o outro, brinca irrequieta com sua gravata e vez ou outra dá socos nervosos no ar. Tania Marley. Minha parceira de crime. Minha — teimosa, volátil e absolutamente leal — melhor amiga desde o primeiro dia do ensino fundamental, quando o acordo foi selado de forma indelével por uma pulseira da amizade trocada e uma paixão compartilhada por Gangue do Lixo. A única garota do All Hallows Girls School que insistiu em fazer o papel de um menino, apesar da disponibilidade de garotos de verdade.

— Que se dane — ela havia anunciado ao nosso diretor (professor) no primeiro dia de ensaio. — Todos nós sabemos que Mercúcio é o papel mais interessante nesta peça, e *eu* vou interpretá-lo.

E, como sempre, o que Tania quer, Tania consegue.

Ela ergue os olhos e me vê com as asas; seu rosto se transforma com um sorriso luminoso. Sua aparência é quase irreconhecível. Os cabelos rebeldes estão penteados para trás, presos em um coque firme, e as sobrancelhas fortemente delineadas fazem seu rosto parecer ainda mais anguloso do que o normal. Ela veste um macacão de cetim preto e botas de cowboy douradas, e já sei que seu impactante e inovador Mercúcio vai botar a casa abaixo. Em perfeita sincronia, levantamos os braços esquerdos e efetuamos nosso cumprimento de MAPPE (Melhores Amigas Pela Porra da Eternidade) de quatro dedos. É meio que uma mistura da saudação das escoteiras, aquele gesto que fazem em *Jornada nas Estrelas* e uma infeliz saudação a Hitler. E, com isso, retornamos aos nossos próprios quartos do pânico privativos.

Começo a girar os braços de modo furioso, solto a pélvis e cantarolo escalas sucessivas até minhas bochechas vibrarem de energia. Em seguida, mastigo um chiclete imaginário — uma bola que fica cada vez maior e maior, até que estou contorcendo o rosto como uma louca, mas não importa; como diz Dame Penny em *Behind the Scenes*, "um aquecimento extenso é *essencial* para Shakespeare".

— Dez minutos, por favor, senhoras e senhores!

Fuzilo com os olhos o sr. Carter, que nem dá bola.

— DEZ MINUTOS!

Ele não tem ideia de como sua voz é penetrante. A plateia toda deve ter ouvido. É provável que estejam rindo disso — é provável que tenhamos perdido nossa audiência antes mesmo de começar. Espio pela cortina precariamente erguida — uma lufada de inseticida antitraça com perfume de lavanda atinge minhas narinas — na direção das arquibancadas (do nosso ginásio). Puta merda. Estádio de Wembley total lá fora. Eu me deparo com pelo menos duzentos pais tagarelas e embriagados, bebendo vinho em copos de plástico bege e consultando seus programas (folhas de papel A4) com olhares indulgentes. Meu coração, que já pulsava forte, catapulta em minha boca. Como se esta casa lotada não fosse ruim o bastante, de repente eu *os* vejo.

Minha mãe e meu pai, lado a lado — na PRIMEIRA FILEIRA!

Minha mãe está usando mais maquiagem do que Lily Savage, uma blusa de seda rosa-fúcsia com um babado enorme na frente e, quanto ao seu cabelo, bem, mal consigo me forçar a olhá-lo. Foi cortado há pouco tempo num caprichado Rachel, junto à metade de Woking, à maioria das garotas da minha turma na escola e a mim. Pedi tanto para ela não fazer isso. Implorei. Fiquei de joelhos. "Use qualquer estilo, mãe, qualquer corte, qualquer cor, só, por favor, *por favor*, não use exatamente o mesmo que eu!". Mas ela apenas sorriu e disse: "Pippa Lyons, você me deixa perplexa. Imitação é a forma mais elevada de lisonjear sua filha antenada na moda, como disse uma vez alguém famoso e interessante! Seja como for, seu pai acha que eu pareço chique. Então, pronto!".

Ela continua a balançar os cabelos de um lado para o outro como se fosse a modelo do anúncio da Pantene (embora uma versão *muito* velha), e posso ver o pobre casal na fileira de trás sendo selvagemente chicoteado no rosto, mas sendo inglês demais para se manifestar. O centro das atenções, como sempre. Mesmo na *minha* peça. Uma façanha e tanto.

Ela dá risadinhas com a mãe de Tania, Sylvie, fazendo aquela cena constrangedora de abanar as mãos que faz quando conta uma história. Sylvie está se divertindo. É tão vergonhoso. Qualquer um poderia pensar que minha mãe tem quatorze anos, não quarenta e seis. De repente, ela solta um ronco colossal pelo nariz e um jato de vinho branco esguicha de sua narina esquerda. Sylvie soluça deleitada quando minha mãe retira o lenço vermelho do bolso do casaco e assoa o nariz. Ambas acham deliciosamente divertida a situação toda.

Não, não, não, mãe! Ai, abra um buraco no chão, terra, e me engula, eu lhe imploro. O que as pessoas vão pensar? Por que ela simplesmente não consegue se comportar? Fala sério. É como se nunca tivesse ido a um teatro *de verdade*.

Meu pai está largado no assento, quase fora de vista, lendo o *Evening Standard*, ou pelo menos fingindo que o lê — decerto é impossível para ele se concentrar com minha mãe agindo como uma vândala ao lado dele. Não posso dizer que o culpo. Também iria querer me esconder. Por que ela tem de ser *tão* constrangedora? Nunca vou entender como meu pai, o homem mais sensato, calmo e sábio do universo, terminou com *isso*. Quero dizer, eu a amo, não me entenda mal, mas ela é vulcânica. Tudo o que ela toca parece entrar em erupção. Nada nunca é calmo ou simples. Tudo se torna um drama.

Examino o mar de pais, apenas no caso de alguém mais ter um cachorrinho hiperativo e não adestrado como genitora. Não — a mãe de mais ninguém está se comportando como se tivesse sido solta em uma loja de doces e estivesse ligadona de tanto açúcar. Deus, por que ela não pode ser quieta e sofisticada como a mãe de Alicia Koha? Olhe só para ela. Perfeitamente bem-comportada. Sete fileiras atrás, pernas bem cruzadas, cores M&S suaves, narinas sem Chardonnay, estudando com cuidado seu programa (uma folha de papel A4).

Recuo, deixando a cortina com perfume de lavanda balançar de volta ao lugar. Valeu, mãe. Como vou me concentrar agora? Como vou "me libertar das amarras do dia a dia e mergulhar no universo do outro"? Ajude-me, Dame Penny. Com certeza você tem um capítulo sobre "Como bloquear mães vergonhosas na plateia" em algum lugar do seu livro, não?

Certo. Repassar as minhas falas. Isso vai ajudar a me concentrar. Fecho os olhos, respiro fundo e começo.

Que é que houve? Quem me chama?

Aí vem a fala de Lady Capuleto. Sim, outra matrona aterrorizante. Deus, pobre Julieta, ela deve ter compartilhado meu desgosto. Pondero se a mãe dela também usava um corte Rachel ao mesmo tempo que ela… Não, Pippa! Foco.

Senhora, aqui estou eu. Que desejais?

E, então, ela fala… Ai, Deus do céu. O que ela fala?

Pense! Pense!

Nada.

Sinto a cabeça embotada. Uma nuvem de chuva refugiou-se dentro do meu cérebro, sem deixar espaço para mais nada. Dissipe-a. Dissipe-a.

Senhora, aqui estou eu. Aqui estou… Mas elas sumiram. Todas elas! Cada uma das belas palavras do Bardo. Isso não pode estar acontecendo.

Ouço o raspar de uma cadeira e o bater de um copo. Aos poucos, o burburinho diminui enquanto recai um silêncio de expectativa. A voz firme de meu pai ressoa por trás da cortina. Espio outra vez.

— Boa noite, senhoras e senhores, amigos, alunos, colegas funcionários do St. Vincent's. Que agradável ver tantos de vocês reunidos aqui esta noite para nossa apresentação clássica. Dar as boas-vindas aos funcionários, pais e alunos do All Hallows Girls ao St. Vincent's esta noite é uma verdadeira honra para mim. Uma estreia propriamente dita!

Alguém aplaude e um aluno grita.

— Então. Não vou revelar muito sobre o texto pouco conhecido ao qual vão assistir esta noite.

Uma onda de risadas apreciativas, astutas, dos pais.

— Vamos fazer de conta que é uma grata novidade, certo? O que direi, no entanto, é que o trabalho árduo e o empenho dedicados a esta produção, por alunos e professores, são testemunhos de nossas magníficas escolas e da sua postura apaixonada em relação às artes. Obrigado a todos pelo apoio e aproveitem a peça.

Uma explosão de aplausos. Vejo meu pai fazer menção de se sentar, mas então...

— Ah, e uma última coisa, para aqueles de vocês que deram uma olhada no programa em seus assentos e podem ter reparado no sobrenome da atriz principal desta noite, quero esclarecer que não tive nada a ver com a seleção do elenco do All Hallows nesta produção.

Mais murmúrios adulatórios. Sou inundada por uma onda de orgulho.

— E se alguém precisar de outra bebida ou ir ao banheiro, agora é a hora. O espetáculo começará em cinco minutos.

Rapidamente recolho a cabeça para trás das cortinas. Como ele pode estar tão calmo? Droga, droga, droga. Estamos prestes a começar a qualquer minuto e meu coração ameaça explodir no meu peito como aquele cara em *Alien, o oitavo passageiro*. Será que é um ataque cardíaco? Morrer é assim? Não consigo me lembrar das falas e agora nunca terei a chance de mostrar a todos o que posso fazer. Fecho os olhos com força, rezando por um milagre.

— Ei, Pippa.

Abro os olhos, meu coração ainda palpita na garganta. Uma figura pequena e indistinta se arrasta atrás de mim. Será esta a aparência da Morte? Venha, doce Morte. Leve-me. Você é bem-vinda.

— Só queria lhe desejar boa sorte.

Sua voz é vagamente familiar, mas não consigo identificá-lo. Talvez seja um ajudante de palco? Um ajudante de palco vestindo uma capa? Bem, o pessoal do teatro é para lá de excêntrico.

— Obrigada. Você também, hã...

— Steve. Gallagher. Estou interpretando o Segundo Guarda.

Segundo o quê?

— Temos uma cena, bem, *um pouco* juntos. Sabe? No final?

Não.

— Digo: "É o criado de Romeu"; movo o banco da Ama para trás e então vou embora.

Não faço a menor ideia de quem é esta pessoa com quem estou falando.

— Ai, sim! É claro. Aquela partezinha no final.

Os ensaios, até então, haviam sido consumidos por Jonty — olhares furtivos e resvalos acidentais significativos do braço. Todas as outras cenas e os integrantes do elenco se fundiram, tornando-se um só.

— Bem, prazer em conhecer… em *ver* você. Merda pra você.

Afasto-me. Mas ele não sai do lugar.

— Só queria dizer que você é incrível nisso. — Posso ouvi-lo corar, embora esteja escuro demais para enxergar seu rosto.

— E sempre choro quando você morre.

Opa. Meio esquisito isso.

— Cinco minutos, senhoras e senhores da companhia! CINCO MINUTOS!

Steve faz uma careta.

— Ele fala tão alto. Espero que a plateia não consiga ouvir. — Ele começa a brincar de maneira nervosa com o cordão de sua capa, enrolando-o no polegar como um curativo puído. Sua frase seguinte sai rápido, as palavras atropelando umas às outras pela pressa de serem libertadas.

— Você apenas faz aquele lance, um negocinho estranho com a boca. E isso me faz chorar. Não sei por quê.

Ficamos nos encarando por um momento. É diferente, não é como Jonty ou os outros garotos. Nunca é fácil estar com eles. Sempre sinto a necessidade de impressionar com uma piada de menino ou seduzir com uma esculhambação provocante, e sempre acabo me sentindo envergonhada.

— Enfim, desculpe. Você precisa se preparar. Vou deixar que faça isso.

Ele começa a recuar para as sombras.

— Não! Fique.

Minha veemência pega nós dois de surpresa. E tem mais.

— Não consigo me lembrar de nenhuma das minhas falas. Nem umazinha. Todas sumiram. Vou arruinar a apresentação para todos.

A respiração fica presa na base dos meus pulmões. Presa como um pássaro engaiolado. É como o ponto que precisei levar por causa do netball, só que pior. Mais intenso. Meu Deus. Talvez seja um ataque de pânico.

Quando ele se vira para mim, um fiapo de luz atinge seus olhos escuros. São carinhosos de um jeito desconcertante e, por um momento, meu coração loucamente acelerado diminui o ritmo; é como se ele tivesse aberto uma válvula em mim e a adrenalina escoasse dos meus pés como água. Olho para ele, desejando que me salve. De repente, ele enfia a mão por baixo da capa e procura algo.

— Solução de Socorro. Quatro gotas embaixo da língua.

Ele segura um pequeno frasco. Eu o aceito de sua mão, pouco convencida.

— Minha mãe comprou para mim. Para o meu nervosismo. Não sou um artista nato, se entende o que quero dizer. Não como você.

— O que eu deveria fazer com...

— Venha cá, deixe eu lhe mostrar. Ponha a língua para fora. — Faço o que ele me manda. — Coloque a cabeça um pouco para trás.

Inclino o pescoço. Ele desenrosca a tampa e, com cuidado, administra quatro gotas de líquido da pequena pipeta na minha língua estendida. Isso deveria ser constrangedor, mas não é. É estranhamente íntimo.

— *Hahece honhaque.*

Steve ri. Uma risada gostosa.

— É, parece mesmo. Acho que basicamente é conhaque, para ser sincero.

Como foi que ele me entendeu?

Permanecemos em silêncio por um momento. A Solução de Socorro aquece suavemente meu peito. Não sei se é o álcool ou sua simpática e espontânea bondade que causa a mudança em mim, entretanto sinto a diminuição do nervosismo.

— Podemos repassar as falas, se ajudar...

— Mas você não conhece as minhas cenas. Conhece?

Ele olha para os pés por um segundo — mocassins escolares se passando por botas elizabetanas.

— Participei de alguns ensaios. Talvez sua primeira parte com Romeu? Ato 1, Cena 5?

Como essa cena começa? É comigo ou com Romeu? Minha mente, embora calma, permanece em branco. Steve limpa a garganta.

— Se eu profanar com minha mão indigna este santuário sagrado, pagarei de bom grado meu pecado... — Ele sabe *mesmo* as falas e, então, prossegue: — Meus lábios, peregrinos ruborizados, o expiarão com um beijo delicado.

Antes que eu tenha tempo para pensar, minha resposta escapa de mim, quase como um pensamento natural.

— Ofendeis vossa mão, bom peregrino, devoção e reverência são o que ela mostra; pois santos têm mãos que peregrinam, mãos que se tocam...

Pego-me erguendo minha palma como faço na cena. Devagar, ele faz o mesmo.

— E palma com palma assim é um beijo sagrado.

Nossas palmas estão pressionadas uma contra a outra agora. A sensação delas unidas é quentinha...

— Novatos, senhoras e senhores da companhia. NOVATOS!

Com brusquidão, somos trazidos de volta à realidade com um baque. As luzes da casa são apagadas, a plateia enfim fica em silêncio e nos encontramos mergulhados na escuridão carregada de expectativa. A mão do meu Romeu substituto pende, afastando-se da minha.

Como num passe de mágica, elas saem. Emergem de seus casulos para testar suas asas. Borboletas, aquele friozinho que dá na boca do estômago — do tipo bom. Ao subir pela minha barriga, uma onda de energia como uma fonte, e sei que a encontrei, encontrei Julieta! Chegou a hora. Meu momento de brilhar. Tudo voltou para mim e estou pronta para impactar suas pequeninas mentes. Ondas de agitação deslocam os coágulos de terror que bloqueiam as minhas veias, e a adrenalina corre livremente pelo meu corpo. Dou uma espiada para trás, mas o Segundo Guarda não está à vista, recuado para as sombras de onde surgiu. Vou agradecê-lo mais tarde pelo troço de socorro. Qual era mesmo o nome dele? Deixa para lá. Este é o *meu* momento.

Olho por uma fresta nas cortinas e vejo meu pai sorrir orgulhoso lá de seu assento. Saio em direção às luzes brilhantes e rumo ao desconhecido.

2 DE MARÇO DE 2019

00:39

Ele não consegue se lembrar da última vez que a viu tão quieta. Era uma piada entre os dois, a incapacidade dela de não se contorcer. A caixinha de surpresas dele. Foram muitas as vezes em que ele parou um joelho balançando ao pousar ali a palma da mão ou acalmou os dedos tamborilantes dela com os seus. Até as sobrancelhas tinham vida própria, reagindo aos mistérios do mundo como expressivos limpadores de para-brisa em um carro de clip-art.

O que ele não faria agora para vê-la se mexer irrequieta no lugar sob aquele avental de hospital fino como papel engolindo seu minúsculo corpo. Um encolher de ombros, um franzir do nariz, uma mexida do dedo do pé. Qualquer coisa. Mas ela está imóvel. Seus pés, como de alabastro esculpido, pareciam pálidos e, de alguma forma, menores que o normal. A cor verde do avental mal disfarça o contorno de seus seios, a elevação de sua barriga, a curva de sua pélvis. Enquanto observa o peito dela subir e descer, ele sente um desejo irresistível de cobri-la com sua jaqueta para mantê-la aquecida — um instinto das mil e uma noites no sofá, quando a inquietação por fim cessava, a cabeça dela pendia inerte em seu ombro, o que lhe indicava que ela estava dormindo; era a deixa para puxar o cobertor de lã escocesa sobre ela e zapear os destaques do futebol.

Uma enfermeira passa por ele, bem perto. Ela é focada e diligente. Ele se desloca para o lado para lhe dar espaço, sussurra um "sinto muito" quase inaudível em sua direção. Ela lhe lança um olhar rápido e gentil por cima do ombro, um olhar que diz: "Não tem nada pelo que sentir muito. Eu é que sinto muito por *você*".

Ela é acompanhada por outra enfermeira, mais jovem, uma profissional em treinamento, que vacila por um segundo quando vê o estado da paciente deitada à sua frente. A moça percebe o homem parado no canto, mas evita fazer contato visual, com medo de que a dor irradiada por ele possa chamuscá-la.

Ele observa as enfermeiras inspecionando e depois reconectando a bolsa de soro meio vazia, atuando em sincronia ensaiada, alinhadas com o acompanhamento rítmico que ressoa das máquinas. *Zumbido, bipe, clique. Zumbido, bipe, clique.* Quando terminam, as enfermeiras se afastam com suavidade em formação compacta, deixando espaço para ele se deslocar. Mas ele não se desloca a princípio. Não consegue. Está preso no meio de uma dança e não aprendeu os passos.

Com lentidão, aproxima-se da cama, concentrando-se na boca da esposa — uma parte dela que, apesar do tubo de plástico frio separando à força seus dentes, parece quase inalterada. Aquela pinta no lábio superior, que ela insistia ser um sinal de beleza; a pequena cicatriz no queixo adquirida na pista de patinação e danceteria disco no Alexandra Palace. Se ele fechasse os olhos com força suficiente, poderia transportar essa boca para mil lugares felizes e esperançosos. Tenta ignorar o rígido colar cervical azul e amarelo que colocaram no pescoço da esposa (ele se lembra de alguém ter mencionado algo sobre imobilizar a coluna, mas tudo não passa de um borrão). Em vez disso, seus olhos se direcionam para os dela e, à visão deles, deixa escapar um gemido involuntário.

Cavidades dos olhos pretas e esverdeadas, sangue coagulado em volta das narinas. A testa escura pelos hematomas, os cabelos emplastrados com mais sangue endurecido. Sua respiração fica presa devido ao choque, flutua em algum ponto entre o peito e a garganta, e ele é forçado a agarrar a grade que circunda o leito, tentando desesperadamente permanecer de pé.

— Senhor Gallagher?

Ele se vira. Uma forma emerge por trás das manchas pretas que preencheram sua visão periférica. Sapatos polidos, jaleco branco, prancheta. Ele tenta concatenar uma resposta, mas se esquece por um momento de como formar palavras.

— Steven?

Ele pisca de perplexidade, pensa e então acena com a cabeça em confirmação.

— Sou o dr. Bramin, cirurgião especialista em traumas. Você é o parente mais próximo, certo? O marido?

Steve parece assimilar a pergunta, mas, na verdade, ela lhe escapou. Em vez disso, seu foco se fixou no rosto do homem. No lóbulo da orelha esquerda, para ser mais preciso.

Isso é um brinco?

— Sua esposa sofreu o que chamamos de traumatismo cranioencefálico, quando o cérebro é sacudido dentro do crânio. O estado é grave. Além do traumatismo craniano, ela sofreu ferimentos na pélvis, nos braços e no peito. A tomografia computadorizada revelou um hematoma epidural.

Será que um médico — um médico qualificado, que salva vidas — deveria usar um brinco? Brinco confere um ar casual. Brinco sugere juventude. Brinco sugere…

— Removemos um coágulo de sangue do cérebro e agora ela está sedada, colocada no que é conhecido como coma induzido. Esperamos que isso ajude a aliviar um pouco a pressão. Vamos mantê-la em terapia intensiva, e nossas enfermeiras da UTI vão monitorá-la de perto. Ela está em muito boas mãos. Pulso, pressão arterial, respiração e níveis de oxigênio serão examinados de modo regular, bem como quanto líquido ela ingere e quanta urina produz. Então, podemos alterar ou ajustar a medicação dela de acordo. As próximas doze horas serão críticas. É aí que você entra.

Através da neblina, uma pequena abertura. O brilho fraco de um farol em uma tempestade. Uma tarefa. Steve compreende tarefas. Algo para fazer, algo prático. Ele se obriga a desviar a atenção da orelha do dr. Bramin.

— Não posso fazer promessas, mas testemunhamos recuperações incríveis quando os entes queridos continuaram a conversar com os pacientes. Talvez isso também possa ajudar sua esposa.

— Pippa. O nome dela é Pippa. — Steve não reconhece a própria voz. É a primeira vez que fala em voz alta desde que entrou no prédio.

— Muito bem. Pippa.

Bramin retira outra prancheta da extremidade da cama e examina as páginas. Faz uns rabiscos, o som da ponta arranhando compõe uma nova melodia na orquestra do aposento. Steve ainda está agarrado com firmeza à estrutura da cama, como se estivesse no convés de um navio indo a pique, a fina grade de proteção impedindo-o de cair ao mar na arrebentação das ondas.

Bramin devolve a prancheta ao lugar e enfia a caneta retrátil com cuidado no bolso superior em um movimento fluido. Steve sente uma pontada de ansiedade. Ele recolheu a ponta? Não houve um clique. Se não o fez, em breve terá uma mancha de tinta espalhada em seu jaleco branco. É conhecido que essa tinta é difícil de sair na lavagem. Steve sabe disso pela ocasião em que Pippa lhe contava, de maneira espalhafatosa, uma história com uma caneta esferográfica destampada nas mãos. Será que ele deveria dizer algo?

— Tudo isso faz sentido para você, sr. Gallagher? Alguma pergunta?

Zumbido, bipe, clique, respiração. Zumbido, bipe, clique, respiração.

— Não sei o que dizer a ela. — A voz de Steve está abafada, como se saísse das profundezas da terra.

— Você vai pensar em alguma coisa. Tem alguém para quem gostaria de ligar? A família? Algum amigo?

— Tipo "pedir ajuda aos universitários"? Não sei. Porque eu com certeza preciso de uma ajudinha neste momento.

Alguém parecido com o verdadeiro Steve, o Steve que faz piadas com um timing péssimo, enfim baixou na enfermaria. O dr. Bramin se limita a encará-lo.

— Fale com ela, sr. Gallagher. Exercite o cérebro dela. Acredito que Pippa esteja ouvindo.

O pager do médico vibra. Ele baixa os olhos para o dispositivo, depois dá às assistentes de enfermagem um aceno de cabeça apressado e sai para o corredor.

O quarto fica em silêncio, exceto pelos bipes e pelas respirações curtas de Pippa, mantidas por aparelhos. Hesitante, Steve envolve a mão dela na sua. Está mais quente do que esperava.

Talvez ela ainda esteja aí.

Ele passa o dedo indicador sobre o anel de noivado dela, o anel da avó dele, um ato tão familiar quanto respirar, e endireita os pequenos diamantes para que fiquem em pé, captando a luz. Mas, desta vez, a sensação é diferente — quase como no momento em que ele o deslizou pela primeira vez no dedo dela, sete anos antes.

— O que aconteceu, Pip?

Zumbido, bipe, clique, respiração.

— Para onde você estava indo, caramba?

Zumbido, bipe, clique, respiração.

Ele sente mais uma vez a névoa se aproximando, e o brilho do farol desaparece na neblina. O quarto começa a girar. Suas pernas fraquejam e ele afunda na espuma forrada de couro da cadeira ao lado da cama. Pressiona a mão machucada da esposa contra o peito. Mas não é a mão de Pippa — está flácida e perfurada com um escalpe, incapaz de apertar a dele de volta.

— Não me abandone, Pippa. — Sua voz treme agora. — Não se atreva a me abandonar!

Ele sente calor em torno das costelas, atrás dos olhos. Um nó doloroso sobe em sua garganta. Uma lágrima se acumula e rola dos cílios inferiores, pousando com um pequeno *plinque* na grade da cama. Bem quando está próximo do ponto de colapso, algo acontece. Um leve toque em seu ombro. Uma conexão humana.

— Acalme-se, vamos. Respire fundo.

A voz da jovem enfermeira é gentil e tranquilizadora. Steve faz o que lhe foi dito e respira o mais devagar e fundo que consegue.

— Você precisa ser forte agora. Por sua esposa.

Ele enxuga uma lágrima com as costas da manga. Assente.

— Apenas continue falando.

— Mas como? — pergunta ele, com os olhos arregalados e tomados de medo. — Sobre o quê? Por onde eu começo?

— Basta começar do começo. Diga que você a ama. Diga *por que* a ama.

Ao falar isso, a enfermeira se retira, e a porta se fecha atrás dela.

— *Por que* eu te amo? Caramba, poderíamos ficar aqui a noite toda. Mas na realidade...

Ele afasta com delicadeza uma mecha de cabelo da testa dela e se inclina, aproximando a boca de sua orelha.

— Certo, sra. Gallagher. Se estiver sentada de modo confortável...

Zumbido, bipe, clique, respiração.

— Podemos começar?

NOVEMBRO DE 2007

Steve

Com o peso da mochila de lona no ombro, saí da estação de metrô Embankment e subi os degraus da passarela. Uma caminhada familiar, era o caminho pelo qual eu sempre cruzava o Tâmisa, embora eu tenha certeza de que há rotas mais convenientes disponíveis para um passageiro esperto. Foi o caminho que percorri ao chegar a Waterloo aos dezesseis anos, em minha primeira visita solo a Londres, destinada a uma viagem de compras de Natal inútil e lamentavelmente cara à Oxford Street. ("Por que apenas não foi à Bentalls, no centro da cidade?". Mamãe estava sempre certa.)

Hoje, não me incomodei de passar pelo empurra-empurra da multidão de ternos correndo para casa de seus empregos em escritórios. Estava feliz em sentir a extremidade pontuda da minha Nikon D200 pressionando meu quadril quando esbarravam em mim. Pobres coitados, pensei. Alguns de nós simplesmente tiram a sorte grande.

Hoje, não parei no meio da ponte para admirar o pôr do sol do fim de novembro nas janelas dos ônibus vermelhos enfileirados, a cúpula da Catedral de São Paulo elevando-se atrás deles. (Embora eu tenha ficado um pouco emocionado ao pensar que ótima foto isso daria, em especial se eu fosse habilidoso o suficiente para capturar os corpos borrados do corre-corre em primeiro plano.) Hoje, não me dei ao trabalho, porque tinha um serviço! Um serviço remunerado de verdade, para fazer o que eu amava. Sim, era apenas o lançamento de uma margarina, mas, ainda assim, a sensação era mágica. Flutuei sobre o rio e, levado pela gravidade, desci trotando os degraus do Festival

Hall e caminhei de maneira despreocupada pela margem sul, passando por livreiros e skatistas.

Minha única preocupação era Oscar, que havia concordado em ser meu assistente para o evento. Ele não era o que alguém chamaria de sério, confiável ou, de fato, competente, mas era meu melhor amigo, e eu esperava que seu apoio me fizesse sentir menos charlatão. Talvez ele fosse *valioso* (mesmo que ele me acompanhar significasse eu ter de dividir meu pagamento). Coloquei a mochila em um banco e liguei para ele.

— Stevie G! — ele exclamou ao atender, como sempre fazia. — O que manda?

— O trabalho, Oscar — digo. — É hoje. É *agora*.

— Eu sei.

— Sabe, é?

— Claro, cara.

Nesses nossos oito anos de amizade, Oscar nunca soou apressado ou agitado. Se ele estivesse mentindo para mim e tivesse esquecido, eu não saberia afirmar.

— E você sabe que é a Tate Modern, certo? — questionei. — Não a Tate Britain.

Houve uma pausa.

— Modern, sei. Com os Warhol, né? Coisas lindas.

— Isso — confirmei, enquanto me desviava da margem do Tâmisa em direção ao grande monólito de tijolos. — Bem, estou chegando agora.

— Vejo você daqui a pouco! — disse Oscar e desligou.

Eu tinha deixado uma folga de tempo para chegar lá, mas de repente o céu estava escurecendo, então, aumentei o ritmo e atravessei uma praça ladeada de árvores que começava a ser ocupada pelos trabalhadores das nove às cinco, bebendo com avidez em grandes copos de plástico. Eu teria que começar sem ele. Lamentável, de verdade, mas era o Oscar — o que eu esperava? De uma caminhada ligeira passara agora a uma marcha vigorosa, enquanto as solas duras dos meus novos brogues pretos martelavam o concreto, pressionados pelo peso de uma grande sacola balançando cheia de quase todo o equipamento que eu possuía, cerca de um quarto do qual eu de fato precisava para o trabalho, mas que incluí porque queria parecer que sabia o que estava fazendo.

— E aííí! — Surgiu uma voz que eu conhecia. Era Oscar, que estava encostado em uma das raquíticas bétulas prateadas.

— Já chegou? — indaguei, arfando ligeiramente.

— Cheguei cedo, cara. Fiquei fazendo umas manobras sob os arcos.

Foi só então que o notei vestindo jeans folgados e que havia um skate próximo aos seus pés — pés que estavam enfiados em um par de Vans surrados.

— É melhor você trocar de sapato — sugeri.

— Mas eu não trouxe mais nada.

— Está brincando? Não podemos entrar assim!

— Claro que podemos. É um pessoal ligado em arte, vão adorar.

— Parece que sou um pai que trouxe o filho para o trabalho.

— O que há de errado nisso? Meu velho me ensinando o ofício. — Oscar pôde perceber que eu não estava achando graça e assumiu uma atitude mais séria. — Que tal isso? Vou puxar minhas meias por cima deles, como costumávamos fazer para entrar no Slug and Lettuce.

— Suas meias são brancas.

— Putz, é mesmo. Droga.

Os olhos de Oscar flagraram num movimento rápido um grupo de mulheres vestidas com elegância e cambaleando em direção à galeria. Os convidados da festa de lançamento estavam chegando e eu devia estar lá vinte minutos antes.

— Stevie, não posso deixar de me sentir um pouco responsável — pontuou ele. — Então, vamos fazer assim: abro mão da minha parte do pagamento.

— Isso é generoso, companheiro.

— É isso aí — concordou ele, pisando decidido no *tail* do skate para recolhê-lo. — Ainda bem que você reconhece. — Ele o lançou rolando para o caminho asfaltado, pulou e se afastou deslizando sobre o skate. Era difícil ficar bravo com Oscar.

Segui as mulheres até uma entrada lateral, onde um segurança levantava uma corda de veludo vermelho, permitindo sua passagem. Ele me viu e endireitou o corpo, atingindo toda a sua considerável altura.

— Pois não?

Ele havia alçado à perfeição aquele olhar distante ostentado pelos seguranças e, como se fosse uma resposta automática àqueles dias do Slug and Lettuce, quando Oscar e eu éramos barrados em muitas noites de sexta-feira por montanhas humanas semelhantes, comecei a transpirar.

— Estou aqui para o lançamento. Val me contratou.

— Nome?

— Steve… Steven. Gallagher. O fotógrafo?

Ele franziu a testa, depois levou o dedo a um aparelho no ouvido que estava posicionado desconfortavelmente na orelha de couve-flor na lateral de sua cabeça.

Respire fundo, Steve, disse a mim mesmo. Relaxe. Isto vai ser divertido. Você está vivendo o seu sonho, lembra? Você está aqui agora e…

— Estamos atrasados, não? — ralhou Val, a gerente do evento. — Não é lá um bom começo.

— Sim, desculpe… O cara na porta… — falei, ousando pôr a culpa no segurança agora que ele estava fora do alcance da minha voz. Val não estava interessada em nada disso.

— Pensei que tínhamos um assistente?

— Nós tínhamos. Eu tinha. Pois é — gaguejei. — Mas ele está doente. Desculpe.

— Não me importo — ela retrucou. — Contanto que tenhamos todas as fotos.

Ela tinha sido tão legal no telefone quando me contratou, mas agora me arrastava pelos fundos do prédio como se eu tivesse sido pego durante o roubo a uma loja. Val me empurrou por um conjunto de portas duplas para uma cozinha, onde chefs atormentados recheavam minipudins Yorkshire com fatias de rosbife e borrifos de raiz-forte, depois por outra porta para o interior de um cubo escuro e lotado.

O calor de duzentos corpos me atingiu. Meus olhos se ajustaram à névoa rosa-púrpura para revelar uma massa de convidados, todos gritando nas orelhas uns dos outros para serem ouvidos acima do barulho. Eu não sabia se era a música ou o meu coração que eu sentia pulsar forte, mas fiquei preocupado. *Cadê a luz?* Como eu iria tirar uma foto decente ali? Parecia mais uma boate do que uma galeria de arte. Olhei em volta, à procura de um lugar para deixar minha bolsa.

— Tem algum escritório ou um vestiário, talvez?

Só consegui ouvir trechos da resposta de Val, mas entendi a essência:

— ... *tão* ocupados... espaço limitado... convidados *muito* importantes...

Ela parou de repente e enganchou seu braço no de uma mulher que reconheci vagamente dos tabloides. Uma influenciadora muito importante.

— Será que poderíamos... aqui com a adorável Kerry? — Era toda sorrisos agora enquanto postava na minha frente a loura embriagada. Os olhos de Kerry estavam vidrados. Ela precisava dar uma passada num St. John Ambulance[1] para uma boa xícara de chá e um digestivo.

— Hã... — Eu nem tinha ligado minha câmera, muito menos tirado uma foto de teste, mas Val aguardava impaciente, então eu a saquei e disparei três fotos (para o caso de alguém piscar em alguma delas) antes de Kerry cambalear de volta para o bar.

— Conseguimos uma boa foto?

Eu sabia que não havíamos conseguido, mas olhei de modo superficial para a tela na parte de trás da minha Nikon, na tentativa de não estremecer muito visivelmente, quando me deparei com toda a extensão do horror: um redemoinho desfocado de corpos com o rosto magenta de Kerry no centro. Algo um pouco parecido com *O Grito*, de Munch, embora isso jamais haveria de ser exposto em galeria alguma. Eu não conseguiria vendê-la nem mesmo para o *Daily Mail*.

— Parece ótima — menti.

— Ali, Keith e... Capture-os ao lado da marca. Vai, vai! — Val bateu palmas, então gesticulou para mim na direção de um casal escorado na mesa cavalete rústica do bar.

— Posso acoplar o flash? A luz está um pouco...

Mas ela já estava lá, abrindo os braços esfuziantemente para as celebridades, cumprimentando-as com beijos que não tocam seus rostos, antes de me chamar para participar. Forcei um sorriso e caminhei o mais devagar que pude, em busca de ganhar um segundo extra para

---

[1] ONG espalhada por diferentes países que ensina e fornece primeiros socorros e serviços médicos de emergência, integrada principalmente por voluntários. (N. T.)

pegar de modo desajeitado o flash às cegas e travá-lo com um clique em seu encaixe no topo da câmera. O atarracado e desgrenhado Keith estava ao lado de uma garota de aparência moderna com uma roupa toda preta e franjada. Atrás deles, em uma tela esticada, estavam as palavras *Comestibilidade e Espalhabilidade* com um par de lábios vermelhos acolhendo eroticamente uma fatia de pão muito amanteigada. Tratei de ajustar logo a câmera para o modo automático, fiz uma pequena oração, então *clique clique clique* e eles se afastaram, deixando para trás uma fileira de taças de champanhe vazias no tecido branco.

— ...vou deixá-lo por conta própria? Assegure-se de que você... discursos em uma hora. — E, com isso, Val desapareceu.

Agora, será que estas fotos estão muito ruins?

Olhei para a tela, dei zoom no rosto de Keith e fiquei agradavelmente surpreso em constatar como a imagem estava aceitável — mediana, até! Rolei para inspecionar a marca atrás dele. Estava um pouco superexposta, claro, mas eu poderia consertar isso mais tarde com um pouco de...

Meu coração parou e a sala mergulhou em silêncio à minha volta. Fiquei paralisado por um aglomerado de pixels que me encaravam de volta da pequena tela. Manchas de cor que pareciam representar um monte de cabelo ruivo amarrado, aquela mandíbula familiar, os lábios separados em concentração, tudo assentado entre os ombros ligeiramente curvados...

Baixei a câmera e a festa apinhada recomeçou a se movimentar, a fotografia retornando à vida na minha frente. Mas ela havia partido. Como um observador de pássaros que deixou um raro avistamento escapar, segui sua direção de voo. *Ali!* O vislumbre de um rabo de cavalo, abaixando-se entre punhos de manga abotoados e vestidos de festa, na tentativa de fugir do meu alcance. De volta à perseguição, prossegui avançando, mas fui atrasado por um gargalo numa disputada área de canapés onde o bar e o acesso à cozinha se encontravam. À frente, o rabo de cavalo se dirigia à saída. *Pense rápido, Steve.*

— Com licença — gritei. Eu não sabia ao certo o que diria a seguir (temo que fosse "Estou passando!"), mas, para meu grande alívio, não precisei dizer nada. Quando os convidados se viraram para mim e viram minha câmera, obedientemente posaram, fazendo beicinho, à espera do flash. Fui obrigado a fotografá-los — *clique clique* —, antes de seguir em frente. O mar se abriu quando outros convidados sentiram minha aproximação, adotando uma postura robótica com um braço em volta da cintura de seu parceiro, projetando um quadril ossudo. Grato, registrei-os com a câmera — apenas uma vez agora, e somente apontando de modo genérico na direção geral — até que me vi livre e parti em direção à porta.

A agitação no meu coração desceu para minha barriga quando perscrutei a antessala estreita e mal-iluminada. À minha direita, um sujeito com tédio estampado no rosto, postado como guardião de um cabideiro de casacos de grife, ergueu os olhos para mim por um segundo antes de decidir que eu não era ninguém importante e retornar ao telefone. E, logo ali à frente, a poucos metros de distância, estava Pippa. Mesmo de costas para mim, e depois de todos aqueles anos, eu sabia que era ela. Algo inconfundível na forma como estava curvada, desajeitada, porém elegante, como uma bailarina alongando-se na barra. Uma das mãos esfregava um calcanhar do pé descalço através da meia-calça, a outra agarrava-se a uma dobra da cortina preta que revestia as paredes do vestiário improvisado.

Lancei um olhar de soslaio para o responsável pelos casacos, mas ele ainda estava com a cara enterrada no celular.

Lá vai. Limpei a garganta.

— Precisa de um curativo?

Herói. Sempre preparado. Agora eu estava feliz por ter provido minha bolsa para qualquer eventualidade.

Ela se virou com brusquidão e perdeu o equilíbrio. Quando cambaleou na minha direção, eu sabia que tinha de ampará-la. Com um único movimento, deixei a bolsa escorregar do meu ombro com um som de algo se quebrando — *lá se vão mil libras de acessórios sem seguro* — antes de me lançar para a frente e tomá-la galantemente em meus braços. Quando nos encontramos envolvidos em um abraço, notei que seu cabelo reluzia um tom mais ruivo sob a luz.

— Uau! Droga, desculpe — disse ela, levantando os olhos para mim.

— Não, a culpa foi minha. Eu que fiz você se assustar.

Encaramos fixo nos olhos um do outro — difícil não fazer isso quando você está separado da outra pessoa por apenas sete centímetros — e, no mesmo instante, fiquei preocupado por tê-la segurado por tempo demais, por isso, tentei endireitar nossos corpos. Isso exigia um afundo reverso, uma manobra que, sem dúvida, já seria bastante desafiadora com só o meu peso, mas com Pippa em meus braços... Esforcei-me para fazê-lo parecer rápido e sem esforço, e um guincho não muito galante me escapou. Pippa riu. Eu tinha que recuperar um pouco de credibilidade, então, abri uma aba lateral da minha bolsa e retirei dali uma caixa plástica verde de Compeed. Ela tornou a rir.

— Ah, então você tem mesmo curativos — disse ela, impressionada (eu acho).

— Pegue qualquer um que você quiser — ofereci.

Enquanto ela retirava o curativo da embalagem, tentei não olhar para o uniforme que estava vestindo — um top preto apertado com o constrangedor slogan de nosso gorduroso empregador estampado no peito. Por tantas ocasiões eu havia imaginado trombar com ela de novo, ensaiado na minha cabeça vezes sem conta as conversas que poderíamos ter; mas, agora que ela estava ali, fiquei com a língua travada, petrificado com o silêncio se estendendo entre nós.

Diga alguma coisa. Qualquer coisa.

— Bem, que surpresa encontrá-la aqui.

Qualquer coisa menos isso, seu idiota.

Não conseguia ler a expressão de Pippa. Seus lábios exibiam um sorriso, mas seus olhos não tinham tanta certeza.

— Nós dois... aqui.

— Perdoe-me — disse ela. — Nós nos conhecemos?

— Sou eu — respondi. — *Steve*.

Ainda nenhum lampejo de reconhecimento.

Este definitivamente não era um dos cenários de encontro que eu tinha considerado. Não havia nada para rebater aquilo. Tive que assumir minha melhor voz de Kenneth Branagh e encarnar o personagem...

— "É o criado de Romeu".

E lá estava. Eu quase podia ver o tsunami de lembranças — instantâneos desmoronando e colidindo que tremeluziam por trás de seus olhos como um resumo rápido no início da segunda temporada de uma série. O nervosismo do primeiro ensaio. As voltas para casa de ônibus com Pippa como centro das atenções na fileira de trás. O chocolate quente barato com que a surpreendi enquanto ela tremia, insuficientemente agasalhada para os fogos de artifício.

— Steven Gallagher. Meu Deus. Já faz…

— Dez anos. Eu sei. O tempo voa.

— O que está fazendo aqui? Você também é garçom? — Ela bate de leve na minha câmera. — Um fotógrafo. Tem como você ser mais legal?

Fiz uma oração, pedindo à luz rosa para encobrir meu rubor.

— Claro — falei. — Você deve se lembrar de mim no St. Vincent's? O garoto mais legal do campus.

— Claro que me lembro de você. — Ela sorriu. — É que você parece tão… crescido.

— Obrigado…?

— Desculpe. Minha intenção foi elogiar.

— Aceito o elogio.

Agora foi a vez de ela corar.

— Por acaso você não tem um cigarro nessa sua bolsa de Mary Poppins, tem? — perguntou ela. — Meu intervalo está prestes a começar.

— Com certeza — respondi, embora nunca tivesse fumado na vida. — Eu estava louco para ter um colega com quem fumar… hã, quer dizer, louco para fumar um cigarro.

— Incrível. Posso pegar um…?

— Eu, hã… eu os deixei lá dentro, no… lá dentro. Vou buscá-los.

Retornei ao campo de batalha, tendo esquecido por completo o que eu devia estar fazendo na festa. O barulho na galeria escura preencheu meus ouvidos. Todo mundo falava, ninguém ouvia. Um casal de cabelos grisalhos, glamoroso e corado de animação estimulada pelo álcool, virou-se para mim, mostrando os dentes brancos. Por um momento, pensei que estivessem apenas satisfeitos em me ver. Então, percebi que eles estavam posando — inclinando em dez graus suas taças de champanhe e aguardando ansiosamente que eu tirasse uma foto sua. Eu os fotografei devidamente, três vezes, como se estivesse no piloto automático. Uma garçonete se espremeu entre o casal, segurando no alto uma larga bandeja de canapés enquanto conscientemente cobria o peito com o braço livre.

Comestibilidade... Espalhabilidade. É por isso que estou aqui!

Lancei a vista pelo salão, de mesa em mesa, à procura de um maço abandonado. Nada. *Maldita proibição de fumar! Ninguém mais está nessa.*

— Como estamos indo? — Em cima de mim, Val pulava sem paciência na ponta dos pés como se precisasse ir ao banheiro.

Seria pouco profissional perguntar se ela fuma? A expressão em seus olhos dizia que sim, mas me permiti farejar o ar enquanto ela falava, só para ter certeza.

— Preciso de uma do Dale — disse ela. — Ele acabou de chegar.

— Pode deixar — afirmei. — Qual deles é o Dale?

— Está brincando, né?

— É claro. Rá!

Ela não gostou da minha piada atrevida, provavelmente porque sabia que não se tratava de uma piada.

Parti atrás do tal Dale, enquanto, na verdade, tentava encontrar um maço de Marlboro Light. O lançamento parecia uma maratona de caça ao ovo de Páscoa, mas eu não me importava — o prêmio ao final valia a pena. (*Ela não é um prêmio, Steve. E não vai esperá-lo por muito mais tempo se você não voltar logo com um cigarrinho.*)

— Dale? — perguntei fracamente a todos os homens por quem passei que pudessem se adequar ao nome. — Dale? Dale? — Mas ninguém respondia a isso.

Se houvesse uma multidão reunida em volta de alguém aqui, pensei, prestando atenção a cada palavra ou tentando tirar uma selfie, então eu poderia identificar a celebridade. Eu deveria ter feito minha lição de casa — deveria ter assistido a mais TV durante o dia na universidade. "Ele acabou de chegar", dissera Val, então devia estar perto da entrada.

Não deu outra: um homem alto e bronzeado estava *mesmo* parado na soleira, olhando em volta e buscando a segurança de alguém que conhecia. Ele se serviu de uma taça de champanhe de um garçom cujos braços tremiam sob o peso de uma bandeja apinhada.

— Dale?

— Sou eu. — Ele se iluminou, turbinou o charme.

— Graças a Deus é você — falei. — Posso tirar uma foto?

Clique clique clique. E, então, sem pensar:

— Tem um cigarro, Dale?

Ele olhou para mim, atordoado.

Tão pouco profissional.

— É para uma garota — expliquei. — Da escola. Quero dizer, não uma colegial, obviamente...

Que se dane. Hora de colocar minha câmera no eBay. Eu nunca mais vou arranjar trabalho.

Dale colocou a mão no quadril e se inclinou para trás como o *Laughing Policeman*, de Charles Penrose. Eu estava fora de perigo. Melhor ainda, quando se recuperou de suas gargalhadas, sacou uma caixa de vinte do bolso interno.

— Sirva-se — ofereceu.

Meu coração batia forte, as pernas formigavam sob minhas calças térmicas. Eu tinha quinze anos de novo, fogos de artifício acima da minha cabeça e na minha barriga. Eu havia escapado da minha irmã e do namorado dela (relutantes supervisores meus, felizes em me perder enquanto se beijavam na frente da fogueira), meus Reeboks brancos arruinados pela lama fora de temporada do campo de críquete, voltando da sede do clube para uma galera legal com dois copos plásticos de chocolate quente.

De volta ao vestiário, duas garçonetes haviam passado às escondidas uma bandeja de canapés, que compartilhavam com o responsável pelo guarda-roupa, devorando-os em segredo, mantendo-se vigilantes para o caso de Val aparecer e pegá-los no flagra. Mas Pippa não estava lá. Ela tinha desistido de mim?

— Com licença — pedi. — Vocês conhecem a Pippa?

Uma garçonete assentiu com a boca cheia.

— Você sabe para onde ela foi?

Ela deu de ombros.

— Você sabe onde se pode fumar? No intervalo?

Ela revirou os olhos. Então, mastigando com avidez o último bocado de crepe de pato à Pequim, virou a cabeça em direção à saída de emergência.

Saí para uma escada de incêndio enregelante, onde a música e o burburinho da festa de lançamento deram lugar a gritos e clangores da cozinha movimentada, que vertiam por uma janela aberta. Um par de calças xadrez balançava sobre a borda. Pertenciam a um chef agitado, que não perdeu tempo para acender um cigarro e tragar profundamente.

— Steve! — Pippa chamou. — Aqui em cima!

Ela estava sentada no topo da escada de ferro e abraçava as pernas. Subi, ainda com minha bolsa ridícula a reboque. O corrimão havia se transformado em gelo, fazendo meus dedos doerem.

— Tchã-ram! — Dois dos meus cigarros e… um bônus: dois wraps com *hoisin*.

Ela me agradeceu com os dentes batendo.

— Só um segundo — pedi, tirei um *Evening Standard* da bolsa e o estendi como uma toalha de piquenique. Distribuí nosso jantar de wrap de pato, que batemos de leve um no outro em um minibrinde, e, então, ela tirou um isqueiro verde-claro de dentro do cós da saia e acendeu um cigarro, saboreando a primeira tragada como havia feito o chef irritado. Parecia tentador — quase. Ela virou a chama para mim.

— Ah — gaguejei. — Não. Eu já… já detonei *um monte*.

— Eu também — disse Pippa. — É a única coisa que me ajuda a passar por esses trabalhos de bufê destruidores de almas.

— Isso e encontrar pessoas legais?

— Até parece. Os funcionários são todos infelizes e os convidados ficam tipo: "Então, você também é Comestível e Espalhável, querida?". — Não ressaltei que por "pessoas legais" eu me referia a mim. — A vista aqui de cima é incrível, no entanto — acrescentou ela.

Eu nem tinha notado a vista, mas era mesmo. As luzes refletidas no Tâmisa eram mesmo deslumbrantes daquela altura. Como se alguém tivesse ligado o modo alta definição para a cidade. O céu estava claro como cristal, e um pontilhado de estrelas aparecia ao nosso redor.

— Então — falei —, você faz o quê?

Que pergunta péssima. Eu soava como o príncipe Charles se dirigindo a um súdito enfileirado em uma visita real.

Pippa encolheu-se ligeiramente.

— Estou *tentando* ser atriz — respondeu, como se isso exigisse um pedido de desculpas.

— Mas isso é ótimo! Eu esperava que você fosse ser.
— Sério?
— Você era tão boa… Ainda *é* boa, tenho certeza.
— Você não precisa dizer isso.
— Estou sendo sincero. Eu costumava observar você da coxia com admiração. O restante de nós estava atuando em uma peça escolar, mas você estava… — Senti minha boca ficar seca. — O jeito como você dizia as falas e fazia tudo soar tão, sabe, real?

Pippa sorriu através da névoa de fumaça que escapava de seu nariz.

— Ignore-me — eu disse. — Estou falando besteira.
— Não. Gosto de como você diz suas falas, também.

Permanecemos assim sentados por um momento, ouvindo as sirenes e o crepitar do cigarro dela, que diminuía rápido demais para o meu gosto.

— Nunca te agradeci, não é? — disse ela. — Por ser tão gentil comigo naquela noite. E tão calmo. Ou por sua poção mágica de socorro.
— Pode me agradecer agora.

Pippa deu uma última tragada, apagou o cigarro e o atirou pela beirada. Temi que isso significasse que nosso piquenique havia acabado.

— Obrigada, Steve.

Olhamos um para o outro e, de repente, estávamos de volta aos bastidores do St. Vincent's. Pode ter sido o frio, mas minhas palmas começaram a formigar. O intervalo de cinco minutos se estendeu à nossa frente e atrás de nós, como se tivéssemos todo o tempo do mundo. Será que ela sentiu o mesmo?

— Sua vez agora — disse ela. — Fotografia! Emocionante.
— É, sim. Acho. Este é só o meu… décimo ou décimo primeiro trabalho, para ser sincero.
— Uau. Você é ocupado.

Dei de ombros, mostrando indiferença.

— É uma pena que você não faça retratos.

É mesmo uma pena que eu não faça retratos!, uma voz gritou em meu ouvido. *Eu poderia fazer retratos. Por que não faço retratos?*

— Faço, dentro do possível — falei. Outra mentirinha.
— Sério mesmo? — perguntou Pippa.

— Bem, estou tentando entrar nesse campo. Só preciso de uma cobaia.

— Eu poderia ser sua cobaia! Poderia me dar uma amostra grátis? Incrementar seu portfólio.

Tamanho foi meu esforço para conter a animação, que me fez soluçar.

— Fechou — afirmei.

— Próxima quarta-feira? — ela sugeriu.

Fingi consultar minha agenda mental extremamente ocupada.

— Sim. Quarta-feira poderia dar, na verdade.

— Legal. Bem, vejo você, então.

Estávamos de frente um para o outro agora, a centímetros de distância, nossa respiração gelada se misturando. Nenhum de nós parecia querer se mexer.

Quando voltei para dentro, o lançamento atingia seu turbulento auge. Desta vez, fui arrebatado pela música e pelo clamor. Ao levantar minha objetiva para o salão, capturei a alegria da embriaguez nos rostos dos convidados e lembrei por que amava essa profissão, por que estava arriscando ser pobre, arriscando o descrédito de minha mãe. Eu era um paparazzi tirando uma foto atrás da outra, no meu melhor momento. Até me juntei à dança por um instante, algo que não fazia desde o casamento da minha irmã June. Talvez fosse desaconselhável cumprimentar Dale batendo nossas palmas no alto, mas agora era a minha festa, e os sorrisos e as risadas eram todos para mim!

Ok, menti sobre ser um fotógrafo mais experiente para impressioná-la. Tudo bem ter feito isso, certo? Pelo menos, não encarei o peito dela — santo Deus, façanha nada fácil. E o negócio do retrato? Só mais uma mentirinha inofensiva. *É bom começar a praticar. É bom limpar o apartamento. Quarta-feira, quarta-feira, quarta-feira.*

Pippa apareceu de trás do bar com uma garrafa de champanhe embrulhada em um pano branco. Será que bolhas seria exagerado demais em um primeiro encontro para um retrato? *Vai com calma, garanhão.* Ela olhou para mim e levou-a à boca, fingindo tomar um gole. A garrafa estava cheia, então, um jato de líquido borbulhou do gargalo. Ela não conseguiu esconder um toque de pânico, seus olhos brilhavam com o riso, mas sua boca estava torta de culpa. Levantei a câmera e a fotografei, e ela me lançou um olhar feio de repreensão antes de se afastar.

Isso vai ser divertido, pensei. E não me referia à sessão de fotos na quarta-feira; quis dizer o resto de nossa vida juntos. Eu sabia que, lá no fundo, estava sendo extremamente otimista — que ela não estava interessada em mim, não nesse sentido —, mas me deixei ser levado pela animação. Tudo era possível com aquela garota, e quaisquer dúvidas ou medos haviam desaparecido. Baixei os olhos para a foto. Era a melhor cena que já capturara: sincera, divertida e bela. Pippa em poucas palavras.

Sim, ela é areia demais para o meu caminhão. Sim, sou um novato, tanto em relação à câmera quanto com as mulheres. Mas não me importo, porque marquei um encontro!

2 DE MARÇO DE 2019

01:39

Seria um insulto para os grãos de café permitir que esse líquido insípido compartilhasse seu nome. Está mais para a lama que se acumula nas calhas depois de uma chuva de verão. Seja o que for, as mãos de Steve tremem tanto que a maior parte da bebida agora se espalha por sua virilha. Ainda assim, não consegue largar o copo de plástico; é uma boia salva-vidas que o mantém flutuando.

Algo na ação repetitiva de beber é calmante. Levantar, inclinar, beber, repetir. Levantar, inclinar, beber, repetir. Causa e efeito. Qualquer coisa que proporcione um mínimo de ordem neste furacão. Ele retira um lenço do bolso do paletó para se limpar e fica paralisado com as seis minúsculas palavras bordadas em um canto do quadrado de algodão: *Um ano depois, meu único amor.*

A lembrança o inunda em tecnicolor. Um passeio ao crepúsculo. Um "Picca-Nicca da Pippa" de sanduíches de queijo e Marmite[2] acondicionados esmagados em um pote velho de sorvete, um pão de ló ligeiramente queimado e Prosecco quente bebido direto da garrafa. O amarelo-canário de suas novas sandálias. Um leve embrulho pousado cuidadosamente em suas mãos. "Feliz aniversário, meu querido." Seus sorrisos se encontraram quando ela pressionou os lábios de manteiga de cacau contra os dele.

Steve olha fixo para as letras rebuscadas.

Meu único amor.

---

[2] Uma espécie de pasta para untar torradas muito popular entre os britânicos. (N. T.)

Meu único amor.

Ele se levanta, firma-se sobre os pés, depois se inclina sobre a esposa, na tentativa de concentrar-se mais uma vez apenas em seus lábios, perfeitos e imaculados.

— Vamos limpar você um pouco, querida.

Ele lambe o lenço para umedecê-lo, então, de forma gentil e hesitante, como se a mulher fosse feita de um vidro delicado, pressiona levemente em sua testa salpicada de sangue. Está tão seco, como que passado a ferro, que mal desprende um pontinho.

— Pronto. Assim está melhor. Linda.

Ele desliza o precioso lenço de volta em seu jeans manchado de café e olha ao redor do quarto.

E agora?

Nada que faça ou diga para ajudar a salvá-la lhe vem à mente, não de verdade. As paredes nuas da UTI parecem se fechar, lenta mas continuamente, concentrando seu vazio nele e ameaçando expor sua presença ali como inteiramente inútil. Em algum lugar próximo, um relógio tiquetaqueia. Ele não o escutava antes, mas fica cada vez mais alto, o ponteiro dos segundos se move em uníssono com uma veia bombeando sangue para as têmporas. O bumbo do latejar quando seu peito sobe. O estalo do ar quando ele desce com agilidade.

Steve poderia deixá-la por um momento. Sair para o corredor a fim de silenciar os ruídos que povoam seus pensamentos. Movimento. Uma mudança de cenário. Isso seria positivo.

Não. É longe demais.

Se ele abandoná-la agora, mesmo que por um minuto, pode permitir que seja lá o que tenha feito isso com ela, qualquer espírito maligno ou intruso mascarado invisível pela escuridão da noite deslize por debaixo da porta e a roube dele de vez.

Não. Não durante o meu turno.

— Estou aqui, Pip. Não vou a lugar nenhum. Não vou deixar nada machucá-la.

Ele pronuncia as palavras em voz alta para suplantar o barulho, mas, quando as ouve, elas não têm peso. Palavras que antes tinham significado, que nunca deixariam de mexer com Pippa agora são tão frágeis quanto a asa de uma mariposa.

Muito pouco, muito tarde. Como isso pôde acontecer? Ele jurou protegê-la. Dar sua vida por ela. Mantê-la a salvo.

E olhe só para ela.

Imóvel, a não ser pelo ventilador mecânico tipo fole. Uma casca. Uma sombra. Ensanguentada, machucada, quebrada. Sua alma gêmea vibrante, enérgica e enfurecedora. Sua amante, amiga e heroína, segurando-se por um mero sussurro, pendurada por um fio de seda entre a luz e a escuridão sem fim.

Com os punhos cerrados e os olhos bem fechados, ele balança a cabeça de modo violento, como se tentasse refrescar a imagem dela em sua mente. Uma foto do passado. Seu sorriso quando ela lhe dava um beijo de despedida. Sua risadinha quando ela encontrou a caricatura de desenho animado que ele fez dela, dobrada na caneca de escovas de dente. Seus ganidos quando ela bateu o dedo do pé no aspirador e pulou pelo corredor.

Qualquer coisa, menos isso.

Ele faz uma nova tentativa com as palavras, alguma conversa normal desta vez — se elas não têm peso, tente algo leve, porém contínuo.

— A sessão de fotos correu muito bem, acho. Nunca posso afirmar com cem por cento de certeza, porém mal posso esperar para lhe mostrar as fotos. Tenho algumas das quais me orgulho muito. A cliente parecia contente, então, vamos cruzar os dedos…

Tão inútil, tão trivial. Ele continua.

— O melhor de tudo é que a chefona tinha um cachorrinho de nove semanas que ela carregava em uma bolsa Chanel. Você teria adorado.

Zumbido, bipe, clique, respiração.

— Adivinha de que raça era?

Zumbido, bipe, clique, respiração.

— Um shit-poo![3] Palavra de honra que não estou brincando.

Ele tenta um sorriso. Parece estranho em seus lábios.

— Ela tentou me dizer que era um *shy*-poo, mas não engoli isso. Um shih-tzu e um poodle não fazem um shy-poo.

---

[3] Trocadilho com as abreviações das raças de cachorro: "shit" (merda/cagar) e "poo" (cocô). (N.T.)

Zumbido, bipe, clique, respiração.

— Definitivamente um shit-poo, estou certo?

— Meu amigo tem uma mistura de collie com poodle — uma voz cantarolou na extremidade da cama.

Steve se vira de modo brusco para se deparar com um enfermeiro desprendendo da cama a prancheta com o prontuário de Pippa. Um homem magro e barbudo com uma touca de enfermagem azul.

— Quero dizer, todo mundo está nessa agora, não é? Um cachorro não é um cachorro sem um pouco de poodle misturado. — Ele ri, dando a volta na cama para inspecionar os monitores de Pippa. — Eu queria chamar de poo-coll,[4] mas aparentemente eles são collie-poos. Menos apropriado, na minha opinião. Meu nome é Craig, a propósito. Vai me ver muito por aqui. Só estou verificando os sinais vitais de sua adorável esposa.

Ao se aproximar da cabeça de Pippa, ele a vê pela primeira vez, e sua jovialidade se dissolve, substituída por um foco obstinado. Sua voz baixa de tom.

— Olá, Pippa. Vou apenas verificar seus níveis de oxigênio e ver onde estamos.

Ele vira a tela para si e começa a fazer anotações na prancheta. Steve examina seu rosto em busca de uma dica, mas a expressão de Craig mal se altera.

— Como ela está? Alguma mudança?

Craig escreve com rapidez, evitando os olhos de Steve.

— Vou só ter uma palavrinha rápida com o médico sobre um assunto.

— Mas você pode...

— Já volto.

Ele sai, e Steve fica sozinho de novo com Pippa. O quarto deveria estar silencioso agora, mas o ruído branco é repentino e ensurdecedor. Seu coração se atira contra as costelas como um tigre enjaulado. As paredes se contraem de novo e espremem a respiração de seus pulmões.

---

[4] "Coll" é abreviação de "collection" (coleção). (N.T.)

Ele fecha os olhos com força, em uma luta contra o impulso de fuga com cada fibra de seu ser. Por fim, tira a bolsa da câmera de sob a cadeira.

— Eu trouxe algo para você.

Pega um pequeno embrulho esmagado, um chumaço de toalha de papel.

— Claro, eles não parecem muito apetitosos agora, mas juro que são os melhores brownies. Lutei para conseguir os dois últimos com uma garçonete e fiz com que ela os embrulhasse para você. Os convidados eram como gansos. Vi um cara enchendo a maleta executiva com os brownies. Ganache, crocante no topo. Assim como você gosta deles.

Zumbido, bipe, clique, respiração.

— Vou só guardá-los aqui. Pode comer um quando acordar.

Ele coloca os brownies no armário de cabeceira, vazios, exceto por uma tira de papel plástico, rasgado de alguma embalagem de material esterilizado.

— E se *isso* não é motivo para voltar para nós, não sei o que é!

Zumbido, bipe, clique, respiração.

Mirando a bolsa aberta, ele a remexe distraído, tirando dela uma *Time Out* e sua carteira. Steve as coloca ao lado dos brownies, sem pretensão de ler, mas com o intuito de introduzir uma aparência de normalidade doméstica, talvez. Pega a carteira, desliza um dedo por trás de um cartão de fidelidade raramente usado e puxa uma pequena foto em preto e branco. Um recorte gasto, mais ou menos do tamanho de uma foto de passaporte, de uma folha de prova de fotos que ele tirou há mais de uma década. Sua foto favorita de Pippa — cabeça jogada para trás, bochechas apertando os olhos, uma mecha de cabelo ruivo caindo em cascata sobre a bochecha. Uma fração de segundo de alegria pura, invencível e juvenil, fossilizada em sua carteira.

Ele passa o dedo pelo rosto dela.

— Sei que você ainda está aí. Volte, minha querida. Volte para mim.

NOVEMBRO DE 2007

Steve

Meio dormindo, peguei a água ao lado da cama, conduzindo-a com cuidado aos lábios para não derramar o precioso conteúdo, e bebi o copão de meio litro cheio pela metade de uma vez. Não foi suficiente para saciar o deserto queimado que era minha boca. Os cruéis e covardes olhos vermelhos do meu relógio digital me disseram que eram seis e vinte da manhã. Eu poderia muito bem me levantar.

Levando um copo de água fresca, sentei-me no banheiro tempo suficiente para ler uma revista *Empire* de um ano atrás de capa a capa (uma barriga tomada por um frio de nervosismo, cerveja e a pizza mais barata do noroeste de Londres tinha sido um rude despertar).

A caminho da cozinha, passei por uma sombra na forma de Hugo, meu colega de quarto espanhol. Nós respeitosamente nos ignoramos. Hugo era tão esquivo que às vezes eu pensava que ele só existia na minha imaginação. Muitas vezes, eu o ouvia chegar em casa de madrugada, apenas para partir de novo antes de eu sair da cama. Eu não sabia se era seu lado festeiro ou seu lado trabalhador que o consumia mais fortemente, mas ele parecia um morto-vivo.

Arrastei-me pelo tapete gasto com meus amados chinelos, tremendo, desejando que o sol nascesse e esquentasse um pouco o lugar. O aquecimento central nunca tinha sido ligado — não tinha certeza nem se funcionava — e não era o dia para testá-lo. O apartamento ficava em cima de uma loja de tapetes (perguntei ao proprietário algumas vezes se ele poderia substituir o nosso por algo menos pegajoso; até me ofereci para descer e tentar pechinchar um desconto com meus amigos na loja, mas ele nunca retornou minhas ligações). Se a caldeira explodisse, o fogo se espalharia com rapidez pelas escadas, o Carpet Planet se tornaria um inferno e a Kilburn High Road seria conhecida como a nova Pudding Lane.[5] Por enquanto, nós nos contentávamos com pulôveres e contas de gás mais baixas, o que nos servia bem.

Oscar jazia nocauteado no pequeno sofá da cozinha. Seu corpo estava todo desconjuntado, membros em ângulos retos. Coloquei a chaleira no fogo para preparar uma xícara de chá, da maneira mais silenciosa que pude, embora não houvesse perigo de ser ouvido acima de seus roncos ásperos. Oscar conseguia dormir em qualquer lugar, livre de qualquer ansiedade, alheio às tensões e às pressões do mundo real. Eu o invejava. Ele parecia tão... adormecido.

Era uma manhã escura e fria — o início de uma onda de frio, segundo o boletim meteorológico —, o que só servia para tornar o apartamento menos convidativo. Minha cabeça começou a latejar. *Como posso estar tão de ressaca?* Lembrei-me da razão ao me deparar com uma dúzia de latas de cerveja amassadas ao lado da lixeira. "Não vou beber", disse a Oscar antes que ele chegasse. "Preciso estar focado manhã". Mas uma latinha com o jantar inevitavelmente levava a duas, e duas vezes três são seis cervejas cada.

Coloquei as cervejas malditas na reciclagem (rasgando as alças de plástico para evitar estrangular as gaivotas) e comecei a vasculhar a geladeira em busca de um pouco de pão para torradas. Se eu não comesse algo logo, poderia desmaiar. Na prateleira de cima, havia um Tupperware com torta de carne moída da minha mãe ao lado de meio choc ice;[6] na segunda prateleira, havia palitos de peixe e pedaços de pão pitta partido; e, na terceira prateleira, nada. Inspecionei o choc ice; parecia bom, sem pedaços verdes, então, comi e fiquei satisfeito com a sensação açucarada.

Algumas centenas de calorias foram então gastas tentando descobrir o layout ideal de alguns adereços escolhidos a dedo que eu havia comprado para enfeitar a mesa da cozinha. Uma vela perfumada

---

[5] Pequena rua onde se originou o Grande Incêndio de Londres, que durou de 2 a 6 de setembro de 1666. O incêndio teve início numa padaria. (N. T.)
[6] Sobremesa semelhante ao Eskibon, que consiste de um bloco retangular de sorvete de baunilha coberto com chocolate. (N.T.)

(baunilha e canela — festiva, mas elegante, pensei), pedaços de brownie de chocolate dispostos em nosso único prato sem lascas e um livro sobre fotografia de rua de Nova York do tamanho de um cobogó. Descobri que, se eu colocasse a vela no meio, pareceria muito com um jantar romântico. Se o prato de brownies estivesse no meio, eles ficariam longe demais para serem alcançados, mas, se estivessem na extremidade, pareceria que estavam largados ali esquecidos há alguns dias. O livro era mais adequado para o meio da mesa, mas, se ela o pegasse, descobriria uma mancha feia onde o verniz se deteriorou ao longo dos anos (que não foi ajudada em nada por eu cutucá-la enquanto ouvia episódios particularmente estressantes de *The Archers*, um detalhe que eu não pretendia compartilhar com ninguém, nunca). Por fim, decidi-me pela configuração de "grupo": todos os três itens espalhados despreocupadamente mais ou menos no centro.

Acendi a vela, para ajudar a criar o clima, depois me afastei e admirei meu trabalho.

Nada mal.

Uma mancha de luz apareceu em um braço do sofá surrado, o sol enfim enfiando a cabeça na esquina do salão de sinuca do outro lado da rua, iluminando a sala em tons dourados mais quentes. Mas o resultado foi o mesmo — ainda era uma merda.

— Preciso dar um jeito neste lugar — falei, esperando que a mensagem chegasse aos sonhos de Oscar e despertasse a Bela Adormecida do sofá.

Pippa subiria as escadas em breve, esperando encontrar-se no apartamento-estúdio de um fotógrafo profissional, não no set de *Os Desajustados*. E se ela chegasse cedo? E se o metrô em que vinha pulasse algumas estações, ficasse cheio na Bakerloo Line Express?

— Você está pronto para o seu encontro, então? — Oscar bocejou, um olho em mim, o outro ainda fechado.

— Não é um encontro — expliquei. — Se fosse um encontro, eu não teria pedido para você estar aqui.

Ele se recompôs como um boneco de teste de colisão, forçando o pescoço e a coluna no lugar com estalos que passaram direto por mim como tiros.

— Esclareça-me de novo por que estou aqui? Ah, sim, para ser seu criado.

— Isso se chama trabalho, cara.

— Um *trabalho*, você diz? — Ele adotou um sotaque híbrido francês-polonês. — Jamé ouvi falarrr neste palavro, *trabalho*.

Para seu crédito, ele aproveitou a chance, ansioso para compensar o desastre da Tate Modern. (Não contei como estava feliz por ele não ter passado pela segurança, afinal de contas. Se ele estivesse trabalhando comigo naquela noite, eu teria ido atrás de Pippa? Teríamos tido nosso momento na escada de incêndio? Será que agora eu teria motivos para convencê-lo a se passar por meu assistente durante o dia, à espera de que isso deixasse Pippa à vontade e ajudasse a sustentar a narrativa de que eu era o fotógrafo de retratos razoavelmente requisitado que não era?) Eu havia tentado lhe passar um briefing na noite anterior, antes que a segunda cerveja fosse aberta, pontuando-lhe que deveria buscar café, segurar refletores e trocar as pilhas — tudo entrava por um ouvido e saía pelo outro, e tudo isso eu sabia que acabaria fazendo eu mesmo. Na verdade, Oscar deve ser a última pessoa a quem você gostaria de pedir ajuda com algo assim. Mas a quem mais eu pediria? Provavelmente, poderia contar meus amigos próximos e confiáveis em um dedo.

Minha irmã June, suponho, era uma possível candidata; ela não estava trabalhando no momento. Mas eu sabia o que ela diria: *O que está fazendo, Steve? Está mentindo para essa pobre garota, tentando arrastá-la para a cama. Pensei que fosse melhor do que isso*. E então eu teria minha mãe no telefone: *O que foi isso que nossa June me contou? Você levou uma garota ao seu apartamento? Por que não a conheci?* E também havia Lola, é claro. Ela viria e interpretaria a assistente soberbamente, não tinha dúvidas. Mas isso partiria seu coração.

Oscar estava de pé agora, farejando ao redor da mesa, as narinas em contração, como um porco ao pé de um carvalho de trufas.

— Eca! — ele resmungou quando seu focinho encontrou a vela. — Isso é desagradável.

— Não é.

— Onde você arranjou isso, na lojinha de 1,99?

— Não. — Fui até lá e embalei a vela com as mãos, defendendo minha compra. — É um lance classudo.

— Está me dando dor de cabeça.
— Vou apagar, então.

Fiz isso, e o cheiro se intensificou. *Era* ruim, como se alguém tivesse borrifado ambientador barato em um carro quente para mascarar o cheiro de cigarro. Oscar puxou a gola do moletom para cobrir a boca.

— Você deveria ter comprado algo leve e cítrico. Algo com figo ou folha de tília.

— Como você sabe tanto sobre isso?

— Gosto de um banho ocasional à luz de velas, se quer saber. Em especial se estou escutando uma partida de críquete. Eu poderia passar uma transmissão inteira do Test Match Special na banheira.

Aposto que Oscar passaria uma semana inteira no banho. Ele era o homem mais descansado do mundo. Todos os dias para ele eram domingo. Mas não hoje!

— Ela estará aqui em breve, então, escute — eu disse, assumindo uma posição de comando na porta e bloqueando sua rota de fuga. — Vamos estabelecer algumas *regras* e alguns *papéis*.

— Não estou sendo pago o suficiente para isso — suspirou Oscar. — Na verdade, nada.

— Tecnicamente, já paguei a você com um *meat fiesta grande*.[7]

— É justo.

— A primeira coisa a lembrar — continuei. — Isto não é um encontro; é uma sessão de fotos.

Oscar levantou a mão como se estivesse na aula.

— Achei que você disse que eram retratos!

— Dá no mesmo — prossegui. — Isto não é a cozinha, é a área de *meet-and-greet*. — Eu podia ver que ele estava prestes a cair na gargalhada, mas não lhe dei a chance. — O banheiro é para cabelo e maquiagem, e meu quarto é o... hum...

— Sim?

Limpei a garganta.

— Onde...

— A mágica acontece? — Ele sorriu, e sua cabeça dançava de um lado para o outro como um brinquedo balançando a cabeça.

---

[7] É um prato tipo fast-food. (N. E.)

— Não! É o meu estúdio, ok? Então, por favor, não se refira a isso como meu quarto ou meu *boudoir* ou qualquer outra coisa. Agora cale a boca e venha comigo. Vamos virar minha cama.

— Hein?

Consegui convencer os caras do Carpet Planet a me emprestarem pedaços de linóleo, que, quando remendados com fita adesiva e pendurados na minha estante com grandes clipes, formavam um bom pano de fundo. Mas a cama um pouco maior do que uma de solteiro ocupava a maior parte do piso e, por mais que eu, em segredo, gostasse que a sessão acontecesse entre os lençóis, era provável que fosse sensato liberar certo espaço.

— Eu manteria onde está, se fosse você — disse Oscar. Ele se esparramou sobre a cama e começou a tirar fotos imaginárias, contorcendo-se como Austin Powers. — Sim, querida. Mostre-me o que você tem!

— Por favor, saia da minha cama ou vou ter que demitir você.

Tirei a roupa de cama e enfiei o edredom velho e surrado no meu guarda-roupa, com Oscar rindo o tempo todo. O ridículo da farsa não passara despercebido para mim, mas ele começava a me dar nos nervos. No três, levantamos o estrado frágil da cama de lado, revelando um retângulo de poeira grossa e escura no tapete, salpicado de meias sem par e cerca de uma libra e meia em moedas.

— O que estamos fazendo? — indaguei, com o peito apertado. — Isso nunca vai funcionar.

— Relaxe, companheiro.

— Vou ligar para ela. Deixar para uma próxima ocasião até que eu possa alugar um estúdio adequado.

Oscar olhou para mim. Ele deixou de lado seu sorriso bobo, tornando-se sensato de repente.

— Vai dar tudo certo. Deixe-me passar o aspirador aqui.

Fiquei grato por ver meu velho amigo, a *avis rara* "Oscar Confiável", apresentando-se para mim quando precisei dele.

— Obrigado — agradeci. — Vou tomar um banho. Você já usou um aspirador antes?

— Há-há-há — respondeu ele, impassível. — Pode crer, baby.

Esfregados, lavados e, por fim, alimentados, sentamos na área de encontro, à espera de minha cliente. A expectativa de ela chegar cedo furara.

— Se ela não estiver aqui às onze — avisou Oscar, rodeando a mesa da cozinha —, vou atacar os brownies.

— É justo. — Suspirei e conferi o relógio outra vez. — Parece que dei uma festa e ninguém vai aparecer.

— Uma festa e tanto. — Ele cutucou o prato, sem dúvida decidindo qual brownie iria comer primeiro. — Tem certeza de que não a inventou?

Eu tinha tanta certeza de que Pippa não iria se materializar que não reconheci a campainha como minha.

— Vou atender! — Oscar desceu as escadas em um piscar de olhos, como um cachorrinho enlouquecido saltando para cumprimentar o carteiro.

Aqui vamos nós, então. Eu não podia acreditar que ela tinha vindo mesmo. Pippa Lyons no meu apartamento! Houve murmúrios de saudação, depois a porta da frente se fechou. *Não há volta agora.*

— Eu não sabia que ele tinha um assistente. — Sua voz flutuou pelas escadas.

— Você teve sorte de conseguir uma vaga — disse Oscar. — Ele está ocupado há meses.

Meus dedos dos pés balançaram de excitação em meus chinelos. *Chinelos!* Eu ainda estava usando chinelos. *Amo vocês, chinelos, mas esta não é a sua hora.* Chutei-os para um canto. Eu poderia ter flutuado no ar quando Pippa apareceu no patamar, seu cabelo ruivo encaracolado e solto, as bochechas levemente coradas de frio, seguida por... um, dois — não — *três* de seus amigos.

— Aqui estão todos eles! — anunciou Oscar.

Lá estavam todos eles.

— Desculpe não ter avisado — falou Pippa com um sorriso culpado.

Ela apresentou sua comitiva. Lá estavam Gus, um louro esguio parecido com Jarvis Cocker, que olhava para o apartamento com um ar de desdém; Jen, que era baixinha, tímida e se escondia atrás dos óculos grossos e do gorro; e, então, um rosto de outrora que eu nunca poderia esquecer — Tania Marley, outra garota exótica e um pouco assustadora de All Hallows, que um grande número de garotos da minha escola tinha como assunto principal. Ela estava ainda mais alta agora, um manequim escuro em um casaco bege.

— Você se lembra de Steve — observou Pippa.

— Não. Eu deveria?

Pippa olhou para ela. Dava quase para ouvir as cutucadas e piscadelas.

— Ah, sim. — Tania ergueu uma sobrancelha perfeitamente depilada. — Steve da escola. Steve-Escola.

Pippa riu com nervosismo, e eu a imitei, Beavis para seu Butt-Head.

— Sei que foi abuso — ela continuou —, mas o pessoal estava desesperado por novos retratos e pensei: "Isso parece um trabalho para Steve!".

Parecia um pesadelo para Steve. Parecia o primeiro e último trabalho do fotógrafo que fora conhecido como Steven Gallagher antes de ser encontrado na merda aos prantos do lado de fora de uma agência da Snappy Snaps.[8]

Mas ela estava ali e ela era tudo que eu podia ver.

— Seria bom para o seu portfólio, certo? — acrescentou ela, dando um pequeno aperto no meu cotovelo, o que fez com que os calafrios da puberdade se multiplicassem pelo meu braço.

Tudo o que pude responder foi:

— Está tudo bem. Está ótimo. Maravilhoso, de verdade. — E falei sério.

Permanecemos em um círculo solto no patamar, eu olhando estupidamente para Pippa, todo mundo olhando para mim parecendo um idiota. Este é o ponto em que eu gostaria que meu assistente se intrometesse e me desse um empurrão, lembrando-me do trabalho a

---

[8] Franquia britânica de serviços fotográficos. (N. T.)

fazer, mas ele estava gostando demais de me ver fazendo papel de bobo. Em vez disso, foi Tania quem fez as coisas andarem.

— Vamos fazer isso, então. Você pode ser o primeiro, ok, Gus? — disse ela, sem esperar uma resposta. — Precisamos de um retoque.[9]

Oscar olhou para mim, intrigado. Eu podia ver as intermináveis respostas obscenas se alinhando em uma fila desordenada em seu cérebro, desesperadas para serem transmitidas, e rezei para que ele mantivesse uma tampa sobre elas antes que tudo ficasse um pouco *Carry On Photographer*.

Tania retirou de sua bolsa de mão uma outra, quase do mesmo tamanho, dourada com textura de glitter. Jen seguiu o exemplo, abrindo o zíper da mochila e removendo uma bolsa de maquiagem, do tamanho de um estojo de lápis. Mas Pippa não imitou as amigas.

— Acho que não quero mais maquiagem — disse.

Tania olhou para ela como se estivesse louca.

— Tem certeza? Essas fotos são para você ser notada, Pips.

Pippa não se abalou. Senti que ela teve conversas semelhantes com Tania antes.

— Vou optar pela aparência natural.

— Há uma diferença entre natural e transparente — afirmou Tania, agitando o dedo como uma diva. Ela se virou para mim. — O que você acha, Steve?

— Acho que ela está perfeita — respondi sem hesitar.

Não acredito que acabei de dizer isso. Estraguei meu disfarce, com certeza.

— Há um espelho para cabelo e maquiagem no banheiro — emendei, tentando soar mais profissional. — É logo no final do corredor. Oscar, você pode mostrar o estúdio ao Gus, por favor?

Tania deu de ombros, disse "Você é o profissional" e girou nos calcanhares.

Gus olhou de mim para Pippa, depois de volta para mim. Um olhar protetor ou ciumento? Eu não sabia dizer.

— Ele é o melhor do ramo — disse Oscar com vivacidade, antes de gesticular para Gus que ele deveria segui-lo escada acima.

---

[9] No original, "touch-up", que também pode significar "bolinar". (N.T.)

A comitiva se dispersou, deixando Pippa e eu sozinhos — por ora, pelo menos. Entramos em silêncio na cozinha, a frase *acho que ela está perfeita* pairando no ar. Eu queria me desculpar, garantir a ela que todo esse lance de fotos de retrato não era uma manobra para me aproximar. Mas era, não era? Quem eu estava enganando?

Ela examinou a cozinha — o sofá, a vela, os brownies.

O que ela está pensando? Está envergonhada? Assustada?

— Brownies?

Pippa estava de costas para mim, e eu não poderia dizer pela voz se aquele era um bom "brownies" ou um "brownies" ruim.

— Ah — respondi. — Sempre os tenho por aqui.

Ela se virou e estava sorrindo. *Graças a Deus.*

— Meu favorito! Como você sabia?

— Fique à vontade. Eles são para você, para *todos* — apressei-me em acrescentar. — Para todos vocês.

Sua mão pairou sobre o prato, mas, então, ela fechou o punho e o afastou.

— Melhor esperar até depois — disse ela. — Chocolate nos dentes não é o melhor visual para um retrato.

— Não, a menos que você queira ser escalada como uma camponesa vitoriana.

Ela riu e eu estava no céu.

Queria tanto mantê-la ali, mantê-la rindo, mantê-la para mim. Vasculhei minha cabeça, em busca de uma continuação rápida para a tirada da camponesa, mas nada apareceu.

— Com licença, Stevie, ahm, patrão, ahm, chefe. — Foi quase um alívio quando Oscar apareceu. — Gus está pronto para seu close-up.[10]

A sessão de Gus foi gratificantemente curta. As primeiras quarenta e tantas fotos foram perda total — não consegui fazer o flash disparar. Gus e Oscar esperavam em cantos opostos da sala, Oscar olhando pela janela assobiando o tema de *Cagney & Lacey* (sonhando

---

[10] Referência à famosa frase do final do filme *Crepúsculos dos Deuses*. (N. T.)

acordado em estar de volta ao sofá assistindo à tv durante o dia). Por fim, Gus sugeriu, de maneira irônica, que eu ligasse o flash, e ri até perceber que ele estava certo. Então, o silêncio reinou outra vez, exceto pelo clique do obturador e pelo assobio desafinado do meu assistente.

Gus olhava para a lente, frio, duro, sem piscar — presumivelmente esperando forçar os diretores de elenco a lhe dar um emprego por puro ódio.

— Vamos tentar outra coisa? — sugeri. — Talvez um pouco… alegre?

Ele fez uma careta de volta, como se a alegria lhe fosse um anátema.

— Bem, então — falei, depois de apenas um minuto e meio de sessão. — Acho que terminamos.

Eu tinha certeza de que ele começaria a discutir, exigiria o valor de seu (não) dinheiro, mas Gus parecia completamente satisfeito com sua maravilha de um look só.

Jen foi a próxima, tão transformada que estava quase irreconhecível, a não ser pelos brincos de apanhador de sonhos. Seus olhos estavam rodeados de preto esfumaçado, como os de um panda, as laterais da face sombreadas com tamanha intensidade que agora ela tinha quatro maçãs do rosto. Estava acompanhada por Tania, e era evidente pelo rosto habilmente maquiado de Tania que ela havia treinado o próprio visual em Jen primeiro, como minhas irmãs pintando o rosto de suas bonecas quando eram pequenas ("Salão de Sábado", como chamavam). Eu gostaria que Jen removesse um pouco do excesso, mas como eu poderia dizer isso a ela sem parecer rude? Em vez disso, pedi a Oscar para baixar um pouco a luz, uma tentativa de atenuar a agressividade da maquiagem. Em vez de girar o botão de brilho na minha luz de estúdio pirata muito básica, no entanto, ele desceu a lâmpada inteira para que agora apenas o Converse vermelho de Jen estivesse iluminado. Foi nesse momento que Pippa entrou. Ela olhou para o calçado de Jen, que brilhava como sapatinhos de rubi, e deve ter pensado que eu era maluco.

— Assim? — Oscar perguntou totalmente perdido.

A de Tania foi a sessão mais longa e difícil, e não só para mim. Mesmo uma equipe de cinco, amontoada em meu minúsculo quarto, não conseguia alcançar os altos valores de produção que ela exigia para suas fotos. Oscar segurava sua garrafa de Evian, Jen empoava sua testa, Gus e Pippa diziam que ela estava fabulosa, enquanto eu tentava encontrar um ângulo que evitasse capturar o cotovelo de algum dos assistentes. A certa altura, estávamos nos revezando abanando-a com livros para criar um efeito de máquina de vento. Você podia vê-la pensando *Porque eu valho a pena*, cabelos esvoaçando na brisa dos livros.

Pippa ficou para o final, o que deveria significar que eu estaria aquecido, pronto para fazer das fotos dela as melhores do grupo. Mas ela tinha tirado o palitinho curto. Havia uma sensação de fim de festa na sala agora, com todos sentados no chão, exaustos pelo esforço colocado na sessão prolongada de Tania. Eles deram pouca ou nenhuma atenção a Pippa, que era mais tímida na frente da câmera do que eu esperava.

— Não tenho ideia de que cara eu deveria estar fazendo — ela se desculpou. — Então, vai ter que me dizer para onde olhar.

— Seja natural — sugeri inutilmente. *Seja natural. Exatamente o que você quer ouvir quando se sente desconfortável.*

Tania e Gus lançaram uma orientação ainda mais inútil — "Pense sexy", "Pense na Inglaterra!" — antes de rolarem com um riso histérico. Tentei ignorá-los e me concentrar em Pippa, mas agora estava cansado e podia sentir o início da irritação. Gostaria de mandar todos para baixo, mas não queria ser acusado de parecer um professor.

— Silêncio no estúdio! — tentei brincar, mas pude ouvir a exasperação na minha voz.

Oscar já tinha visto minha paciência ser levada ao limite antes. Nunca terminou em uma explosão de violência tipo De Niro em *Os Bons Companheiros* ou algo assim; mais uma rendição, um desligamento. Como sentar debaixo da mesa de jantar em protesto quando perdi no Banco Imobiliário. Ele pode ter reconhecido os indícios, tomando isso como sua deixa para escapar e buscar um café para nós, mas não levando o restante da turma com ele.

Pippa não pareceu se importar com as provocações. Ela soube como lidar com o momento diva de Tania mais cedo e era capaz de rir junto a eles agora. Eram seus amigos, afinal. Mas eu odiava pensar que estavam se aproveitando dela. Pippa parecia tão incrível pelas lentes quanto pelos meus olhos, é claro, mas eu sabia que as fotos iriam decepcionar no fim. Eu queria que elas fossem tudo. Queria que *eu* fosse tudo para ela. Isso era pedir demais. Investi minhas expectativas no dia e agora me rendia à ideia de que fora um fracasso.

Três horas, dois multipacks de Duracell e mil exposições depois, estávamos de volta à cozinha, e senti como se tivesse feito dez rounds com Ricky Hatton. Minha primeira e última vez fotografando atores, prometi a mim mesmo.

Oscar havia deixado sua persona de assistente no estúdio e estava disparando o repertório de anedotas para entreter nossos convidados. Aquela com o Burro Fugitivo. Aquela em que Entra para o Jornal Local. Aquela em que Ele Bate o Carro do Pai. Era como uma maratona de fim de semana de *Friends*. Ele direcionava a maior parte do show para Tania, que permaneceu resoluta e impassível, enquanto Jen ria de modo alegre. Gus ficou de lado falando no celular, o cabelo de Kurt Cobain caindo sobre os olhos, a mão cobrindo o microfone em segredo. Comprando drogas? Era essa a vida de um ator?

Pippa olhou para mim e murmurou:

— Você está bem? — Eu não tinha mais conversa em mim (se é que já tive alguma), então, afundara-me na câmera, revisando as imagens na tela na esperança de encontrar um pouco de trigo entre o joio.

Oscar passou para Aquela com o Cartão de Crédito de Jude Law — o que foi uma delícia, tenho de admitir, em particular na companhia atual. Pippa acompanhou a história, encantada, junto ao restante. Enquanto Oscar tinha a atenção deles, levantei a câmera em segredo, capturando o momento com fotos espontâneas. No clímax da história, quando Oscar vira o cartão de crédito para revelar o nome de seu dono, ele foi interrompido por Gus, que encerrou a ligação, anunciando para a sala:

— Consegui um teste de elenco.

A cabeça de Tania girou. Jen soltou um pequeno uivo. Pippa deu um soco no ar e gritou:

— Gus, que notícia maravilhosa! Para que é?

— É um *recall*, na verdade. Para um anúncio da Ryanair.

— Um *recall*? — A palavra parecia causar grande admiração em Jen.

— Eu nem soube que você tinha uma audição, para começo de conversa — comentou Tania.

— Achei que não estariam interessadas — respondeu Gus, um pouco petulante.

— Ah, lindo Gus. Claro que nos importamos. — Pippa segurou as mãos dele. — Você vai arrasar.

Essa notícia pareceu lembrar à trupe que o mundo lá fora estava esperando por eles, e pegaram seus casacos e suas bolsas. Fama, fortuna e audições de companhias aéreas econômicas os aguardavam. Gus parecia muito feliz consigo mesmo e, sem me agradecer por ter aberto mão do meu dia de graça, saiu fora cheio de ginga, com um sorriso no rosto. Engraçado como ele não conseguira mover os cantos da boca para cima durante as fotos. Oscar ofereceu um abraço lateral para Tania e Jen, como uma criança cantando "Eu sou uma chaleirinha" e as levou para o corredor, deixando-me sozinho com Pippa por preciosos segundos.

— Obrigada por nos aturar — disse ela, colocando as luvas. — Você deve estar caindo aos pedaços.

— De jeito nenhum! Eu gostei.

— Quando podemos ver as fotos?

— Ah. Bem, posso lhe mostrar as provas em alguns dias. Pessoalmente ou pelo correio.

— Pessoalmente seria bom.

— Sim. Concordo.

— Ótimo — disse ela, enquanto pegava o brownie restante da mesa. — Para a viagem de volta. Você se importa?

— Claro que não. Quer um saco de sanduíche ou algum papel--alumínio ou...

Mas ela já o havia enfiado no bolso do casaco, esfregando as migalhas de suas luvas de lã listradas.

— Vamos dar uma festa no próximo fim de semana, para o aniversário de Tania. O traje é fantasia, anos 1990! Muita bebida, algo para comer, acho.

— Ah. Legal — falei, sem entender que aquilo era um convite.

— Quer vir? — ela perguntou.

Fantasia e *traje*. Duas palavras que enterrei no fundo do meu subconsciente desde meu aniversário de treze anos, até mesmo conseguindo evitar me envolver com elas durante toda a universidade.

— Não perderia por nada neste mundo.

Estávamos na porta da cozinha quando um ramo de visco invisível pendurado sobre nós pareceu impeli-la a dar uma rápida beijoca na minha bochecha esquerda. Que estalou, encantada. Quase fiquei com ciúmes.

— Pelo chocolate — disse ela, como se desculpando pelo beijo.

— Fique à vontade — gaguejei. — Tem muito mais chocolate no, ahm, armário.

— Então, você estará lá?

— Pode crer, baby, pode crer!

Idiota.

Pippa não percebeu que me encolhi de vergonha; ela já estava descendo as escadas correndo para alcançar os outros. Da janela do patamar, eu a vi acenar por cima do ombro para Oscar. Então, olhou para mim e gritou através das luvas em forma de concha:

— Traga uma garrafa!

DEZEMBRO DE 2007

Pippa

Um fato menos conhecido sobre mim. *Odeio* fantasias. Tudo relacionado a isso faz minha pele arrepiar. Estranho, eu sei, visto que escolhi ganhar a vida vestindo as roupas de outras pessoas e me pavoneando, exigindo atenção por isso. Mas aí está. Acho que tem a ver com a competitividade de se produzir, toda a afetação supercasual tipo *O quê, este negócio velho? Acabei de achar num bazar de caridade.* Ah, dá um tempo! Todos sabemos que você passou semanas vasculhando os brechós em busca do hábito de freira mais adequado para poder se exibir mais parecendo Kate Moss do que Madre Teresa.

Mas Tania insistiu, e o universo obedeceu. Como sempre. Acho que esse deveria ser o nome de sua autobiografia: *E o Universo Obedeceu*. Além disso, é seu vigésimo quinto níver, e ela me levou para ver Adele no meu, então, ela meio que me pegou de surpresa.

Não consigo lembrar quem foi que sugeriu primeiro a ideia de nos fantasiarmos de Spice Girls, mas, a partir do momento em que foi ventilada, tornou-se uma decisão gravada a ferro e fogo na casa do drama. Decisão de Tania.

— Cinco membros do grupo. Cinco trajes. Cinco residentes na Egerton Road, nº 309. Quero dizer, não precisa ser um gênio, certo? É óbvio.

Claro, um desses residentes era do tipo menino, mas Tania não ia deixar esse pequeno detalhe detê-la. Além disso, Gussy Atkins tem pernas mais bonitas do que qualquer uma de nós e era descontraído (preguiçoso) demais para pensar em uma alternativa. Tania assumiu com naturalidade o papel de coreógrafa, diretora e curadora, conquistando o tão cobiçado papel da Posh Spice antes que alguém pudesse piscar.

— Todos concordamos que é vital que eu pareça sexy *de verdade* na festa, não é? Entendem? Não apenas sexy *divertida*, mas sexy *sexy*. Porque, afinal de contas, é a minha festa e *tecnicamente* a maioria das pessoas vai estar olhando para mim. — É um verdadeiro mistério como Tania se safa falando coisas assim e ainda é adorada por quase todo mundo que conhece.

À doce e gorducha Jen Hale coube a ingrata tarefa de encarnar a Sporty Spice, o que todos concordamos que era muito duro, mas alguém tinha que tirar o palitinho curto. Jen era uma daquelas desafortunadas garotas que pareciam ter perdido a parada da Juventude e acabaram no trem direto para a cidade distante da Meia-Idade. Usava vestidos desestruturados e sandálias abertas, e, por mais que tentássemos, ela se recusava a depilar as axilas. Quero dizer, não me entenda mal, nenhum de nós gostava do look de conjunto esportivo Reebok e cara limpa (não quando haveria um monte de cobiçadas gostosas aparecendo), mas a pobre Jen era, sem sombra de dúvida, a menos equipada de todas para o papel. Ela estava mais para uma professora de netball prestes a se aposentar do que para a Sporty Spice. A calça um pouco repuxada abaixo da virilha e seus óculos de armação grossa não ajudavam em nada, mas lhe demos o maior apoio como boas amigas devem fazer e, justiça seja feita, ela não se queixou de nada, uma santa.

— Jen, sério, se Mel C estivesse bem ali, eu não saberia quem era quem — Tania se entusiasmou. — É como uma holografia de Mel.

— Acha mesmo?

— Sem dúvida! É como se você fosse a gêmea dela.

— Que gentileza sua. Eu estava me perguntando se, só desta vez, eu deveria tentar um pouco de maquiagem? — arriscou Jen.

— De jeito nenhum. Desculpe. Mel *nunca* usa maquiagem. Só não é a praia da Sporty — explicou Tania com paciência. — E se todos vamos parecer *exatamente* conforme os papéis, receio que isso signifique que você também não use.

Jen pareceu desanimada por um momento. Tania continuou.

— Ouça, Jen, se Posh nunca usasse maquiagem, eu *com certeza* também não usaria. Acontece que ela usa um monte, então, estou apenas fazendo o que ela faz. Estamos todos meio que sofrendo por nossa arte.

Isso não fazia absolutamente nenhum sentido, mas, mais uma vez, Tania se safou com esse ridículo disparate.

Jen não insistiu mais. Fiquei silenciosamente impressionada com o seu autocontrole.

— Olhem só a Nish! Isso é que é uma Scary Spice e tanto.

Nisha Rain, estudante de Direito, colega de escola e única residente não atriz, estava com as mãos nos quadris, macacão de pele de leopardo aberto de maneira despreocupada até o umbigo e sutiã de vinil à mostra.

— Incrível. Só uma ideia — continuou Tania. — Estou pensando: que tal pentear o cabelo para trás? Tenho um spray de longa duração. Se achar que é legal…

Ela lhe entregou o spray sem esperar por uma resposta.

— E olhem a Pips! Totalmente arrasando com o cabelo ruivo!

Tania tinha pedido (ordenado) que eu pintasse meu cabelo de "Cobre Intenso" — "Seu ruivo natural não é ruivo o suficiente, querida". Duas horas e três sachês de tinta depois, meu cabelo estava da cor de Irn-Bru[11] e as pontas das minhas orelhas pareciam ter sido rabiscadas com canetinha cor de laranja por uma criança. Eu estava embrulhada em uma bandeira Union Jack de poliéster da Poundland,[12] usando um vestido justo de gola alta e os saltos altos de couro vermelho de Tania, com meias vermelhas para simular botas de vinil.

Tan me estudou como um escultor examinando seu trabalho.

— Nada mal. Geri com certeza tem peitos maiores que os seus, mas sempre podemos lhe dar uma forcinha com enchimentos.

Ah. Melhores amigas. Não são legais?

Por último, mas não menos importante, veio a Baby Spice. Também conhecido como o único menino em nossa casa: Gus. A longa peruca loura se encaixou nele como uma luva, e, quando a ajeitamos

---

[11] Bebida escocesa cafeinada e gaseificada, de colorido intensamente laranja, tão popular em seu país que é considerada a segunda bebida nacional depois do uísque. Foi introduzida em 1901 e, desde então, é o refrigerante mais vendido na Escócia. (N. T.)

[12] Rede de lojas de variedades vendidas ao preço único de uma libra. (N. T.)

nas icônicas marias-chiquinhas altas, parecia que nenhum outro penteado ganharia desse. Deus, ele estava tão atraente que chegava a ser irritante. Os tênis plataforma cor-de-rosa, a minúscula minissaia igualmente cor-de-rosa e o top de renda com decote redondo combinando à perfeição. Um tiquinho de rímel marrom, um toque de brilho labial rosado e ele estava pronto para enfrentar Wembley. Sem dúvida, ele parecia o mais sexy de nós.

Tania não ficou impressionada.

As notas graves de uma caixa de som pulsam ao longo do tapete puído, vibrando em minhas panturrilhas. Nossa sala é um mar esquisito de estudantes de teatro bêbados e seus amigos londrinos "sem-teto", enrolando baseados, bebendo latas de cerveja polonesa de nome impronunciável e entoando canções de musicais por todos os lados (clichê, mas infelizmente verdade).

Consulto o relógio no aparelho de DVD. Puxa vida, são apenas dez para as nove. Parece meia-noite. Estou presa em Cactus Corner (que ganhou esse nome criativo por causa da coleção de vasos de plantas perigosas de Jen, que se estabeleceram aqui). Stu "Me chame de Bronson, todo mundo chama" está encostado na parede ao meu lado. Vestido como Rambo, toma um gole de uma garrafa de Buckfast[13] e fala comigo nos últimos quinze minutos. Era óbvio que Stu — desculpe, Bronson — e a noção de espaço pessoal nunca tinham sido apresentados. Um fedor pungente de Hugo Boss emana de seu peito nu, e sua língua é um pouco grande demais para a boca, fazendo com que ele deforme suas consoantes e borrife partículas de cuspe em meus olhos regularmente.

Ele ostenta três enormes chupões. As brilhantes contusões tingidas de violeta parecem um caminho de pedras de jardim traçando uma trilha do torso ao queixo, e ele não está nem tentando escondê-las. Ao contrário: quem sabe ele as veja como uma espécie de distintivo de honra? Bem, eu não serei sua próxima conquista. Os olhos dele

---

[13] Bebida alcoólica que consiste de cafeína pura adicionada a vinho fortificado. (N. T.)

permanecem, descarados, em meus seios em formato de cone, com enchimento. Está certo que eles são uma distração, já que Tania exagerou muito no algodão enfiado em cada bojo do sutiã, mas seria bom se ele se preocupasse em fazer contato visual de vez em quando. Por um tempo, tentei acompanhar o que ele estava dizendo por meio de leitura labial, olhando para sua boca enorme e babosa, mas agora desisti. É visível como está encantado com a própria narrativa, tão arrebatado pela fanfarrice de sua existência suprema que o entretenimento dos outros fica muito abaixo de suas prioridades. Uma ilusão que, tenho vergonha de dizer, venho alimentando atualmente rindo em intervalos adequados (em particular quando sua boca para de se mover) e balançando a cabeça em animada anuência. Sou tão inglesa às vezes que me odeio. Ele está convencido de que prendeu minha atenção. E *me* prendeu mesmo, só que a contragosto. *Dai-me força*, murmuro para mim mesma, um pouco alto demais. Mas ele nem percebe, apenas prossegue com o monólogo.

Merda. Meus dedos dos pés já estão me matando nos arranha-céus escarlates de Tan. Sinto-me como uma daquelas chinesas do livro que estou lendo, *Cisnes Selvagens*. Os ossos em seus pés quebrados e amarrados quando jovens para impedi-los de crescer até o tamanho normal. Pés minúsculos eram um símbolo de status, ao que parece. As noivas mais desejadas possuíam pés de dez centímetros de comprimento, conhecidos como "lótus dourados". Não sei por que estou tão obcecada com esse fato, mas, por algum motivo, não consigo parar de pensar nisso. Decido não compartilhar com Bronson. Não consigo imaginar que a cultura chinesa desperte seu interesse. Além disso, não haveria tempo entre suas respirações ofegantes para encaixar tantas palavras, de qualquer maneira.

Uau. Ele continua mesmo a falar.

Em dado momento, dá desculpas esfarrapadas para tocar meu rosto.

Achei que você estava com um pouco de batata frita ali.

Ele acaricia minha bochecha com a mão áspera. Agora esfrega o polegar na minha boca.

Isso é uma mancha de batom no seu lábio superior?

Agora é. Seus dedos cheiram a cigarro e bife. Bebo os últimos goles do meu quarto — ou é o quinto? — Watermelon Bacardi Breezer e dou meu grito de liberdade.

— Com licença. Preciso mesmo ver como está a aniversariante.

Ouço trechos de sua resposta desprezível enquanto corro para longe.

— Não. Não vá... apenas conhecendo... em algum lugar mais pri...

Mas, graças a Deus, vou embora me espremendo para passar por um casal que está batendo boca perto da tigela de ponche, depois me contorcendo na selva de corpos suados. Vejo Nisha, que bebe Campari e refrigerante com um grupo inimaginavelmente interessante de *musos*.[14] É notável como estão inebriados com ela. É raro Nisha falar, porém, quando o faz, suas palavras sugam a atenção como um buraco negro. Um bong feito de uma garrafa vazia de 7 Up passando pelo círculo. O magricela que conhece Amy Winehouse olha para mim e estende a engenhoca de plástico fumarenta. Quase um desafio.

Só que maconha não combina comigo. Ela me deixa enjoada, paranoica, deprimida, possuída, insegura — você já entendeu. Mas, ei, é uma festa, certo?

— Inspire, prenda a respiração e conte até dez.

Faço como me disseram. Inclinando-me para a frente, prendo a abertura úmida da garrafa entre os lábios e inalo profundamente.

Um, dois... A fumaça enjoativa crepita na minha saliva como uma bala explosiva. *Três, quatro...* assobiando pelas minhas amígdalas e queimando as fibras dos meus pulmões. *Cinco, seis...* Meus olhos marejam. A fumaça está saindo pelos meus ouvidos? Um flash de Gus no sofá tendo as marias-chiquinhas acariciadas por uma Britney Spears de cabeça raspada embriagada. *Sete...* O mundo está parando, o tagarelar cacofônico da festa se esticando como chiclete. *Oito, nove...* Os rostos dos *musos* se fundem em um, uma gárgula feia-bonita. Uma risada bufada sobe pelas minhas pernas, um pensamento fugaz de que meu coração pulsante poderia estourar no peito e me deixar encharcada de sangue. Então, de repente, uma sensação de suprema calma me sobrevém. Por

---

[14] Gíria britânica pejorativa designando uma pessoa obcecada com música. (N. T.)

um momento, enquanto examino a sala, todos parecem felizes. Ou não? Talvez eu seja todo mundo? E a felicidade está em mim? Ou todos estão… Espere. Pare. Minha cabeça dói. Muitas palavras. *E dez.*

Exalo. Está mais para uma engasgada. Os *musos* aplaudem e riem. Tiro meu boné imaginário, tento fazer uma reverência elegante e perco o equilíbrio. Está tudo sob controle! Sem problemas.

— Você está bem, Pippa? — Acho que ouço a voz de Nisha. — Você parece um pouco…

Levanto a mão para detê-la. Não. Tudo está absolutamente perfeito. Eu me sinto ótima. Eu sinto… Ah, merda. Eu me desloco como se estivesse mergulhada em melado. Minhas mãos não são minhas. Sinto uma onda de náusea. Eu me apoio contra a parede estrategicamente colocada. Muito obrigada, Dona Parede. Certo, recomponha-se, Lyons. Você está bem com isso. Você segura a onda. Mas a ânsia de vômito sobe na minha barriga. Água rala e salgada enchendo minha boca como um sprinkler. Não, não, não. Reprimo a sensação com todo o meu ser. Ao fazer isso, o banho quente de câmera lenta em que entrei escoa com brusquidão pelo ralo e a festa frenética cai de volta na minha frente. Com tudo. Mais ensurdecedora e intensa do que antes.

Tento e levanto o olhar. Vejo Tania na cozinha. Está empoleirada no escorredor, fazendo beicinho para uma foto. Sem saber se ela me viu, fecho um olho e aceno vacilante. Ela sorri e me manda um beijo. *Não* vou vomitar. Meu pulso está ficando mais alto em meus ouvidos, como o volume sendo aumentado em um som de carro. Merda. Estou em uma rotatória, girando cada vez mais rápido. Mas estou cem por cento, totalmente; com toda a certeza, *não* vou vomitar.

Vomito no vaso sanitário; meu corpo estremece de novo e ainda uma outra vez com a violência da expulsão. Isso nunca vai acabar? Minha testa está úmida e pinicando de suor, e a descanso contra o assento da privada. Ah, porcelana geladinha, você é uma maravilha. Por que nunca reconheci sua beleza antes? Agarrando-me a ela como um amante há muito perdido, tento colocar minhas pernas de volta em ação. Uau, esse papo de ficar de pé é mais difícil do que eu me lembrava. Tenho um vislumbre do meu reflexo no espelho. Meus olhos se arregalam.

Puta que pariu, Pippa.

Levanto minha mão esquerda com vagarosidade, à espera de que a garota pálida me encarando mantenha a sua firme ao longo do corpo. Infelizmente, essa estranha levanta a dela em sincronia. Recomponha-se, garota. Pego a pasta de dente sem tampa e espremo um fio na minha língua. Faço um bochecho, observando meu reflexo pálido, e cuspo-a. Uma mancha branca e espumosa segue seu caminho constante pelo ralo como uma trilha de caracol e a encaro, exausta.

Ok. Uma espalhada de batom vermelho nas bochechas e na boca, uma sacudida no meu cabelo laranja brilhante — estarei nova em folha. Bem, seminova e com as pilhas faltando, de qualquer maneira. Ding-ding, round dois. Ou ding-dong, isso foi a campainha? Paro no alto da escada, olhando para a porta da frente, convencida de que um dos convidados vai abri-la, mas ninguém parece nem um pouco incomodado com a campainha tocando repetidas vezes.

Desço as escadas com cuidado.

Mal o reconheço de primeira — o que é estranho, porque sua concessão à fantasia é quase nenhuma, para dizer o mínimo. Ele está vestindo uma enorme camisa de futebol da Inglaterra e segurando um saco tamanho família de batatinha Walkers sabor queijo e cebola.

— Gary Lineker? — indago.

— Acertou em cheio. Desculpe, estou atrasado. Levei *séculos* para montar essa fantasia.

Sorrio. O sorriso me parece estranhamente alheio em meus lábios. Steve franze a testa.

— Você está bem, Pippa? Você parece...

— Bem. Estou bem.

Ele não está convencido.

— Espere.

Steve tira a mochila e vasculha lá dentro; depois, estende uma barra de Dime e uma garrafa de espumante.

— De acordo com Oscar, comer chocolate antes de beber reduz os sintomas da ressaca pela metade.

Ele olha para mim.

— Mas pode ser tarde demais.

— Pode-se dizer que sim.

— Eu tinha duas barras, mas comi uma porque estou aqui fora há muito tempo.

— É sério que está?

— Não, tudo bem. Não foi tanto tempo assim. Quero dizer, vinte e cinco minutos. Isso é muito?

Ele mergulha na mochila de novo e me entrega uma caixa de alguma coisa.

— E se a conversa sobre o chocolate for besteira, isso servirá.

Olho para baixo. Uma caixa tamanho família de comprimidos. Isso me faz rir. O que o faz rir. Posso estar bêbada, mas estou impressionada com quão bom é ver aquele rosto bobo e esperançoso nas sombras.

— Entre, então, Gaz.[15] A loucura o aguarda.

— Ora, obrigado. Amando a bandeira, aliás. Geri sempre foi minha favorita.

Levanto uma sobrancelha. *Ah, para com isso. Todos sabemos que Geri não é a favorita de ninguém.*

Fechei a porta atrás dele, e agora estamos parados cara a cara no corredor.

— Olá, a propósito.

— Ah, sim. Oi.

Inclino-me para beijá-lo na bochecha. Ele se inclina também, mas vira o rosto da mesma forma e ocorre uma desajeitada colisão de lábios e maçãs do rosto. Fingimos que não aconteceu.

— Certo. Não bebo há pelo menos... — verifico o meu relógio — hum, quatorze minutos. Meu corpo está entrando em choque. Vamos encontrar bebida.

Agarrando sua mão, eu o puxo para a multidão. E, então, a cena mais estranha acontece. Enquanto atravessamos a sala juntos, de mãos dadas, de repente vejo as coisas através de seus olhos. Não consigo explicar de outro modo. O efeito da erva passou, então, não é isso. Mas é como se estivéssemos ligados por um instante, a mão dele me

---

[15] Diminutivo de Gary. (N. T.)

fornecendo um canal direto para sua mente. Percebo as coisas de novo, como se mostrasse a um turista minha cidade natal: the naked gang lendo poesia de Rilke no canto; o rosto solitário da garota anoréxica que começou a deixar crescer os pelos do rosto para mantê-la aquecida; uma Jen sem maquiagem se esgueirando para a cama carregando uma caneca discreta de Horlicks[16] e uma cópia surrada de *Middlemarch*; uma turma de *cross-dressing* fazendo a dança do limbo na cozinha, usando como barra uma fita métrica; o gira-a-garrafa no jardim, onde está em curso uma tentativa de amassos a seis; o apavorado gato malhado de Tania, Gordon Brown (assim chamado por causa de seus olhos tristes) encolhido atrás do abajur de lava.

Estudantes de teatro, réprobos, atores, solitários, pecadores. Meu Deus, o que ele deve pensar de nós? Nós somos o baixo-ventre, os restos da sociedade, os machucados em uma maçã que você corta antes de comer. Desesperados para sermos amados. Desesperados para sermos vistos. Desesperados para sermos reconhecidos. Um bando incompreensível de pessoas que não deveriam ser soltas em cima de fotógrafos com olhos bondosos e que ainda acreditam em Papai Noel. Inclino-me para Steve, a fim de ser ouvida acima do barulho. Ao fazê-lo, sinto o cheiro do sabonete em sua pele, e uma onda desconhecida de profunda calma passa por mim.

— Você não precisa ficar. Isto é... isto é...
— Uma noite de sábado comum para você?

Ele está sorrindo. O que me faz sorrir de volta. Parece vivo, mais confiante do que consigo me lembrar a seu respeito. Ele examina a sala, absorvendo a infinidade de pontos turísticos. Um novo mundo se abre diante de si e posso ver as fotos que ele está tirando em sua mente. Instantâneos dos desajustados excêntricos da caixa de Pandora. De repente, alguém me agarra pela cintura.

— Você sentiu minha falta, sexy?

Rambo está de volta. Ele bate na minha bunda e me arrasta para uma conga selvagem pela sala. Meus dedos escorregam da mão de Steve. Eu agarro loucamente sua camisa de futebol, mas é tarde demais.

---

[16] Bebida doce com sabor de leite maltado, para ser consumida quente. Originalmente, destinava-se a crianças ou convalescentes. (N.T.)

A multidão se fecha ao meu redor e ele se dissolve no vazio. Um frio estranho em meus ossos, como se alguém tivesse arrancado minha capa de edredom. Tento me desvencilhar, mas Rambo me envolve em seus braços de polvo. Mais pessoas se juntam à fila serpenteante, e agora estou espremida entre ele e Cleópatra, num trem em alta velocidade do qual não tenho esperança de descer. "Mamma Mia" ressoa no alto-falante e o apartamento entra em erupção.

Bebidas são espalhadas pelo tapete, vozes se tornam gritos, corpos são jogados nos ombros, a festa fervendo. Estou sendo empurrada da fila pelos quadris de Rambo, que se movem de maneira perigosa perto de minhas nádegas. Ele meio que dança conga, meio que me empurra pelo corredor e, antes que eu possa reagir, empurra-me para o nosso pequeno banheiro embaixo da escada. Ele está encostado pesadamente na porta. Com um sorriso gorduroso. Seu rosto orbita em minha direção e, de repente, aquela boca babosa está chupando a minha como uma sanguessuga. Contorço-me e saio de seu alcance.

— Qual é?

— Não. Não vai rolar. Não quero.

— Que isso, sexy. Não seja desmancha-prazeres. Só um pouco de diversão.

Ele estende a mão e, sem ser convidado, traça a curva dos meus seios (cones de algodão) através do vestido. Quero chutá-lo na canela, mas minhas pernas não respondem. Merda. Que irritante. Estou assustada.

— Deus, você tem incríveis…

Uma batida na porta o assusta. Ele coloca a mão contra a maçaneta.

— Estamos ocupados.

Outra batida. Ele se vira, com raiva, e abre a porta um pouquinho.

— O que você quer?

E, então, a voz de Steve.

— Pippa está aí?

As costas de Rambo se endireitam.

— E você é?

Os músculos de seus ombros flexionam, suas mãos formando punhos.

— Com certeza isso é óbvio. Fantasia tão boa quanto a sua!

Mas Rambo não abre um sorriso. Estou com medo por Steve agora. Ele não é um lutador. Ele é Gary Lineker, que nunca recebeu um cartão vermelho em toda a sua carreira. Ele espia pela brecha.

— Aí está você. Está tudo bem, amor? — *Amor?* O que ele está fazendo? — Ouça, querida. Só para dizer, acho que devemos voltar por causa dos cachorros. Não podemos deixá-los sozinhos mais de quatro horas, podemos? E temos o rapaz do forno chegando bem cedo amanhã, não se esqueça. Chamei um táxi para nós. Encontro você lá na frente.

Rambo baixa os braços. Ele olha para mim, confuso.

— Você não me disse que tinha um cara.

— Você não me disse que era um idiota.

Ele sorri. Acha que estou sendo fofa. Seus lábios molhados orbitam mais uma vez em minha direção.

Uma intensa onda de raiva me sobrevém e o empurro. Forte. Ele cai de modo desajeitado contra o vaso sanitário.

— Uau. Relaxa, gata.

— Você é um babaca. Alguém já disse isso? E sua língua é grande demais para a sua boca. — Saio de lá, batendo a porta do banheiro atrás de mim.

Escolho meu caminho sobre corpos bêbados bloqueando o corredor. A casa parece um centro de testes de manequim, corpos se espalhando por qualquer espaço disponível. Olho para o meu pequeno quarto, que está sendo usado como um antro de amor. Ignorando o chamado de amigos atores embriagados me convidando para "a saideira", pego minha bolsa no corrimão e me atiro pela porta da frente.

Só quando sinto o golpe de ar frio em minhas bochechas é que me permito respirar novamente. Inclino-me contra a varanda e fecho os olhos, desejando que meus batimentos cardíacos acelerados se estabilizem.

— Ei. Está tudo bem?

Abro as pálpebras e ele está lá, seu rosto perto do meu — tão preocupado, tão carinhoso. Faço que sim com a cabeça.

— Você está tremendo.

Ele tem razão. Meus dentes estão batendo no meu crânio como feijões numa maraca.

— Tome.

Ele tira a jaqueta e a coloca com suavidade sobre os meus ombros. O nó no meu estômago se afrouxa gradualmente.

— Obrigada.

Olho para ele. Então...

— Nós temos cachorros?

— Sim. Peço desculpas por isso. Eu não sabia aonde você tinha ido; alguém disse que você estava no banheiro. Com um cara. Isso não me soou bem, mas eu não queria julgar, então... — Ele se afasta.

— O rapaz do forno chegando. Bom toque.

Ele ri.

— O diabo está nos detalhes.

Sem pensar, estou na ponta dos meus doloridos e mumificados dedos dos pés e dou-lhe um beijo suave na bochecha. Ficamos ali por um momento, como se posássemos para um fotógrafo inexistente. Por fim, eu me afasto.

— Obrigada. De verdade. Não sei o que eu teria feito se você não tivesse...

A frase paira no ar, inacabada. Com gentileza, ele aperta a minha mão. Ao fazer isso, algo escaldante como cera quente inunda meu peito e sinto o impulso irresistível de agarrar sua camiseta e beijá-lo na boca — mas me lembro de que acabei de vomitar e decido não fazer. A lua passou por trás de uma nuvem, então, não consigo distinguir sua expressão, mas posso ouvir que estamos sorrindo um para o outro.

Talvez festas à fantasia não sejam tão ruins, afinal.

2 DE MARÇO DE 2019

02:39

— Você deveria se sentar, sr. Gallagher. É muita informação para assimilar.

Steve meneia a cabeça. Ele prefere ficar de pé. Sabe que deve estar de pé para ouvir isso. Caso ele se permita enfraquecer, permita que seus joelhos se dobrem, pode ser capaz de nunca mais ficar de pé.

— Muito bem — continua Bramin. — A condição de sua esposa ainda é crítica. A pressão intracraniana está estável, o que é bom, mas ela sofreu algumas lesões profundas. Nosso raio-x mostrou costelas quebradas, então, vamos monitorá-la para hemotórax significativos e sangramento na cavidade torácica, embora prefiramos não ter de operar de novo. É provável que ela fique nesse ventilador por algum tempo.

Zumbido, bipe, clique, respiração.

Steve pisca com força.

Preciso focar. Preciso ficar na vertical.

Mas o chão que o sustenta começou a parecer fino, as fundações ocas — quase bambas, como se ele estivesse se equilibrando em um filme plástico esticado sobre um prato de sobras. A qualquer momento, um elfo travesso pode arrancá-lo de sob seus pés, lançando-o num poço abandonado do qual ele nunca mais sairá. Steve se lembra de uma ruidosa festa no jardim dos Gallagher e de seu irmão de nove anos, obcecado por mágica, tentando múltiplas vezes tirar um guardanapo de baixo da limonada sem derramar uma gota.

— Senhor Gallagher?

Steve tenta ignorar a voz que o chama de volta à realidade. Ele se agarra com força à lembrança, desesperado para ficar naquele lugar seguro, amoroso e familiar. Uma época em que as circunstâncias eram simples. Mas a imagem está desmoronando sob seus pés, como areia movediça; o passado dando lugar ao presente e depois ao futuro.

— Steven? Você está bem?

Steve pisca e tenta focar no rosto do dr. Bramin. Ele assente. O médico continua.

— Como eu disse antes, ainda não podemos prever a extensão total do dano ao cérebro de Pippa. Ela sofreu um trauma considerável no impacto.

A boca de Bramin se move, mas as frases estão espalhadas, palavras pulando pelos ouvidos de Steve como pedrinhas em um lago.

— A operação decerto reduziu a pressão no crânio dela, mas não temos como dar nenhuma informação exata sobre a recuperação. Faremos outra ressonância magnética mais tarde para ajudar no prognóstico, pois o eletrocardiograma de Pippa mostra um grau de atividade cerebral, mas não podemos fingir que é uma ciência exata, mesmo nesse estágio.

Um filme estrangeiro sem legendas. Steve escuta com mais atenção, desejando que uma frase penetre.

— Estou ciente de que é um bocado de informação para você absorver. Gostaria de ter notícias mais otimistas. O que posso lhe dizer é que as pessoas podem ser mais fortes do que imaginamos.

Steve está olhando para as sardas no nariz de Pippa. Seu sistema solar, como ele as chamava. Ele pode ouvir a explosão de risadas quando ela se olhou no espelho e descobriu que ele, bêbado, havia unido os pontos com uma esferográfica enquanto ela dormia.

O médico é encorajado pelo sorriso de Steve, embora não fosse para ele.

— Acredito que é melhor que os entes queridos estejam de posse de todos os fatos. Não gosto de adoçar as notícias e não posso consolá-lo com vãs esperanças. São horas críticas. Mas sou médico há quase vinte anos, e muitas vezes vimos que a resiliência e a força de um paciente podem fazer toda a diferença.

Ele faz uma pausa.

— Há algo que gostaria de me perguntar, nesse estágio? Qualquer coisa?

Steve olha para cima, enfim tirando os olhos do rosto da esposa.

— Quando você vai me dar a má notícia?

O dr. Bramin permanece impassível. Ele bombeia duas vezes um pouco de higienizante de mãos do frasco na extremidade da cama e esfrega as mãos com agilidade.

— Voltarei em breve para verificar como ela está. — Ele vai até a porta, então se vira para encarar Steve. — Continue falando com ela, sr. Gallagher. Lembre a Pippa para o que ela tem de voltar.

Steve o observa sair, então, por instinto, pega o telefone, esperando — e temendo — ter notícias de Diana. Mas não há novas ligações ou mensagens na tela, apenas ele e Pippa em silhueta recortada contra o pôr do sol de São Francisco.

Por que ela teria ligado de volta? Ela deve estar dormindo ainda, sem saber de nada.

Ele recebeu o correio de voz doloroso pouco depois da meia-noite. Um número desconhecido, depois a voz de um estranho, séria e controlada. Ele calmamente chamou um táxi e, de dentro do táxi, ligou para Diana. Mas o telefone apenas tocou, tocou e tocou. O que ele esperava? Ela costumava dormir às dez. Parte dele estava grato por ela não ter atendido, então desligou sem deixar uma mensagem.

Agora, ele desbloqueia o telefone, e o polegar paira sobre o nome dela. Há algum sentido em ligar de novo? E se o pior acontecer e ela não conseguir chegar a tempo de se despedir? Até mesmo considerar a ideia faz Steve estremecer, mas ele sabe que deve continuar tentando. Toca a tela e vira o corpo para longe da cama, como se quisesse proteger Pippa do toque vago do telefone de sua mãe adormecida. Por fim, a voz de Diana o cumprimenta: "Olá, aqui é Diana. Por favor, deixe uma mensagem e ligarei de volta depois de fazer o que estou fazendo. Tchau! Chris, qual botão eu aperto?".

Desta vez, ele sabe o que deve fazer.

— Diana, é Steven… Steve. — Sua voz está rouca, e ele pode sentir o telefone tremendo na ponta da orelha. — Hum, você pode me ligar, por favor? Agora mesmo. Estou no hospital e… Pippa… ela sofreu um acidente. Sinto muito. Por favor, ligue. E não se preocupe. Mas me ligue. Por favor.

Ele desliga e coloca o telefone na extremidade mais distante da mesa de encaixar na cama, o mais longe que consegue. Não esperava que a ligação o deixasse tão abalado. Ele quer abraçar Pippa com urgência agora. O dr. Bramin disse que ele podia tocá-la? Não consegue se lembrar. Talvez devesse perguntar a alguém.

No corredor, uma mulher ri. Então, outra grita em deleite, ao que parece. Ambos os sons parecem tão improváveis que Steve se distrai da esposa por um instante. Ele se concentra nas vozes, sintonizando trechos de conversas na recepção, no final do corredor.

— Você ganhou?

— Cinquenta libras!

Outro grito de alegria.

— Não me diga!

— Dobra o meu pagamento.

— Ah! Isso é verdade.

O som de palmas se encontrando em um "toca aqui!".

— Você vai pegar o ônibus para casa?

— Táxi. Vou me dar um regalo.

— Faça isso. Por que não? É uma senhora rica agora!

— Boa noite.

— Boa noite, querida.

Não há mais risos vindos do corredor, apenas o *pfft* fraco de portas deslizando para fechar na saída do hospital, condenando almas azaradas ao turno da noite. Steve se permite pousar o dedo médio com suavidade na testa de Pippa. Traça a constelação de sardas, metade das quais estão escondidas sob a gaze e o sangue seco, as rotas entre elas agora mais acidentadas, mas ele conhece a trilha perfeitamente por anos de estudo.

— Olhe para isso, Pip. Um Cinturão de Órion perfeito.

JUNHO DE 2008

Steve

Foi meu irmão Mickey quem plantou a semente. Além de contar a Oscar, que conhecia todos os meus segredos, mantive meus sentimentos guardados no peito nos últimos seis meses. Mas, em uma de minhas viagens muito raras para visitar Mickey e Pat em Brighton, bebi uma garrafa inteira de vinho e comecei a tagarelar sobre minha devoção há muito não correspondida por uma amiga chamada Pippa.

— Cozinhe para ela — sugeriu Mickey. — Dizem que o caminho para o coração de um homem é pelo estômago, mas tenho certeza de que é o contrário.

— O quê? — indagou Pat. — O caminho para o estômago é pelo coração?

— Não seja tolo. — Mickey deu-lhe um tapa na nuca. — As mulheres também gostam de comer, quis dizer. E elas ficam superimpressionadas se um cara manda bem na cozinha.

— Como sabe disso?

— Eu cozinhava para garotos *e* garotas antes de nos conhecermos, lembra?

— Sim, sim — disse Pat, abrindo outra garrafa. — Todos já ouvimos falar de seu bordel em Camberwell.

— Mas eu não sei cozinhar — intervim.

— Podemos ensinar você — sugeriu Pat. Mickey fitou-o, horrorizado.

— Bem, *ele* pode.

— A única refeição que Pat faz são hambúrgueres de peru no grill do George Foreman.

Foi a vez de Pat bater em Mickey agora, o que logo se transformou em uma divertida sessão de *sparring*.

Seguiu-se muita conversa de bêbado sobre combinação de sabores, técnicas e culinária, mas não tenho certeza se comemos alguma comida de verdade naquela noite.

A princípio, minha visão era criar um menu francês simples e clássico. Sendo alguém que se sente mais à vontade com um plano, fui ao cibercafé imprimir algumas receitas. Quando as li devidamente, no entanto, aprendi que ser clássico não significa ser simples. Onde eu encontraria moráceas na Kilburn High Road? Como tantos ingredientes podem ser necessários para fazer um *jus*? E quantas *panelas*? Eu teria de roubar uma John Lewis[17] para chegar perto de estar pronto para a cozinha.

Compartilhei minhas preocupações com Oscar, que se ofereceu a me emprestar seu "lendário wok". A ideia de que Oscar agora gostava de cozinhar — uma atividade que exige tempo e esforço — foi uma revelação impressionante. Era inconcebível que ele possuísse um wok, muito menos que o utensílio tivesse alcançado um status lendário. Mas, segundo ele, a panela desvendou os segredos do Oriente e fez as pessoas comerem na palma de sua mão.

— Deveria, talvez, comprar algumas tigelas? — sugeri.

— Palavra de honra, Stevie, este wok mudou minha vida.

— Você faz parecer que herdou uma espada de samurai enriquecida com poder de vitórias de frituras passadas.

— Você quer pegar emprestado ou não?

— Sim, quero.

Um jantar à base de wok parecia menos intimidador do que comida francesa — com certeza comi mais pato laqueado do que à *l'orange*. Essa mudança de direção também significou que eu poderia simplificar minhas opções de compras em uma: o supermercado chinês.

Esperando sair de lá com um grande carregamento, eu havia esvaziado a mochila de acampamento e a levado junto enquanto me

---

[17] John Lewis & Partners é uma elegante cadeia de lojas de departamentos da Grã--Bretanha. (N. T.)

aventurava em terreno desconhecido, para além do vale de peixes prateados empilhados do lado de fora em caixas de isopor com gelo derretido. Como eu nunca tinha tentado a sorte ali antes? Quanto tempo perdi! O lugar era uma cornucópia de tesouros. Peguei um saco de camarões do freezer, para uma entrada impactante. Ao lado dos camarões havia uma galinha que parecia uma galinha, pois ainda tinha cabeça e pés. Segurei-a no alto e, de repente, não confiei em mim para cozinhar carne.

— O que você tem que se parece com carne, mas que não seja carne? — perguntei à garota do caixa, que me observava, divertida.

— Tofu — ela respondeu e apontou para uma prateleira cheia de vinte tipos de tofu.

Quando perguntei "Como se cozinha isso?", ela deu de ombros. Acho que eu teria que ser guiado por meus instintos — e pelo wok mágico de Oscar.

Cheguei ao caixa tendo conseguido encher duas cestas por uma fração do preço que pagaria em qualquer outro lugar. Duas cestas extremamente pesadas de ingredientes em sua maioria enlatados, mas — o mais importante — *autênticos*. Tão autênticos que alguns dos rótulos nem haviam sido traduzidos para o inglês. Eu não havia enlouquecido e jogado qualquer produto nas cestas; eu tinha protegido minhas apostas ao investir em uma estonteante variedade de produtos exóticos. Alguns itens em conserva, alguns secos, alguns que pensei serem arroz, alguns com uma lagosta de desenho animado no pacote, uma garrafa grande de molho sweet chilli e uma espécie de salgadinho de algas marinhas que foi maravilhosamente traduzido como "pipizinhos do mar", que escolhi só para fazer Pippa rir.

Cheguei em casa carregando uma mochila pesada, parecendo que tinha acabado de voltar do ano sabático que nunca tive.

— Arthur? — chamei. Não houve resposta, mas isso não significava que ele não estivesse em casa. Como Hugo, meu colega de apartamento anterior, Arthur era um tipo de criatura noturna. Um vampiro, talvez? Provavelmente, o colega de apartamento ideal, para ser franco. Nós nos demos muito bem quando ele se mudou, até fomos ao bar para assistir ao futebol — "Ele pode se tornar seu segundo amigo", Oscar brincou —, mas não o vi desde então. De qualquer forma, esta não era a noite para reacender nosso bromance de curta duração. Planejei cortejar Pippa com a refeição mais romântica que ela já experimentara e depois confessar meus sentimentos. Se eu fizesse tudo certo, logo estaríamos dando comida na boca um do outro, para provar, debruçados sobre a mesa na minúscula cozinha-restaurante-sala. Um sublocatário sinistro sentado entre nós poderia de fato matar o clima. Eu não tinha o número do celular de Arthur, por isso, no começo do dia, coloquei um recado escrito à mão embaixo da porta dele, explicando que eu iria cozinhar para um convidado, uma garota, naquela noite, esperando que ele descobrisse o que isso significava.

Separei o dia inteiro para me preparar. Ainda bem, porque o processo de liberar espaço nas superfícies da cozinha estava prestes a me tomar quase uma hora. Quando digo "superfícies", quero dizer uma mesa de jardim em miniatura que mamãe e papai estavam jogando fora, a máquina de lavar e um metro quadrado de bancada manchado de graxa preta. Olhando com mais atenção, encontrei algumas porcas de roda enferrujadas. Arthur deve ter consertado uma peça de bicicleta aqui. *Isso não se faz.*

— Vou deixar seu material do lado de fora do seu quarto, Arthur — falei do corredor. As porcas devem servir como um lembrete passivo-agressivo para não usar a cozinha como oficina. Aquilo era uma luz esverdeada se derramando por baixo da porta? Pensei em dar uma olhada, mas decidi que era melhor não perturbar seu covil.

Esvaziei a mochila sobre a mesa e encarei a pilha de potes e embalagens de alumínio a vácuo, gavinhas herbáceas aparecendo por entre as fendas da pilha. Era como um monte comestível de aterro com todos os grupos de alimentos representados. O que era mesmo o que eu estava fazendo? Tentei organizar os ingredientes em entrada, prato principal e sobremesa, mas o cardápio que eu tinha criado na caminhada de volta havia sumido da minha cabeça. Pensei em ligar para o Mickey pedindo orientações, mas desisti — suas ideias seriam avançadas demais para um chef com minhas habilidades. Esta era a minha corrida de bicicleta; precisava arrancar as rodinhas auxiliares. Ainda demoraria algumas horas para Pippa chegar.

Coloquei uma tábua de corte plástica manchada em cima da máquina de lavar, pus o ramo de coentro sobre ela e apoiei a lâmina da faca grande em cima. Segurando a faca com as duas mãos, balancei-a sobre o coentro como tinha visto na TV, esperando que se transformasse em um pequeno monte de flocos finos. Em vez disso, a maior parte foi para trás da máquina e para o chão.

— Ah, seu absoluto… — amaldiçoei o ar, apontando a faca para o nada.

Eu estava com a cabeça embaixo da pia, pegando a pá e a vassoura, quando a campainha tocou. Uma entrega? Eu não tinha encomendado nada. Decidi deixar para lá, eu estava muito ocupado. De qualquer forma, as entregas eram, muitas vezes, deixadas no Carpet Planet. Uma das vantagens de morar em cima de uma loja.

A campainha tocou de novo. *É melhor descer*, pensei.

— Desculpe chegar tão cedo.

Era Pippa. Ela usava leggings e um moletom com capuz, e tinha uma bolsa de viagem presa entre as coxas.

— Que bom você ter chegado cedo — menti.

Peguei a bolsa e ela deu um beijo na minha bochecha em resposta.

— Você veio da academia? — perguntei. Ela não estava com as faces coradas nem pequenas gotas de suor espalhadas ao longo da linha do cabelo, as marcas usuais de um treino.

— Preciso trabalhar em uma cena para uma audição… você se importa?

— Que ótima notícia! Para que é?

— Uma peça. — Ela suspirou. — Bem, mais como uma oficina. Não remunerada.

Pippa sempre suspirava ao falar sobre audições, assim como todos os seus amigos, se tivessem uma iminente. Era como se a ideia de ser entrevistado para um emprego fosse cansativa, um truque para pegá-los. Se não tivessem nenhuma audição, no entanto, ficavam furiosos, decepcionados com o mundo cruel e impiedoso do showbiz. De qualquer forma, eu tinha aprendido que as audições eram uma afronta a um ator.

— A companhia é muito baseada em *movimento* — disse ela, com grande propriedade. — Então, talvez eu precise focar na parte física.

Eu não tinha certeza do que isso significava, mas a ideia de Pippa Lyons focando na parte física com qualquer coisa no meu apartamento mexeu comigo. Rezei outra vez para que Arthur tivesse recebido minha mensagem e me inclinei para ouvir à sua porta enquanto passávamos, mas não escutei nada. Nenhuma notícia é boa notícia? Cruzei os dedos.

— Trouxe algumas roupas decentes na bolsa — disse ela, antes de forçar um sotaque elegante. — Para *me vestir para o jantar*.

Eu queria entrar na cozinha antes dela, a fim de me colocar entre ela e o caos lá dentro, mas fui muito lento.

— Você já começou — afirmou ela, examinando a bagunça que eu tinha feito.

— Ao nascer do sol — brinquei, embora não estivesse longe da verdade.

— E você está cozinhando... só para mim? — Ela lançou um olhar inquisitivo ao redor do aposento, mas não havia nenhum grupo de convidados para jantar escondido atrás do sofá.

— Para nós dois — respondi. — Três pratos.

— Três?

— Talvez quatro.

— Sorte minha! — Ela bateu palmas e fez uma pirueta espontânea, tomando quase toda a cozinha. — Sabe? — ela comentou num tom conspiratório. — Alguns dos caras disseram... — Ela parou, deixando o pensamento pendurado acima da chaleira enegrecida pelo uso.

— O quê?

— Não importa. — Balançou a cabeça e pegou a bolsa de ginástica da minha mão. — Você pode continuar a preparar seus quitutes de arrasar. — Então, ela me cutucou nas costelas e saiu dançando da cozinha.

Varri qualquer coentro que não estivesse no chão para uma tigela grande, enquanto Pippa, no andar de cima, começava um aquecimento muito vocal (ou era um aquecimento vocal muito físico?).

Parecia que ela estava pulando da minha cama e colidindo com o guarda-roupa.

— Você está bem? — gritei.

— *Dez!*

Outro baque.

— Você está machucada?

— *Desligue!*

— O quê?

— *Desligue! Cancele a busca!* — Veio a resposta, e então mais trechos do roteiro para a audição, seguidos por mais baques. Se esse nível de barulho não despertou Arthur, então, não havia perigo de ele acordar.

Esvaziei o saco de camarões congelados em uma peneira e passei a torneira fria sobre eles. Eu tinha visto minha mãe fazer isso algumas vezes, mas não entendia de fato a ciência por trás disso. Parecia um desperdício de água — eu não poderia só usar o micro-ondas? Enquanto olhava para a pia, para as pequenas bolas de gelo que se desenrolavam à medida que descongelavam, mudando de cinza para azul, peguei-me conjecturando sobre como me abriria com Pippa sobre meus sentimentos. O que eu diria? *Eu te amo* era muito forte. *Eu me importo com você?* Soava ameaçador.

— Pippa — comecei, falando baixinho para um camarão-rei cru —, quero lhe dizer uma coisa. Eu queria dizer isso desde que você passou por aquela entrada do departamento de música e foi para...

— O que está cozinhando, chef?

Pippa estava parada na porta. Eu não a tinha ouvido descer. Há quanto tempo ela estava lá?

— Ah, erm, olá. — Eu me recompus, secando as mãos em um pano de prato. — Você terminou de fazer o ensaio?

— Nossa, não — respondeu ela. — Ainda nem terminei de me aquecer.

— Soou muito completo.

— Ugh, malditas audições. — Ela exclamou, jogando um pé descalço na borda superior da máquina de lavar em um alongamento atlético de glúteo que fez um limão cair. — Tive *tantas* nos últimos tempos...

— Isso é bom, não é?

— Mas não consegui *nenhuma* delas. — Ela se virou para esticar a outra perna e derrubou outro limão no chão. — Opa. Desculpe.

— Tudo bem, comprei cerca de cinquenta.

— De qualquer forma, chega disso. O que vamos comer? — ela perguntou, olhando ao redor.

— Ainda estou desenvolvendo o menu.

— *Oh là là*, Steve!

— Mas, para um aperitivo, tenho algumas batatas fritas legais.

Abri o saco das batatas fritas mais chiques que encontrei em minhas andanças e despejei algumas em uma tigela (eu estava guardando os pipizinhos do mar para mais tarde).

— Hum, sweet chilli! Adoro — exclamou Pippa radiante e saltou para o corredor com elas.

Música para meus ouvidos.

Isso me dava uma linha a seguir no meu menu. Para começar, eu serviria uma salada de camarões com alface chinesa, coentro, pepino, limão e um tipo de molho Marie Rose feito de maionese e molho sweet chilli. Para o principal, usaria o lendário wok de Oscar e arroz frito, uma variedade de vegetais e tofu marinado em… molho sweet chilli. Se aprendi alguma lição com minhas incursões na cozinha como estudante foi isto: uma generosa besuntada com o molho pegajoso e seu prato está salvo. Pizza com molho sweet chilli? Delícia. Wrap de atum com molho sweet chilli? Resolvido. Ensopado de feijão e salsicha com molho sweet chilli? Transformado. Cogitei dar à refeição o título de *Ode ao Molho Sweet Chilli*, como se fosse uma decisão em vez de destacar suas deficiências.

— *D-d-dez! Desligue! Cancele a busca!* — Pippa continuava se aquecendo no corredor, parando de vez em quando para mastigar o aperitivo bem merecido.

— Espero que não seja alérgica a nada, sim? — gritei, embora tivesse certeza de que tínhamos coberto alergias em uma de nossas muitas conversas ao telefone na hora de dormir, depois das quais adormecia com a voz de Pippa ressoando em minha cabeça, um lado do meu cérebro levemente cozido pela radiação.

— Vou comer qualquer comida que você fizer para mim — disse ela, aparecendo no proscênio da porta e baixando a voz de uma forma sensual que zombou de mim até o âmago.

— Crustáceos? — flertei de volta, lamentando de imediato minha escolha de palavras.

— Qualquer comida — repetiu. — Menos coentro.

Pensei que ela estivesse brincando por ter visto o coentro que ainda estava espalhado por toda parte, menos no teto, mas, quando se lançou para o corredor, retomando os gritos de ensaio, percebi que não estava. A entrada já era. A salada já estava em uma tigela com folhas de coentro picadas grudadas em cada pedaço.

Não posso apenas fazer o prato de camarões, entrei em pânico. Era para ser uma entrada impactante.

Abri a geladeira, esperando encontrar meia alface ali. O que vi primeiro, pendurado na prateleira do meio como um relógio de Dalí derretido, foi uma resposta de Arthur, escrita no verso do meu bilhete. Como eu não o vi de novo? Ele deve ser um metamorfo.

Vou fazer rapel esta noite. Boa sorte no jantar, cara. Espero que ela seja sua namorada ao final. Não olhe na sacola azul.

Havia um saco plástico azul na prateleira de cima. Sem pensar, abri-o e espiei. Alguma coisa — carne? — estava bem embrulhada em papel e ainda mais plástico. A despeito do bom senso, dei uma cheirada e, então, sem demora fechei a embalagem outra vez.

Atrás de mim, uma panela começou a trepidar enquanto a água fervia, fazendo bolhas rolarem na placa do fogão com um silvo. Tirei a tampa da panela e uma nuvem de vapor flutuou em meu rosto, seguida por um cheiro de lagoa que me levou de volta a uma lembrança que não consegui localizar. Peguei alguns dos pequenos grãos beges que eu achava que eram arroz, e a lembrança veio à tona: a isca de pesca que meu pai forçava a mim e meu irmão a encaixar na ponta de sua vara durante longos e chatos domingos à beira do rio.

Meu prato principal, arroz frito com tofu temperado, fora riscado do menu.

Eu ia ter de improvisar com o que me restava. *Isso não pode ser tão difícil. Assisto a* MasterChef. *Dê-me uma cebola e lhe darei... algo acebolado.*

— Quanto tempo você leva para ficar pronto? — perguntei ao bloco de tofu que havia coberto com molho sweet chilli. Eu o cutuquei com meu dedo mindinho, que deslizou direto, uma sensação que eu não esperava e não gostei. — Você não é nem um pouco parecido com frango!

Não posso servir cru, posso? Vou jogá-lo no wok com um pouco de cenoura, broto de feijão e cebolinha, e ver o que acontece.

O que aconteceu foi que o tofu virou mingau. E, quanto mais eu mexia, mais mole ficava.

— *Cancele a busca! Os filhos do sol foram encontrados!*

Vasculhei os armários que continham produtos secos. O primeiro parecia a despensa de alguém por volta de 1944: mistura para pudim, uma lata de sopa e um pote de Bovril.[18] *Noodles* teria sido uma boa ideia, mas era o único alimento asiático que eu não tinha comprado. Espaguete também poderia ser usado — *dá na mesma, certo?* Cheguei ao fundo do armário ao lado. Nada de espaguete, mas havia um saco de penne. Teria que servir. Estávamos virando à esquerda no bufê mundial e indo para a fusão asiático-italiana. Com um pouco de espírito de guerra, eu organizava e reorganizava meu cardápio.

— *Largue sua bainha e descanse. Descanse, senhor!*

Coloquei no fogo a água para o macarrão e experimentei um pouco do mingau.

Não estava tão ruim — um pouco doce, um pouco apimentado. Não muito denso, no entanto. Definitivamente, era a densidade que eu buscava, considerando que eu iria jogar tudo por cima da massa simples e sem graça.

— *La-la-laargue sua bainha. Ba-ba-ba-bainha.*

Comecei a abrir algumas das embalagens misteriosas. Castanhas-d'água? Vão dentro. Tamarindo? Apenas um tiquinho disso. Pasta de missô? Isso deve dar ao molho algum vigor. Mas quanto de vigor? Felizmente, o missô tinha uma orientação impressa na embalagem.

Pippa deve ter ouvido uma pausa no meu bater de panelas e calou-se.

— Avise-me se precisar de ajuda — disse ela, com a voz um pouco comprimida. — Mas não, tipo, ajuda *manual*, apenas verbal. Estou em posição cachorro olhando para baixo.

— Na verdade, estou um pouco confuso — falei.

— Sobre o cachorro olhando para baixo?

— Bem, sim. Mas também tenho uma consulta sobre quantidade.

— Manda.

— Quando dizem que é para adicionar uma colher de sopa, quer dizer...

— Uma colher cheia — Pippa interrompeu.

— Não é uma colher rasa?

---

[18] Pasta de extrato de carne lançada na década de 1870. (N. T.)

— Não. Quando dizem uma colher de sopa não é uma colher de sopa — explicou ela com autoridade. — É mais do que você pensa.

Estudei o talher na minha mão.

— Então, esta colher de sopa...

— É uma colher de sobremesa, aposto.

— Ah — soltei, sem entender nada.

— Fico feliz em poder ajudar. *Cancele a busca! Os filhos do sol foram encontrados. Deitaram em suas camas no chão queimado.*

Coloquei quatro colheres de sobremesa cheias de pasta de missô na mistura antes de salpicá-la generosamente com molho de soja.

— *Largue sua bainha e descanse.*

— Estou quase pronto para servir — anunciei.

— Ok, vou me trocar — Pippa respondeu.

Eu tinha dois pratos iguais que eram vagamente apresentáveis. Mickey os deixou para trás na única vez em que ele e Pat vieram jantar, sabendo que os meus não seriam adequados, mesmo para um curry para viagem. Eu tinha lavado um, mas não encontrava o outro em lugar nenhum.

— Vamos comer na cozinha? — perguntou Pippa, na metade da escada.

— Temo que sim — gritei de volta.

— *Não temas, pois eu te amo.*

— E eu te amo — respondi, incapaz de me conter. Minha cabeça estava em um armário, então, as palavras ecoaram em meus ouvidos em estéreo. Aguardei para ver se Pippa tinha ouvido. Eu esperava que não — não era assim que eu queria mostrar meus sentimentos.

— O que você disse? — ela perguntou, a poucos metros de distância.

Eu podia sentir o cheiro do wok começando a queimar e sabia que o jantar estava fora do menu. Como um tambor de metal cheio de lixo, estava destinado a ser incinerado. Algo também me dizia que agora era a hora de contar a ela, quando eu estava exausto com toda a preparação da comida e não tinha nada a perder. Tirei a cabeça para fora do armário e fiquei de pé.

— Temos que conversar — comecei, confiando na minha boca para encontrar as palavras certas.

— É? — respondeu Pippa, olhando para o local do bombardeio atrás de mim em busca de uma pista sobre o rumo para o qual estava indo.

— Sim, tem uma coisa que eu... — No corredor, um telefone começou a tocar. Seus olhos se voltaram para ele. — A questão é — continuei, mas o celular dela também.

— Vai parar em um segundo — disse ela. Parou, mas, no momento em que respirei, começou de novo. — Espere só um instante.

Inflei as bochechas e balancei os pulsos como um atleta olímpico prestes a tentar o ouro.

— É melhor eu atender — afirmou Pippa do corredor. — Número desconhecido, mas ligaram três vezes.

— Claro, vá em frente.

Eu a ouvi respirar, preparando-se como eu tinha acabado de fazer. Enquanto ela falava, vasculhei uma gaveta cheia de pilhas fossilizadas e garantias vencidas há muito tempo, procurando um menu de restaurante chinês delivery.

— Ai, meu Deus! — Pippa gritou.

— O que foi? — Ela voltou parecendo ter visto um fantasma. — Boas notícias? — perguntei.

— Ai, meu Deus — repetiu. Então, começou a chorar.

— Más notícias?

— Consegui. — Ela se esforçou para falar. — Consegui um trabalho.

— Que fantástico, Pip! — exclamei. — Vamos abrir o espumante para comemorar, embora ainda esteja um pouco quente. Eu disse que comprei espumante? Seria uma surpresa.

Mas Pippa não ouvia. Estava enviando mensagens de texto para alguém — *todo mundo* — com o dobro da velocidade do som.

— A propósito, que trabalho? — indaguei, enquanto abria a rolha e despejava o Asti.

Pippa pegou um dos copos que não combinavam entre si e olhou para mim com as pupilas dilatadas e brilhantes, como se estivesse possuída por um demônio muito feliz.

— Estou indo para a Broadway, baby.

FEVEREIRO DE 2009

Pippa

O homem com terno de linho do outro lado do corredor está olhando para ela boquiaberto, queixo caído como um bêbado, enquanto ela se dirige rebolando para o meu lugar. Ele não consegue acreditar em seus olhos.

Dolores ("Sempre aqui para ajudar") me lança um sorriso deslumbrantemente branco, indutor de enxaqueca. Um sorriso que lembra as luzes ofuscantes e as alturas vertiginosas dos Estados Unidos.

— O que posso lhe servir, senhora?

Examino a seleção.

— Erm, um Kit Kat, por favor. E um pequeno vinho branco.

— É claro.

Quando ela se inclina sobre as prateleiras do carrinho, um cheiro enjoativo de spray de cabelo e de um perfume nauseante de tão doce explode no ar. Ela se agacha, vasculhando a segunda prateleira. Sua saia lápis apertada não deixa nada para a imaginação, modelando suas nádegas e exibindo uma barriga lisa como uma tábua de passar com um efeito espetacular. O Homem com Terno de Linho agora está quase babando, seus olhos saltando como um personagem de desenho animado. Imagino as filas de passageiros frequentes que devem tê-la convidado para sair ao longo dos anos. Ela é, sem dúvida, talhada para povoar a fantasia dos marmanjos. A exausta mãe de gêmeas no assento da janela olha para a própria barriga arredondada e esponjosa, e puxa o cardigã bege ao redor dela com resignação defensiva. Por fim, Dolores se levanta outra vez, colocando os itens na minha bandeja. Um sotaque sulista desliza de seus lábios.

— São nove libras e oitenta e cinco, por favor. Ou prefere pagar em dólares?

Agora me diga, o que há em voar e em aeroportos que faz você pensar que é totalmente razoável gastar quase dez libras em um pequeno biscoito wafer coberto de chocolate e uma garrafinha de suco de uva fermentado?

— Libras, por favor.

Entrego meu cartão de banco extremamente gasto com o que espero ser um floreio despreocupado e observo as unhas feitas à francesa batendo, batendo, batendo contra a máquina de cartão, como granizo em uma vidraça. *Por favor, cartão, passe, por favor, cartão, passe, por favor, cartão, passe.* Os segundos se arrastam. A máquina pondera sobre meus dígitos, contemplando sua decisão. É minha imaginação ou todo mundo está olhando para mim, julgando-me? A base impecável de Dolores, aqueles cílios postiços meticulosamente aplicados que se projetam como pistas de esqui, as sobrancelhas de kajal fortemente desenhadas, os lábios rosados de algodão-doce se acomodam em uma máscara paciente. Tenho um desejo irresistível de lhe dizer quão bem ela se encaixaria no Madame Tussauds, mas percebi que isso não significaria nada para ela, então, forço-me a calar a boca.

A meu lado, o obeso banqueiro Tony ("Sempre reservo um assento extra — bagagem *extracorporal*!"), que, depois de quatro gins-tônicas e três Advil na decolagem, no ato desmaiou no meu ombro, sua cabeça de bola de boliche pendendo de maneira descarada, um fio de baba de sono descendo pelo meu cardigã como um rastro de lesma — de repente acorda. Ele deve ter um sexto sentido para a proximidade de comida, pois agora está sentado direito, olhos brilhantes, alerta como um suricato.

Enfim, depois do que parecem horas, a máquina fica com pena de mim e apita em concordância. *Transação concluída.* Dolores também pisca de volta à vida, entregando de volta meu cartão surrado com um cintilante "Tenha um bom-dia" e outro flash de seus alvos e perolados dentes.

Enquanto Tony faz seu pedido que esvazia o carrinho, volto para o meu Kit Kat. Ora, ora, olá, velho amigo. Remomo aquela capa de papel vermelho reconfortante, familiar dos lanches embalados da infância, e corro a unha pelo vale fino de papel-alumínio entre os biscoitos. Tiro um e mordisco o chocolate ao redor do wafer, um hábito que sempre leva minha mãe ao desespero. Uma estranha calma me sobrevém com o sabor característico de casa, e percorro os filmes de voo. Filmes de suspense? Muito estressante. Língua estrangeira? Demasiada dedicação. Comédias? Vi todas. Ação? Muitos acidentes de avião. Romances trágicos? Muito perto da realidade. Clássicos? Hum, possível. Olho para os pôsteres icônicos, Nova York em toda a sua glória — *Taxi Driver, Manhattan, Bonequinha de Luxo* — e, de repente, sem aviso, estou de volta lá, fragmentos dos últimos dez meses se reconfigurando como num caleidoscópio.

 Pedalo pelo East Village. Passeando pelos brechós de Williamsburg. Sentindo o cheiro dos pretzels recém-assados na esquina da Times Square. Estou de volta para minha sexta visita solo ao MoMA. Devorando uma pilha de panquecas fofas de mirtilo como se não comesse há uma semana. Vendo o vapor subir dos bueiros. Assistindo com a respiração suspensa ao novo presidente, reluzente de tão bonito, dirigir-se à nação numa TV velha em um restaurante cromado. Se eu fosse uma esponja, Nova York seria minha banheira transbordante.

 Eu nunca tinha viajado sozinha antes — bem, a menos que um fim de semana na casa da vovó Delma em Dorset conte (eu sei, não conta). Durante toda a minha vida, Nova York havia sido o lugar para onde as outras pessoas iam. A cidade em que outras pessoas viviam. Pessoas descoladas, pessoas metropolitanas, pessoas da moda, pessoas bem-sucedidas, pessoas exageradas, pessoas indulgentes, pessoas fabulosas. E agora *eu*, gente. Como se isso existisse.

 Era uma agradável noite de terça-feira quando recebi a ligação. Steve insistira em me preparar o jantar em sua casa, o que foi tão gentil. E muito necessário, verdade seja dita. Eu estava sobrevivendo de macarrão instantâneo e Shreddies,[19] já que meu saldo bancário não era o mais saudável, então, a oferta de uma refeição caseira era boa demais

---

[19] Cereal matinal canadense. (N. T.)

para recusar. Eu tinha ignorado as provocações tão maduras de Gus e Tania — "Ele tá *xonadinho*! Ele quer se *casar* com você! Você terá *bebês* do Stevie!". Com eles, tudo sempre tinha que girar sobre sexo. Por que não conseguiam entender que éramos apenas amigos? Grandes amigos mesmo. Sim, saíamos muito juntos, e sim, pode ter havido aquele pequeno momento na festa de Tania em que algo *poderia* ter acontecido, mas eu estava bêbada e não aconteceu, e agora era puramente amizade. E nós dois estávamos muito bem resolvidos quanto a isso.

Eu tinha ignorado a chamada algumas vezes antes de, enfim, atender. Odiava atender um número desconhecido, mas, fosse quem fosse que estivesse ligando, parecia estranhamente persistente.

— Alô, Pippa Lyons falando. — (Gus sempre me zoava pela minha forma de atender: "*A pessoa* ligou para *você*, Pip! Ela sabe para quem está ligando!".)

A voz de um homem. Agradável. Confiante.

— Olá, Pippa, aqui quem fala é Simon.

Simon. Simon. Quem diabos é Simon?

Um silêncio crepitante enquanto eu folheava minha lista de contatos mental. Não conhecia nenhum Simon.

— Seu agente, lembra?

Merda. Esse Simon.

— Simon! Que adorável! E aí? Como estão as coisas? É tão bom ouvir você.

Simon era o chefão da minha agência. Por isso eu nunca falava com ele. Eu lidava com o assistente do assistente do assistente. Na melhor das hipóteses. Simon era reservado para os figurões. Para quem ganhava dinheiro. Para os que recebiam produtos de graça. Por que ele estava me ligando? Engoli em seco, o pânico aumentando.

— Simon. Oi! Acabei de chegar, na verdade. Eu estava no dentista.

Não, Pippa. Sua higiene bucal não importa para ele.

— Na rua principal. No meu bairro, mesmo.

Pippa, pelo amor de Deus. PARE.

— E me tratei com o higienista dental. Tenho níveis muito altos de placa, ao que parece.

Uma pausa.

— Ótimo; bem, vou encurtar a explicação, Pippa.

OBRIGADA por encurtar a explicação, Simon.

— Só queria que você soubesse que chegou uma oferta de trabalho. Tudo muito de última hora. É Broadway. Uma adaptação de *The Importance of Being Earnest*.[20] Precisa de uma substituta o mais rápido possível. É uma produção americana e parece que alguns sotaques precisam ser trabalhados. Então, você é uma espécie de "Compre um, leve dois", se quiser. — Uma bufada de riso; ele está visivelmente encantado com essa analogia. — Pague por uma substituta, consiga uma treinadora de sotaque de graça. Negócio da China! Você viaja na terça à noite. O pagamento não é dos melhores. Voo em classe econômica e acomodação razoável incluídos. Avise-me se topa até o final do expediente, sim? Valeu. — E, com isso, ele se foi.

Tirei o celular da orelha e afundei no chão, sem fôlego.

Ele tinha acabado de dizer o que eu achava que ele tinha dito? Eu. Pippa Lyons. Um trabalho. Uma *peça*. Uma peça *de verdade*. Uma peça *paga*. Com atores que trabalham na vida real! Ah, ser capaz de dizer ao meu eu de oito anos que cada oração, cada cílio soprado, cada moedinha lançada, cada bolo de aniversário cortado com os olhos bem fechados, torcendo para que o meu desejo se tornasse realidade, um dia levaria a isso. Claro, havia todas as chances de eu passar os próximos oito meses no meu camarim fazendo palavras cruzadas crípticas que nunca conseguiria terminar, decorando falas que nunca interpretaria e sendo chamada de "garota" por toda a companhia, pois ninguém grava os nomes dos substitutos, mas nada disso me incomodou. Eu estava indo para Nova York e mal podia esperar para contar a Steve!

Três dias e algumas malas e preparativos extremamente estressantes depois, encontrei-me na fila de chegadas do JFK, passaporte na mão e uma carimbada pairando acima do meu visto. E ia acontecer. Eu estava prestes a viver meu sonho.

A primeira manhã de ensaios passou em um turbilhão de calças de jogging, goles de copos de NutriBullets, apresentações hiperbólicas,

---

[20] Peça de Oscar Wilde. (N. T.)

laboratório com jogos de confiança e afetados beijos que não tocavam a pele. Eu era uma intrusa — aquela participante tardia que havia entrado de penetra numa festa muito exclusiva na qual todos, menos ela, haviam tomado um comprimido de ecstasy e estavam ficando eufóricos *exatamente* no mesmo momento. Agora, mesmo sendo eu notoriamente tocável, a quantidade de beijos, toques, carícias, tapinhas nas costas e gente empoleirada nos joelhos dos colegas aterrorizou até a mim.

Enquanto eu procurava por um banco vago no estúdio ferozmente iluminado, ouvi "E aí?" e uma atraente morena com um corte bob anguloso e um vestido preto halter neck de seda se aproximou rebolando. "Sou Sandy e estou interpretando Gwendolyn." Ela me estendeu a mão e a aceitei agradecida. Merda. Minha palma estava molhada de suor. Nós duas fingimos não ter notado.

— Ah, e aí? (*E aí?*) Sou Pippa, de Londres, e sou a substituta para o papel de Cecily. — Senti seu punho ficar mole quando ela retirou devagar a mão esbelta e, com discrição, enxugou-a na coxa sedosa.

— Ai, que fofo. — Seus olhos castanhos começaram a percorrer a sala freneticamente, como um animal encurralado. Ela poderia muito bem ter mostrado uma placa dizendo *Cuidado! Cuidado! Alerta de suplente! A cepa mortal da gripe do ator que ninguém quer pegar!* De repente, avistou um "velho amigo" por cima do meu ombro esquerdo e, com um "Prazer te conhecer", ela se foi.

Fui para o meu canto, fingindo buscar algo extremamente importante na minha mochila. Mochila! Santo Deus. O que eu estava pensando? Ninguém ali usava mochila! *Não estamos em 1985, Pippa! Você não é um dos Goonies!* Estava tudo errado com as minhas roupas. Ninguém mais estava de jeans. Até meu cabelo parecia embaraçoso. Eu sabia que não deveria ter cortado aquela franja. E quanto ao fichário *estúpido* que meu pai comprou com minhas iniciais, poderia alguma coisa me fazer parecer mais esforçada? Quero dizer, foi bem gentil da parte dele, mas *ninguém* com menos de sessenta anos usa um fichário de script.

Folheei meu caderno, fingindo ler notas esclarecedoras de pesquisa de personagens nas páginas (obviamente vazias). *Engula-me, chão, faça-me desaparecer.* Disfarçando, bati meus calcanhares três vezes — nunca se sabe —, mas nada. Eu ainda estava no estúdio sem janelas da Lafayette Street, iluminado como se fosse para interrogatório de terroristas, com um grupo de atores em que todos se conheciam e estavam cem por cento cientes de minhas credenciais fraudulentas. Nunca me encaixaria ali. Eu precisava voltar para casa em Londres e para o chá PG Tips, meus pais e cheddar com Marmite maturado. Era o meu lugar. Quem eu estava tentando enganar? Isso tudo fora um erro grande, enorme, gigantesco e destruidor de almas...

Avanço rápido de noventa e três horas e estou no subsolo, sentada em um bar de coquetéis secreto e exclusivo do Lower East Side, cercada por algumas das *minhas pessoas favoritas no mundo*! Este é o *melhor* trabalho que já tive. Esse é o melhor trabalho que *terei*! Este é apenas o melhor trabalho, *ponto-final*! E essas pessoas são as almas mais genuínas, engraçadas e amorosas que *já* encontrei.

Como eu havia sobrevivido antes de conhecer esta companhia? Devo ter sido a casca da mulher que eu era agora. Cada um deles me encheu de força, coragem e confiança. Eu estava bonita por causa deles. A mágica Anita, o gregário Jack, a dançante Scarlett. Sim, eu estava na minha quarta margarita, mas não tinha nada a ver com isso. Aqueles atores me completavam. Eu estava de pé na mesa recriando uma cena de morte de uma novela cockney, da qual eles nunca tinham ouvido falar, sob aplausos ruidosos. Adeus, tímida Pippa do primeiro dia. Quem era aquela forasteira tímida e assustada? Olá, Pipsy hilária, a britânica corajosa com "uma voz tão adorável! Faça ela dizer Crunchy Nut Cornflakes!". Quando a quarta margarita bateu e eu estava pensando que esse mundo eufórico não poderia ficar mais inebriante, Kurt Sparks Jr. se sentou ao meu lado e passou o braço perfeito em volta da minha cintura.

Mas hein...?

Kurtis Sparks. Vinte e sete anos. Dentes brancos e retos como lápides. Hálito mais doce do que madressilva. Engraçado, charmoso e desconcertantemente bonito. O mastro em torno do qual todos dançamos. Ele era tipo uma celebridade, tendo acabado de concluir uma longa série adolescente de vampiros na qual chupava o pescoço de garotas relutantes (dispostas) e frágeis (magras e bonitas). De modo surpreendente, nem o boné de beisebol de grife puxado para baixo sobre os olhos nem os óculos *extremamente* caros que ele usava dia e noite escondiam sua tão enaltecida identidade.

Ele era reconhecido em *todos os lugares*. Em cafés, parques, side-walks (ok, então o jargão é contagiante). Tanto por garotas dando risadinhas, contorcendo-se, mexendo os quadris como por mulheres voluptuosas, peitudas e menopáusicas. Um simples movimento de seu cabelo cor de areia e as damas (e noventa por cento dos cavalheiros) se derretiam como manteiga. Ele andava entre nós como Moisés, separando as ondas da sala de ensaio. Era, simplesmente, um deus entre os homens. E agora, agora mesmo, neste nanossegundo, esse Adônis tinha sua mão super-hidratada descansando na curva das minhas costas. Puta merda. Barriga para dentro, Pippa. Alongue a coluna. Aja preocupada. Homens gostam disso, não é? Libere seus feromônios sexuais. Isso existe mesmo? Não se mexa. Não peide. Não arrote. Não faça nada que possa afugentá-lo.

Tornei-me David Attenborough avistando um leopardo raro no safári: *À medida que a noite cai, o bando torna-se brincalhão, mas o líder Kurt está focado. Ele avistou algo. Um companheiro em potencial? Ou presa desavisada para saciar sua fome voraz? Apenas observe como o nobre animal se fortalece na escuridão. Um rei entre a vegetação rasteira, sua furtividade é, ao mesmo tempo, despercebida e anunciada. Como vimos, Kurt é volátil. Às vezes, aquecendo-se ao sol, confiante, destemido. Outras vezes, escondendo-se nas sombras, arrumando-se, preparando-se para a batalha. Um movimento em falso e tudo pode ser...*

Quero dizer, qual é? Com certeza aquela mão sinalizava propriedade. Aquela mão estava dizendo, alto e claro, "ela é minha". E foi. Quatro dias depois da minha chegada, fui vitimada pela SG — ou, em termos leigos, Síndrome do Galã. (Meu Deus, em que eu estava pensando? Ah, é mesmo — eu não estava.) Kurt Sparks Jr. e Pippa Lyons se tornaram uma sensação. O casal mais fofo do elenco. A britanicazinha atrevida e o galã de faces cinzeladas. Fomos elogiados, desprezados e comentados por todos. Cai fora, Brangelina! Há um novo casal poderoso na cidade. Abram alas para Pipurt! (Menos sonoro, admito.) Esta substituta tornou-se a criatura mais estudada do pedaço.

"Você conheceu Pipsy e Kurt? Ai, meu Deus. Eles são muito fofos."

As semanas foram passando. O espetáculo estreou com a crítica dividida. Ok, pode ser chocante, mas quem se importava? Eu quase nem pensava mais na peça. O foco não era mais o trabalho. O foco era Kurt. Eu e Kurt. Kurt e eu. O que meus pais vão pensar? O que meus amigos vão pensar? Quero dizer, ele é tão bonito que chega a ser um crime. Incompreensível. E ele *me* quer? Eu sou o spaniel dele. Não devo estragar isso. *Claro* que quero levar suas fotos autografadas ao correio, Kurt. E é lógico que não me importo de você usar as minhas costas como apoio para dar um autógrafo. Ai, sim! Por favor, deixe-me ajudá-lo a memorizar suas falas. Não importa que as minhas estejam um pouco vacilantes. Perdeu sua garrafa de água? Pegue a minha! Você é o ator principal! Precisa disso. Treinamento de sotaque? Sem dúvida. Quando quiser. Dia, noite, luar. O meu tempo é o seu tempo. Massageei seus ombros e seu ego.

Mas, com o passar dos meses, como uma criança mimada se cansando de um brinquedo novo, observei meu valor de novidade diminuir. Ele não me exibia mais em festas; não *falava* mais comigo nas festas. Nosso beijo noturno nos bastidores de "iniciantes" tornou-se um beijo semanal e depois caiu por completo. Minhas piadas ficaram menos engraçadas. Meu sotaque, menos fofo. Ele até começou a estremecer com a minha pronúncia, como se minhas palavras lhe dessem dor de dente. Parou de dizer "saúde!" quando eu espirrava ou de segurar minha mão quando atravessávamos a rua. E, quanto mais eu insistia, mais ele resistia, até que, enfim, durante o aquecimento noturno no palco, ele se virou para mim e anunciou: "Preciso reencontrar Kurt". Ao que parece, Kurt havia se perdido e seu desempenho como Algernon havia sofrido, pois ele sempre "se doava demais". Era hora de se sentar consigo mesmo e ter um tempo para "focar em si". Ele me deu um beijo no rosto, puxou o boné para baixo e saiu gingando pelos bastidores.

Senti-me sem fôlego. Em estado de choque, olhei em volta para os outros em busca de esclarecimento. Aquilo acabara de acontecer? Eu tinha acabado de ser jogada fora da maior das alturas, sem sequer um olhar para trás? As expressões evasivas de meus companheiros de elenco sugeriam que sim, de fato, eu tinha. E lá estava. O fim da substituta Pippa e da estrela de cinema Kurt. Quaisquer fantasias de ser a sra. Kurt Sparks Jr. e gerar narcisistas com minibonés de beisebol se dissolveram como aspirina. Mas não foi só isso. Esse fora para lá de público obviamente não foi considerado brutal o suficiente pelos poderes constituídos. Na manhã seguinte, a peça acabou. Bem desse jeito. Nenhuma explicação. Sem diminuição do público. Sem período de ajuste. Apenas hoje aqui, amanhã não mais. Nosso gerente de palco, Morag, anunciou pelo alto-falante que essas seriam nossas três últimas apresentações. (Era para continuar em cartaz mais três meses.) Ninguém havia me avisado que uma crítica ruim pode derrubar um espetáculo na Broadway. Mas esse era o jeito americano.

Acho que devo ter caído no sono, porque sou acordada pelo piloto nos informando que estamos nos aproximando de uma zona de turbulência duradoura e que o sinal de cinto de segurança foi ligado e permanecerá ligado no futuro próximo. Eu me atrapalho com a fivela do cinto, preso como está entre o meu cobertor fino e o fecho do meu jeans. Turbulência nunca me preocupa. Quando muito, sinto um tipo de emoção com isso — talvez uma reminiscência de meu vício em brinquedos de parque de diversões quando criança, aquela doce descarga de adrenalina quando a montanha-russa se precipita no nada. Alcanço o espaço debaixo do meu assento e tiro a máscara de olho da mochila. Enganchando o elástico sobre a cabeça, ajusto o travesseiro de viagem. Justo quando a escuridão está me embalando de volta ao sono...

Bam! Um barulho como nada que eu já tenha ouvido. O carrinho de comida e bebida salta do chão como se estivesse possuído e bate contra o teto do avião. Meu cinto de segurança estica contra minha pélvis e sou arrancada do assento. Parece que estou sendo sugada para fora da minha própria pele. As luzes da cabine se apagam. O choque dá lugar a gritos aterrorizados quando os passageiros percebem que algo de fato terrível está acontecendo. Os comissários de bordo, que antes eram anódinos, agora estão lívidos, agarrados aos nossos apoios de braço em uma tentativa de permanecerem de pé. Tudo acontece muito rápido e, ao mesmo tempo, assustadoramente devagar. Parece que estou assistindo a tudo pelos olhos de outra pessoa.

Estamos caindo do céu.

Então, de repente, há uma voz. Uma voz firme que parece romper a cacofonia. Uma voz que fala direto em minha alma. E não é Deus. Não é o piloto. É Tony, o banqueiro. Seu gim-tônica, seu rastro de baba, sua indulgência excessiva desaparecem quando ele se vira para mim, o rosto com covinhas, antes tão gordo e cômico, de repente digno e corajoso. Nossos olhares se travam.

— Olhe para mim. Estou com você. Mantenha seus olhos nos meus.

E, por um momento, obedeço. Há uma sarda ao lado do seu olho esquerdo que parece um pequeno mapa da Itália. Seus pés de galinha estão aninhados entre as dobras das bochechas. Mas, então, eu a ouço. Os gritos da jovem mãe do outro lado do corredor enquanto ela aperta as gêmeas contra o peito. Primitivo. Dilacerante. O bramido da maternidade que desafia a morte.

Viro-me para ver bandejas, talheres, pãezinhos e xícaras de café de plástico suspensos no ar. Lá da frente, o som de cristal e porcelana quebrando. A primeira classe não é proteção contra desastres. Seja qual for o lado das cortinas de tecido vermelho em que você esteja sentado neste voo, seja qual for sua classe, saldo bancário, credo ou cor, estamos todos na mesma posição agora. Estamos todos juntos enfrentando o fim do nosso mundo. Os pais agarram seus filhos. Maridos e esposas se abraçam pela última vez. Dois senhores idosos pressionam suas testas enquanto cimentam em silêncio uma vida inteira de amor. Uma jovem se benze em oração. Os dedos roliços de Tony se entrelaçam nos meus e ele os aperta com força.

— Pense em alguém que você ama. Faça isso. Nada mais importa. Pense nessa pessoa e guarde-a em seu coração.

Obedeço. Fecho os olhos.

E assim, justo quando minha existência está prestes a ser extinta, aí está você. Você e eu, Steve. Lado a lado na margem do rio. Mãos e pés se tocando como bonequinhos de papel recortados um do lado do outro. Acima de nós, um dossel de estrelas e sonhos. Abaixo de nós, solo rico feito de carne e ossos de jovens amantes anteriores. E sei tão claro como o dia que, se eu vir outro amanhecer ou respirar outro nascer do sol, tem de ser com você ao meu lado. Se eu beijar outros lábios ou acordar enrolada em outros braços, eles têm de ser os seus. Nada mais importa, desde que você esteja ao meu lado, palma com palma pressionadas para sempre.

Não sei até que ponto despencamos ou por que o avião enfim se endireita. Talvez tenham sido minutos, talvez apenas segundos. Parece que foram dias. Tudo o que sei é que, exatos trinta e sete minutos depois, pousamos no aeroporto de Heathrow com uma comemoração a bordo como nunca vi antes ou depois.

Não há palavras que você possa dizer a alguém que segurou sua mão durante o momento mais petrificante de sua vida. E, assim, Tony e eu nos separamos em silêncio, estranhos mais uma vez enquanto o mar de passageiros o engole. Mas nunca vou esquecê-lo. Arrasto minhas duas grandes malas da esteira de bagagens, confisco um carrinho enorme e pesado de um turista distraído e empurro minha precária torre de bagagem para a frente da fila de táxis. Com licença, boa gente de Heathrow, estou com pressa! Não há tempo a perder aqui! Este é o começo do resto da minha vida. As filas são para aqueles que não precisam navegar para os braços de seu amanhã.

O endereço de Steve volta para mim como se fosse ontem. Posso ver o lugar com muita nitidez. Aquela porta laqueada de azul precisando com urgência de uma repintura. Os degraus rachados, com musgo pesado brotando nos cantos. As lixeiras públicas cheias de embalagens de junk food gordurosas de outras pessoas. Ah. Como soa bonito. Como notas musicais. Talvez este refúgio perfeito seja meu novo lar. Nunca me senti tão calma, tão decidida, tão segura de qualquer coisa na vida. Até o vento parece estar me soprando na direção certa. Um táxi para e, de alguma forma, acomodamos toda a minha bagagem no porta-malas e no banco de trás.

— Apartamento 1, na Kilburn High Road, nº 116. O mais rápido que puder. — Sinto que estou na minha própria comédia romântica. Eu deveria estar dizendo "Kilburn! E não poupe os cavalos!". Este é o momento sobre o qual vou contar aos nossos filhos.

O momento em que mamãe soube que papai era seu príncipe.

Abrimos caminho pela cidade e sinto que estou vendo tudo de novo pela primeira vez. Ruas secundárias, vitrines, prédios impressionantes, ônibus vermelhos — Londres se abre diante de mim como um livro pop-up. Pressiono o nariz contra o vidro frio da janela.

Espere por mim. Estou indo, Steven Gallagher. Estou chegando.

Por fim, paramos do lado de fora de um minimercado turco. E aí está. Bem ao lado. Seu apartamento. Então, é assim que é voltar para casa. Dou a gorjeta ao motorista enquanto ele me ajuda a descarregar a bagagem. Meu coração está batendo. Steve vai me ver e vai saber no mesmo instante por que estou aqui. Vai abrir os braços e vou me aninhar lá por horas. Nenhum de nós precisará dizer nada. Nós dois simplesmente saberemos. Ando até a porta com vagarosidade, deixando meu dedo permanecer na campainha. Número Um. Que apropriado. Ao pressioná-la, sinto como se estivesse buscando acesso ao restante da minha vida.

Um momento e, então, uma explosão de passos. Estou animada demais para conseguir respirar. A porta se abre, e ali…

… está uma morena alta e magra em roupas de ginástica elegantes Sweaty Betty e maquiagem imaculada.

Minha boca fica seca. Sinto como se tivesse levado um soco. Afinal, este é o endereço errado? Onde ele está? E quem é…

Ah, meu Deus. Não, não.

Depois disso, tudo acontece em marcha acelerada. Verifico o dedo da garota em busca de um anel de noivado. Nenhum. Graças a Deus. Mas olho para o corredor e vejo várias fotos de Steve com os braços em volta dessa mulher. O sangue corre para minha cabeça.

Sweaty Betty sorri. Porra. Simpática, além de bonita.

Não é assim que o caminho para o destino se parece nos filmes.

— Oi.

— Er, Steve Gallagher está em casa, por favor?

Por que diabos estou usando o sobrenome dele?

— Desculpe, ele ainda está no trabalho. Quem devo dizer que veio?

— Ah, hum...

Pense, Pippa. Pense.

— Agente do Estado. Avaliação de propriedade?

— Ah. Estamos apenas alugando.

Nós. Ela é seu *nós*.

É tarde demais para mim. O chão começa a girar. Estou lutando para ficar de pé. Ela estende a mão e toca o meu braço.

— Você está bem aí? Parece um pouco pálida.

A mão dela. Meu braço. A casa de Steve. Engulo em seco.

— Não. Tudo bem. Estou bem. Não se preocupe, vou ligar para ele outra hora. Obrigada de qualquer maneira. Não foi nada.

Não foi nada.

Não é nada.

Eu não sou nada.

Cambaleio de volta para a rua, meu rosto queimando. Sinto que fui arrastada para fora de um prédio em chamas, e meu coração e minha alma estão se enchendo de bolhas.

Penso na linda garota parada na porta. Penso em sua pele impecável e sua cintura fina. Penso na casa dela, na casa *deles*, e percebo que nunca estou destinada a ser a heroína. Ela é a garota que conseguiu o papel principal. Aquela que vai fazer as manchetes, arrebatar as críticas, beijar o protagonista. Parece que, mais uma vez, estou destinada a ser a substituta. Aquela que observa em silêncio dos bastidores, preparada e pronta para atuar, mas nunca chegando ao palco.

2 DE MARÇO DE 2019

03:39

— Diana. Sou eu de novo. Só quis ligar para mantê-la atualizada. Não que haja muita alteração...

Steve limpa a garganta e toma um gole de água. Está morna e tem gosto metálico. Ele tem um flash estranho e indesejável de velhos canos enferrujados trazendo água para o hospital e coloca o copo na mesa.

— Ela está indo tão bem quanto se pode esperar. Os médicos não parecem ser capazes de me dizer muito mais no momento, mas ela está sendo cuidada de forma brilhante. Estou ao lado dela enquanto falamos. E acho que ela pode me ouvir.

Steve vacila. Pronunciar isso em voz alta só traz a realidade para um foco horrível. Será que acredita mesmo nisso? Ele respira fundo para estabilizar o tremor na voz.

— Então. Você tem meu número, não tem? Este é o meu celular. Deve aparecer no seu telefone. Não posso acreditar que não tenho seu telefone fixo depois de todos esses anos. É uma coisa louca, de fato. De qualquer forma. Sinto muito, você deve estar dormindo agora e depois acordará com todas essas mensagens e... Sinto muito. Ligue-me, está bem? Bem...

Bem o quê?

Bem... estou apavorado?

Bem... ajude-me?

Bem... não me deixe aqui sozinho?

Bem... se alguma coisa acontecer com sua filha, minha vida, *sua* vida, acabou?

Qualquer um dos itens acima se encaixaria.

Ele deixa a frase inacabada, seus olhos apertados, segurando o telefone no ouvido. Não quer desligar, com medo de quebrar a frágil conexão com alguém tão familiar, alguém tão... *Pippa*. Essa mulher que, apesar de ter uma capacidade inigualável de desesperá-lo, é a única ligação que ele tem com a Pippa viva e respirante, que, por um momento, está fora do ar. Ele precisa ver Diana, ouvir sua voz, vê-la se movimentar pela sala como se estivesse atrasada para um compromisso de vital importância. Precisa estar perto dos genes de sua esposa, a força vital que deu a Pippa seu primeiro suspiro. Talvez ela seja capaz de trazê-la de volta para ele.

— Bem, se cuida, Diana. Entre em contato assim que puder.

E depois...

— Te amo.

Ele deixa o celular cair no colo. Sua cabeça o segue e fica presa às mãos, onde descansa, até que as palmas ficam escorregadias de lágrimas.

Coitada de Diana. O que isso vai fazer com ela?

Flashes de sua sogra. O momento em que ela vê as ligações perdidas, o momento em que ela ouve as mensagens, o momento em que ela é confrontada com a visão do corpo maltratado da única filha. Ele perde o fôlego por culpa e vergonha.

Sozinho, ele acabou com ela.

Uma onda de exaustão o esmaga, como se estivesse subindo uma montanha. Seus membros são de chumbo, o peso de três Steves repousa em seu peito como um totem. O relógio bate de maneira incansável, alheio à sua insistência cruel e irritante.

Ele ainda não consegue ligar para os próprios pais. Sabe que o som da voz da mãe seria demais. Uma palavra de conforto, alarme ou apoio seria sua ruína, e sua armadura delicada desmoronaria, caindo em cascata ao redor de si como folhas de outono.

Não. A bondade não é sua amiga agora. A bondade, como dizem, poderia matá-lo.

Não sua família, então, mas alguém. Alguém que vai ouvir. Alguém que vai atender ao telefone a essa hora. Então, ele liga para a única pessoa em sua vida que ainda pode estar acordada, já que o fim da noite de sexta-feira se torna o início da manhã de sábado.

— *Guten Morgen* — responde Oscar, acima de um pulsar baixo de música eletrônica.

Steve se surpreende ao ouvir a voz do amigo. Ele deve estar jogando ou fumando seus bagulhos, pensa, aquecido pela encantadora e infantil normalidade disso, embora não consiga encontrar uma resposta adequada.

— O que está fazendo acordado, cara? — Oscar espera, mas Steve não responde. O PlayStation está pausado, a tv no mudo. Há silêncio, a não ser pela respiração pesada de Steve. — Você ligou para mim sem querer, Stevie? Espero não ouvir você e Pippa mandando ver.

— Estou aqui — diz Steve, embora seja um esforço falar.

Ele pode ouvir outra mola morrendo dentro do sofá desgastado de Oscar, enquanto o amigo se senta de maneira brusca.

— Está tudo bem?

— Não. Não, acho que não. — Steve só consegue falar devagar, cada palavra lubrificando a seguinte. — Pippa bateu o carro. Eu estava trabalhando. Eles ligaram... e agora estou aqui. Estou aqui com ela.

— Estou indo praí agora — diz Oscar.

— Não! Você não pode. — O pensamento de outra pessoa que ele ama atrás do volante esta noite enche Steve de horror.

— Posso com certeza.

— Mas você andou bebendo?

— Nã-nã. Janeiro Seco.

— Mas estamos em...

— Março, sim. Para compensar um pesado janeiro e fevereiro.

Steve meneia a cabeça e um meio-sorriso ilumina seu rosto por um breve momento. Um sorriso exasperado, tipicamente reservado para o melhor amigo. Quase parece normal, exceto que, quando ele olha para Pippa, ela não está revirando os olhos, fingindo não rir da resposta irritante. O vazio de sua resposta apaga o sorriso de Steve.

— Só não quero que você dirija. Ok?

— Entendi, cara — responde Oscar. — Então. Como está a situação dela?

— Parece ruim.

— E como você está se sentindo?

— Não sei — diz Steve. — Terrível. Confuso. Assustado pra caralho. — Ele sente uma nova emoção, agitação ou raiva, acumulando-se sob a superfície da pele. Isso o força a sair de seu assento. Ele não sabe por que, mas é bom descarregar no amigo. — O que importa o que sinto? — continua ele, a voz elevada pela primeira vez desde que chegou à UTI. — Eu não importo!

Ele começa a andar pelo quarto, sua respiração ficando curta.

— Você vai ficar forte por ela — diz Oscar, com firmeza. — Sei que vai. — Ele ouve com atenção, como um arrombador de cofre esperando o clique de um alfinete deslizando no lugar. Logo a respiração de Steve se estabiliza. — Eu te amo, cara. Amo vocês dois.

— Também amamos você — fala Steve e olha para Pippa outra vez, o corpo dela sem vida mergulhado em foco difuso enquanto os olhos de Steve se enchem de lágrimas.

— Tem certeza de que não me quer aí? — pergunta Oscar. — Posso ir de skate.

— Não, é muito longe.

— Meio de transporte mais rápido. Sério mesmo. Qual é o hospital?

— Estamos fora da cidade — responde Steve. — Buckinghamshire.

— Ah. É bem longe. O que você está fazendo por aí?

— Trabalhando.

— Ah, sim, você disse. Espere, Pippa estava trabalhando com você?

— Não.

— Então, por que…

— Não sei, Oscar — comenta Steve, voltando para a cabeceira de Pippa. — Tenho muitas perguntas.

— Claro que sim, cara. Claro que você tem. Bem, estou aqui para você. O telefone está no modo vibrar. Qualquer coisa que eu possa fazer, é só falar.

— Na verdade, pode avisar Tania?

— Claro.

— E Gus, talvez… — Steve para. Ele se vê passando pelo mesmo processo de pensamento que foi necessário para decidir quem deveria convidar entre os amigos mais queridos de Pippa para ficar em uma casa de campo em Cotswold para seu trigésimo aniversário. Ele se sente mal com a ideia de ter que informar a todos sobre o acidente, o desconforto aliviado um pouco pela lembrança do rosto de Pippa se iluminando quando surpreendida pelos amigos a esperando.

— Guenta aí um instante, Stevie G — diz Oscar. Steve acha que ouve uma fungada infinitesimal. — E diga à sua patroa para não ir a lugar nenhum. Temos muito o que viver.

Eles desligam e Steve volta a se sentar na cadeira ainda quente. Ele se deixa confortar, só um pouco, pelo otimismo do amigo. Segura a mão da esposa, inanimada e rígida, e, fechando os olhos, envia cada vibração positiva de seus dedos aos dela.

Ele quase poderia cair no sono, mas há um baque, uma sacudida, então um rangido, quando as portas do elevador se abrem e um carrinho de maca faz barulho no corredor vazio. É seguido pelo som de gelar o sangue de uma mulher berrando de dor.

Através do estreito vidro da porta, Steve vê o rosto de um homem, não muito mais velho que ele, correndo ao lado da maca. Olhos frenéticos, como se tivesse acabado de acordar e se visse no meio de uma zona de guerra. A mão de uma mulher idosa está apertada com força na dele e lágrimas escorrem pelo seu rosto sem sangue.

— Fique comigo, mãe. Fique comigo. — Steve não consegue ouvir as palavras acima do barulho, mas consegue vê-las nos lábios do homem.

Mas o aperto da mulher está afrouxando, com os dedos deslizando dos dele. Os gritos guturais se suavizaram para um gemido, sua energia se esvaindo como água. Uma batalha entre a vida e a morte está sendo travada, o cabo de guerra entre o mundo corpóreo e o espiritual. E a morte está ganhando a luta. Vem à mente de Steve a imagem fugaz de uma pintura com que se deparou certa vez: um homem agarrado aos pés de um anjo que ameaçava levantar voo.

Com a mesma rapidez com que chegaram, eles se foram. Dobrando a esquina do corredor para um universo paralelo. Os pensamentos de Steve permanecem com o homem com olhos aterrorizados por mais um momento, depois ele se volta para a esposa.

Ele tem seu próprio anjo para se agarrar.

— Você não vai a lugar algum, Pippa. Não é a hora. Este não pode ser o fim da nossa história. Tenho muitos outros capítulos planejados.

— Ele engole ar, tentando suprimir uma dolorosa bolha de emoção. Morde o lábio, com força, desejando que a dor mantenha suas lágrimas sob controle. — Nosso começo parece que foi ontem, não parece?

OUTUBRO DE 2009

Steve

Tornou-se minha rotina diária. Eu me sentava em uma cafeteria na estrada que servia o café mais barato e o Wi-Fi mais gratuito, e tentava parecer ocupado. O assento de canto, que eu vinha esquentando há alguns meses, agora estava desgastado com uma impressão do meu traseiro. O lugar era administrado por um casal turco, cujos dois filhos pequenos apareciam todas as manhãs às oito e quarenta e cinco, correndo entre as mesas e brincando de esconde-esconde atrás do balcão antes de serem levados para a escola. Invariavelmente, eles paravam e olhavam para mim por um tempo, tentando descobrir qual era a minha e se eu estava ali para ficar.

"O que você está fazendo, senhor?", perguntavam muitas vezes, ao que sua mãe respondia: "Deixe o homem em paz, ele está trabalhando!".

Sentia-me validado por sua avaliação, como se uma manhã passada ali contasse como trabalho.

Eu respondia a um ou dois e-mails, enquanto enrolava com o café ralo e frio, até que a bateria do meu laptop acabasse e eu tivesse que encarar o fato de que nenhum dinheiro seria ganho naquele dia. Depois, voltava ao apartamento para comer um sanduíche, onde Lola já teria consertado algumas cortinas, falado com nossas mães e iniciado um pequeno negócio de venda de lancheiras vintage.

Ela não estava morando comigo, não oficialmente, de qualquer maneira. Quando o senhorio decidiu vender o imóvel e dar a ela e às colegas de quarto um aviso-prévio de duas semanas, concordamos que fazia sentido que ela ficasse na minha casa por um tempo.

Eu não podia exatamente deixá-la dormir na rua. Mas logo suas roupas encontraram o caminho de uma mala aberta no chão para uma cadeira, depois para uma cômoda. Seu endereço foi alterado, ela assumiu sua parte do aluguel e parou de procurar ativamente uma nova vaga num apartamento.

— É adorável ver você se estabelecer — disse mamãe.

Foi adorável. Para ela. Mamãe sempre deixou claro que achava que Lola, a filha de sua amiga Maggie, era a pessoa certa para mim. A tranquila, porém, tranquilamente brilhante Lola. Lola, de ascendência irlandesa. Lola, que teria esperado "como a alegoria da Paciência em lápides".

— Vai querer começar a procurar um anel em breve — foi seu pensamento seguinte.

— Calma, mãe, é um pouco cedo para isso.

— De jeito nenhum. June e Siobhan já estavam noivas com sua idade. Mickey escolheu seu homem na casa dos vinte.

— E Charlotte? Ela tem trinta e nove anos.

— Sim, querido, mas ela é médica.

Não me importava com a ideia de me estabelecer, só não achava que seria com Lola. Mas, quando Pippa foi embora, tive que seguir em frente; e lá estava ela, esperando na minha porta com cachimbo e chinelos na mão. (Um cachimbo metafórico; ela não tocaria em tabaco. Ou drogas. Ou bebida. Ou trigo. Ou cafeína. Meus vícios não eram exatamente hardcore, mas sua vida limpa me fazia parecer sujo.) Ela era tão proativa, tão capaz, que me sentia inadequado ao seu lado. Eu só tinha uma habilidade, e essa habilidade estava minguando por falta de prática. Os trabalhos de fotografia eram escassos, o que eu atribuía à proliferação de câmeras digitais baratas, e não à minha incapacidade de formar uma rede de contatos.

— Todo mundo é fotógrafo hoje em dia. — Eu me queixava. — As pessoas simplesmente usam seus iPhones.

— Você precisa sair do casulo — Lola me aconselhou. — Se não na vida real, pelo menos no âmbito virtual.

Mas eu me recusava a me envolver com a mídia social e desconfiava em particular do Facebook — a ideia de me promover, como indivíduo ou como profissional, fazia-me estremecer. Eu tinha três perfis no LinkedIn, mas esqueci a senha de todos eles.

— Você vai deletar os perfis em alguns anos — afirmei, marcando posição, teimoso. — Envergonhada por todas as fotos e cutucadas.

— Talvez buscar algum outro trabalho, então? — sugeriu Lola. Não fazia sentido para ela que eu continuasse lutando, seguindo uma carreira na qual havia oportunidades limitadas. — Vou ajudá-lo a escrever um currículo de arrasar e você pode levá-lo a algumas gráficas, ver se precisam de um funcionário em meio período?

— Talvez...

— Ou você pode voltar a estudar. Contabilidade? Pelo menos isso é estável.

— E a fotografia?

— Você ainda pode tirar fotos. É bom ter um pequeno hobby.

O conselho de Lola era viável, prático — eu provavelmente devia ter ouvido —, mas não era o que eu queria ouvir. Eu estava muito apegado à inércia.

— Soube que você está prestes a se requalificar como contador? — minha mãe disse quando conversamos novamente. — Que ideia sensata.

Um dia depois, alguns folhetos da Open University estavam espalhados de modo sugestivo na minha mesa de cabeceira.

Talvez eu devesse apenas pedi-la em casamento. Vender as câmeras, comprar um anel, todos ficam felizes.

Paguei o café e caminhei os cem metros até minha casa, parando na entrada do Carpet Planet. Olhando para a campainha no painel da porta descascada que levava ao apartamento de cima, tentei me imaginar pegando um marcador e etiquetando-a amorosamente com as minhas iniciais e as de Lola, mas as letras simplesmente não ficavam bem juntas. Tudo o que eu conseguia ver em minha mente era *Steve e Pippa, Pippa e Steve, S&P.*

A última vez que a vira, mais de um ano antes, eu tinha concordado em ajudar Pippa a esvaziar o quarto que ela estava prestes a desocupar. Na verdade, eu tinha sugerido isso. Qualquer desculpa para passar mais tempo com ela antes de partir.

— Obrigada por fazer isso — disse ela, do outro lado da cama enquanto separava as roupas em duas pilhas: uma "guardar", a outra "descartar".

— É um prazer — respondi, tentando combinar os pares de meias dela, uma atividade que parecia boba, doce e de partir o coração. — É meio terapêutico.

— Ah, você é um bom companheiro. — Quando ela me chamou de *companheiro*, isso me atingiu como uma facada. — Como vou ficar sem meu melhor amigo? — *Melhor amigo*, um giro da faca.

— Você vai fazer novos amigos em breve — falei, desenrolando uma meia listrada amarela e rosa e, depois, reunindo-a com o par.

— Mas quem vai ouvir meus pesadelos de audição? Ou ser meu principal ajudante para decorar falas?

— Algum americano, provavelmente — respondi, com mais ciúme do que pretendia, mas Pippa não percebeu.

— Ah, sim — ela disse —, meu American Boy.

Seus olhos se encheram com as luzes brilhantes da Broadway, e observei enquanto ela corria entre táxis amarelos, de braços dados com o novo namorado.

— Por que as meias das garotas são muito menores do que as dos homens? — questionei, tentando trazê-la de volta para o quarto. — Nossos pés não são tão diferentes.

— Vocês têm tornozelos peludos — explicou ela, ainda sonhando acordada.

— Talvez eu vá ao aeroporto, para acompanhar sua ida…

Isso a trouxe de volta.

— Sim, sim — disse ela, embora sem muita convicção. — É óbvio que minha mãe e meu pai estarão lá. Receio que terão o monopólio dos abraços. E Tania irá, acho. E Jen. E Gus, na verdade. Mas venha, sim!

Resolvi não ir e deixei para o sr. e a sra. Lyons e vários outros amigos de Pippa formarem a festa de despedida.

Um e-mail chegou dois dias depois. Intitulado: *Saudades de você!* Li e reli a linha de assunto algumas vezes antes de me sentir pronto para abrir a mensagem.

Ela sente minha falta, pensei. Está pensando em mim há dois dias.

De modo inconsciente, comecei a esvaziar as próximas semanas em minha agenda e comecei a imaginar como seria julho em Nova York com Pippa, enquanto caminhávamos de braços dados pela Broadway antes de eu deixá-la na porta do palco com um buquê de rosas e um demorado beijo.

Então, abri o e-mail e li a primeira linha:

Oi, pessoal, desculpe não ter escrito antes. As duas primeiras noites aqui foram ocupadas, mas também cheias de diversão!

Não consegui ler mais.

A partir de então, as correspondências para o grupo chegavam duas vezes por semana, e me vi incapaz de responder sequer a uma única. Eu não tinha nada a oferecer que pudesse igualar suas histórias furiosamente detalhadas de longos dias de ensaio em um "estúdio quente como um forno" e noites ainda mais longas em Greenwich, Lower East Side e Williamsburg com seu novo elenco de amigos adoráveis. Quanto mais se aproximava a noite de estreia, mais esporádicos seus e-mails se tornavam, eventualmente se esgotando por completo. Em sua mensagem final, que sugeria um turbilhão de "showmance" com um colega, ela assinou: *Adicionem-me no Facebook para acompanhar minhas atualizações!*

Com hesitação, criei uma conta usando o pseudônimo "Geve Stallagher" e coloquei o nome dela na barra de pesquisa. Afora um anúncio de seguros de pagamento que se repetia na TV (no qual uma Pippa de suéter de lã conferia um extrato bancário antes de encarar a câmera e proferir quase sussurrando as palavras: "Estou devendo!"), só vi o rosto dela uma vez enquanto ela estava fora, na pequena miniatura que encabeçava sua conta.

Aumentei o zoom para ver melhor: ela estava na Times Square, parecendo tão em casa e feliz que poderia estar à beira das lágrimas. A foto foi cortada deixando espaço suficiente para revelar outro rosto inclinado em direção ao seu. Uma mandíbula quadrada e bem barbeada com dentes brancos e retos. Um boné de beisebol. Um bíceps bronzeado aninhado ao redor de seu pescoço como um travesseiro de viagem.

A conta de Geve Stallagher foi excluída de imediato. Aí reside apenas dor, pensei. Não entre. Eu sabia que era hora de arrancar esses sentimentos do meu coração; muito melhor do que permanecer na vã esperança de que alguém que eu talvez nunca mais encontre retribua minha afeição distante.

Eu poderia jurar que a tinha visto meses atrás, empurrando com pressa as malas que ajudei a arrumar para longe do apartamento. Não fazia nenhum sentido, a menos que tivesse encurtado a viagem — mas por que ela iria me fazer uma visita? Verifiquei o correio de voz, para ver se havia mensagens perdidas, e minha pasta de lixo eletrônico, buscando e-mails extraviados; não encontrei nada e descartei a visão como uma miragem. Mas, desde então, ela aparecia em todos os lugares: na capa das revistas, em espetáculos de rua, escaneando minhas compras no caixa, lá estava Pippa.

Eu ainda estava na soleira do apartamento, *meu* apartamento, chaves na mão, quando a porta ao lado do meu se abriu.

— Oi, Steve — disse meu vizinho do apartamento em cima do minimercado, cujo nome eu havia esquecido há tanto tempo que agora seria rude perguntar. Eu me perguntei se poderia ser Alan, mas isso foi porque eu emprestara para ele um jogo de chaves Allen no verão anterior.

— Ah, e aí... cara? — cumprimentei.

Ele ficou de lado e me observou por um momento.

— Como você está? Tem trabalhado?

— Hum, não — respondi. — Acabo de me dar conta.

— É?

— É.

Ele esperou um pouco mais para ver se eu falaria coisas com mais sentido, mas não fiz, então, fechou a porta e saiu, passando por mim.

— Até mais.

— Até mais.

Eu poderia ter ficado lá o dia todo, uma escultura pós-moderna (*Homem Perdido Olhando para as Chaves*), se minhas pernas não tivessem decidido por mim. Elas me empurraram para longe da porta e continuaram andando, passando por Brondesbury, Maida Vale, até que as placas de trânsito começaram a dar indicações para o centro de Londres. Quando cheguei à Edgware Road, percebi que tinha caminhado três quilômetros enquanto respirava quase que puramente gases de escapamento, por isso, desci para o metrô, optando por encher meus pulmões com o ar subterrâneo estagnado e enegrecido em vez da poluição da área urbana mais imunda da Europa.

Decidi pegar um cineminha, deixar minha mente escapar por um tempo. O multiplex em Piccadilly estaria exibindo de tudo — eu podia ver *O Fantástico sr. Raposo* numa sessão que não estaria cheia de crianças. Uma ida solo ao cinema no meio do dia, fosse qual fosse o filme, nunca deixou de me encher de paz. Um prazer simples, mas poderoso, o cinema me atrai da mesma forma que as pessoas são atraídas pelo mar — ou, no caso de minha mãe e meu pai, atraídos para dentro de uma igreja sempre que passam por uma. Uma chance de sentar sozinho e se tornar íntimo de algo maior do que você.

Eram cinco paradas na linha Bakerloo para Piccadilly Circus, e ela embarcou no trem em todas as estações. Dificilmente seria necessário um diploma em psicologia para descobrir por que eu estava tendo essas visões, mas hoje simplesmente não conseguia me livrar dela. Lá estava ela em um pôster de um pacote de férias para Chipre; lá estava ela olhando para um mapa na plataforma; lá estava ela lembrando a multidão para tomar cuidado com o espaço entre o vagão e a plataforma. Enquanto eu caminhava para a saída, lá estava ela descendo do outro lado da escada rolante. O cabelo dessa Pippa era diferente — mais curto, mais liso e mais louro que morango. Não deveria olhar, disse a mim mesmo, mas não conseguia tirar os olhos dela. Usava calças de cintura alta e um blazer pendurado em um braço. Raciocinei que ela tinha vindo para a cidade na hora do almoço e agora estava voltando para trabalhar na City.

Enquanto deslizávamos inexoravelmente um para o outro, a mulher foi alertada sobre minha atenção por aquele instinto que lhe diz que alguém está observando você. Seu foco se ajustou da distância média para o meu rosto boquiaberto. Ela olhou nos meus olhos, reconhecendo-os, e vi que era ela — era Pippa.

Em um momento, estávamos tão próximos que poderíamos ter estendido a mão e nos tocado; agarrando um ao outro por cima do alumínio polido, incapazes de nos soltar, produzindo uma cascata de corpos e wraps da Pret e sacolas Hamleys pelos degraus de metal corrugado.

"Não posso acreditar que você está aqui. É mesmo você?", eu queria dizer.

Em vez disso, tudo o que consegui fazer foi acenar. Um aceno pequeno e manso, que ela retribuiu, o braço puxado para perto do peito, como se tivesse sido temporariamente encurtado. Então, a escada rolante nos puxou em direções opostas, e nossos acenos se transformaram em sinais de mão ridículos, enquanto tentávamos nos comunicar sem palavras.

— Você pode parar para conversar? — Pippa pareceu murmurar.

— Sim, vamos nos encontrar no topo? — murmurei de volta.

— Estou descendo. Devo ficar lá embaixo? — Ela pode ter dito. Nossos gestos foram ficando cada vez mais descontrolados, tipo biruta do posto matando mosquitos.

Então, ela desapareceu. Esperei no topo por alguns momentos antes de concluir que Pippa faria a mesma coisa lá embaixo, mas, assim que subi a escada rolante outra vez, lá estava ela navegando de volta para mim. Seu rosto riu primeiro, e então a ouvi. O rufar da estação e de Londres ao longe foi abafado; havia apenas a voz dela. A noção do quanto senti falta dela me atingiu como uma onda: quão longos aqueles meses sem ela foram, quão sérios, quão iguais. Não havia nada e ninguém como ela, e nada e ninguém que fizesse eu me sentir assim.

A bilheteria estava muito lotada para uma conversa para pôr as novidades em dia depois de tanto tempo, por isso, eu a segui através das catracas e saí para a rua antes de nos falarmos.

— Como vai, senhor? — perguntou ela. Então, antes que eu pudesse pensar em uma resposta: — Posso abraçar você?

— Hum, sim — respondi. — Isso seria aceitável.

Ela riu enquanto nos abraçamos, embora tanto a risada quanto o abraço tenham durado pouco.

— Então.

— Então.

— Como foi Nova York? — indaguei.

— Ah. *Que* incrível — afirmou Pippa, embora não soasse como ela mesma. Pegara um sotaque transatlântico ou estava mentindo?

— E a peça?

— A peça foi *incrível* — disse ela. — Pelo menos, achei que sim. Infelizmente, os críticos não concordaram, e fechamos mais cedo.

— Pip, sinto muito.

— Já superei — assegurou ela. — Só não mencione isso nunca mais.

— Podemos conversar sobre outro assunto — sugeri. — Seu cabelo!

Ela levou as mãos às bochechas, como se descobrisse naquele momento que seus cabelos haviam sido cortados pela metade. Ela parecia estar na capa de um disco francês da década de sessenta.

— Ficou bom? — Quis saber.

— Está tão diferente.

— Mas ficou bom?

— Sim! — falei. — É um corte muito bonito. Quase não reconheci você.

— Bem — explicou, baixando a voz e olhando por cima do ombro —, estou disfarçada.

— Ah, é mesmo? — Eu estava tão tonto em sua companhia que embarquei na dela, agindo como uma criança ouvindo um animador de festa. — Como o quê?

Ela respirou fundo, como um suspiro invertido.

— Como... *Uma mulher, de vinte e tantos a trinta e poucos anos, trabalhando para uma empresa financeira, mas não muito poderosa, que deixa as calças baterem perna e o cabelo falar por ela.* — Ela fez uma pose de superpoderosa. — Você está convencido?

— Cem por cento. Na verdade — baixei a voz —, agora há pouco ouvi seu cabelo dizer alguma coisa. Achei que estava enlouquecendo.

Ela riu um pouco, depois lançou um olhar amargo pela Shaftesbury Avenue.

— Mais um dia, outro teste de comercial de merda.

— Suponho que os parabéns caibam aqui — sugeri.

— O quê?

— Você mudou para a classificação de vinte e tantos anos.

Pippa me cutucou de brincadeira com o quadril.

— Nem comece. Você acredita que já temos vinte e sete anos?

— Tenho vinte e oito — corrigi.

— Meu Deus do céu. Estamos oficialmente *velhos*.

Tínhamos começado a caminhar, encontrando o caminho de volta para a toada fácil da amizade, um passo de cada vez. Pippa lançou outro olhar furioso em direção ao Soho e à cena de sua última audição, antes de virar à direita na Wardour Street, em Chinatown.

— Vinte e sete anos e voltei a morar com meus pais — disse ela. — Bem, pai.

— Onde está sua mãe? — perguntei.

— Morando em um apartamento na mesma rua. Ainda o vê na maioria dos dias, mas acontece que ela teve um monte de namorados enquanto eu estava em Nova York. Em seu *shag pad*.

— Uau, isso é... muito legal?

— É nojento — Pippa disparou.

Paramos na frente de um grupo de turistas esperando para tirar fotos com alguém numa fantasia barata de Mickey Mouse ao lado de um bloco de espuma ainda mais barato, que era para ser o Bob Esponja Calça Quadrada.

— Vinte e sete — ela repetiu. — Morando com o meu pai e *solteira*. E você?

Senti-a olhando para mim, mas não consegui me forçar a encontrar seus olhos.

— Vinte e oito, desempregado — respondi, observando os personagens fantasiados, que pareciam estar disputando a atenção dos turistas. — Ainda morando naquele apartamento estranho...

— Com quem? — Pippa perguntou de pronto.

— Com...

Por causa de seus sorrisos escancarados, não ficou óbvio que os personagens estavam brigando até que o Bob Esponja deu um gancho de direita no Mickey. O soco logo se transformou em briga quando Pateta e Hello Kitty se juntaram, e eu estava grato por uma desculpa para me afastar do perigo — e do assunto da conversa.

— Se os comerciais não estão enchendo você de alegria — falei, enquanto nos apertávamos na multidão em Leicester Square —, sempre lhe resta a alternativa de se fantasiar...

— Acha mesmo?

— Você seria ótima.

— Ah, obrigada, Steve! Sempre quis interpretar Mickey.

Paramos em uma faixa de pedestres e ela ficou pensativa.

— Na verdade — ela disse —, sempre quis dar um soco na Hello Kitty.

— Teria rendido uma ótima foto, a luta — eu disse, enquanto caminhávamos na direção de Covent Garden. — É uma pena não estar com a minha câmera.

— Você deve sempre carregá-la consigo — disse Pippa. — Eu faria isso se tivesse um dom como o seu.

— Sim, claro — respondi, presumindo que ela estava me provocando em retaliação.

— Estou falando sério, Steve. É sua arma. Você nunca sabe quando pode ver algo que o instigue.

Olhei para ela e pude ver que estava falando sério. De repente, meu conselho de carreira parecia mal avaliado e cruel.

— Como um quebra-pau entre personagens infantis? — indaguei, mas ela não respondeu. — Caminhamos um pouco mais, Pippa desacelerando ao passarmos por um teatro. — Acho que não tenho me sentido tão inspirado nos últimos tempos — confessei. — Acabou se tornando um trabalho árduo.

— É uma pena — disse ela, demorando-se a ler as resenhas exibidas ao lado da entrada.

— Isso é. Mas também é bom, sabe? Não sou tão criativo, na verdade. Não como você ou...

— Ah, para com isso — disse ela, parando-me no meu caminho. — Pare de se menosprezar! Claro que você é criativo. Você é criativo, legal e sexy...

— Sexy? — perguntei, um trinado adolescente na minha voz, como se estivesse quebrando.

— Não, não... — Ela balançou a cabeça, e quase pude ver os fios alisados de seu novo penteado começando a se enrolar. — Não me referi a você; quis dizer que é um trabalho sexy.

Ficamos em silêncio e nos viramos para ver as fotos da peça que estavam coladas no lado externo do prédio.

— Essa é uma foto terrível — falei, por fim.

— É um *elenco* terrível — disse Pippa, apontando um dedo para a atriz que estava no centro do palco. — Olhe só a cara que ela está fazendo.

— A profundidade de campo está completamente nula.

— Ela é uma estrela de reality show; o que está fazendo em um Tchekhov?

— É muito amador.

Senti o braço de Pippa, quente contra o meu, enquanto nossos corpos ficavam menos rígidos.

— Imagine se você fosse o fotógrafo — ela começou.

— E você fosse a atriz principal — acrescentei.

— Poderia acontecer.

— *Deveria*.

Olhamos sonhadores para o vidro, nossos rostos refletidos de volta para nós; uma janela para outra vida. Então — embora possa ter sido minha imaginação —, pensei ter ouvido Pippa dizer baixinho: "Nossa hora chegará".

Continuamos, falando pouco, até estarmos circulando Aldwych e voltando para nós mesmos. Pippa parou em frente a outro teatro, onde *Dirty Dancing* estava em cartaz.

— Pobre Patrick — disse ela. — Eu não posso acreditar que ele se foi.

— Você o conheceu?

— Infelizmente, não. Mas sentia como se o conhecesse.

Alguns transeuntes paravam para olhar as cartas, os buquês de flores, as velas cheias de água da chuva — um santuário desbotado para Swayze.

— Ele morreu aqui? — perguntei.

— Não — respondeu Pippa. — Ele estava no filme. Isso é uma homenagem.

— Eu sei que ele está no filme — afirmei. — Minhas irmãs adoravam.

— Aposto que você também.

— Nunca vi.

— O quê? — Ela ficou horrorizada.

— Sempre que elas colocavam o vídeo, era hora de ligar o autorama.

— Não acredito que você nunca assistiu. É um clássico.

— Um *clássico*, hein?

— Sim, Steven. Não precisa ser *Cidadão Kane* para ser um clássico.

— Também não vi esse.

— Bem, você deveria. — Com isso, ela girou nos calcanhares e partiu pela Strand.

Sou uma negação em ler sinais, mas prestei atenção em Pippa por anos e percebi que algo entre nós havia mudado. Não parecia um constrangimento, e sim como se estivéssemos discutindo sobre algo que não conseguíamos articular.

Ao cortar os laços com seu feed de notícias de Nova York, consegui me impedir de compartilhar a experiência de sua triunfante estreia na Broadway. Suprimi imagens de Pippa vivendo seu sonho, nunca me permitindo imaginá-la no palco, sorvendo os aplausos ou dando autógrafos. Mas também me impedi de ouvi-la quando o pêndulo virou para o outro lado e a mandou de volta para Londres. Eu não deveria ter enterrado minha cabeça. Deveria estar lá para ela.

— Desculpe por não ter lhe enviado um buquê na noite de estreia nem nada.

— Não se desculpe, Steve. Eu não esperava.

— Eu não pensei que seria... apropriado, sabe?

— Está tudo bem de verdade. De qualquer forma, o envio para os Estados Unidos é ridículo.

Andávamos mais rápido agora, em direção a Charing Cross.

— Acho que deveria ter, pelo menos, enviado um cartão.

— Ou um e-mail — disse Pippa, não de forma grosseira, mas que fez com que eu me sentisse péssimo. Eu a decepcionei, mesmo que meu silêncio de rádio fosse para minha própria sanidade.

— Sou uma pessoa má — eu disse.

— Você não é, Steve! — Ela se virou para mim. Como antes, eu não sabia se estava sendo censurado ou lisonjeado. — Você é melhor do que a maioria. Você é um bom companheiro.

Essa palavra de novo. Um pouco melhor do que *melhor amigo*, mas, ainda assim, uma classificação tão indesejável... Desta vez, não soou errado apenas aos *meus* ouvidos; fez Pippa franzir os lábios, como se tivesse um sabor desagradável.

Ao passarmos pela National Portrait Gallery, uma garota atravessou nosso caminho, quase nos fazendo tropeçar e ela própria caindo.

— Desculpe! — pediu ela, sem fôlego, recolhendo do chão uma sacola coberta com um arco-íris de bigodes de Dalí. Suas mãos estavam manchadas de tinta, o cabelo preto preso com um lápis, e ela, no geral, lembrava muito a namorada que eu tinha deixado em casa. Ela sorriu para nós, depois atravessou a rua correndo.

— Por falar em amizade, como vai… — perguntou Pippa.

— Oscar?

— Não… Aquela com corte bob.

Ela sabia sobre Lola? Por certo nunca a mencionei para Pippa. Fiquei em silêncio por alguns segundos, esperando que a pergunta morresse, até muito depois da Coluna de Nelson, mas isso não aconteceu.

— Você quer dizer Lola? — eu disse, afinal.

— Isso mesmo.

— Ela está bem. Por que você pergunta?

— Bem, você e ela são… não é?

Eu não conseguia ler sua expressão. Se eu tivesse que adivinhar, estava em algum lugar entre envergonhada e divertida.

— Quero dizer, sim. Mais ou menos — respondi. — Não é sério. Como você sabe dela?

— Apenas… pelas pessoas — disse Pippa. — Vi no Facebook de alguém, acho.

Havia tanta fluência em nosso relacionamento quando éramos mais jovens, livres e solteiros; mas, enquanto descíamos os degraus da Trafalgar Square, parando em frente a uma pequena entrada do metrô Charing Cross, senti-a escorregar. Se esse papo para colocar as novidades em dia fosse um workshop para nossa amizade, não estaríamos montando uma produção completa.

— Achei que tinha visto você — eu disse. — Algumas vezes, mas uma vez em particular, do lado de fora do meu apartamento.

— Sério? — falou Pippa, com os olhos fixos em uma das fontes. — Que estranho.

Havia uma tristeza em seu comportamento que eu nunca tinha visto antes. Eu ansiava por colocar meu braço em volta dela, para protegê-la. Mas estava com medo. Seria errado, não seria? Ela não era minha, e esse era exatamente o tipo de confusão de anseios que eu tentava reprimir.

— Vamos fazer um desejo? — sugeriu Pippa.

Era hora de dizer adeus de vez, de extinguir as chamas abafando-as definitivamente. Nossa chance voou junto quando ela entrou naquele avião. Eu tinha vinte e oito agora; tinha que aceitar os fatos.

Então, por que esse friozinho na minha barriga?

Ficamos lado a lado, a centímetros da fonte, cuja borda era curvada e de pedra. Peguei alguns trocados, duas moedas de dez *pence*, e coloquei uma na palma da mão dela. Ela a acariciou com as mãos e fechou os olhos. Segui o exemplo.

— Não me conte ou não vai se tornar realidade — eu a ouvi dizer.

Uma pequena gota acertou minha bochecha quando a moeda atingiu a água, seguida por um choque de eletricidade quando as costas da mão dela roçaram a minha. Um acidente, presumi, e me afastei um pouco, por educação. Então, senti seus dedos procurando os meus — inconfundíveis, deliberados, determinados — e, de repente, estávamos de mãos dadas. Segurando firme. Prontos para pular.

NOVEMBRO DE 2009

Pippa

A voz grave de Steve está vibrando através das paredes finas do banheiro ao lado. Posso sentir sua ressonância na minha coluna e está fazendo meu estômago dar cambalhotas. Eu não diria que é exatamente melodioso, está mais para aquele tipo de canto falado que David Tomlinson faz como sr. Banks em *Mary Poppins*, mas é a música dele, e isso é bom o suficiente para mim.

— *Na na não sei o quê... Pap, pap, paparazzi. Who would have na na na... não sei também, da de do da...*

Ele nunca sabe a letra toda de uma música. Principalmente quando está nervoso. Ou animado. É tipo um tique. Uma aproximação de sessenta por cento entregue com cem por cento de dedicação. E eu amo isso. É adorável. Ele é adorável.

— *I'm your big admiring não sei a letra, I'll follow you to sei lá, do da, papa-paparazzi!, do da, papa-paparazzi!*

O último mês passou como um furacão, derrubando-nos, sugando-nos em seu vórtice e mergulhando-nos em águas desconhecidas, mas inebriantes. Ventos de mudança beliscando nossos calcanhares enquanto nós dois saltamos com apenas o instinto como guia. Desde um reencontro casual em uma escada rolante oleosa e barulhenta, isso tem sido irrefreável.

Isso sendo nós.

Nós.

Nossa, que palavra linda. Eu nunca soube que três letras poderiam emitir um perfume tão delicioso. Como torrada e grama cortada e manhã de Natal, tudo em um.

Aquela certeza desconcertantemente calma que me preencheu quando o avião despencou do céu, a onda de convicção de que eu estava destinada a ficar com ele cresce a cada segundo que passamos juntos. Como pude ser tão cega? Esse presente estava bem debaixo do meu nariz, pronto para ser desembrulhado, e, ainda assim, eu o afastei como uma vespa irritante.

Parece que cada decisão que tomamos, cada jornada que fizemos, cada mãos dadas que tivemos, cada porta que batemos, cada partícula fragmentada de nossas vidas nos levou a isso. A esse momento minúsculo, exato e precioso no tempo. E, enquanto estávamos perto da fonte de Trafalgar Square naquele dia fatídico, dedos entrelaçados com firmeza, não houve necessidade de palavras. Vimos um menino esperançoso lançando moedas pelo ar. Vimos como elas caíram na água turva e depois afundaram até os ladrilhos do fundo, as ondulações oscilando como raios de sonar. Vimos os olhos dele se fecharem conforme fazia o desejo solene. E, enquanto observávamos, tudo ficou óbvio. Dias de escola. Encontros casuais. Portas de correr. O coração de outras pessoas. Marés inevitáveis. Duas pessoas sendo unidas por uma força magnética invisível.

O sentimento era maior do que nós.

E sabíamos que não poderíamos deixar isso escapar.

E agora aqui estou. Aqui estamos. De fato, verdadeiramente aqui. Prontos, enfim.

— *Baby, there's no different, sei lá, superstar, papa-paparazzi!*

Então, talvez possa parecer pouco espontâneo, nada romântico até, mas tínhamos planejado esta noite. Nos mínimos detalhes. Encerramos o caos e a espontaneidade, e decidimos deixar as contingências ao acaso. Queríamos que nossa primeira vez fosse uma tranquila perfeição. Quase tinha acontecido na semana passada. Música, uma garrafa de vinho, um estratégico nó em seu ombro, uma massagem, uns amassos intensos, roupas removidas... mas, então, um Oscar chapado entrando pela porta da frente com uma amiga dando risadinhas, um banjo, duas latas de feijão cozido e um ataque insaciável de larica meio que mataram o clima.

— *I'll follow you to* alguma coisa legal, *papa-paparazzi…*

A torneira está funcionando a todo vapor enquanto ele enche a pia, e, se eu fechar os olhos, posso vê-lo com nitidez. A esfarrapada toalha do Celtic amarrada na cintura como um sarongue. O cabelo escuro penteado para trás do rosto como uma estrela de cinema dos anos cinquenta, o peito largo ainda úmido do chuveiro. Neste exato momento, ele espalha a espuma ao redor do lindo maxilar, desembainhando a navalha com cabo de madeira que sua mãe comprou para ele no último Natal e deslizando-a com cuidado pelo rosto. Seu imperfeito rosto perfeito. De baixo para cima. De baixo para cima. Enxágue a lâmina e repita.

É como se eu estivesse observando-o no espelho. Através das paredes da minha mente, sinto que posso estar em qualquer lugar que ele esteja.

Não de uma forma assustadora, veja bem. De um jeito mágico. De um jeito perfeito.

De um jeito com *amor*.

Ah, merda. Aí está a maldita palavra outra vez.

Não disse a ele, e ainda assim ela está sempre lá, pairando. Como uma criança querendo atenção enquanto os adultos tentam falar, pulando para cima e para baixo na minha mente, batendo na minha cabeça com seu pequeno punho. *Aqui! Olhe para mim! Escute-me! Não me ignore! Ei! Vou gritar mais alto se você virar para o outro lado! Oi!* Está bem, está bem, está bem! Pare de gritar, não consigo me concentrar. Veja, estou olhando para você. Você tem minha total atenção. Apenas me dê um pouco de tempo para pensar. Não quero que o assuste. Ainda não contei a ele sobre você.

Amor.

Meu Deus. Até ouvir as pessoas dizendo isso em voz alta nos filmes me deixa ansiosa. Tenho vontade de gritar para a tela: "Não, Cameron, retire o que disse! Como você *pôde*, Goldie? Proteja-se, Meryl! Corra, Meg, antes que seja tarde demais!".

No entanto, desta vez, sou *eu*. Eu. Nesta cama. O papel principal no meu próprio filme. E não estou com medo. Na verdade, sorrio como uma doida. É isso, e, em vez de me proteger, sou um alvo fácil, uma vítima disposta, meu jovem coração aberto e exposto.

Nunca dizem que se apaixonar o reduz a um marshmallow ambulante. Pior que isso — um marshmallow *torrado*. Queimado por fora, gosma derretida por dentro. Que seu corpo, sua mente e sua alma, outrora faróis de potente força e lógica feminina, dissolvem-se como aspirina solúvel. Que você se torna incapaz de sustentar pensamentos. Eles parecem se misturar e se amontoar ao redor de seus pés como manteiga derretendo ao sol do meio-dia. Seu único propósito na vida é caber no bolso de seu amado. Ser o cachecol dele quando está com frio. Levar-lhe girassóis quando está para baixo. Elevá-lo mais alto quando tiver sucesso...

Então. Minha atitude para seduzir é excelente. Escolhi uma posição reclinada, estando seminua, como minha pose pré-coito perfeita. *Ah, aí está você. O quê? Esse decote? Essas pernas perfeitamente depiladas? Esta virilha quase descoberta? Tudo natural. Eu sou assim.* Comprei lingerie nova para a ocasião. E não foi barata. Na verdade, foi uma despesa assustadoramente horrível, o máximo que já gastei em roupas desenhadas para passar a maior parte de suas vidas profissionais cobertas. Mas só vai ser a nossa primeira vez uma vez. Calcinhas velhas, largas e encardidas simplesmente não são uma opção.

Embora a luz bruxuleante das velas esteja, sem sombra de dúvida, aumentando o *je ne sais quoi* erótico dos acontecimentos, estou ciente de que meus arrepios se tornam cada vez mais pronunciados à medida que os minutos passam. Apesar de manter a pose lânguida com a mesma dedicação de um modelo vivo, a temperatura do quarto de repente caiu para o frio de uma raspadinha Slush Puppy e meus dentes batem como moedas de um centavo chacoalhadas em um cofrinho. Estendo a mão e testo o aquecedor. Glacial. Merda, parece que a caldeira ainda está com problemas. Meu plano para a vibe de "deusa sensual em um filme erótico estrangeiro" está se dissipando com rapidez. Em vez disso, canalizo mais "figurante não remunerada em um pornô estudantil". A pele arrepiada da cabeça aos pés lembra um frango descongelado.

Isso não é nada bom.

Necessário novo plano.

Que tal estar *debaixo* do edredom quando ele voltar e removê-lo eroticamente para revelar os tesouros que estão por baixo?

Sim. É uma ideia muito melhor.

— Você está aquecida o suficiente aí, Pip? — ele grita através da parede. — Acho que vou trazer o aquecedor elétrico.

Como *diabos* ele faz isso? Sabe do que preciso antes mesmo de eu pedir? Outro friozinho na barriga. Consegui um namorado perfeito, inteligente, amoroso, engraçado, vidente, generoso, sexy e bobo. Estou sorrindo tanto que tenho medo de que minhas bochechas possam rachar. O que eu fiz para merecer...

De repente, sem aviso, Lola aparece na minha cabeça.

Ah, merda. Sem chance. Você não é bem-vinda aqui. Isso é privado! Entre mim e Steve. Por favor, vá embora.

Mas você não vai. Em vez disso, apenas inclina a cabeça e olha para mim. Uma expressão triste e curiosa em seu rosto mais bonito do que o meu.

Por que você está na minha cama, Pippa? Não entendo.

O mesmo rosto com frescor natural que vi na porta. Em forma de coração. Simétrico. Pele macia. Olhos castanhos. Aquele sorriso paciente e caloroso de uma pessoa genuinamente decente.

Você está deitada no meu lado da cama. Pode sair, por favor?

O mesmo rosto que vi nas fotos emolduradas no corredor.

Realmente não entendo por que você fez isso comigo, Pippa.

As fotos emolduradas que falavam dos meses que perdi.

Está me ouvindo, Pippa?

As fotos emolduradas que pararam meu coração quando me dei conta de que poderia ter perdido a coisa mais importante da minha vida.

Porque não vou a lugar nenhum.

As fotos emolduradas que encontrei enfiadas no fundo do guarda-roupa dele quando procurava meias quentes na semana passada.

Não por muito, muito tempo.

As fotos emolduradas sobre as quais ainda não perguntei a ele.

Quer dizer, isso não é nada. Nada mesmo. É óbvio que ele não consegue jogá-las fora ainda. E faz sentido. Eu não gostaria que fizesse isso. Ela se aproxima de mim, um sorriso gentil brincando nos cantos de seus lábios.

Está se perguntando por que ele não disse que estava guardando minhas fotos, Pippa?

Porque você foi uma grande parte da vida dele, Lola. Da vida de sua família. Você sempre será. (Não ligue para isso, Pippa. Ela não é real.)

Mas é meio estranho, não é? Quer dizer, eu não gostaria se ele estivesse guardando fotos suas.

Sim, bem, temos uma relação de total confiança. Não há *nada* para me preocupar.

Mas acontece que ele não tinha fotos suas. Ele nunca falou de você. Eu nunca…

— Você está bem aí, Pip?

Fecho os olhos e balanço a cabeça, como se tentasse tirar a água do canal auditivo depois de nadar. Sai fora, Lola. Fora, fora, fora.

Depois de alguns momentos, abro os olhos com cautela e vasculho o quarto. *Parece* vazio. Ela não está no canto. Não está perto da porta. Nem da cômoda. Será que ela… se foi?

— Pip? Você está bem?

Espio por cima da borda do colchão e levanto o edredom, convencida de que vou pegá-la de surpresa se me mover rápido o bastante. Não, não está debaixo da cama. Bem, isso é um alívio. Eu não gostava das minhas chances de convencê-la a sair de lá. Talvez ela tenha mesmo evaporado. Por ora, de qualquer maneira. Retomo a respiração. Graças a Deus. Nada mais broxante do que uma ex-namorada imaginária no quarto criticando cada movimento seu.

— Estou bem, baby. Mas apresse-se — acrescento, de modo um tanto patético.

Tento me concentrar em outro assunto.

Uau. Seu quarto é de fato impecavelmente arrumado. Tudo está em seu devido lugar. Ele diz que bagunça o deixa ansioso. Bem, meu quarto deve deixá-lo com urticária. Merda. Isso me lembra: preciso mesmo catar aquele monte de roupas espalhadas pelo chão antes que ele vá lá. Ah, e também dar um jeito na minha coleção cada vez maior de revistas gratuitas (quem pode resistir a uma revista gratuita?).

Ele *não pode* saber que está namorando um turbilhão de caos.

Agora não.

Nunca.

Bem, *ainda* não, de qualquer maneira.

É engraçado. Ainda não sei onde ele guarda todas as suas coisas. Quero dizer, onde estão as conchas e as pedrinhas que ele coletou em passeios à beira-mar? Onde estão as cartas desenhadas à mão dos primos quando eram pequenos e que o consomem de culpa toda vez que tenta jogá-las fora? Onde estão as pilhas de quinquilharias aleatórias de compras impulsivas em bazares de caridade? Onde estão os cadernos meio cheios com listas detalhadas de afazeres?

Talvez os rapazes simplesmente não tenham nada disso.

Ok. Acho que talvez esteja começando a descongelar debaixo das cobertas e, por um momento, cogito retomar a pose casual de lingerie. Aponto meu dedo do pé para fora do edredom para testar a temperatura atual. Puta merda! Sem chance. Ainda Báltico.

A vela perfumada bruxuleando em sua mesa de cabeceira (banquinho) parece nova e cheira a lavanda e roupas recém-lavadas. Não reconheço a marca, mas parece cara. Posso vê-lo escolhendo.

Ele está em uma loja, de pé em um longo corredor de idênticas velas de lata prateada, totalmente perplexo com a variedade interminável de fragrâncias. Examinando fileira após fileira de nomes desconcertantes, esperando por uma revelação: Jasmim da Noite, Chá Verde e Figo, *Citron Pressé*, Festa Ardente. Ele considera pedir conselhos ao vendedor de aparência amistosa, antes de mudar de ideia, pegar a mais próxima e correr para o caixa. "São 19,99 libras, senhor. Vai ser em dinheiro ou cartão?" Seus olhos se arregalam, horrorizados com o assalto à luz do dia acontecendo debaixo de seu nariz. Ele pensa em devolver a vela, cancelar a transação e fugir da loja. Mas, respirando fundo, querendo que tudo seja perfeito, entrega o cartão...

— Ta-da!

A porta do quarto se abre e ele está de volta, aquecedor elétrico pendurado em uma mão, garrafa de Prosecco na outra. Empurra a porta com o bumbum de um jeito hábil.

— Desculpe por demorar tanto. A maldita água não esquentava. Fazer a barba em água fria é um total...

Mas deslizo para fora do edredom como planejei e agora estou completamente exposta. Steve fica em silêncio.

Sinto-me insuportavelmente vulnerável enquanto ele me observa. Está imóvel, enraizado no lugar. Ai, meu Deus. Onde eu estava com a cabeça?

— Caramba, Pippa.

Ele deve ter odiado. Eu sabia que vermelho era demais. Nunca uso calcinha rendada. Vadia demais. Muito dominadora. Um exagero só.

Em pânico, luto freneticamente para puxar as cobertas de volta.

— Não se atreva.

Sua voz soa diferente. Rouca, constrita, como se estivesse lutando para falar. Ele caminha em minha direção e se senta devagar na cama. Posso ver suas pupilas dilatando em poças pretas, como um derramamento de óleo.

E, então, ele apenas olha. Olha e olha mais. Parece que está decorando cada centímetro de mim.

— Você está... *estonteante*.

Um calor repentino sobe por minhas entranhas e posso sentir o rosto corar quando vejo o efeito imediato que estou provocando em seu corpo. É ferozmente visível sob a toalha e estou ciente do sangue pulsando através de mim.

De repente, tudo em que consigo pensar é seu toque. Quando ele vai me tocar? As mãos dele. Seus dedos. Sua boca. Seu...

— Você é tão linda, Pippa.

Posso sentir meu coração latejando na cabeça. Santo Deus. Por favor, me toque. Por favor, por favor, me toque.

Mas ele não faz isso.

Limita-se a segurar o edredom e me fitar.

— Lingerie nova. M&S. Eu ia comprar o modelo em branco, mas o vermelho estava em oferta.

Vamos, Pippa, já passamos por isso. Menos é mais.

Mas ele mal ouve. É como se estivesse me observando por trás de um vidro.

Por fim, estende a mão e permite que seu dedo roce meus dedos dos pés.

Suspiro. A eletricidade inunda o meu corpo.

Observando-me, um meio-sorriso brincando no canto da boca, ele passa a mão pelos meus pés, minhas panturrilhas, minhas canelas.

Agora estamos nos encarando. De modo intenso. E, pela primeira vez, nenhum de nós começa a rir.

Então, é isso. Está prestes a acontecer de verdade.

Ergo-me, apoiada no cotovelo, e inclino o rosto para ele. Estamos nariz com nariz. Seus olhos brilham, sua pele macia por causa da loção pós-barba.

E, então, estamos nos beijando. Um beijo ávido, como se quiséssemos devorar um ao outro. Perco qualquer noção de espaço, tempo ou lugar enquanto o mundo inteiro se contrai. Há apenas duas pessoas. Eu e ele. Nossa. Achei que fosse apenas um clichê. Uma frase em romances baratos quando o escritor nem se dá ao trabalho de pensar em algo mais original. Mas aqui estou. Aqui estamos *nós*. Clichês vivos.

Minha lingerie vermelha não dura muito. Ele agarra o fecho do sutiã e o lança no chão como um estilingue. Contorço-me para fora da calcinha e rimos enquanto ela se enrola nos meus tornozelos. Desfaço freneticamente o nó em sua toalha. Até que finalmente, finalmente, não há nada nos separando. Nada entre nós. Nem distância nem tecido, nada. Apenas pele com pele.

Há uma fome em seus olhos que nunca vi. Uma névoa de desejo descendo sobre nós, invadindo nossos corpos como um incêndio na floresta. Fora de controle. Um calor que me tira o fôlego.

De repente, ele se afasta, fitando os meus olhos intensamente.

— Tem certeza de que está pronta, Pip? Não quero que você faça nada...

Pronta?

Agarro seu rosto entre minhas mãos.

Pronta?

Corro os dedos pelo seu cabelo molhado e minhas unhas por suas costas. Suas imperfeitas costas perfeitas.

Pronta?

Meto minha língua de forma provocante em sua boca e beijo a pequena pinta em seu lábio superior.

Pronta?

O calor na minha virilha está pulsando.

Porra. Acho que vou morrer se você não gozar dentro de mim logo.

Pego sua mão e a coloco entre as minhas pernas.

— Sim, estou pronta.

Ele sorri. Um preservativo se materializa de algum lugar e é aberto. E, então, está acontecendo. Eu. Steve. Isto. Aqui. Agora.

Fecho os olhos e sinto como se isso fosse o significado de tudo. Ele está dentro de mim e parece que tenho as respostas para todos os segredos do universo. Big Bang. Matéria escura. As pirâmides.

Sexo com Steve é a oitava maravilha do mundo. E é meu. É tudo meu.

Prendo a respiração quando ele vai mais fundo dentro de mim. E sinto que estou flutuando. Como se a maré estivesse subindo. As ondas se aproximam cada vez mais da costa. Deixe isso continuar e continuar. Eu nunca soube que poderia ser...

— Ai, meu Deus, ai, meu Deus, ai, porra. Caramba, Pippa!

Ele solta um grito agudo e treme de êxtase, e sinto seu corpo todo desabar pesadamente contra o meu.

Ele ofega de modo irregular enquanto tenta recuperar o fôlego. Um momento se passa.

Ele enterra o rosto no meu ombro. Sua voz está abafada, mortificada.

— Merda. Sinto muito.

Quando fala novamente, sua voz parece mais jovem, quase como na escola.

— É que pensei nesse momento por mais de dez anos. Será melhor da próxima vez. Prometo.

Ele soa tão trágico, tão culpado, tão desapontado que eu quase rio.

— Não seja bobo. Foi perfeito.

— Você não precisa dizer isso.

— Sei que não. Mas foi.

Ele enfim levanta o rosto corado e me contempla.

— Sério?

— Sim, sério. — E então... porque não consigo evitar... — De qualquer forma, você me conhece, baixo limiar de atenção. Qualquer coisa mais longa do que três minutos me faz perder o foco.

Ele ri e o pânico desaparece de seus olhos.

— O que fiz para merecer você, Pippa Lyons?

Steve enrola meu cabelo atrás da minha orelha. Inclino-me para ele como um gato recebendo carinho.

As palavras quase escapam. Cada fibra do meu ser quer dizê-las, gritá-las, cantá-las dos telhados.

Fui eu quem ganhou na loteria aqui! Eu te amo, Steven Gallagher! Eu te amo! Amo tudo que você é e tudo que você será e tudo que você foi. Eu te amo.

Mas, em vez disso...

— Uma soneca de dez minutos para recuperar a força e podemos dar outra festa. O que você acha?

— Fechado. — Ele me beija com suavidade nos lábios e rolo para o lado. Ele se enrosca em torno de mim e, por um momento, apenas por um momento, tento limpar a mente de qualquer coisa, menos do presente. Posso sentir seu coração batendo contra minhas costas. Rítmico. Perfeito. Sua respiração quente contra a minha nuca. E o cheiro dele. Aquele cheiro que conheço há tanto tempo. O cheiro do meu passado. O cheiro do meu futuro.

Está começando a chover lá fora, salpicos contra a vidraça. O universo conspirando para intensificar este momento perfeito.

Não há nenhum outro lugar, exceto aqui. Ninguém além de nós. Nada mais, exceto isto.

E, como se estivesse lendo minha mente mais uma vez, ele murmura nas minhas costas:

— Nós nos encaixamos.

Sorrio e fecho os olhos, seu braço ficando mais pesado em volta da minha cintura enquanto ele adormece.

Quero estar aqui para sempre. Nós dois. *Pare, tempo! Seja meu amigo. Pare seu ritmo galopante, seu corcel de pés de fogo. Deixe-me ficar aqui para sempre. Estou em casa, finalmente.*

A salvo, segura.

Amada.

2 DE MARÇO DE 2019

04:39

*S*essenta e sete, sessenta e oito...

O que deu nele para tomar aquela segunda xícara de café?

Sessenta e nove, setenta...

Por um momento, Steve para de contar as pequenas crateras de tinta lascada no teto e percebe que seu dedo indicador esquerdo começou a se contorcer por conta própria. Esperava que a repetição da contagem pudesse acalmar seu coração palpitante, mas ele ainda está se jogando contra suas costelas como uma criança hiperativa em uma bola pula-pula.

Setenta e um, setenta e dois...

— Se passarmos por isso — diz ele em voz alta —, vou voltar para repintar este quarto, de graça. — Quando ele volta a atenção para a contagem, um tremor percorre seu corpo, atingindo um beco sem saída no canto de sua pálpebra inferior. — *Quando* — ele se corrige. — *Quando* passarmos por isso.

Steve esfrega a parte inferior das costas com um grunhido de desconforto. Seus músculos estão se contraindo como argila ressecada, rebelando-se por ficarem parados por tanto tempo.

Aonde foram todos? Bramin disse que voltaria em breve. E o enfermeiro Craig prometeu ficar de olho em Pippa. Nem uma alma por quase uma hora. O quarto tem aquele silêncio assustador de uma sala de aula abandonada após o sinal.

Ele olha para o relógio. Outra vez. Tornou-se um hábito. Parte de seu ritual. Há algo reconfortante na certeza de que ele seguirá em frente — que algo neste quarto em suspensão com certeza mudou desde a última vez que o consultou.

Com efeito, diante de seus olhos, 04:47 se tornam 04:48. Algo sobre o novo horário parece pertinente, mas ele não consegue lembrar o quê. Algo que Pippa disse? Ou algo que ele leu?

Um medo rastejante e desconhecido o lança para fora da cadeira. Apenas um curto passeio, de um lado do quarto para o outro. O movimento faz bem; ele precisava se mover.

— Ajuda a dissipar os demônios — diz ele, inventando afirmações enquanto refaz a jornada de quatro metros na direção oposta. — Ativa os membros. A quietude é um terreno fértil para o pânico. Mude o foco. Mudança gera mudança.

Zumbido, bipe, clique, respiração.

Por um lado, Steve é grato pelo conjunto rítmico que mantém sua esposa viva, assegurando a respiração bombeando pelo corpo dela. Por outro, está apavorado que, à medida que as vozes desse coro mecânico pré-amanhecer cresçam em confiança, elas estejam exercendo cada vez mais controle sobre ela.

Zumbido, bipe, clique, respiração.

Seu dedo cafeinado tamborila na coxa conforme ele anda de um lado para o outro, dançando ao som da música de suporte à vida como um amante de jazz batendo na lateral do copo de uísque.

Zumbido, bipe, clique, respiração.
Que música é essa?

Parece tão familiar, pode ser uma das deles. Ou é apenas que o som do quarto se incorporou de maneira tão profunda na psique de Steve que já foi arquivado no hipocampo como uma lembrança? O tema musical pegajoso e sem letra dá voltas e voltas em sua cabeça, palavras aparecendo e desaparecendo como faróis em uma curva.

Ele agarra a nuca e tenta apertar o nó de tensão que se formou ali. A dor desce por suas costas e o faz gritar.

— Pip, acho que seu velho marido pode estar ficando meio biruta.

Ele tenta rir, mas descobre que o riso gruda em sua garganta e o sufoca. Isso não é engraçado. *Será que algum dia voltarei a achar graça em alguma coisa?*

— Muito café ruim.

Ele está farto de café do hospital. Chega de copos de poliestireno. Chega de hospitais.

— De novo, Pip, por que estamos aqui?

Ele olha para o telefone e, então, percebe que está checando se tem mensagens dela. Porque *sempre* tem um recado de Pippa. Sempre. Mesmo quando ela está apenas no quarto ao lado ou do outro lado da casa.

Ping! Um vídeo de um velho que aprendeu a andar de patins com sua esposa idosa.

Ping! Eu te amo, meu marido.

Ping! Um cão resgatado encontrando seu "lar para sempre".

Ping! Uma citação do livro que ela está lendo no banheiro.

Mensagens exuberantes, bombardeando-o de hora em hora com a marca registrada da Pippa.

E agora, nada.

Ele se encontra ao pé da cama, agitado como um *clubber* ficando sóbrio. Percebe que, apesar de estar naquele quarto há décadas, de alguma forma ele não olhara para ela desse ângulo antes. É como observar uma pintura familiar de uma nova perspectiva. O nome da esposa está rabiscado com marcador vermelho na prancheta pendurada na grade da cama, como se estivesse rotulando obras de arte.

— Pippa Gallagher. — Ele lê as palavras em voz alta, deixando-as rolarem em sua boca como caramelo. Ela costumava ser uma Lyons, mas agora é uma Gallagher. Parte dele, parte de sua família. E, pela manhã, poderá ter partido.

Steve e Pippa virão hoje à noite.

Pippa e Steve nos deram isso!

Você já perguntou a Pip e Stevie?

Como estão Pippa e Steve?

Uma ordem de palavras que pode se tornar sem sentido para as gerações futuras. Dois nomes que nunca serão falados lado a lado, por medo da dor que causarão.

Isso *não* pode acontecer. Ele não vai deixar. Ele deve manter essas palavras vivas para sempre. Ele as gritará para estranhos e as ensinará às crianças. Ele as chamará pelas janelas e as gritará nos parques. Ele jamais vai deixar que elas sejam silenciadas.

Steve vai até a janela. A chuva lá fora não mostra sinais de diminuir. Pancadas dela, torrenciais, como chuva de filme, irrealistas em sua densidade. Através das persianas, vê um jovem casal parado em um ponto de ônibus. Têm uns dezenove anos? Vinte, se tanto. A garota segura uma grande bandeja de poliestireno com batatas fritas, erguida perto do peito para se aquecer. O rapaz puxa o casaco sobre a cabeça dela, um abrigo temporário. Eles estão abraçados encolhidos, sorrindo, levemente bêbados. Apaixonados. Um time, não dá para negar. Um ônibus para, seus limpadores espalhando grandes jatos de água a cada passada. Eles sobem, compartilham uma piada com o motorista e desabam no banco de trás. A menina sacode a chuva de si mesma como um cachorrinho. O garoto ri e enxuga as gotas da testa. Assim que o ônibus noturno se afasta, Steve a observa dar-lhe uma batatinha na boca. Ele come com fome e a beija no nariz.

No nariz.

Steve se agacha ao lado da cama, suas pernas ainda muito nervosas para permitir que se sente. Sussurra as palavras em seu ouvido.

— Steve e Pippa. Pippa e Steve. Steve e Pippa. Pippa e Steve. Steve e Pippa...

DEZEMBRO DE 2009

Steve

— Parece que a gripe suína está acabando — disse Pippa, lendo em voz alta um jornal gratuito.
— Isso é bom — falei.
— Ainda bem que não peguei. Veja só, mamãe me fez prometer não comer carne de porco durante a pandemia.
— É assim que você se infecta?
— É provável que não. Mas é melhor prevenir do que remediar.

Estávamos sentados no deque superior do ônibus 32; Pippa, a narradora; eu, seu público cativo, fascinado pelo que a próxima envolvente página do *Metro* poderia conter.

— Mas estamos comendo sanduíches de bacon — eu disse, lembrando-me de todos os cafés da manhã de sábado de ressaca dos últimos dois meses. — Comemos um esta manhã.

Pippa pensou sobre isso por um momento, comparando a ciência de sua mãe com a dela própria.

— Mas o bacon é curado. E defumado. Bacon não conta.

Antes de Pippa, nunca me ocorreria me aventurar no andar de cima, a menos que o ônibus estivesse muito cheio ou houvesse um maluco fedido no deque inferior. Mas, desde a nossa viagem inaugural como um casal no andar superior (o 29 para Camden Town), quando subimos as escadas correndo, indo direto para os dois assentos da frente como se fosse o primeiro ônibus de Londres em que já tínhamos posto os pés, era exatamente o que fazíamos.

Pippa virou a página para um artigo intitulado "Natal em Bruges: Um Paraíso de Inverno", uma página dupla repleta de casais sorridentes caminhando de mãos dadas às margens geladas de canais. Ela suspirou, ao mesmo tempo sonhadora e com inveja.

— Parece tão adorável. — Então, virou-se para mim, mordendo o lábio inferior como se tivesse uma ideia que era um pouco travessa. — Podemos ir?

Não é cedo para viajar?, pensei. Podemos pagar? Quais são as recomendações aqui? Fiquei quase um ano com a Lola — até moramos juntos —, mas nunca fomos para o exterior. Parecia uma declaração de compromisso e tanto. Pippa e eu estávamos prontos para uma declaração? Quanto ao dinheiro, não tínhamos nenhum (Pippa havia divulgado meu nome na cidade como fotógrafo de retratos, mas eu ainda estava cobrando "preço de amigo". Ela fazia centenas de turnos por semana em trabalhos que mal pagavam por seu Travelcard).

— Hmm? — Seus olhos brilhavam com a perspectiva de saltar para uma das fotos do jornal comigo.

As coisas estavam começando a parecer perigosamente próximas de uma daquelas decisões impulsivas das quais as pessoas falam — eu já podia sentir o cheiro de Glühwein —, então, tentei dar uma olhada nos preços listados no anúncio, só para ter certeza de que não estávamos a ponto de ser roubados. Mas o ônibus balançava, Pippa dançava de expectativa e eu me lembrei por que nunca andava no deck superior. Zonzo com o enjoo e o sonho tentador de andar de mãos dadas por aquele canal, concordei.

Entramos de cabeça em nossos cheques especiais, dominados pelo espírito natalino. Pippa escolheu um novo guarda-roupa de inverno para mim, da cabeça de lã aos pés térmicos. No momento que o caixa estava guardando as compras em sacolas, eu estava pronto para umas pequenas férias no Ártico. Torcia para que estivesse bem frio na Bélgica e, assim, sentisse o benefício. Dezembro em Londres até então tinha sido tão ameno que eu sentia calor caso usasse mais de uma camada de roupa.

Na semana anterior à nossa partida, nossos níveis de animação se transformaram em uma obsessão. Sempre que nos encontrávamos — para jantar, um café, passear —, conversávamos sobre isso, desejando estar lá.

— Logo vamos estar tomando café em Bruges.
— Imagina só! Estaremos em um parque em Bruges.
— Será que a água em Bruges tem alto teor de minerais ou não?

A cada beijo de boa-noite, ligação ou mensagem de texto, contávamos quantas noites faltavam para a nossa viagem. Quando faltavam apenas duas para partirmos, cada um de nós pegou uma mala e começamos a arrumá-las pelo Skype. Eu estava apreensivo em compartilhar esse ritual com Pippa. Na minha infância, o processo de fazer as malas, mesmo para as viagens mais curtas, mostrou-se uma experiência angustiante. A família Gallagher entrava em guerra, brigando por roupas, escondendo passaportes, meu pai e minha mãe gritando um com o outro para assumir o controle da situação. A primeira metade de nossas férias de verão era gasta em recuperação, tentando curar as feridas sofridas durante a provação. Com Pippa, entretanto, não houve estresse — chegou até a ser *divertido*. Ela desfilou com uma pré-seleção de roupas entre as quais eu tinha que escolher, conferindo a cada uma nota de zero a dez (a nota mais baixa que dei foi 9,4, o que foi diplomático, pensei, mas também verdadeiro). Esse, pelo visto, era o segredo para fazer as malas com sucesso: fazê-lo a dez quilômetros de distância, em bairros diferentes.

Roupas vencedoras escolhidas e arrumadas, malas prontas para serem fechadas com zíper, estávamos prontos para dormir, mas não sozinhos. Joguei o passaporte e a escova de dentes na mala e peguei dois ônibus rumo aos braços abertos de Pippa. Então, faltava só mais uma noite de sono.

No trem para Bruxelas, tomamos café da manhã com croissants e uma minigarrafa de champanhe em mesas dobráveis. O espumante tinha um gosto acidulado, misturado com a pasta de dente ainda na minha boca. A cabeça de Pippa pousou de modo suave no meu ombro e observamos o sol nascer sobre Kent pela janela. Isso não poderia ficar mais romântico, pensei.

De certo modo um pouco menos romântico, comecei a guardar na cabeça nossos gastos até então (eu não queria que nos empolgássemos no primeiro dia), quando Pippa sussurrou em meu ouvido:

— O que você acha de nos juntarmos ao Mile Low Club?

Talvez por estar fazendo conversões de euros para libras mentalmente, pensei que ela estava dizendo que deveríamos nos inscrever no programa de fidelidade da Eurostar, com o que eu concordava.

— Boa ideia — falei. — Podemos começar a economizar pontos para gastar em uma viagem a Paris.

Ela riu, embora eu não tivesse certeza do porquê, jogando a cabeça para trás de deleite.

— Então...? — Ela deslizou a mão pela minha coxa, baixando a voz. Trazia aquela expressão em seus olhos, as pálpebras pesadas de desejo. O olhar que fez da minha pélvis uma máquina de pinball. — Umas milhas *no banheiro* — murmurou ela.

Então ela se foi, caminhando despreocupadamente pelo vagão como se nada remotamente fora do comum estivesse acontecendo. Segui Pippa, detendo-me nos locais de passagem entre as mesas, permitindo que os passageiros que retornavam do vagão-restaurante passassem. Agora eu podia sentir mesmo aquelas bolhas estourando na minha cabeça com um tinido, como lâmpadas de árvore de Natal explodindo. Eu não conseguia decidir se era uma ideia brilhante ou terrível. Pippa começou a rir quando entramos no vestíbulo entre os vagões e nos aproximamos de modo furtivo, bem ao estilo James Bond, do primeiro banheiro.

— Vou entrar primeiro, você fica de vigia — sussurrei.

Empurrei a porta, mas estava trancada. A do lado oposto dizia *Vago*, mas também não abria. Tentei puxá-la, atrapalhando-me com a alça, mas não teve jeito.

— Você precisa abrir a porta deslizando — surgiu uma voz feminina, não a de Pippa, mas com sotaque francês.

Virei-me e fiquei cara a cara com uma guarda de trem com um quepe alto e lenço no pescoço.

— Ah. *Bonjour* — cumprimentei, de forma trêmula, tentando parecer indiferente, mas minha atuação foi tão terrível que fez Pippa gargalhar em voz alta.

Com paciência, a guarda retribuiu o sorriso, então seguiu em frente, atravessando o próximo conjunto de portas sibilantes. Será que tinha percebido o que estava acontecendo ali? Talvez seja uma forma bastante francesa de viajar. Ou será que estava prestes a informar a polícia? Seria uma pena ser expulso na próxima parada.

— Talvez não devêssemos fazer isso — sugeri.

— Não seja tão covarde! — ralhou Pippa e, então, puxou-me para dentro do cubículo, trancando a porta.

— Quero pelo menos passar pela Ashford International — falei, inadvertidamente fazendo Pippa uivar.

Interrompi-a com um beijo, e as risadinhas diminuíram. Éramos apenas nós dois agora, de lábios unidos, o mundo desmoronando. Pippa começou a desafivelar meu cinto.

Uma voz do outro lado da porta penetrou no banheiro, um homem havia parado para falar de negócios.

— Estou a caminho de Bruxelas. Reunião no escritório europeu.

Eu esperava que ele seguisse em frente; sua presença me deixou ansioso. Basta imaginar que está em casa, eu disse a mim mesmo, na privacidade de sua própria cama. Mas o sangue estava simplesmente correndo para minhas bochechas agora. Pippa deixou as mãos penderem e deu um passo para trás, o tanto quanto lhe foi possível dentro do banheiro minúsculo.

— Não se preocupe — disse ela, olhando para o chão. — Foi uma ideia boba.

Eu não sabia dizer se ela estava ofendida ou apenas decepcionada. Eu me ajeitei, murmurando alguma desculpa sobre a guarda e o empresário.

Pippa voltou primeiro para os nossos lugares; dei um tempo — e espirrei um pouco de água no rosto — antes de ir atrás dela, retornando ao nosso vagão muito mais sóbrio do que havia saído. Uma caminhada da vergonha sem nenhum glamour de ousadia e promiscuidade, apenas toda a vergonha.

Pippa estava lendo quando cheguei.

— Vou recuperar minha libido, não se preocupe — falei, um Casanova barato.

— É bom mesmo — afirmou ela, pegando minha mão e apertando-a suavemente em consolo.

— Ah, a história vai ser bem diferente em Bruges, pode ter certeza — assegurei-lhe. — Uma história muito diferente, sem dúvida.

— Tem certeza de que este é o hotel certo? — perguntou Pippa enquanto carregávamos as malas por uma sinuosa escada em caracol que rangia. Não ficamos impressionados com as condições do saguão, da recepção e do salão do café da manhã, nenhum dos quais se parecia em nada com as fotos que passamos semanas estudando.

— O prédio deve ser bem antigo, acho. É provável que tenha uns duzentos anos — comentei, parando para respirar. — Originalmente, pode ter sido usado para acomodar monges pequeninos dos velhos tempos que tinham poucos pertences e não precisavam...

— Monges pequeninos? Você está se sentindo bem, amor?

— Não sei, estou com muito calor.

O calor nos acompanhava na subida e, quando chegamos ao quarto andar, o topo, estava sufocante. Entramos no quarto 43. Podia ser lindo: um antigo sótão, com vigas expostas cruzando o teto inclinado, a cama e as mesinhas de cabeceira acomodadas no beiral, uma janela de teto Velux com vista para o céu. No entanto, havia sido recentemente decorado de rosa e lilás, o fato de ainda ser possível sentir o cheiro da tinta tornando as cores ainda mais berrantes.

Pippa jogou a mala na cama e começou a desfazê-la. Eu tinha que me refrescar; o quarto estava mais quente que o inferno. Não sou muito inseguro com minha imagem, mas simplesmente não consigo lidar com a própria transpiração. Quando estou suando, não há muito que eu possa fazer para impedir (Deus é testemunha, já tentei de tudo), e a ameaça de mais suor apenas agrava a condição. Até o momento, em nosso relacionamento como amigos e mais do que amigos, de alguma forma conseguira poupar Pippa e disfarçar a tempo. Ninguém quer um namorado pegajoso, quer?

A janela situava-se muito alto no telhado para um ser humano alcançar, então, tive que localizar a válvula do radiador de aquecimento que havia sido instalado na Idade Média — uma roda de metal enferrujada que queimou minha mão quando tentei girá-la. Enfim tirei meu casaco, o colete esportivo, o suéter e a camisa, ficando apenas com a camiseta térmica. Quando minha cabeça emergiu da penúltima camada de roupa, vi que Pippa havia espalhado todo o conteúdo de sua mala no chão. Contando que ela começasse a guardar tudo, abri a porta do guarda-roupa, fato que ela ignorou. Em vez disso, ela se sentou na cama e se pôs a ler um guia fino de Bruges que havia sido deixado lá por seu ocupante anterior.

— Você já desfez suas malas, ou…? — perguntei, meio para mim mesmo, meio para a pilha de roupas de Pippa.

— Sim, Steve. Já terminei. Tudo bem? — Ela me lançou um olhar desafiador, do tipo com o qual eu não deveria mexer.

— Tudo bem — respondi, abrindo minha mala. — Bem, vou usar esta gaveta aqui.

Ela suspirou, exasperada, e foi para o banheiro, que não era bem um aposento independente, mas uma área isolada no canto. Não havia banheira, como esperávamos.

— Este *não* é o banheiro das fotos — ela comentou.

Testei a cama, que parecia agradavelmente macia e nova. Caindo de costas sobre ela e me espalhando, podia ver o pé esquerdo de Pippa além da borda da porta sanfonada, a calcinha e a meia-calça amarrotadas em torno do tornozelo.

— Eu consigo ver vocêêê-ê.

— O quê? Saia daqui! Pare de olhar! — Ela puxou a porta, com tanta rapidez que a coisa quase desabou por completo.

— Agora não consigo ver você.

Peguei o guia de Bruges, que se desdobrava em um mapa prático.

— Ei, tem um museu de *frites*[21] aqui!

— Steve…

— Parece divertido, hein?

— Desculpe, mas não posso fazer com você aí, ouvindo.

---

[21] Em francês, encurtamento de *pommes frites*, "batatas fritas". (N. T.)

— Tudo bem, não vou ouvir.

— Aaagh! — ela gritou. Um som anteriormente reservado para sua mãe e seu agente.

— Acho que é você que não consegue atuar desta vez. — Não pude resistir. — No banheiro.

Então, um som que eu não tinha ouvido antes.

— SAIA DAQUI!

Quase caí da cama.

— Desculpe, Pip! Eu não…

— Só saia, por favor?

Aguardei do lado de fora, com o rabo entre as pernas, como se tivesse sido expulso da aula. Era óbvio que eu tinha ultrapassado os limites. Estávamos perto demais, sem privacidade, e não consegui perceber.

Quanto tempo eu dou a ela? Cinco minutos? Dez? Sabia que eu mesmo poderia passar uma boa meia hora na privada, em contemplação silenciosa, muitas vezes me levantando e descobrindo que minhas pernas estavam dormentes. Lola entrava e saía em um piscar de olhos (e nem ao menos parecia ter usado o rolo de papel higiênico). As garotas eram todas iguais? Eu não fazia ideia. Vou dar mais três minutos, pensei, depois vou falar com ela.

Fui surpreendido por um rangido repentino das tábuas antigas do assoalho quando um casal escandinavo veio arfando escada acima. Eles pararam ao meu lado e gesticularam um olá com a cabeça, puxando uma chave para o quarto 42. *Isso é ridículo*, pensei. Eu não poderia ficar ali indefinidamente, pairando próximo à porta do casal com uma camiseta térmica — eles começariam a se preocupar e achar que eu estava prestes a invadir o quarto deles com um machado. Da forma mais silenciosa que pude, abri a porta apenas o suficiente para entrar e tirar o meu casaco do gancho. Então, desci as escadas e saí para dar uma volta no quarteirão.

Eu estava preocupado que viajar para o exterior juntos pudesse ser um gesto extremo demais, mas agora começava a temer que fosse um teste extremo demais. Era um território novo para nós dois. Pela primeira vez, estávamos sozinhos de verdade, sem nenhum lugar para correr ou nos esconder, nosso relacionamento exposto.

Caminhei por uma rua lateral pontuada por latas de lixo, exaustores e janelas de cozinha engorduradas. Um casal deixando a adolescência estava sentado no meio-fio olhando para a rua. Usavam camisas e aventais brancos combinando e não pareciam notar que as bainhas de seus aventais estavam sugando água cinza da sarjeta. O jovem se levantou, espanou-se e passou por mim, uma expressão de fulo da vida estampada no rosto. A garota o observou sair, soluçando de leve. Então, seus olhos manchados de rímel encontraram os meus, e ela fungou, sorrindo de maneira educada, antes que as lágrimas voltassem a se derramar. Eu deveria ter dito algo para consolá-la, mas eu era uma nulidade nesse tipo de assunto. A rua era um beco sem saída, então, apenas dei meia-volta e segui os passos do namorado que tinha sumido.

De repente, senti a presença de Lola, como se ela estivesse me espiando dos becos sussurrantes. Tentei não pensar muito nela e em como terminei as coisas de modo quase tão abrupto quanto começaram. Mas, vez ou outra, eu encontrava uma faixa de cabelo ou uma caneca que ela havia deixado para trás no apartamento, e, em um instante, era oprimido pela velha culpa católica.

Naquela fatídica tarde, voltando para casa da Trafalgar Square, eu nem havia desabotoado meu casaco quando as palavras escaparam de mim.

— Sinto muito, Lo, mas isso não pode continuar. Não é você, é… — *É a Pippa?* Quão honesto eu queria ser? — Sou eu. Só eu.

Minha mãe assegurou-me que Lola estava arrasada, mas achei que ela aceitou bem o rompimento. Seu rosto mal registrou o choque, então, pensei que ela deve ter sentido o mesmo que eu: que nós nos respeitávamos — sempre nos respeitamos e sempre nos respeitaríamos. Que isso era tudo o que tínhamos. Não amor, não desejo, mas respeito mútuo.

— Nossas mães ficarão decepcionadas — eu disse. — Mas você não pode permanecer em um relacionamento só para agradar sua mãe, pode?

Ela não respondeu. É nesse momento que eu provavelmente devia ter parado de falar também.

— Porque estávamos fazendo isso um pouco por elas, não estávamos?

— Você poderia estar fazendo, Steve.

Ela não levou muito tempo para fazer as malas, não demora quando seus pertences estão ordenados de modo tão meticuloso. Tive a estranha sensação de que um inquilino estava desocupando o apartamento.

— É bom ver você assumir o controle de seu próprio destino — disse ela, por fim. Abraçamo-nos, apenas de leve, e, quando fitei seus olhos, eles decididamente estavam secos. — É sério. Desejo o melhor para você.

E foi assim que acabou. Em termos civilizados, como a rescisão de um contrato entre duas empresas que se respeitavam, mas seguiriam caminhos separados.

Depois de tomar algumas direções erradas, perdi o rumo, mas o encontrei novamente com a ajuda do meu novo e confiável guia de bolso. Quando finalmente retornei para o hotel, Pippa estava aguardando no alto da escada de entrada. Lábios vermelhos franzidos sob um gorro de pele, um calcanhar inclinado contra um pilar de pedra. Eu a perdoaria por qualquer coisa.

— Por onde esteve? — quis saber ela.

— Só dando uma olhada por aí.

— Você demorou séculos.

— Sentiu minha falta?

Ela inclinou a cabeça. É, ela sentiu minha falta.

— A propósito, você está maravilhosa — elogiei.

Ela virou o rosto, mas não rápido o suficiente para esconder o sorriso de satisfação curvando seu lábio superior.

— Vamos tomar uma bebida aqui, com a grande variedade de cervejas trapistas? — Eu estava apontando para o mapa, no qual circulei uma série de cafés e bares sobre os quais lemos durante semanas de pesquisa. — Ou neste lugar, com a história interessante?

— Estamos aqui agora, Steve — disse Pippa. — Não podemos apenas ver onde vamos parar?

— Sim, claro — respondi, com um encolher de ombros espontâneo. — Poderíamos até começar por aqui. — E eu a conduzi até o Número 1 entre os Cafés Mais Românticos de Bruges segundo o Tripadvisor, o primeiro ponto de parada do meu itinerário mental.

Sentamos em uma mesa de bistrô de vime, com vista para a praça, e pedimos duas cervejas. O Markt estava apinhado de turistas, alguns comprando presentes em barracas temáticas de Natal, alguns se aquecendo com vinho quente e bandejas bagunçadas de *frites* fritas duas vezes. Um coro de sinos começou a soar do Campanário, atraindo o olhar de todos para a torre. A cidade inteira era encantadora, a Disneylândia de um adulto.

— Olhe só para isso! — exclamou Pippa, encantada, enquanto nossas cervejas chegavam em grandes taças tulipa que eram quase belas demais para se beber delas. — Devíamos roubar as duas e levá-las para casa como recordação.

— Pippa, você quer a todo custo que infrinjamos a lei — eu disse.

— O que quer dizer?

— O... plano de fazer sexo? No trem?

— Isso não é ilegal — disse ela, tentando descobrir como tomar um gole de cerveja sem enfiar o nariz no colarinho espumoso.

— Acho que você vai descobrir que é, sim. Mesmo sob águas internacionais.

— Você não pode ser preso por fazer sexo. Acha que eles vão se importar se eu pedir um canudo?

A melhor parte de beber pequenas quantidades de boa cerveja, à moda continental, é que você permanece em seu melhor estado de embriaguez por mais tempo. Mesmo depois de seis ou sete taças, ela não o deixa sonolento, escandaloso ou enjoado, mas inebriado de um jeito agradável e festivo. Assim que adquirimos o gosto pela espuma, fomos de bar em bar, de cerveja em cerveja, bebendo cervejas com oito por cento de teor alcoólico em taças grossas e atarracadas como os alegres monges que sorriam para nós dos pôsteres de metal que adornavam as paredes; e intensas cervejas de trigo frutadas em taças altas e curvilíneas como Jessica Rabbit.

Poderia ter sido a noite perfeita, não fosse pelos Leaper, um casal inglês de meia-idade que não parava de esbarrar em nós em todos os cantos. Pessoas corpulentas e cambaleantes, tão alegres quanto os monges, com bronzeados remanescentes de um cruzeiro no Caribe, pareciam que iriam quicar de volta se você os empurrasse (fiquei tentado).

— Vocês de novo! — Jim brincava.

— Não conseguimos escapar deles! — Jane replicava.

Foi divertido no começo, mas, na quarta vez que nos encontramos, comecei a me perguntar se estavam nos seguindo.

— Eles parecem muito simpáticos para mim — afirmou Pippa, enquanto fazíamos fila em um dos muitos food trucks de *frites*.

— Pode ser. Só tem uma coisa que não suporto quando estou no exterior...

— Infringir as leis?

— É, isso. Mas também ouvir outros ingleses. Duas *frites*, por favor.

— Que irônico.

— Eu sei, eu sei. É só um bicho-papão.

— Uma *bête noire*?

— Exatamente. Continue assim, *s'il vous plaît*.

A variedade de condimentos à nossa frente era impressionante: uma infinidade de ketchups e maioneses para todos os gostos. Pippa foi muito decidida no seu pedido.

— *Tem que ser* maionese Dijon e ketchup normal — ela informou ao vendedor de bandana atrás da fritadeira, como se estivesse errado em disponibilizar qualquer outro condimento. Fui um pouco não convencional, escolhendo uma maionese de curry tailandesa que não era nem de longe tão deliciosa quanto minhas papilas gustativas haviam imaginado. Pippa sorriu, muito satisfeita consigo mesma por estar ganhando nas batatas fritas, enquanto eu tentava cavar debaixo do monte de molho por uma não adulterada pelo lodo picante.

— Eu teria seguido o conselho de sua esposa, filho — surgiu uma voz de trás. — Deus bem sabe que me meto em encrencas quando eu não sigo.

— Jim, pare com isso! — exclamou Jane, bastante lisonjeada com a provocação do marido.

— Ah, eu não sou a esposa dele.

— Não somos casados.

— Ah — disse Jim. — Por enquanto, ainda não.

— Bem que ele queria — disse Pippa, dando-me uma leve cutucada nas costelas.

Tanto Jim quanto Jane explodiram em gargalhadas, suas bochechas já coradas adquirindo um tom arroxeado. Pippa olhou para mim, perplexa, mas também satisfeita com a reação deles. O casal levara um minuto inteiro para se recuperar.

— *Bem que ele queria* — repetiu Jane, enxugando uma lágrima. — Essa é boa.

— Você deveria estar num palco — comentou Jim.

Isso foi o suficiente para conquistar Pippa, e logo estávamos sentados em uma fileira de banquinhos em um local movimentado que continuava aberto na madrugada, os Leaper nos bancando rodada após rodada. Passamos o restante da noite sustentando o bar com eles; Pippa, Jane e Jim discutindo sobre vários assuntos e opinando sobre como resolver os problemas do mundo, eu lendo o cardápio de bebidas até decorá-lo. Eles eram bem legais, um casal bem-intencionado aproveitando sua aposentadoria, mas eu não queria compartilhar Pippa naquela noite e odiava me sentir em dívida com eles.

O interminável encontro duplo enfim acabou quando foi decidido que Jim havia bebido demais, tendo se inclinado para trás em seu banquinho e sendo salvo por um heroico barman. Quando nos despedimos, eles se tornaram muito sinceros, frisando a Pippa que ela era "uma atriz brilhante e talentosa, destinada a grandes feitos". (Quero dizer, ela é, mas *como eles haveriam de saber?*)

Jim virou na minha direção, dirigindo-se a mim pela segunda vez naquela noite.

— Meu rapaz — disse ele. *Eu odeio isso.* — Trate de cuidar bem desta jovem. — *Eu odeio isso ainda mais.*

Não seja condescendente comigo, velhote, pensei.

— Obrigado, Jim. Eu cuidarei — eu disse.

De volta ao nosso quarto, desabamos completamente vestidos nos braços um do outro em nossa flexível cama.

A manhã seguinte foi totalmente perdida. Nossas cabeças latejavam, o céu estava desabando lá fora e nosso quarto tinha passado de sauna para banho turco, a umidade permeando o que vestíamos e também nossas roupas de cama. Parecia que sempre havia uma questão para adiar quaisquer atividades amorosas. Será que o universo estava conspirando contra nós para que não voltássemos a ter relações sexuais?

Não podíamos enfrentar o mundo exterior, então, pedimos pizza, que chegou com uma batida na porta, seguida pelas pisadas fortes do entregador enquanto ele fugia pela escada épica para evitar qualquer reclamação. A caixa estava tão encharcada com a chuva que foi preciso que nós dois nos juntássemos a fim de recolhê-la do patamar. Comemos a pizza úmida na cama úmida, assistindo a um documentário sobre criação de ovelhas em um canal de notícias flamengo.

— Quando em Bruges — Pippa sorriu, enquanto pegava uma fatia com as duas mãos em concha.

A chuva por fim parou, e saímos do hotel — e da ressaca — para os paralelepípedos molhados. Nossa última ceia havia sido cuidadosamente escolhida. De fato, um restaurante quatro a cinco estrelas, nossa refeição "especial", aquela em que jantaríamos de maneira extravagante sem nos preocuparmos com o custo (embora o local até oferecesse um cardápio fixo com bons valores).

Fomos convidados a entrar no De Kruisbes por uma maître de colete, com os cabelos presos em um coque apertado, que se desculpou por nossa mesa não estar pronta e nos ofereceu um coquetel de cortesia. Os olhos de Pippa se iluminaram quando fomos conduzidos ao bar, onde ela pediu dois martínis de vodca "com um toque de limão". Os martínis foram depositados em pequenos guardanapos pretos e deslizaram pelo vidro grosso em nossa direção. Há algo de especialmente delicioso em uma bebida grátis inesperada, e esta não foi exceção: gelada, ligeiramente amarga e satisfatoriamente forte. Tentamos parecer tranquilos e sorvê-los devagar, como se tivéssemos o costume de iniciar uma refeição assim, mas era tudo muito novo e emocionante. O período de descanso com que sonhamos enfim se abriu diante de nós, e pedimos mais dois.

Quando convocados, seguimos a maître enquanto ela serpenteava pelo salão de jantar. Ela parou ao lado da mesa recém-posta, gesticulando de maneira orgulhosa em direção a ela com um elegante movimento de braço. Quando nos sentamos, ouvimos uma voz familiar, um flashback devastador do passeio da noite anterior.

— Ora, ora, se não são a jovem Pippa e seu noivo!

Os Leaper estavam sentados a um metro de distância, guardanapos brotando de seus pescoços como babadores, prestes a desfrutar de um Chateaubriand. Eles seguravam enormes talheres com cabos de madeira esculpidos que os faziam parecer os Pequeninos, da obra de Mary Norton, só que tamanho família.

— Quais são as probabilidades? — exclamou Jane.

— Muito altas, ao que parece — resmunguei para Pippa.

— Tudo bem por você? — ela me perguntou, baixinho. — Poderíamos sentar em outro lugar, mas isso pode ser um pouco…

— Já estou trabalhando nisso — afirmei, tratando de procurar uma mesa livre no restaurante lotado. Bingo! Um casal sentado perto da janela, terminando seu café, o cartão de crédito entrando em ação.

Virei-me para falar com a maître, mas Jim já a havia capturado, o sorrateiro, e estava apontando para nós.

— Ele está pedindo para juntar nossas mesas! — sibilei.

As mesas não foram movidas, no entanto. Em vez disso, o sommelier aproximou-se com uma garrafa de vinho, que abriu com tanto cuidado que devia ser caro. Ele, então, deu a Jim e Jane um aceno cortês de cabeça, e eles responderam levantando suas taças para nós. Os olhos de Pippa marejaram de gratidão. O vinho estava mais que delicioso (não apenas porque era de graça), o ato era para lá de generoso, e toda a maldita coisa agora tornava impossível qualquer insatisfação.

Os Leaper nos permitiram desfrutar de nossa entrada em relativa paz, mas logo suas cadeiras foram se aproximando cada vez mais de nós, como num jogo de "Mamãe, posso ir?", até que alcançaram nossos ouvidos, regalando-nos com histórias de suas viagens, de Guadalupe a Budapeste. Em cada parada, havia uma versão da mesma piada levemente xenofóbica, que envolvia Jim achar uma palavra estrangeira engraçada.

— Conte a eles sobre o motorista de táxi em Sifnos, Jim.

— Pois bem. Seu nome era Simos…

— Sim? Sim? — Jane o incitou como se esta não fosse a centésima vez que ela revivesse a história.

— E ele era de Sifnos!

— Ha! — ela explodiu. — *Simos* de *Sifnos*! Hilário!

Pippa riu junto a ela. Eu não conseguia entender o que ela via neles, e lhe disse isso.

— Por que está sendo tão rabugento? — Ela quis saber. — Acho maravilhoso como eles ainda façam rir um ao outro.

— Mas você não acha ele engraçado, certo?

— Eu o acho cativante.

— As piadas dele são terríveis, Pip.

— Não são piores do que as suas.

— Isso é crueldade pura.

— Quero dizer, elas não são *melhores* do que as suas. Eles são tão ruins quanto. Ou tão boas quanto.

Peguei o vinho, enchi minha taça, depois coloquei a garrafa de volta no lugar sem servir Pippa. Ela se recostou na cadeira e cruzou os braços em resposta. Permanecemos assim, sem olhar um para o outro, até que o garçom veio retirar nossos pratos inacabados. Ele apoiou um pequeno quadro-negro sobre a mesa.

— Para sobremesa?

Vi os olhos de Pippa percorrerem rápido o cardápio e não tive dúvidas de que ela estava prestes a pedir o brownie.

— *Non, merci* — disse ela.

Fiquei chocado até o âmago.

— Pip? — exclamei, esquecendo que estávamos no meio de uma discussão.

— Eu não estou com fome.

— Monsieur? — O garçom virou-se para mim. — Está incluso.

Cada célula do meu sistema digestivo, da língua ao intestino grosso, clamava por sobremesa. *O que vai ser, Steve? Algo achocolatado ou frutado? Crocante ou cremoso? Mmm. Escolha qualquer um! Confiamos em você, Steve!* Não querendo ser o único a desistir dessa batalha de vontades, no entanto, recusei.

— Só a conta, por favor.

Desconcertado, o garçom enfiou o quadro-negro debaixo do braço e retirou nossos pratos. Enquanto ele passava pelos Leaper, Jane comentou:

— Espero que você tenha pedido o brownie quente com caramelo salgado e sorvete de baunilha caseiro.

Pippa ficou pálida.

— *Excusez-moi*?

O garçom virou-se, sobrancelha erguida. Pippa inclinou-se sobre a mesa.

— Eu não conseguiria viver comigo mesma se deixasse passar um brownie.

— E um quentinho, aliás — observei.

— Ai, meu Deus — ela salivou.

— Senhorita?

— Um brownie, por favor.

— São *deux* — acrescentei. — Com caramelo salgado extra.

Dissemos o que eu esperava que fosse um adeus final aos Leaper e refizemos nossos passos pelos paralelepípedos de volta às nossas acomodações, o luar brilhando na fina camada de gelo que se assentara depois do anoitecer.

Alarmes ajustados para as seis e meia, fomos despertados às quatro da manhã por um miniterremoto proveniente do quarto ao lado: nossos vizinhos escandinavos foram o segundo casal a se encarregar de pôr fim a quaisquer pretensões românticas que pudéssemos ter naquele fim de semana. À medida que íamos e voltávamos do sono, interrompidos por seus gritos acrobáticos, a única graça redentora era que não conseguíamos entender o que estavam berrando. Era de fato um sexo muito egoísta. Será que não existe um código de conduta para impedir esse tipo de poluição sonora? Devia ser impresso sob os procedimentos em caso de incêndio que você encontra atrás das portas dos hotéis.

— Devemos dizer algo? — perguntei, com os olhos turvos.

— Realmente não acho que eles vão nos ouvir — Pippa respondeu, enfiando a cabeça no travesseiro.

O trem para casa estava tranquilo o bastante para que pudéssemos sentar um de frente para o outro em uma mesa, com todos os quatro assentos livres para nós.

— Vou dar um pulo no banheiro — falei.

— Aham — ela respondeu.

Sentei-me no cubículo, observando os telhados belgas amorfos passarem através do vidro fosco, e me perguntei como havíamos nos tornado um casal que dizia *aham*. Pensei nos Leaper, rumo ao próximo destino de seu ano sabático de meia-idade. Estariam dispensando um ao outro o mesmo murmúrio à guisa de resposta? Eu duvidava disso. O que Jim faria?

Peguei meu telefone e mandei uma mensagem de texto para Pippa.

É tão solitário este banheiro.

Pude ver que minha mensagem havia sido entregue, mas não houve resposta.

Nunca é tarde para se juntar ao Clube?? 1º à esquerda.

Alguns minutos se passaram, então meu telefone apitou.

Vc ainda tá aí?, Pippa escreveu.

Sim!, escrevi de volta.

Andei batendo! Primeiro banheiro à esquerda?

Virei-me e percebi que agora estava de frente para a direção oposta de nossos assentos.

A outra esquerda, desculpe.

Segundos depois, houve uma batida suave à minha porta.

2 DE MARÇO DE 2019

05:39

Zumbido, bipe, clique, respiração.

Por uma gloriosa fração de segundo, Steve não tem ideia de onde está ou o que está fazendo ali. Estivera cabeceando à beira do sono por um tempo e deve ter cochilado, enfim.

Zumbido, bipe, clique, respiração.

Esse ruído. O que é isso?

Zumbido, bipe, clique, respiração.

Ele levanta a cabeça e seus olhos se arrastam para focar. Endireita-se no assento e o mundo desperto ganha vida com uma trovoada. Pippa está ali ao seu lado. Lugar ao qual pertence. Parecendo tão serena quanto uma criança. A luz do amanhecer penetra ligeiramente pelas persianas azul-marinho da janela, destacando mechas douradas de seu cabelo. Talvez tenha havido um engano? Talvez ela esteja apenas dormindo, afinal?

— Bom dia — soa a voz alegre de uma mulher do outro lado da porta, mas não direcionada a ele.

— Bom dia, meu amor. Você está adiantada — responde outra.

— Eu troquei com a Anna.

Ele não devia ter dormido por mais do que alguns minutos, mas, durante esse tempo, o hospital ganhou vida. A tagarelice de vozes, animadas e bem descansadas. O zumbido de um aspirador iniciando suas tarefas matinais. E, lá fora, o ronco baixo do trânsito intensificando-se cada vez mais.

Steve pega seu telefone, um reflexo desenvolvido nas últimas horas, verificando a tela inicial para chamadas perdidas. Nada ainda. Checa o horário. Diana vai acordar em breve. Ele é atingido por uma onda de náusea ao pensar na sogra ouvindo suas mensagens. Em breve, deve ligar de novo; é melhor ela ouvir pessoalmente a notícia.

Percorrendo as mensagens de texto, ele se depara com uma de um número desconhecido:

Descontão de sábado! Compre qualquer pizza e ganhe uma segunda pela METADE DO PREÇO. *Venha! Você merece esse mimo!*

A mensagem e quem quer que a tenha escrito o irritam. Eles não deveriam ser tão sem noção. Isso o lembra da euforia de Pippa sempre que ela encontra uma promoção esperta de fim de semana, como se o e-mail ou voucher fosse providenciado especialmente para ela.

Quando os dois voltarão a fazer isso? Quando ele poderá retornar para casa e surpreendê-la com peixe extracrocante e batatas chips extra-avinagradas? Ele não deveria ter aceitado o trabalho na noite anterior. Deveria ter ficado em casa e comido pizza promocional no sofá, que se transformara em uma terceira pessoa em seu relacionamento. Cancelaria todos os trabalhos, abandonaria todas as ambições, se isso significasse que ela acordaria em breve — qualquer coisa, apenas para sentar, comer, envelhecer e engordar com ela.

— Estive pensando — pontua ele, os olhos em um centímetro do cotovelo dela que não está envolto em bandagens e tubos. — Ainda não pedimos comida do novo restaurante chinês.

Zumbido, bipe, clique, respiração.

— Quero dizer, o antigo que mudou de nome. Com as boas críticas. Pode ser nosso próximo encontro no sofá. Combinado?

Zumbido, bipe, clique, respiração.

O estômago de Steve geme. De modo distraído, ele esfrega a barriga, dando-se conta, de repente, de que nenhuma comida passou por seus lábios em quase doze horas. Ele enfia a mão no bolso e tira uma moeda de duas libras.

— Espero que a máquina dê troco. — Ele se levanta. — Dois minutos, meu amor. Só vou pegar umas batatinhas ou algo assim.

Batatinhas. Uma palavra que nunca falha em tirar sua esposa da letargia. *Batatinhas.* Uma palavra, uma sugestão, para afastar a tensão de uma briga sem sentido. *Batatinhas.* Uma palavra que sempre traz um sorriso aos lábios da mulher que ele ama.

Mas não desta vez.

Desta vez, a palavra mágica não surte efeito, apenas quicando pelas paredes como uma bola de pinball.

Steve não deixou o quarto, mal se afastou mais do que alguns metros da cabeceira de Pippa, nas últimas cinco horas. Quando emerge, o mundo lá fora parece estranho, como se ele estivesse saindo de um pesadelo para outro. Luzes fortes refletindo no piso recém-polido iluminam o corredor absurdamente longo, no fim do qual a máquina de venda automática se avulta, imprensada entre o banheiro masculino e uma pequena fileira de assentos azuis de plástico. Ele examina o conteúdo da máquina do A1 ao F9. Uma voz em sua cabeça se pergunta vagamente quando se tornou a norma cobrar uma libra por cada saquinho de batatas fritas. Ele permanece lá por algum tempo, até que o ronco em seu estômago se torna um nó duplo. Talvez não esteja com fome, afinal. Talvez devesse voltar para a esposa.

Ele se vira e fica surpreso ao descobrir que alguém está atrás dele, aguardando: o homem que viu há duas horas, o homem com a mãe moribunda, o homem com olhos aterrorizados.

— Desculpe — diz Steve, afastando-se para dar a ele passagem livre para a máquina. — Eu não ouvi você.

— Tudo bem — o homem murmura em resposta antes de dar um passo adiante e examinar a seleção à sua frente.

Ele franze a testa, depois balança a cabeça, e Steve descobre que é capaz de ler seus pensamentos.

Como posso ficar aqui tentando escolher entre uma barra de chocolate e um pacote de doces quando deveria estar lá rezando para que seu próximo suspiro não seja o último?

Ele sente uma afinidade com o estranho, um vínculo criado pela experiência compartilhada de um sentimento até então inimaginável que irmana esperança e dor.

— Por que você está aqui? — ele pergunta. O homem o encara com um olhar desconfiado. — Desculpe, me expressei mal. — Steve afasta-se, lamentando ter tentado fazer contato. — Noite longa. Tenho que voltar para Pippa.

Ele se vira e então ouve o homem pigarrear.

— Quem é Pippa?

Ele se vira de volta e pela primeira vez vê o homem direito. Deve ter quarenta e poucos anos e parece tão cansado quanto Steve se sente. Os punhos e as mangas de seu suéter estão manchados de sangue.

— Ela é minha esposa.

— Sinto muito. — O homem volta a balançar a cabeça, desta vez em comiseração. — Estou aqui pela minha mãe. Ela sofreu uma queda feia, bateu a cabeça.

— Ainda bem que você estava lá.

— Estou sempre presente. Sou o cuidador dela — diz ele, torcendo as mãos. — Liguei para o 999 de imediato. Queria trazê-la eu mesmo, mas disseram para esperar a ambulância.

Steve percebe que as mãos do homem estão levemente alaranjadas — tingidas pela nicotina, talvez, mas é mais provável que ele não tenha conseguido remover por completo as manchas de sangue.

— Tenho certeza de que fez a coisa certa.

— E a sua esposa? — pergunta o homem. — Pippa?

— Ela se envolveu… em um acidente. Um acidente de carro. Eu não estava lá — conta Steve, desejando mais do que nunca ter estado. Desejando que ele pudesse trocar de lugar com ela.

— Nossa, sinto muito. Isso é…

Mas passadas ruidosas os interrompem quando as portas do outro lado do corredor se abrem. O dr. Bramin entra, seguido por uma enfermeira e um médico residente. A conversa privada foi encerrada abruptamente, com os dois homens voltando seu foco para Bramin em temerosa expectativa.

— Senhor Redmond? — diz o médico, segurando uma pasta. — Tenho os resultados da tomografia computadorizada de sua mãe. Vamos?

O homem, Redmond, respira fundo.

— Ok — diz ele, antes de se virar para Steve. — Boa sorte.

— Para você também.

— E senhor Gallagher — diz o dr. Bramin —, estarei lá para verificar o sangue de Pippa em breve e discutir nossos próximos passos.

Steve assente de volta em agradecimento, mas está longe de sentir gratidão.

Ele observa enquanto os dois homens desaparecem pelo corredor e pelas portas duplas. Uma corrente de ar carrega a música de Pippa para o corredor, fraca, mas como uma sereia, chamando-o de volta para ela.

Zumbido, bipe, clique, respiração.

Se esse é o fim, não pode acontecer aqui. Ele gostaria de carregá-la para fora, colocá-la no banco de trás de seu carro e levá-la para casa.

Para algum lugar seguro.

Algum lugar que ela ama.

Qualquer lugar, menos ali.

DIA DE NATAL, 2009

Steve

A casa de infância de Pippa ficava bem próxima da minha antiga escola, virando a esquina, em um beco sem saída do qual eu nunca soube da existência, que abrigava pitorescos chalés geminados. Se nevasse, seria como entrar em uma cena de lata de biscoitos natalina.

Se você tivesse dito ao Steve de quinze anos que, nos últimos dias da primeira década do novo milênio, ele passaria o Natal na casa de seu diretor, chegando de braços dados com a filha do sr. Lyons, na qualidade de seu namorado oficial numa relação sólida, ele teria caído duro pra trás.

Eu já havia encontrado os pais de Pippa, numa saída para jantar e numa leitura de peça em cima de um pub, mas passar a noite na casa da família era uma perspectiva muito mais assustadora. E, no entanto, ali estava eu, na soleira da porta com uma sacola de presentes e uma garrafa de vinho de £ 8,99.

— Queridos! — A mãe de Pippa, Diana, puxou-nos para dentro antes que pudéssemos falar. Ela me beijou em cada bochecha — o tipo de beijo que eu costumava receber de tias-avós, quando podia sentir o batom rachando na minha pele depois —, então, abraçou a filha apertado e a segurou à distância dos braços, examinando-a. Eu conhecia esse movimento. Minha mãe o utilizava em minha irmã mais velha, Charlotte, quando ela retornava da universidade para casa. Em geral, era seguido por um comentário sobre como aparentava estar abatida. Char odiava aquilo. Eu sabia que Pippa também odiava. Mas, nesta situação, não se tratava de uma provocação ou uma crítica, apenas de um gesto repleto de amor.

Diana olhou de Pippa para mim e depois de novo para Pippa.

— Vocês dois estão maravilhosos. — Foi a ocasião em que a vi mais relaxada. O gim-tônica em uma prateleira no estreito corredor podia ter algo a ver com isso. O gelo dentro do copo havia quase derretido, e a fatia de limão já começara a murchar. Acho que ela já havia completado a bebida duas ou três vezes.

Pippa correu para o pai, que a ergueu do chão com um abraço de força surpreendente. Ela soltou um gritinho de alegria e descobri que estava com ciúmes (se é que é possível ter ciúmes de uma situação dessas sem ter alguma questão edipiana com o sogro). Eu não tinha erguido Pippa do chão o suficiente; preciso tentar fazê-lo, embora seja provável que deva lhe pedir permissão primeiro.

— Steven, meu rapaz. — Ele se virou para mim, fingindo que ia me levantar também, de brincadeira. Meus estabilizadores de centro de gravidade trataram de entrar em prontidão, mas felizmente sua menção só resultou em um aperto de mão firme.

— Senhor Lyons. — Ainda não conseguia chamá-lo de Chris. — Nós trouxemos isto. — Levantei a garrafa. Não entendo nada de vinho, mas este tinha sido reduzido de doze libras (acima da média, mas abaixo do ostentoso) e possuía um rótulo adorável. Parecia simplesmente o certo para a ocasião.

— Ah, você trouxe uma garrafa de... — Ele estudou o rótulo por um momento. Achei que estivesse admirando a caligrafia, como eu fizera. — Tinto. Muita gentileza sua.

Enquanto Diana nos levava para a sala de estar, vi o sr. Lyons deslizar a garrafa para os fundos de uma cômoda, atrás de uma caneca de canetas e uma pilha de cadernos. Eu não sabia determinar se isso significava que o vinho não era adequado ou se ele o estava guardando para outra ocasião.

Passamos a noite bebendo gim-tônica, enquanto Pippa esvoaçava pela sala de estar, empoleirada no sofá, depois em uma cadeira, em seguida folheando antigos álbuns de fotos, o tempo todo atualizando os pais sobre suas últimas histórias de terror de audições.

Sentei-me em uma confortável poltrona surrada, mordiscando com educação de uma tigela de nozes — às vezes, oferecendo uma para o cachorro — até esvaziá-la. Eu esperava o jantar, mas nenhum se materializou, e, pela altura que já tinha bebido dois uísques de saideira, eu estava tonto. Não me lembro de ter dado boa-noite ou de ter sido conduzido para o quarto de hóspedes no andar de cima (torcia em segredo que ficássemos no antigo quarto de Pippa, um lugar de maravilhas místicas na minha imaginação púbere, mas ele havia sido convertido em escritório nos últimos tempos).

— Esta é a tradicional véspera de Natal dos Lyons? — perguntei a Pippa enquanto me afundava na cama.

— O que, muita bebida?

— Aham... — Eu já estava adormecendo.

— Acho que sim.

Naquela noite, sonhei que estava em casa, onde minha mãe teria servido seu tradicional salmão inteiro com salada de batata.

De manhã, acordei com Pippa me cutucando nas costas com o joelho ou talvez com o cotovelo.

— O que está fazendo? — perguntei, confuso e grogue de sono. Minha confusão foi agravada quando abri os olhos e vi que sua metade da cama estava vazia. — Cadê você?

Virei-me para dar de cara com Hardy, o labrador de dez anos da família, que se comunicava com seu focinho molhado. Assim que ele se certificou de que eu estava acordado, deu um pequeno espirro sacudindo a cabeça, como se dissesse: "Não se esqueça, você ainda está na minha casa". Ao sair, cheirou minhas calças de sarja, que estavam emboladas num montinho no chão, e me lançou um olhar fulminante sobre seus ombros caídos.

Captei a mensagem, vesti as calças, joguei água no rosto e desci. Podia ouvir um suave mas rápido arrastar de chinelos, seguido pelo farfalhar dos cordões do roupão, enquanto pai, mãe e filha passavam zunindo. Eles haviam caído em uma velha rotina de Natal, cada um realizando suas tarefas de costume, sem a necessidade de discussão ou alarde. Não podia ser mais diferente da anarquia que estaria reinando na casa dos meus pais naquele momento e que eu quase podia ouvir a dezenas de quilômetros de distância.

— Alguém gostaria de uma xícara de chá? — perguntei, tentando participar.

— Já tomamos a nossa — respondeu a mãe de Pippa, carregando um rolo de papel de embrulho e uma tesoura. — Mas sirva-se à vontade.

Passei grande parte da manhã pairando entre a cozinha e a sala de jantar, enquanto os Lyons deslizavam de um lado para o outro com velas, talheres, *crackers*.[22] Temendo estar me tornando meio que um peso morto no processo, continuei perguntando o que eu poderia fazer para ajudar, mas toda tarefa oferecida fora concluída antes que eu tivesse a chance de começar.

— Posso cortar as couves-de-bruxelas, Diana?

— Já estão na panela, querido.

— Pippa, deixe-me ajudar de algum jeito!

— Hã... você poderia passear com o cachorro?

— Hardy foi ao parque, querida. Acabei de limpá-lo.

— Você poderia cortar um raminho de azevinho do jardim, Steven.

— Será um prazer. Onde você guarda o... hã...

— Alicate de jardinagem? Se você for até o jardim, há um pequeno galpão. Pode estar com cadeado, no entanto. Quer saber, eu faço isso sozinha.

Logo desisti e me sentei à mesa, fora do caminho de todos. É melhor deixá-los fazerem as coisas deles, pensei. O sr. Lyons passou valsando, cantarolando, brincando de arremessar com um saco de rede de castanhas. Ele parou de repente, fingindo surpresa por eu estar lá, lançando-me um olhar de espanto.

— Steven. Vejo que já se acomodou.

Mas senhor!, quase exclamei em protesto.

— Relaxe onde está, que nós nos juntaremos a você em breve.

Enquanto ele se reunia às cozinheiras na cozinha, senti que redigia mentalmente meu relatório de fim de ano: *Um período letivo bem tranquilo. Pippa preparou a couve-de-bruxelas, Diana fez o molho*

---

[22] Tradição natalina tipicamente inglesa. *Crackers* são enfeites de mesa que estalam ao serem abertos e contêm um presentinho, um chapéu de festa de papel e uma piada. (N. T.)

do pão, o sr. Lyons regou o peru e fez o molho — até Hardy aspirou alguns dos acompanhamentos — *e o tempo todo Gallagher observava. Poderia se sair melhor.*

Ele fora um diretor popular, eu me lembrava, embora não tivéssemos interagido muito na escola. Não havia motivo para eu ser chamado em sua sala, pois nunca me destaquei entre os milhares de outros meninos como um grande realizador ou estrela do esporte ou fiel adepto da detenção de sábado. Mas eu me lembrava bem dessa personalidade que tinha quando o encontrava nos corredores ou em reuniões, uma representação para angariar a aprovação dos alunos: o líder benevolente, que não levava muito a sério esse papo de diretor, sempre com uma piada a tiracolo, mas sem deixar dúvida alguma de que estava no comando.

Acontece que não era uma representação. Ele me manteve sob uma coleira psicológica a manhã toda, anunciando debruçado sobre uma taça de champanhe e truta defumada que "Posso lhe contar mais tarde sobre acontecimentos estranhos com Steven aqui quando ele estava no décimo ano...".

— Do que está falando? — Pippa implorou que o pai contasse, mas ele não se manifestou mais e nos manteve em suspense.

Do que ele *estava* falando? O que eu estava fazendo no décimo ano, além de evitar a revisão do GCSE com sessões multiplayer de *Goldeneye*? De repente, havia buracos escuros nos recessos da minha memória adolescente. *Acontecimentos estranhos* me fizeram parecer um esquisito. Eu tinha quinze anos! Fazendo coisas que garotos de quinze anos faziam! Talvez ele estivesse blefando? Ou talvez tivesse ouvido alguma coisa de *Herr* Rondell, meu professor de alemão, que tinha marcação comigo (bem, para ser sincero, havia algo *nicht richtig* nele).

Pontualmente às três e quinze, o rádio passou do discurso da rainha para canções natalinas, e a mãe de Pippa entrou carregando o peru. Levantei as mãos para bater palmas, não porque parecesse tão impressionante (o que parecia — perfeitamente dourado, ostentando uma coroa de César feita de bacon trançado), mas porque era o que acontecia na minha família no dia de Natal; uma resposta automática a vinte e oito anos celebrando a maravilha de que uma ave grande o suficiente para alimentar todos nós pudesse caber no forno e sair comestível e a tempo. Mas não houve aplausos dos Lyons; apenas um reconhecimento silencioso de que a peça central da mesa posta com precisão havia chegado. Precisão silenciosa estava na ordem do dia.

— Você gosta de bruxelas, Steven? — perguntou Diana enquanto me passava a tigela de couves-de-bruxelas de Pippa preparadas à perfeição, nem um pouco parecidas com as bolas de metano fervidas que eu costumava recusar em casa. Verde-claras, amanteigadas e "cobertas com bacon e castanhas picados", Diana me explicou, realizando sem querer uma imitação de Nigella Lawson.

— Se eu não gostava antes, acho que agora gosto — elogiei. — Parecem deliciosas.

Eu nunca diria isso para minha mãe, mas o jantar de Natal dos Lyons superou o dos Gallagher em quase todas as frentes. As batatas estavam crocantes, o peru, úmido, e aquelas couves-de-bruxelas... Eu era *quase* um convertido. A única questão que me fez sentir falta de casa foi o molho de pão da Siobhan, que, para ser sincero, todos sabemos que vem de um sachê.

O som tranquilo de uma família apenas apreciando sua refeição na companhia uns dos outros também era um conceito novo para mim. Nada de tv, nada de chiliques, nada de deixar de lado um prato inacabado para atender ao telefonema de um namorado ou uma namorada.

Os últimos meses estavam longe de ser tranquilos. Ser namorado de Pippa, ela me advertiu desde cedo, significava conversas barulhentas com pessoas barulhentas em lugares barulhentos. Significava ser puxado para fora da minha zona de conforto, em direções inesperadas. E eu aceitei isso de bom grado: ela era uma montanha-russa, e eu passara muito tempo sem me aventurar. Mas era diferente ali, no chalé dos Lyons. Era ali que seu lado quieto habitava. Se a Pippa atriz era intensa, a Pippa amiga uma festeira e a Pippa namorada sensível, a Pippa filha era caseira e feliz. Pippa é filha de seu *pai*, não há dúvida.

Já ela e Diana, no entanto, estavam travando para sempre uma guerra fria que ameaçava escalar à menor provocação. Vi-a ficar tão pilhada com a mãe que saiu de uma ligação com ela pronta para uma discussão comigo. Mas hoje, ao que parece, elas haviam dado uma trégua, suas espadas estavam embainhadas, e tudo era conforto e alegria.

Era estranho ver meu antigo diretor com um chapéu de papel. Algo naquilo tudo parecia tão errado, quase festivo de uma forma pouco convincente, como aquelas fotos encenadas que os jornais publicam na época do Natal, do primeiro-ministro brincando de mímica com sua família ou da rainha pendurando um enfeite em um pinheiro de três metros e meio na sala da frente. Nunca consigo acreditar de verdade que eles estão puxando *crackers* e lendo piadas ruins sobre bonecos de neve como o restante de nós. Mesmo ali, ao vivo, a coroa de papel crepom cor-de-rosa dos Lyons parecia ter sido editada no Photoshop.

Era ainda mais estranho ver os pais de Pippa tão abertamente apaixonados, apesar de que, de acordo com Pippa, os dois sem dúvida deixaram de ter um relacionamento amoroso. Ela me garantiu que eles haviam se separado anos antes, que Diana morava em um apartamento ali na rua e que, legal, romântica e (até onde ela sabia) fisicamente, eles não eram um casal. Observando-os aninhados no sofá na noite anterior, não pareciam pais separados normais, reunindo-se no Natal para fingir comemorar a data pelo bem dos filhos, com sorrisos falsos que desapareceriam chegando o Boxing Day.[23] As paredes do chalé estavam cobertas de fotos, não apenas de sua amada filha única, mas também dos dois como jovens namorados de cabelos compridos e recém-casados de olhos arregalados. Elas contavam uma história de amor que durou meses de cortejo intenso, duas décadas de casamento bem-sucedido e, ao que parece, vários anos de divórcio ainda mais bem-sucedido.

— Mas eles parecem tão... *unidos* — sussurrei para Pippa na noite anterior, enquanto escovávamos os dentes em uma pequena pia no canto do nosso quarto.

— Eu sei. Especialmente no Natal, em aniversários e eventos do tipo. Ela ficará aqui até o Ano-Novo.

— Por que ela não se muda de volta?

— Não sei! Não é assim que eles querem. E, antes que pergunte... Não, não é um relacionamento aberto.

Pippa pode não ter se incomodado com o pós-modernismo de seus pais, mas aquilo era o tipo de "não convencional" que fazia eu me sentir muito católico. Pensei em como poderia explicar tal arranjo para

---

[23] Feriado celebrado no Reino Unido um dia depois do Natal. (N. T.)

os meus pais. Um divórcio de conveniência? Não era algo que minha mãe aprovaria.

— Parece que Steven gostou disso — observou Diana, enquanto eu raspava o resto do meu molho.

— Menino em crescimento — comentou o sr. Lyons, e me senti um pouco envergonhado.

Embora tivesse tentado ao máximo acompanhar todo mundo, eu poderia ter limpado meu prato duas vezes antes de Pippa e seus pais terminarem o deles e estar de olho em uma batata muito crocante que não tinha sido tocada. Sendo de uma família grande, eu estava acostumado a ter que devorar meu jantar o mais rápido possível se esperava repetir. "Se mastigar, vai perder", papai brincava.

— Ah, não, esqueci! — exclamou Diana. Outro prato? Mais enroladinhos de salsicha queimando no forno? — Eu queria perguntar se vocês dão graças em sua casa, Steve?

— Às vezes — respondi. — Principalmente para agradar minha tia Niamh, quando ela nos visita.

— Todos nós poderíamos nos beneficiar de mais espiritualidade nesta época do ano — observou Diana. — Aqui, pegue mais batata.

Aleluia. Levantei meu prato como Oliver Twist, rezando para que Diana escolhesse aquele espécime crocante que eu vinha cobiçando. Foi quando o sr. Lyons soltou a bomba.

— Em nossa família, gostamos de cantar uma canção no almoço de Natal.

Diana olhou para ele desconfiada.

— Gostamos, é?

— Sim! — afirmou Pippa, e eu sabia o que viria a seguir. — E, como nosso convidado, Steve é o primeiro a ir. — Ela tentara me fazer cantar em várias ocasiões, encorajando-me de maneira insistente quando outro ator amigo dela trouxe um karaokê em uma festa, ou me estimulando a ser ouvido acima do meu murmúrio habitual durante um "Parabéns pra você".

— Já vou avisando que sou...

— Desafinado. — Ela terminou minha frase.

— Não existe esse negócio — declarou o sr. Lyons com desdém.

— Foi o que eu disse!

Pippa e seu pai viraram suas cadeiras para mim, acomodando-se em seus assentos, e percebi pela primeira vez como eles eram parecidos: os músculos salientes do pescoço, as mesmas orelhas orgulhosas e sobrancelhas curiosas.

Procurei ser corajoso e apostei numa fácil.

— Weee... wish you a merry Christmas — eu podia notar Pippa estremecer ligeiramente em reação ao som que produzi —, *we wish you a merry Christmas, we wish you a merry Christmas...* — Esperava que alguém participasse, mas apenas observaram; intrigados, acho, sobre se eu conseguiria encontrar a melodia. Não encontrei. — *And a happy new year.*

Terminei com um floreio de mão, então, peguei minha taça de vinho. Mas o sr. Lyons queria mais.

— Continue. *Good tidings we bring...*

— *Good tidings we bring, to you and your kin* — continuei sem convicção. — *We wish you a merry Christmas and a happy new year.*

— Ah — disse Pippa, e era perceptível que se sentia feliz por ter acabado.

Mas o senhor Lyons ainda não se deu por satisfeito.

— E a parte do "*Bring us some figgy pudding*"?

Achei que tinha escolhido a mais curta! Atrapalhei-me com mais um verso, mas, de novo, o sr. Lyons me incentivou:

— *For we all like figgy pudding...*

— Você está inventando agora! — reclamei.

— Não, não estou. Continue, ou nada de bolo de frutas para você.

Pippa jogou a cabeça para trás com uma risada.

Que se dane, pensei. Levantei-me, estendi os braços e cantei de modo "operístico":

— *For we all like figgy pudding, we all like figgy pudding, we all like figgy pudding.* — Voltei-me para o sr. Lyons buscando ajuda no último verso, mas este estava além do conhecimento dele próprio, então terminei com: — *And a happy new year!* — sob aplausos entusiasmados.

— Foi espetacular! — Pippa atirou os braços em volta de mim e beijou meu nariz, antes de acrescentar baixinho: — Mas você não precisa cantar mais.

Durante a pausa entre o peru e o bolo, quando quase dava para ouvir nossos músculos da barriga se esticando tentando abrir um pouco mais de espaço, Pippa virou-se para o pai e disse:

— Você ainda tem que nos contar sobre os acontecimentos estranhos de Steve, pai.

— O quê? Ah, isso. — Ele piscou para mim antes de acrescentar: — Sim, muito estranhos mesmo. Talvez eu conte mais tarde.

Com certeza ele estava blefando, e eu estava bêbado o suficiente para que quase quisesse saber o que ele inventaria se fosse mais pressionado.

— Vamos jogar algo depois do almoço? — sugeri, tentando desviar um pouco os holofotes de mim.

— O jogo do livro! — Pippa bateu palmas e saiu da mesa, indo até a estante.

— Tem certeza? — indagou o sr. Lyons, com alguma consternação, como se houvesse alguma história envolvendo esse jogo que o tornasse mais perigoso do que parecia.

— O jogo do livro, sério mesmo? — perguntou Diana, voltando da cozinha.

Mas Pippa não ouvia. Estava ocupada demais pegando livros das prateleiras e empilhando-os na dobra do braço, como se estivesse roubando uma biblioteca.

Então, depois do bolo de Natal com manteiga de conhaque e creme — e uma *mince pie*[24] marota — nós nos acomodamos ao redor da mesa de centro, que agora estava coberta de pilhas de livros. Pippa mestrava.

— Certo. Vocês todos sabem como jogar...

— Eu não.

— Steve! Não acredito que você não saiba.

— Em geral, brincamos de mímica.

— É o melhor jogo de todos os tempos. Estas são as regras.

Eu tinha de escolher um livro e ler o que estava na quarta capa. Em seguida, anotava em segredo a primeira frase do livro, enquanto

---

[24] A *mince pie* é uma torta doce de origem inglesa recheada com carne moída, sendo uma mistura de frutas, especiarias e sebo. (N. T.)

os outros participantes redigiam a própria versão de como essa frase poderia ser. Então, nós revezávamos para adivinhar a versão correta, tentando identificar o blefe um do outro.

— Tentem não escolher um livro que vocês conhecem — concluiu Pippa.

— Não deve ser um problema para mim — falei, porque não reconheci nenhum. Peguei um grosso exemplar de história sobre a revolução romena e comecei a ler a sinopse no verso.

— Sério, Steve. Esse aí?

— Deixe-o ler, Pippa — repreendeu-a Diana.

— Mas não é um bom para começar.

— Foi você quem os escolheu! De qualquer forma, a decisão é dele.

Eu li. Agora Pippa e sua mãe pareciam exatamente iguais: as carrancas, a maneira como seguravam suas canetas, curvadas sobre as tiras de papel em poses de intensa concentração. O sr. Lyons parecia estar pensando o mesmo enquanto observava suas garotas, sorrindo com orgulho e divertimento.

As tiras de papel foram passadas para mim, escrevi a primeira linha verdadeira e depois li todas. O sr. e a sra. Lyons venceram a primeira rodada com frases surpreendentemente semelhantes envolvendo um ditador, a Cortina de Ferro e datas muito específicas que, era provável, tinham sido acertadas.

— Que incrível... Quase telepático! — comentei.

— Quase como *trapacear* — observou Pippa, lançando um olhar frio à mãe.

Na rodada seguinte, o sr. Lyons leu nossas primeiras linhas inventadas para um diário de Alan Bennett. Fui enganado pela criação de Diana, na qual ela escreveu sobre "sussurros sussurrados" ou algo semelhante. Isso não agradou Pippa.

— Por que você escolheu o dela, Steve? Era tão óbvio!

— Desculpe. — Eu ri com desconforto.

Era evidente que Pippa odiava perder nesse jogo ou perder para sua mãe; possivelmente ambos. Ela não conseguiu nem gostar da imitação perturbadora de tão boa, feita por seu pai sobre o autor. Em seguida, foi a vez de Diana, que leu o verso de uma biografia de Shakespeare.

Enquanto rabiscamos nossas frases, ela disse:

— É claro que Pippa deve ganhar esta rodada.
— Ah, pelo amor de Deus — disse Pippa, jogando a caneta no chão.
— O que foi? Escolhi um que você pode acompanhar.

Pronto. Num turbilhão de movimentos, Pippa pôs-se de pé num pulo, xingando a mãe, e uma pilha de livros voou pela mesa, derrubando uma garrafa de vinho do porto aberta. Hardy entrou correndo, perturbado pela agitação repentina, e, sem saber como ajudar, subiu artriticamente para o espaço desocupado por Pippa no sofá.

— Todo ano é isso — pontuou o sr. Lyons, enquanto resgatava a garrafa, deixando para trás uma poça rubi que estava sendo absorvida por um livro de bolso. — Vou pegar um pano. Hardy, fora! Pra fora!

No andar de cima, uma porta bateu.

— O que foi que fiz? — indagou Diana e afundou no sofá, bebendo de modo inocente seu vinho.

Fiquei aliviado que o Natal de lata de biscoito dos Lyons fosse tão suscetível às mesmas pressões e aos tormentos sofridos por todos os outros. De qualquer forma, não seria tão divertido se fosse perfeito. Não que Pippa fosse muito receptiva a esse argumento.

— Pode me deixar entrar, Pip? — perguntei baixinho do outro lado da porta do banheiro.

Em determinado momento, ouvi a fechadura de latão se abrir e entrei para encontrá-la sentada de pernas cruzadas, fazendo um tipo de estrelas com cotonetes no chão.

— Isso parece... divertido.
— Hmm — ela grunhiu em concordância irônica.
— Não fique chateada.

Ela olhou para mim.

— Não estou chateada. Estou envergonhada.
— Sinto muito. — Veio a voz de Diana da porta. Por um momento, pensei que Pippa iria fechá-la de novo, mas não o fez. — Eu te amo — acrescentou Diana.

Então, Pippa se levantou, colocou os braços em volta de Diana em um abraço de coala, uma bochecha pressionada no peito de sua mãe. Parecia que deveria haver lágrimas, mas nenhuma se seguiu, apenas um suspiro profundo e satisfeito. Deparei-me com Pippa criança, adolescente e com vinte e sete anos naquele abraço, e sabiamente disse não ao impulso de me juntar a elas em um estranho quadro a três.

No andar de baixo, o sr. Lyons encontrava-se sentado no meio do sofá, concentrado no controle remoto da tv. Hardy estava apoiado nos pés do dono, que agora calçava chinelos de couro. Qualquer resquício da cena do crime havia desaparecido: a mesa estava vazia e limpa, e os livros, arrumados — por mais um ano, pelo menos. A tarde havia se tornado noite — um pouco tarde, pensei, para *Se minha cama voasse* estar na televisão. Pippa e Diana se acomodaram ao lado do sr. Lyons e, então, os três começaram a cantar junto ao número de abertura do filme. Eles conheciam cada verso. Então percebi que esta era outra tradição dos Lyons. O filme não estava passando na televisão, mas em um dvd, rodando no fim de mais um ano.

Não querendo ficar de fora do aconchego amoroso, Hardy se esgueirou até mim, deu uma focinhada no meu joelho e, então, deitou-se no meu colo.

— Hardy… — falei, esperando ouvir o sr. Lyons gritar "Fora!".

Mas os três Lyons apenas olharam e riram ao ver seu convidado enterrado sob o cachorro, que estava enrolado em mim como um cobertor velho e fedorento, enquanto Angela Lansbury cantava para todos nós dormirmos.

BOXING DAY, 2009

Pippa

O fedor de adrenalina e exaustão paira nos portões da escola. Estamos em meados de junho, mas as nuvens estão carregadas e, quando entramos no pátio, os céus desabam. Miss Bernard chamaria isso de "falácia patética". Chamo isso de um patético pé no saco, já que não trouxe um casaco.

Então, aqui estamos nós, à beira do Armagedom. Espiando o purgatório. Sentindo o calor do Santo Inferno da Babilônia (devo ter inventado essa). Ou, em termos leigos, certificação avançada em História. Algum fato foi assimilado de verdade? As longas noites passadas estudando valeram a pena? Este será meu Agincourt (25 de outubro de 1415) ou meu Ypres (com certeza 1914, mas em que mês?)?

Através da chuva torrencial, a sala de exames se ergue sobre o topo da colina como um vilão da Disney. Vejo a fila serpenteante das garotas do All Hallows em uniformes cor de sapo saltando com nervosismo de um pé para o outro — uma centopeia que se contorce e vai crescendo. Meu braço, como sempre, está ligado ao de Tania, que está estranhamente silenciosa. Acho que ela pode estar se arrependendo daquelas reuniões regadas a Hooch no lugar de sua revisão. Ao nosso lado, Nisha parece calma. Nisha sempre parece calma. Ei, espere um minuto, ela ainda está completamente seca? Isso é impossível. A chuva épica encharca minha fina camisa branca, e riachos de água escorrem pelo meu rosto. E, então, eu vejo. De alguma forma, ela repele a água, desviando toda a sua fúria para mim! Que diabos? É como se ela estivesse projetando um campo magnético. Eu assisto com admiração. O poder de Nisha versus Natureza.

Lembro-me do meu pai pedindo meia batata num restaurante Little Chef quando os limpadores de para-brisa pararam na M4.

— *Veja isso, Esquilinha* — disse ele, esfregando-a no para-brisa. — *Lado úmido para baixo.*

Juntos, observamos, maravilhados, a chuva abrir um novo caminho ao redor do vidro, dispersando-se por inteiro e deixando o centro do para-brisa limpo. Perguntei se era mágica.

— *Não é mágica. Amido. Faz milagres.*

Bem, Nisha deve ser feita de amido, pois ela ainda está seca como um osso. Olho para sua trança imaculada caindo longa e lustrosa por suas costas retas. Uma trança que fala de uma manhã eficiente e sem estresse. Um soldado preparado para a batalha à frente. O Rochedo de Gibraltar em uma noite de tempestade. Sinto-me como uma criança que se viu na linha de frente — nervosa, inepta e incapaz de saber o que fazer com o rifle. Meus dedos seguram meu estojo transparente contendo minhas únicas armas — uma caneta Parker nova e uma borracha de tinta de ponta dupla. Com quem Ferdinand fez aquele tratado final? E por que Henrique VIII deu um sumiço em todas aquelas esposas? As guerras italianas começaram em 1494? Ou foi 1493? Onde Wolsey...

— Outro gole, Pippa? Vá em frente. É Natal!

A sala entra em foco, e estou no meio de outro teste. Estou sentada em uma longa mesa de carvalho, carregada com uma variedade eclética de sobras festivas. Toalhinhas de bandeja rendadas estão espalhadas sob tigelas de vidro com salada de frutas enlatada, mini Toblerones e ovos cozidos, patês em promoção por causa da data de validade prestes a expirar, chutneys e potes de condimentos em miniatura que levam os logotipos dos hotéis de onde foram roubados. Parece a capa de um dos livros de receitas dos anos setenta da minha mãe. Ao redor da mesa, sentam-se mais pessoas do que eu jamais supus que pudessem constituir uma única família. Ontem, estávamos aconchegados no seio do meu pequeno clã para o almoço de Natal. Hoje, é a vez dos Gallagher.

— Er... — Inclino meu copo, ainda meio cheio, mas quando em Roma... — Claro. Por que não?

Eu sorrio e o estendo. O homem atrás da garrafa pisca de volta para mim. Seus olhos estão entre os mais bondosos que já vi.

— Ah, boa menina. Nosso Stevie nos disse que você gostava de uma bebida.

Antes que eu tenha a chance de contestar com veemência o indiscutível, meu copo é servido. Ou, devo dizer, preenchido. Até a borda. A voz da minha mãe de repente aparece na minha cabeça. "Nunca mais do que um terço completo, Pippa. O espaço no copo foi projetado para reter aromas." Não é um bom momento, mãe.

— Isso vai fazer nascer cabelo no seu peito.

Ele tem um forte sotaque irlandês que faz cada frase soar como um elogio, e está vestindo um suéter de Natal vermelho-vivo com um Papai Noel de óculos de sol segurando um rádio portátil ao ouvido. O slogan diz: *Natal com bastante Ho, Ho, Ho's!*[25] É óbvio que ele não tem ideia do que isso significa e, portanto, ostenta o traje sem nenhuma ironia. Sua ingenuidade é cativante e me faz gostar dele instantaneamente. Talvez um dia eu o conheça bem o bastante para ter liberdade de lhe dizer que seu rosto bonito e robusto ficaria bem melhor se removesse o bigode retrô.

— Obrigada, sr. Gallagher.

— Você é muito bem-vinda, querida. E me chame de Frankie. Todo mundo chama. Estou muito feliz por você ter conseguido vir. — Ele aperta meu braço com as mãos calejadas pelo trabalho antes de avistar algo preocupante do outro lado da sala.

— Ei! Juney! — É sua filha, tentando levantar três caixas enormes sozinha, enquanto carrega um prato de ovos escoceses. — Dobre os joelhos ao pegar caixas pesadas! Venha aqui... — E, com isso, vai acudi-la. Eu o vejo correndo para ajudar a filha e fico impressionada com sua semelhança com Steve.

Levo o enorme balde de líquido aos lábios, pingando um pouco no meu vestido novo "de conhecer a família do namorado", da H&M, e tomo um gole agradecida. Mas as doses generosas de Freixenet (ligeiramente quente) não ajudam na tarefa diante de mim. Minhas faculdades estão ficando confusas sob sua influência vertiginosa e meu pobre cérebro, um dia uma bem azeitada máquina afiada como navalha, range sob a pressão. Parece que lá se foi a época dos bebedores de cerveja da escola de teatro, quando *pints* seguidos de Jägerbombs não conseguiam entorpecer minhas sinapses atarefadas. Hoje em dia, apenas

---

[25] Trocadilho com a risada de Papai Noel e a gíria pejorativa *ho*, significando "vadia". (N. T.)

alguns copos e meu cérebro fecha para balanço, como uma vovó depois do terceiro cálice de licor, cochilando enquanto assiste a *Bargain Hunt*.

Bem, acorde, cérebro! A programação televisiva da tarde acabou! É hora de *Mastermind* e meu tema de expertise: os Gallagher.

Olho em volta, tentando abarcar todos com a vista. Parecem estar se multiplicando como amebas ao microscópio. E o barulho! O nível de decibéis no Gallagher Family Circus está prestes a explodir o telhado. Crianças exigindo chocolate, mães precisando de atenção, pais contando anedotas, cachorros brigando por aparas de peru — e isso antes de o coro começar a entoar:

Doze copos enchendo
Onze pratos quebrando
Dez portas batendo
Nove facas raspando
Oito tortas de carne moída queimando
Sete alarmes de fumaça apitando
Seis crackers *estalando*
Cinco irmãos amando (fico especialmente satisfeita com esse verso — até conseguiram rimar. Caramba, sem dúvida estou começando a ficar bêbada.)
Quatro crianças gritando
Três canecas quebradas
Dois presentes fechados
E uma Pippa conhecendo a família de Steve.

Isso é excelente. Preciso me lembrar de cantar para ele mais tarde.

Merda. Meu balde de bolhas está quase vazio. De novo. Como isso aconteceu? Sei que estou bebendo rápido demais, mas não consigo evitar. Devo estar mais nervosa do que imaginava. Estou procurando truques mnemônicos, rimas, recursos visuais ou *quaisquer* artifícios desesperados que eu possa sacar para me ajudar a reter doze nomes e onze rostos (dois são gêmeos idênticos — não estou *tão* bêbada).

Há duas crianças pequenas sentadas no meu colo. Pelo menos, consegui guardar seus nomes: Sammy (Sammy camisa do Snoopy) e Ruby Mae (Ruby bochechas de rubi). "Sentadas" é modo de dizer: na verdade, Sammy está de pé sobre as minhas coxas, seus tênis iluminados piscando enquanto, com uma mãozinha, ele agarra minha orelha direita, tentando remover à força um brinco brilhante que chamou sua atenção. Com a outra, ele vai direto para o meu nariz, enfiando os dedos manchados de canetinhas na minha narina esquerda. Sinto-me como Gulliver sendo amarrado pelos pequenos liliputianos. Ruby Mae, enquanto isso, está de frente para mim, pernas enganchadas em volta da minha cintura como um orangotango. Sem vergonha, ela olha para o meu decote e anuncia com calma autoridade: "Seus mamás são maiores do que os da mamãe".

Fico corada. Ela olha para mim, uma pequena ruga franzindo sua testa, visivelmente confusa por que isso deveria provocar qualquer tipo de reação em mim. Seus olhos castanhos são atentos e curiosos. Enquanto ela me encara, fica completamente imóvel pela primeira vez, e tenho a oportunidade de olhar direito para seu rosto em forma de coração. Ela é como uma daquelas crianças de um livro ilustrado vitoriano. Pele lisa, intocada pelas provações da vida diária. Uma peneira de pequenas sardas espalhadas pelo nariz arrebitado. Por um momento, sinto meu coração transbordar de amor por aquele anjinho de bolso. Eu quero protegê-la das agonias injustas deste planeta. Mantê-la segura e longe do perigo. Uma pequena joia preciosa demais para consumo humano. E, justo quando o calor maternal se espalha pelo meu coração, outro calor se espalha pelo meu colo, escorrendo pela minha meia-calça e pelos meus sapatos. Ruby Mae está radiante. Um sorriso orgulhoso.

— Acabei de fazer xixi na minha calcinha de menina grande.

E, com isso, ambos fazem rapel em mim, usando a parte de cima do meu vestido como corda de segurança. Olho para baixo e vejo que uma grande poça está agora formada sob meu assento. Como um ser humano tão pequeno pode conter tanto líquido?

Rápida como um relâmpago, Ruby é lançada no ar por uma June que se desculpa descontroladamente.

— Sinto muito, Pippa.

Um pano de prato é empurrado para mim. Steve aparece com um rolo de toalha de papel e começa a enxugar o chão.

— Ruby Mae! O que mamãe te disse? Dizemos à mamãe quando precisamos fazer xixi.

O lábio inferior de Ruby Mae começa a tremer. Insisto que não tem a menor importância, "acontece o tempo todo… as crianças estão sempre urinando no meu colo... nem percebi", e sorrio enquanto dou tapinhas na urina nas minhas pernas.

— Pronto. Tudo enxuto!

Não é verdade. Estou encharcada. Está esfriando. E está começando a incomodar. Noto o olhar de Steve enquanto ele enxuga em volta dos meus pés. Por que parece tão feliz?

Ele sussurra:

— Ela tem razão, no entanto. Você tem os melhores "mamás" aqui.

Eu coro e bato nele com o pano de prato encharcado de xixi.

Após mais duas recargas do meu copo e um prato cheio de "Peru de Natal Surpresa da Mamãe" (a surpresa é a beterraba em conserva ralada por cima e a controversa adição de amendoins torrados à mistura), acho que posso estar fazendo algum progresso. Talvez, apenas talvez, eu esteja começando a entender os tentáculos da árvore genealógica de Steve.

Certo. A história até agora.

À minha direita, temos meu Steven. Filho mais novo e não é permitido esquecer este detalhe. Fotógrafo e cavalheiro profissional. Nas palavras de sua mãe: "Quase perfeito em todos os sentidos". Nenhuma pressão, então.

Em seu colo está Tom: três anos, obcecado por tratores. O chocolate em seu macacão e o ninho de pássaro emaranhado em sua cabeça falam de um dia de aventuras épicas. Tom — ou Tiny Tim, como a família prestativamente o chama — é o filho mais novo da (Estridente) Siobhan, mais velha das gêmeas idênticas por sete minutos. Não, espere, nove minutos? Não posso errar; ela é *muito* específica sobre isso. São as filhas do meio do clã Gallagher. Espere um minuto, porém: talvez Tom pertença à outra gêmea, a (Trêmula) June. Mas não, June é a mãe de Ruby Mae e do Melequento Sammy, que atualmente anda comendo apenas comida vermelha e passando por uma fase de morder tudo (meu tornozelo sangrando é uma prova disso).

Siobhan é impetuosa, barulhenta e, a princípio, assustou-me muito. Seu cabelo ruivo é curto, e o rosto, cem por cento livre de maquiagem. Ela come e bebe com uma ferocidade que faz parecer que toda refeição pode ser a última. Seu discurso está repleto de palavras como foco, perspicácia, realização e estratégia; qualquer um pensaria que ela trabalha na City.

— Comecei o Kidz Just Wanna Have Fun há dois anos. Sacolinhas de festa. Faixas de preço variadas. A estratégia foi acertada. Volume de negócios anual de quarenta e oito mil brutos. Quem diria que balões, bolhas e pirulitos poderiam ser tão lucrativos?

O homem tímido de moletom de *Jornada nas Estrelas* com o infeliz penteado *comb-over* explode em gargalhadas. Parece que esta é a melhor piada de todos os tempos. Este é o (Deprimente) Davey, ou Kipper, para a família (não perguntei por que nem pretendo; já tenho informação demais para decorar). Seis anos mais novo que Siobhan e totalmente ofuscado pela luz dela, ele a olha enquanto ela fala (grita) com uma devoção que beira o culto. Parece que seu único propósito na vida é acariciar, apoiar e encher a bola de sua esposa, já tão cheia de si.

Do outro lado da sala está Charlotte, a mais velha dos irmãos Gallagher. Ela tem os olhos de Steve, e gostei dela de cara. Está empoleirada quase defensivamente no balcão, as pernas longas e finas cruzadas uma sobre a outra, grampeando cartões de Natal em um pedaço de fita vermelha para pendurar na porta. (A sra. Gallagher — Kathleen — tinha algumas cadeiras a menos, então, decidiu que Charlotte poderia "sentar lá. Ela é a única que não estragaria o meu balcão! Charlotte é leve como uma pena. Sinta só! É como abraçar um Twiglet"[26]). Charlotte é médica. Sei disso com certeza porque ela apontou a psoríase na minha testa. Isso costuma me deixar muito sem graça, mas ela o fez com tanta preocupação e doçura que não levei a mal. Recomendou-me uma sensacional pomada de algas marinhas que ela mesma usa.

— Meus colegas estão sempre prescrevendo esteroides, mas, para ser sincera, isso é muito melhor. Vou lhe arranjar um pouco. — Não sei como ela está solteira. — Não pergunte por quê. Uma sequência de casos errados, Pip. — Gostei de como ela começou a me chamar de Pip de imediato, como minha família e os velhos amigos fazem.

Por último, lá fora, sentado nos degraus gelados, o (Musculoso) Mickey, o filho perdido de Colin Farrell e Penelope Cruz. Se não a conhecesse bem, alguém até poderia pensar que Kathleen por acaso andou se engraçando com um espanhol depois de muitos coquetéis

---

[26] Salgadinho comercializado no Reino Unido com aparência de finos galhos de árvore. (N. T.)

fish bowls numas férias só para garotas em Marbella. Ao lado dele está o (Perfeito) Pat, seu namorado há sete anos. Ele é de Manchester, professor de alunos com necessidades especiais na escola local. Formam um daqueles casais que fazem você acreditar no amor. Parece que as estrelas se alinharam para uni-los, e talvez seja a bebida, mas, enquanto os assisto rindo ao crepúsculo, fico toda emocionada.

— Agora, então, luz da vida do meu filho. É hora do sofá.

A sra. Gallagher está sorrindo para mim e dando um tapinha no lugar vazio ao lado dela. Ai, meu Deus, está acontecendo. O momento sobre o qual Steve me avisou. O carimbo dos pais. Steve olha da pia, mortificado.

— Mãe. Deixe disso para lá. Deixe ela digerir o almoço.

— Ah, nada de "deixe disso para lá" comigo, pequeno Stevie. Tenho permissão de ficar animada por, enfim, conhecer o amor da sua vida.

— Mãe! Fala sério.

A sra. Gallagher ri.

— Não se preocupe, vou me comportar. — Aí, ela volta seus olhos turquesa para mim.

Atravesso a sala e me sento ao lado dela.

— Aí está você.

— Aqui estou eu!

Você pode fazer melhor que isso, Pippa. Vamos! Os pais em geral te amam.

— Que maravilha conhecer todos vocês, sra. Gal... desculpe, Kathleen. Steve me contou tanta coisa sobre a família.

Por um segundo, sinto que estou sendo radiografada, como se ela pudesse ver, através da minha pele, meus ossos, meus músculos e nos recônditos dos ventrículos do meu coração. Ela sorri e começa a me apalpar como um macaco limpando seus filhotes. A qualquer minuto, vai checar atrás das minhas orelhas para ver se há carrapatos. De repente, segura meu rosto com as pequenas mãos — "Linda como uma fotografia"— então, desliza-as pelo meu cabelo e solta um arrulho de prazer.

— Ah! Que bela juba farta. E *ruiva*. Stevie, por que você não disse à sua mãe que ela era uma de nós? — Ela baixa a voz para causar efeito, mas ainda pode ser ouvida por toda a sala. — Vocês dois têm os genes vermelhos... há todas as chances de um pequeno...

— *Mãe!* — O rosto de Steve está roxo.

— Que puritano, meu filho — ela ri. — Ah, seus cílios! E estou tão feliz em ver que você não arranca as sobrancelhas... *Au naturel* é muito mais bonito do que esse visual desenhado que está circulando no momento. Nosso Stevie me disse que você é atriz. É tão emocionante! Me fale sobre isso.

Talvez seja a bebida, talvez seja sua empolgação desproporcional, mas estou muito perto de dizer a verdade: *Não, não é emocionante. É noventa e oito por cento de tortura. É tentar sobreviver, esperar o telefone tocar, ficar bêbada às segundas-feiras e saber que não há ninguém além de você para culpar por cada decepção.*

Mas, em vez disso, sorrio e digo:

— Sim. É ótimo. Estou amando! Sinto-me tão sortuda.

Kathleen olha para Steve, que voltou para os pratos, então se inclina e sussurra com sinceridade:

— Agora que ele não está ouvindo, eu queria que você soubesse: embora nossa Lola fosse uma parte tão *importante* da família, e sim, é claro que foi um choque terrível quando ela se mudou, não posso fingir que Frank e eu não achávamos que um noivado estava nos planos, mas você *não deve* se sentir ameaçada de forma alguma.

Uau. Largou o microfone.

Eu não estava me sentindo ameaçada. Mas tenho certeza de que agora estou.

Um noivado?

Kathleen fala com alegria, alheia ao tom translúcido que meu rosto adquiriu.

— Meu Deus, os Kerr nem viram o que os atingiu. Conheço aquela mulher há mais de trinta anos e nunca a vi em tal estado. Coitada. Ninguém esperava por essa. Todos convencidos de que eram favas contadas! Pra você ver como a vida prega peças, não é?

Totalmente. Sem. Palavras.

— Lola voltou para casa por um tempo, sabe? Precisava de um pouco do colinho da mamãe.

Steve, me ajude. Tento lhe enviar uma mensagem através da sala. *Venha. Aqui. Agora. Socorro.*

Mas nossa conexão telepática de amantes está visivelmente fora de alcance, enquanto ele ri de uma piada tirada num *cracker* lida por uma das crianças. Se ele estivesse ouvindo, com certeza já teria jogado um prato na mãe. Ao meu lado, porém, Kathleen não mostra sinais de diminuir a marcha.

— Coitada, ela parece muito melhor agora, no entanto. Só precisava de algum tempo para superar o choque, acho. E foi um choque! Para todos nós. Mas quando almocei com ela outro dia…

Ela acabou de dizer *almocei*?

— …ela parecia mais ela mesma. Mais a pequena Lol que todos conhecemos e amamos.

Por fim, ela faz uma pausa para respirar e se vira para mim.

— Parece um pouco indisposta, meu amor. Ainda com fome, talvez? Ainda temos de servir o pavê do Frank. — Ela se inclina em tom conspiratório e baixa a voz. (Isso significa que é capaz de tato?) — Ele ainda não acertou a proporção de creme de ovos para creme de leite depois de todos esses anos, mas Deus abençoe o velho bode por tentar.

Ela olha com carinho para o marido, que está rastejando pelo chão da cozinha, Ruby Mae montada nele, gritando de alegria e exigindo que o "cavalinho vá mais rápido!".

Deixo meu foco descansar ali, rezando para que Kathleen de repente se lembre de alguns aperitivos *vol-au-vents* esquecidos queimando no forno.

Mas isso não acontece.

— E olhe só o nosso pequenino Stevie. Fingindo estar lavando ali, mas posso dizer que suas orelhas estão queimando. Coitado. Desesperado para vir ficar com sua garota. É adorável. Todos nós sabemos que ele é louco por você.

Pelo amor de Deus, Pippa, fale! Diga algo. Deixe claro que você está absolutamente TRANQUILA sobre Lola. Não poderia importar MENOS que Steve tivesse MORADO com ela, e até AMADO, DESEJADO Lola durante a maior parte de sua vida adulta. Não. Na verdade, está TUDO BEM! Você está TOTALMENTE confiante de que ele a superou. COMPLETAMENTE. Certo?

Tento várias respostas engatilhadas, e nenhuma delas parece passar por minha garganta. Sinto-me como um daqueles artistas perambulando pela Royal Mile em Edimburgo cujo truque é soar como se eles tivessem uma versão minúscula de si mesmos presos dentro de suas bocas. A pequena Pippa presa no meu peito, que martela contra minhas costelas, desesperada para escapar, está prestes a fugir quando a porta da frente é escancarada.

— Ta-da! — Lá está Oscar, ostentando uma barba espessa recém-cultivada, um suéter de rena encolhido na lavagem e um saco de presentes pendurado no ombro. Um Papai Noel moderno. Ele carrega uma caixa de cervejas baratas debaixo do braço e o skate está precariamente equilibrado por cima. — Queridos, cheguei!

E, num estalar de dedos, meu tempo sob os holofotes se esgota quando Kathleen pula do sofá para abraçar "nosso Oscar".

Ai, Oscar. Seu lindo idiota. Nunca fiquei tão feliz em ver sua cara de pateta.

Como formigas em volta de uma manga podre, os Gallagher o cercam e sobem nele, abraçam e fazem cócegas até que ele quase desapareça sob seu peso. Quando emerge, soltando as cervejas, Ruby Mae está pendurada em seu braço como um tapete enrolado e Sammy está preso como um coala em sua panturrilha. Ele grita:

— É melhor eu ter chegado a tempo para o pavê do Frankie. Porque todos nós sabemos que essa é a única razão pela qual estou aqui.

A multidão irrompe em um frenesi de atividade, já que todos querem ser a pessoa a servir para Oscar um prato do famoso pavê de Frank. Molhado da lavagem de pratos, Steve se livra do tumulto e se junta a mim no sofá.

— Pela primeira vez na vida, estou feliz em ver esse tonto — ele sussurra com um sorriso carinhoso.

Aconchego-me em seus braços.

— Assim está bem melhor. Eu queria fazer isso o dia todo. Você está bem?

— Tudo bem, sim. Tudo certo.

Ele examina meu rosto em busca de pistas.

— Tem certeza? Vi que você foi massacrada pela minha mãe. Não consegui chegar aqui a tempo.

— Nada de que eu não pudesse dar conta.

Ele entrelaça seus dedos nos meus e acaricia minha palma com seu polegar ligeiramente áspero. Estranho quão rápido isso me faz sentir como se eu pudesse adormecer em seu ombro. Algum tipo de feitiço mágico.

— Ela adora se meter. O que ela disse?

— Ah, nada demais. — Tranquilo. Muito tranquilo.

Ele estreita os olhos.

— Sério?

— Totalmente sério. — *Totalmente* sério? Por que não lhe contei o que ela disse sobre Lola? Quero tanto. Preciso que ele me assegure que está tudo bem, que Lola foi apenas uma aventura, que não foi minha culpa eles terem se separado, que eu sou o amor da vida dele e nada pode nos separar, e que um dia sua família irá me amar tanto quanto é evidente que a amam. Mas, em vez disso… — Conversamos em especial sobre pavê. Ah, com um pouco de *Midsomer Murders*.

Ele ri.

— Sim, ela não parou de falar que seu filho está namorando uma garota da televisão! Ainda bem que ela não disse nada idiota.

Ele me beija de leve nos lábios. Seus lindos olhos encaram os meus e, por um segundo, o exército Gallagher parece desaparecer. Sua voz cai para um sussurro grave.

— Pippa Lyons…

— O que foi?

— Já te disse… — Inclino-me e fecho os olhos. Quase nariz com nariz agora, posso sentir sua respiração em minhas bochechas. Espero que ele diga as palavras que falamos com tanta frequência. — … que você cheira *deliciosamente* a urina.

Steve ri com alegria. Bato nele com uma almofada, e ele me faz cócegas. Devemos parecer adolescentes tontos e apaixonados rolando no sofá. Enquanto me puxa para mais perto, aspiro aquele cheiro reconfortante de lar e permito que meu corpo se derreta no dele. Sinto-me tranquila por um momento.

Oscar, Charlotte e Mickey — cavalos de corrida recém-iniciados — correm pelo tapete de quatro, sob gritos e aplausos dos Gallagher restantes. Steve balança a cabeça, observando-os com terna perplexidade.

— Eles são todos malucos.

— Eu diria "diferentes".

— Mas são malucos adoráveis. Você vai se acostumar com eles. Prometo.

Ele me beija nos lábios. Posso sentir seu coração batendo contra o meu peito. Meus ombros relaxam. Então...

— O tio Oscar continua me fazendo cócegas! Tio Stevie, preciso de você! Você é mais rápido!

Steve sorri e revira os olhos.

— Sua garota de sorte. Você está namorando o cavalo de corrida mais rápido da pista.

Ele me dá um beijo leve no nariz e mergulha na brincadeira, relinchando e balançando a crina. Ruby Mae sobe com prazer em suas costas e fico sozinha.

E ele está certo...

— Vamos, Stevie! Ponha seus músculos para trabalhar! — Frank grita, garrafa de refrigerante vazia no lugar do microfone.

... Sou uma garota de sorte.

— E ele está pescoço a pescoço com o nosso Oscar.

Mas quero ser *a* garota.

— Espere, no entanto. O que é isso? Ali está a nossa Shiv chegando pela pista interna...

Eu quero ser a favorita.

— ... mas Stevie passa à frente outra vez!

Eu quero ser *nossa* Pippa.

— E quem pode acreditar que a vitória é do nosso Stevie!

Será que algum dia serei?

2 DE MARÇO DE 2019

06:39

— Desculpe, demoramos um pouco para chegar aqui. Está uma noite agitada lá fora.

A mais alta das duas policiais balbucia um pouco e morde repetidas vezes os lábios secos. A mais baixa pisca muito, seus olhos percorrem o quarto como se estivessem perseguindo uma mosca. As duas parecem pouco à vontade, com as costas contra a parede, como se esperassem para tirar fotos de fichamento criminal.

Por fim, a mais alta dá um passo à frente, segurando um grande saco plástico transparente. Ela lembra a Steve um desenho a lápis de Quentin Blake, toda membros e ângulos.

— Achamos que deveríamos devolvê-los a você o mais rápido possível.

Seus uniformes muito limpos parecem desconfortáveis de tão rígidos, como se vestidas num número maior, para crescer neles.

— Os pertences de sua esposa, recuperados no local. — A mais baixa fala com um leve sotaque Geordie.[27]

Devagar, Steve pega o saco plástico, sem saber o que fazer com o objeto. Deve agradecer? Dar uma olhada dentro para confirmar o conteúdo? Ele não faz uma coisa nem outra; apenas segura entre os dedos o saco fechado com zip-lock.

Há algo na cena que lembra um desajeitado coquetel. Três convidados parados em um corredor, desesperados por uma recarga em

---

[27] Dialeto usado às margens do rio Tyne, na área de North East England, também chamado de inglês de Newcastle. (N. T.)

seus copos para ajudar a desinibir. Sorrisos desconfortáveis e silêncios pesados que ninguém sabe ao certo como quebrar.

— A bolsa dela está aí — continua a policial alta. — O celular e um par de sapatos. Salto alto. Eles foram removidos dos pés no local dela. Se você tiver quaisquer perguntas...

Perguntas? Se ele tem perguntas?

A policial mais baixa pega o bastão.

— Houve uma testemunha ocular e reunimos o máximo de detalhes que pudemos. Ele passou por ela pouco antes do acidente, mas conseguiu ver o que pareceu ter acontecido. — De súbito, Steve está acordado, desesperado por respostas, mas também apavorado com o que vai ouvir. — Parece que sua esposa estava, hã, distraída, no momento do impacto.

— Distraída?

— Sim. De acordo com a testemunha ocular, ela parecia estar digitando no telefone.

— Mandando mensagem de texto? Enquanto dirigia? De jeito nenhum. Pippa nunca faria isso.

A policial Geordie se irrita, não acostumada a ser contestada.

— Garanto-lhe que o cavalheiro tinha certeza, sr. Gallagher, e não temos motivos para duvidar dele.

— Bem, garanto a *você* que deve haver algum engano.

Uma veia na têmpora direita da policial salta e começa a pulsar. Um relato infeliz. Ela olha para Steve, sua boca franzida em um círculo apertado. Steve segura a lateral da cadeira, uma sensação próxima à raiva agitando seu estômago.

— O cavalheiro fez uma declaração distinta, explicando com precisão o que testemunhou. — Ela enfia a mão no bolso de trás, puxa um caderninho preto e o folheia até o meio. — Ele afirma que sua esposa estava "visivelmente distraída com o celular" e depois pareceu deixá-lo cair na área dos pés. Ele afirma que não viu o que aconteceu a seguir, pois havia ultrapassado o veículo dela a essa altura. Um momento depois, ouviu o som da colisão.

Steve luta para respirar. Sente uma pressão intensa em sua caixa torácica.

O som da colisão.

De repente, o quarto está cheio de vidro explodindo, pneus cantando, metal esmagando. Os gritos de Pippa. Por um momento, Steve está no banco do passageiro, observando o desenrolar da ação: o corpo dela arremessado para a frente como uma boneca de pano, a cabeça batendo no para-brisa, enquanto ele fica paralisado, cego pelos faróis que se aproximam.

A policial alta assume o controle, seu tom é gentil.

— Parece que ela deve ter desviado para o lado errado da estrada e colidido com um carro que vinha em sentido contrário. Eu sinto muito.

Steve pode ver as palavras flutuando em torno de sua cabeça, do capítulo "Como dar notícias difíceis a cônjuges em luto" do Guia do Bom Policiamento, enquanto elas inclinam a cabeça em uníssono pesaroso, as mãos entrelaçadas como se estivessem em humilde oração.

— O outro motorista foi tratado com ferimentos leves, mas recebeu alta, quase ileso. — A policial alta, por fim, olha para Pippa. — E isso é uma coisa boa.

Steve percebe que a policial Geordie olha para o relógio. Quando levanta a vista, ela nota os olhos dele nos seus e cora, mortificada, cansada.

— Há mais uma pergunta que precisamos lhe fazer, sr. Gallagher — diz ela, soando de novo na defensiva e rude. — Isso é sempre difícil, e receio que você possa achar angustiante.

Mais angustiante do que o amor da minha vida estar em coma?

— Precisamos perguntar se sua esposa estava deprimida ou com um estado de espírito perturbado recentemente.

— O que você quer dizer? — Steve pergunta, incrédulo.

— Você consegue pensar em algum motivo para ela ter se distraído ontem à noite? Havia problemas em casa, no casamento? Algum incidente desencadeador?

— É difícil pensar nisso. — A mulher alta, a "policial boa", intervém. — É provável que tenha sido apenas um acidente infeliz, mas temos que descartar, hã, você sabe...

— Automutilação — completa a policial Geordie.

Por alguma razão, Steve sente uma potencial gargalhada subir de seu estômago.

— Você está me perguntando se ela fez isso de propósito?

— Como eu disse, nós apenas precisamos descartar essa linha de investigação, senhor.

Steve olha para Pippa. As bandagens. O soro. Os hematomas.

— Não. Não foi automutilação.

Quentin Blake se vira para Geordie, e elas parecem satisfeitas.

— Bem, a menos que você tenha alguma dúvida... — diz Geordie.

— Não gostamos de nos intrometer em um momento como este. *Um momento como este.*

— É claro que manteremos contato com o hospital sobre a declaração de sua esposa — afirma a policial alta. — Quando ela estiver pronta. — E as duas se voltam para Pippa uma última vez. — Por enquanto, apenas desejamos a você, você sabe, o melhor. A você e à sua esposa.

Quando Steve fica sozinho, piscando de perplexidade no novo vazio do quarto, ele ouve um bipe cansado vindo do saco plástico em sua mão. Abre e pega o celular de Pippa. A bateria está piscando em vermelho. Sem pensar, procura um carregador na própria bolsa e conecta o telefone na tomada, como já havia feito tantas vezes.

— Não podemos deixar você sem isto quando acordar, podemos? Quem sabe o que pode estar acontecendo em seus seiscentos grupos de bate-papo, hein?

Zumbido, bipe, clique, respiração.

Mas ele não pode sustentar a falsa animação, nem mesmo por causa dela.

— Que diabos você estava fazendo, Pip? Você nunca dirigiria de salto alto! E enviando *mensagens de texto*? Isso não parece nada com você.

Ele agarra o lençol da cama.

— Você *estava* deprimida, meu amor? Isso é minha culpa? Meu Deus, eu fiz isso com você?

Um par de mãos invisível desliza em volta do pescoço de Steve e aperta, mas ele se força a falar.

— Tenho estado distante de você. Alheio. Sei que tenho. E você precisava mais de mim. Mas, em algum lugar ao longo do caminho, fiquei sem paciência, Pip. Eu vi isso acontecer. E me odiei por isso. Mas nunca deixei de te amar! Você sabe disso, não sabe? Ai, meu Deus, Pippa, me diga que você não fez isso a si mesma.

Lágrimas quentes caem agora, nublando sua visão.

— Acorde, meu amor. Acorde e me diga o que estava passando pela sua cabeça. Preciso entender! Fale comigo, Pippa! Não consigo viver sem você.

Zumbido, bipe, clique, respiração.
Zumbido, bipe, clique, respiração.

JUNHO DE 2010

Steve

Depois de estender a barraca, banquei o bom escoteiro e bati de leve quatro pinos nos cantos.

— Certifique-se de prender a barraca agora mesmo, ou você vai acabar cantando *Let's Go Fly a Tent*[28] em vez de *Let's Go Fly a Kite!*[29] — disse para Pippa. Ela adorava *Mary Poppins*, podia recitar todos os diálogos, por isso, fiquei encantado com a minha habilidade de fazer esse trocadilho. — Então estará pronta para a fase dois: elevar a estrutura.

— Parece uma cena deletada da Bíblia — observou ela secamente.

— Ignore as instruções — continuei — e sempre leve o dobro dos pinos de que você precisa. Pinos nunca são demais.

Enfiei os bastões pelas laterais com facilidade, com habilidade. Eles deslizaram sedosamente, como uma faca quente na manteiga. Foi incrivelmente satisfatório. Em seguida, agachei-me para desenrolar a parte interna e, depois, prendi-a nos ganchos correspondentes para poder rastejar para dentro.

— Espero não estar entediando você — comentei lá de dentro, antecipando que a resposta seria uma negativa gentil, porém, resoluta. Mas não houve resposta alguma. — Pip? Pippa?

— Quem vai querer uma vodca com tônica? — ouvi-a perguntar, e subiu um aplauso de campistas, com toda certeza mais felizes do que quando chegamos.

---

[28] Barraca. (N.T.)
[29] "Vamos soltar pipa." (N.T.)

— Ainda vou de cerveja aqui, obrigado! — gritei, lembrando-a de modo sutil de que também continuaria na nossa barraca.

Amarrei nossos itens básicos — rolo de papel higiênico, pão, bacon, ketchup, lenços umedecidos, analgésicos — em uma trança de sacos plásticos e os arrumei no chão da nossa varanda, a uma pequena distância da borda da barraca, para mantê-los o mais secos possível. Por fim, estendi os tapetes de espuma, depois nossos sacos de dormir, que juntei para formar uma cama de casal. Se ao menos eu tivesse uma rosa ou um chocolate de luxo, como em um hotel, para dar um toque final…

Inclinei-me para trás, de modo que minha cabeça ficasse do lado de fora, e acariciei um pequeno trecho de grama. *Ali estava*, uma pequena flor amarela inclinada para o sol. Podia ser um botão-de-ouro, eu não tinha certeza. Olhei para o acampamento — cúpulas brilhantes de lona, todas as cores do arco-íris, estendendo-se até o horizonte — e senti um pouco de pena das colônias de flores silvestres e insetos que seriam dizimados pelos quatrocentos mil pés que estavam prestes a esmagá-los. Então, arranquei a florzinha de seu canteiro de ervas daninhas e a coloquei no travesseiro inflável de viagem de Pippa.

Embora a ideia de um festival enorme como Glastonbury fosse assustadora, eu estava animado com o elemento acampamento. Imaginei Pippa e eu acordando confortavelmente ao nascer do sol, antes de acender o fogão portátil para preparar uma mistureba na frigideira. Algumas semanas atrás, quando eu trouxe um pacote variado de minicereais para adicionar aos nossos suprimentos, ela ficou fora de si de alegria, e eu estava convencido de que havia encontrado minha companheira de mochila. Mas, agora que estávamos ali, parecia que estabelecer uma base era de importância secundária para começar a festa. O mesmo aconteceu com o restante do nosso grupo, que estava sentado em círculo entre montes de bagagem, sacos de dormir empacotados e uma caixa térmica aparentemente sem fundo cheia de bebida. Parecia ter sido decidido unilateralmente que tudo precisava ser consumido o mais rápido possível, e a gangue estava detonando as bebidas alcoólicas que haviam sido contrabandeadas dentro de garrafas de água vazias.

Não havia dúvida do meu talento para montagem de barracas, mas isso não era descolado. E os festivais de música, ao que parece, tinham a ver com ser descolado, despreocupado e um pouco loução, em vez de habilidoso em acampar. Eu tinha me vestido, pensei sensatamente, para o ar livre, em fleece, impermeável e borracha. As amigas de Pippa trocaram o guarda-roupa habitual pelo visual Glasto: variações de paetês, purpurina e coletes rasgados para revelar um aparente amor pelos Ramones e Led Zeppelin. Até mesmo Gus havia trocado seus pretos justos por uma camisa havaiana aberta. Todos eles também passaram por pequenas transformações de caráter, tons anuais de personalidade que floresciam todo mês de junho. A Tania versão Festival, em vez de contar sobre todos os homens com quem estava saindo, passou a listar todas as bandas e DJs que ela já tinha visto, o que parecia ser todas as atrações do line-up.

"Espero que toquem alguns lados B", ela havia dito, sobre uma banda da qual eu nunca tinha ouvido falar. "Não apenas aquele popzinho lixo."

Quanto a Jen, sua metamorfose ocorrera nos últimos meses, quando ela parou de atuar, saiu de Londres e voltou para casa. Reconectar-se com seus amigos de Bristol a ajudou a florescer, e agora ela era capaz de acompanhar o ritmo competitivo da gangue do drama. Como se para nos lembrar de que ela era uma criatura diferente da garota tímida e arisca que conheci três anos antes, ela apareceu vestida como um estegossauro.

Pippa não fingia ser outra pessoa ou saber mais sobre música do que eu. Sua única preocupação era que todos se embebedassem e brilhassem. Estava aplicando glitter nos rostos de cada um de seus amigos, muito compenetrada, como se tivesse encontrado sua verdadeira vocação.

— Tudo montado — afirmei, tentando entrar no círculo.

Pippa me abraçou como se estivéssemos separados há semanas.

— Você é o máximo! Como tive tanta sorte? Meu namorado inteligente.

Eu adorava quando ela me chamava assim, em especial para outras pessoas. Eu me enchia de orgulho, sentindo-me sortudo, sexy, legal — e, agora, inteligente.

Sentei-me entre Pippa e um novo conhecido: um hippie desgrenhado chamado Jacob, que poderia ser um amigo de Jen ou um aleatório que se infiltrou em nosso acampamento-base. Ele tinha um ukulelê debaixo do braço e parecia alguns anos mais velho que o restante de nós.

— Boa, cara — elogiou ele.

— Uau, Steve — disse Tania por trás de um enorme óculos de sol. — Você fez isso tão rápido!

— Isso é porque peguei um gênio do acampamento — afirmou Pippa, apertando minha mão.

— Você com certeza pegou. Estou impressionada. — Um elogio de Tania costumava ser seguido de um pedido. — Pode montar a minha? Tentei uma vez, mas foi impossível.

Eu podia sentir os olhos de Pippa piscando em minha direção. Eu sabia que em geral ela responderia a Tania "Monte a sua própria barraca!".

Mas isso não se encaixaria bem com o clima atual.

— Claro — respondi.

— Tome uma dessas. — Jen tirou uma lata de Red Stripe da caixa térmica. — Ainda está bem gelada. — Ela abriu para mim; desnecessariamente, mas fiquei grato.

Rolei o conteúdo da grande mochila de Tania na grama. Não demorei muito para perceber por que ela nunca tinha conseguido montar a barraca sozinha, e não era só porque achava que o mundo estava em dívida com ela: não era uma barraca, era uma tenda mongol.

As instruções diziam que era um trabalho para no mínimo duas pessoas e ilustravam isso com três personagens desenhados com linhas, rostos vazios de concentração. O tipo de pessoas desenhadas que fazem coisas assim com facilidade. Olhei para meus colegas campistas — atores, maconheiros, um estegossauro — e decidi que seria melhor tentar sozinho.

Demorou um pouco, mas consegui levantar a estrutura esticando meu corpo em formas que só tinha feito em um jogo de Twister.

— Deixe-me ajudá-lo, Steve — disse Pippa, pousando um pincel glitter antes de tirar outro da nécessaire e praticamente sem sair de onde estava sentada. — Você se beneficiará do uso de duas sombras, Jen. Vai destacar os raios avelã em seus olhos.

Felizmente, adoro uma tarefa solitária ao ar livre que você pode realizar com uma cerveja na mão. Era algo que eu via meu pai fazer muitas vezes nas férias de verão. Ele lavava o carro, regava o jardim, limpava as calhas. Se havia trabalhos tipo faz-tudo que precisavam ser executados, ele tinha a desculpa perfeita para ficar um pouco bêbado.

Uma lata de cerveja depois, e a tenda de Tania estava pronta. Amarrei as abas da entrada com um floreio, animado pelas endorfinas do trabalho braçal. Houve uma pequena salva de palmas.

— Steve resolve-tudo! — Gus exclamou, com uma pitada de mordacidade.

— Steve resolve-tudo! — ecoou o refrão, e o apelido pegou.

— Você pode montar a minha? — Jen perguntou.

Logo se tornou tácito que Steve, do tipo Steve resolve-tudo, iria armar as barracas de todos.

— Tem certeza de que não posso te ajudar? — Pippa perguntou entre as transformações. — Não quero que você sinta que está aqui para trabalhar. Eu quero que se divirta. — Mas eu parecia uma máquina de montar barracas. Despeje o material, pino leve, enfie os bastões, levante a estrutura, pino pesado, barraca interna, prenda tudo junto, verificação final, repita.

Meu último trabalho foi uma barraca à moda antiga, do tipo com bastões grossos e resfriados que ficavam em pé no meio. Tinha um tom verde militar desigual e desbotado, e poderia ter visto muitas guerras. Não havia instruções, mas eu não precisava de nenhuma — a tarefa se tornou intuitiva. Assim que terminei, arrastei-me para dentro. As paredes eram morbidamente fascinantes, cobertas de manchas antigas como uma pintura rupestre nojenta. Cheirava como se algo tivesse morrido ali. Algo morrera *de verdade*; vários seres, aliás. Era como um necrotério para insetos. Varri os restos mumificados de inúmeras formigas, aranhas e uma abelha em minha mão, e, então, coloquei a cabeça para fora.

— De quem é esta barraca? — perguntei, esperando que fosse a de Gus. Eu o envergonharia mostrando a todos o meu punhado de artrópodes ressequidos.

Houve alguns "não-sei" e então Jacob disse:

— Pode ser minha.

O fato de não saber se era sua barraca ou não dizia tudo sobre ele. Eu tinha certeza de que ele não se importaria com os insetos ou as manchas ou o cheiro, então, não disse nada, além de "Está montada".

Jacob estendeu os braços como se estivesse louvando ao Senhor.

— Obrigado, irmão. — Foi ao mesmo tempo sincero, estudado e extremamente irritante. Caiu cinza da ponta do baseado entre seus lábios enquanto ele falava.

— Steve resolve-tudo! — Gus exclamou mais uma vez, imitando o falar arrastado de maconheiro de Jacob.

Eu podia sentir aquele pinicar da sujeira de outra pessoa em mim, seus odores se misturando aos meus. As cervejas e meu brunch de bolovos no caminho já estavam saindo pelos meus poros, como se tivéssemos passado três noites ali. Uma hora após a chegada era cedo demais para tomar banho? Ainda não haveria filas nem contagiosas verrugas plantares — e ouvi dizer que os ralos ficariam entupidos com toda matéria humana concebível até o término do fim de semana.

— Tome, você merece isso. — Jen me entregou outra cerveja. Estava quente por causa do sol do fim da tarde, mas esvaziei metade como se fosse água, até que começou a ter um gosto ruim.

Pippa estava mexendo em uma sacola contendo perucas e tirou uma afro laranja neon.

— Para você, Steve.

— Ah, não, não preciso disso — falei, enquanto minhas mãos cobriam minha cabeça defensivamente.

— Claro que você não *precisa* de uma — ela disse, afastando meus braços indefesos e puxando o náilon sobre meus olhos. — Mas você precisa, sim, disso...

Ela tirou algo pequeno da bolsa, não consegui ver o que era, e empurrou no meu rosto. Pela maneira como fazia cócegas nos cantos da minha boca, percebi que agora tinha brotado um bigode tipo guidão.

— Pronto! Perfeito! — Ela se inclinou para me beijar, mas pensou melhor, apertando minhas bochechas. — Você é meu herói, Steven Gallagher. Sabe disso, não sabe?

Apesar de toda a empolgação, das bebidas e das drogas, estava estranhamente pacífico aqui no nosso pedaço de gramado. Era a calmaria antes da tempestade. Além de um grito ocasional ou de um frisbee assobiando no alto, estávamos envoltos em um útero de som; uma cacofonia monótona composta de milhares de vozes murmurantes e o pulsar abafado de um baixo nos alto-falantes distantes. Do nosso ângulo, dava para ver o pico prateado do palco principal — a nave-mãe das tendas — e o fluxo constante de corpos subindo a colina em direção a ele, como tropas sendo enviadas para a batalha em galochas e jaquetas. Havia uma lacuna ocasional nas fileiras, onde uma figura minúscula se separava da marcha para uma cambalhota ou abraçava descontroladamente alguém que conhecia.

— Glasto, cara — disse Jacob, seguindo meu olhar. — É um estado de espírito. — Ele se levantou e se retirou para sua tenda.

Quando voltou, seu estado estava alterado. Ele não se sentou outra vez, mas começou a dançar irrequieto sem sair do lugar, os joelhos robóticos acompanhando o ritmo da paisagem sonora do acampamento, dedilhando seu ukulelê em uma batida tribal que meus ouvidos não conheciam. O vento mudou e trouxe consigo um novo ruído: o zunido reverberante de guitarras elétricas sendo testadas na passagem de som. A chamada do festival. Em um acordo silencioso, terminamos nossas bebidas, limpamos a grama empoeirada de nossos traseiros e nos juntamos à peregrinação ao palco principal.

A caminhada pelo campo nos conduziu com suavidade rumo a um vale abaixo, onde nosso ritmo diminuiu enquanto a multidão à frente era afunilada por uma área densa e arborizada. De ambos os lados, exuberantes colinas verdes inclinavam-se para o límpido céu azul. O sol brilhara o dia todo, e o solo sob nossos pés havia secado o suficiente para que você pudesse sentar sem uma esteira ou casaco. Enquanto esperávamos algum movimento na massa de chapéus, bonés, perucas e bandeiras à frente, senti minhas galochas grudarem na lama revolvida de modo inesperado. A terra estava sendo arada pela multidão de passos.

Houve um zumbido de excitação no bosque ensolarado à medida que a música antes distante aumentava. O cheiro de cebola frita flutuava no ar. Fomos espremidos mais juntos quando chegamos num trecho adiante. A música tocava nos alto-falantes escondidos nas árvores, mas ninguém estava dançando, nem mesmo Jacob, que parecia tenso.

— Quem está tocando? — perguntei para Tania, pensando que devíamos ter chegado a um dos palcos secretos no bosque sobre os quais ela comentara com euforia no acampamento.

— O quê?

Gesticulei para as árvores musicais, onde presumi que o DJ pudesse estar escondido atrás de algumas folhas.

— Isso é segurança — disse Pippa.

Não é à toa que Jacob parecia tenso. Ele deu um tapinha nervoso nos bolsos de sua jaqueta jeans, então tirou dois punhados de saquinhos, cheios de pó. Com a prestidigitação de um mágico não certificado em luvas de esqui, ele os enfiou na frente de sua cueca. Ele me viu olhando e piscou. Nos portões de segurança, cansados residentes de Glastonbury marcavam presença, com jaquetas de alta visibilidade e sorrisos forçados. Eles estavam tentando ser pacientes e parecer acolhedores, mantendo um ar de autoridade sobre os jovens que passavam, alguns dos quais tentavam cumprimentá-los, até mesmo acariciar seus rostos, sob o efeito de qualquer substância que tivessem consumido no trajeto.

Fui revistado brevemente e, em seguida, fizeram sinal para eu passar. Jacob era o próximo da fila. Coloquei alguns metros de distância entre nós antes de me virar para ver como ele se sairia.

— Tudo bem, chefia? — perguntou Jacob ao homem no portão. Então, afastou bem os pés calçados com sandálias, estendeu os braços e colocou as mãos atrás da cabeça como se estivesse sendo preso — o que talvez em breve fosse mesmo acontecer. Quando lhe deram um leve tapinha superficial nos bolsos de sua bermuda, fiquei surpreso ao ouvi-lo dizer: — Desça mais. Um pouco para a esquerda. Está ficando quente. Mais quente... — Ele estava dando orientações ao cara, mostrando-lhe o caminho para as drogas que se concentravam em torno de sua virilha!

Por incrível que pareça, arrancou apenas um sorriso do segurança e foi liberado para se juntar ao restante de nós.

— Vamos comer alguma coisa? — perguntei. O cheiro de cebola frita estava me fazendo salivar.

— Comer é trapaça! — gritou Tania.

— É tarde *demais* para comer agora — disse Gus.

Olhei para o meu telefone: eram sete e quinze.

— Pip?

— Não estou com fome. — Ela sorriu para mim, um pouco culpada. — Mas pegue algo para você.

Uma grande aclamação veio do campo ao lado, e nosso ritmo acelerou junto às hordas que entravam na arena. Ao sermos empurrados por um corredor cheio de food trucks — um verdadeiro festival de comida — ouvimos os primeiros acordes sendo tocados pela primeira atração. Ficou claro que não iríamos parar. Hambúrgueres, burritos, pizzas, macarrão, churros, batatas fritas, tudo sumiu na distância quando o grande Palco Pirâmide se ergueu diante de nós.

Nenhum de nós — nem mesmo Tania — conhecia a banda que se apresentava no palco, mas isso a tornava ainda melhor. Não estávamos esperando por uma música que conhecíamos do rádio, apenas curtindo cada música pela primeira vez. Não foi nada como os poucos shows a que eu assistira ao longo dos anos. Aquilo ali era mais comunitário: um mar de pessoas movendo-se como uma só, esvaziando os pensamentos e não se preocupando em parecer descolado. Bem, Tania e Gus podem ter ficado preocupados com a própria aparência, mas o local estava tão lotado que não precisei olhar para eles.

Tudo o que eu conseguia ver era a nuca de Pippa, e eu estava feliz ali. Enterrei o rosto em seu cabelo, respirando seu xampu. Por um momento, não havia multidão, apenas eu e ela. Eu podia largar meu peso nos ombros que nos cercavam. Balançamos assim por um tempo, juncos mantidos à tona pela multidão ondulante. A cabeça de Pippa pendeu para trás no meu peito. Ela sorria sonhadoramente. Beijei-a, e um pequeno fragmento de glitter cintilou de sua bochecha para a minha, capturando a luz do sol poente. Isso, afinal de contas, poderia funcionar para mim, esse papo de festival, pensei. Nenhuma bebida, nenhuma droga poderia tornar este momento mais perfeito. Eu não precisava de mais nada.

Toda a ondulação começou a me fazer precisar do banheiro, no entanto. Eu não queria por nada neste mundo quebrar a magia, mas não tinha como sumir até o banheiro e retomar a pose.

— Pip?

— Mm, boa música, não é?

— Preciso fazer xixi.

— Faz aqui.
Eu ri, mas ela estava falando sério.
— Onde?
— Na garrafa.
— Nossa garrafa de água?
— Acho que sim.
— Mas tem nossa água nela.
— No chão, então. Você é um menino, é fácil.

Ela se desvencilhou de mim e se inclinou um pouco para a frente, como se quisesse me dar espaço.

— Ok. Aqui vai.

Pensei em como isso funcionaria: discretamente, eu abriria o zíper, me agacharia de leve e apontaria para baixo. Mas eu conseguiria? Enquanto ensaiava isso na minha cabeça, a banda aumentou o ritmo, a multidão aumentou sua resposta e fui empurrado para o lado por uma onda dançante entusiasmada à minha direita, esbarrando em uma garota vestida de macacão à minha esquerda.

— Desculpe!
— Não se preocupe, cara — replicou ela, embora eu duvidasse que ela seria tão compreensiva se tivesse visto que eu estava com o pau na mão.

A ansiedade aumentava minha urgência de ir ao banheiro.

— Eu vou — disse a Pippa. — Você fica aqui.
— De jeito nenhum! Não podemos nos separar, nunca vou encontrar você.

A turma ouviu isso e, de repente, minha bexiga se tornou uma fonte de grande interesse.

— Steve está saindo para fazer xixi, pessoal.
— Você tem que mijar, hein, Steve?
— Você vai ao bar?
— Não, ao banheiro.
— Os banheiros ficam perto do bar.
— Vai estar lotado.
— Posso lhe dar dinheiro para me trazer sidra?
— Vão conseguir encontrar o caminho de volta numa boa?

— Se nos perdermos, podemos ligar para vocês — falei, ansioso para seguir em frente. Se eu soubesse que isso causaria tanta discussão, teria saído de fininho sem dizer nada.

— Improvável — afirmou Jen, mostrando-nos a tela do telefone. — Esta é uma área sem sinal.

— Devemos arranjar um ponto de encontro se alguém se perder — Pippa sugeriu. Ela examinou o horizonte, aparentemente calculando nossa latitude e longitude. — Onde estamos agora?

— Sem sinal! — Jacob exclamou, inutilmente.

— Ali — disse Pippa, apontando para um poste alto a poucos metros de distância. Uma bandeira com uma caveira amarela sorridente e ossos cruzados tremulava no alto. — Estamos alinhados com aquela bandeira, aquela placa de saída de emergência e o grande alto-falante à direita do palco.

Fiquei impressionado com suas habilidades de orientação. Ela ainda virava na direção errada do metrô de East Acton quando ia para nosso novo apartamento, mas agora estava identificando com confiança a localização em um campo do tamanho de Berkshire.

Ela pegou minha mão e caminhamos em fila indiana pelo tumulto, pedindo desculpas conforme avançávamos. Quando a banda terminou a música seguinte, a última do setlist, houve uma virada na maré. Não estávamos mais tentando abrir caminho contra a correnteza, e sim sendo arrastados por uma enxurrada de pessoas, todas se dirigindo aos banheiros.

Oito minutos em uma fila masculina que serpenteava em torno de um labirinto de cercas forradas de juta e comecei a entender do que Jacob estava falando, esse estado de espírito de Glasto. Tentei respirar o mínimo possível — inspirações curtas pela boca —, mas ainda podia sentir o sabor do coquetel de amônia e vinagre acre dos cochos que se passavam por vasos sanitários. Tentei não olhar para baixo ao urinar em um círculo sem assento, uma escotilha para os horrores de um fundo do mar químico.

— Aposto que foi um alívio — disse Pippa, que me aguardava ao segurar com habilidade cerca de seis grandes canecas de plástico.

Dei um suspiro profundo, aliviado em todos os sentidos da palavra, e senti o oxigênio retornando ao meu sangue.

— Foi uma experiência e tanto — comentei. — Da próxima vez, faço no chão.

Entramos de novo na órbita da Pirâmide, ainda mais movimentada agora que a próxima atração se apresentava. Com o crânio feliz e os ossos cruzados à vista, segui Pippa, que liderava o caminho com as canecas diante dela como uma espécie de limpa-neves, encontrando brechas na multidão.

— Ainda atrás de mim, Steve?

— Quase — gritei de volta. — Derramando a maior parte.

— Eu também.

Eu tinha dúvidas de que voltaríamos a encontrar nossos amigos, mas, quando nos aproximamos da bandeira, lá estavam eles — alinhados com o mastro, o sinal de saída e o alto-falante. O penteado estegossauro sendo um ponto de referência pontiagudo.

— Ei, vocês conseguiram!

— Steve resolve-tudo ataca novamente!

Nossos pulsos estavam pegajosos com a sidra derramada, mas a turma ficou muito satisfeita por ter-lhes sido entregues três quartos de *pints*. Na verdade, ficaram supersatisfeitos em nos ver; quase em êxtase. Jacob fingiu lutar comigo de brincadeira, desferindo um soco de boxe no topo do meu braço; Tania nos deu um abraço que parecia genuinamente caloroso; até mesmo Gus não parecia infeliz com a minha presença.

— Obrigada, Stee-vie — disse Jen, radiante. Seus olhos eram só pupilas, um pouco como as ovais pretas esticadas da cara sorridente esvoaçando acima de nós.

Também fomos recebidos por uma nova amiga, que chegou como uma sereia de lantejoulas. Outra amiga de Jen?

— Oi! — cumprimentou ela, muito animada.

— Amei sua fantasia! — Pippa gritou para ela acima do volume da música.

Elas se abraçaram e a mulher sereia meio que dançou para nós, então meio que dancei de volta. Uma garrafa de plástico contendo uma bebida de um vívido laranja estava sendo passada. A sereia me ofereceu.

— Ponche? — perguntei, ao que ela mais ou menos assentiu.

Tomei um gole sem deixar a garrafa tocar meus lábios. Era picante, como um drinque feito com vitamina efervescente. Não é bem um substituto para o jantar, mas uma boa oportunidade para me fornecer um pouco de eletrólitos, então, despejei um pouco mais na minha boca aberta. Um bocado mais.

— Opa, já chega! — A sereia pegou a garrafa de volta da minha mão.

— Desculpe. — Eu esperava que alguém não tivesse feito xixi nela, como Pippa havia sugerido para mim mais cedo, e depois a tivesse passado em volta pregando uma peça. — Hã, o que é isso?

Ela pensou sobre isso por um segundo.

— Fanta.

— Ah. Obrigado — agradeci. — Eu não tomava Fanta havia séculos.

— Principalmente Fanta — disse ela, e se foi preguiçosamente.

— Quem era? — perguntei a Pippa.

— Sei lá! Ela não estava incrível? — Pippa tinha bebido um pouco de "principalmente" Fanta também, e agora todo o seu rosto havia mudado.

O que vai acontecer comigo?, pensei. Estou prestes a ficar chapado com drogas ilegais?

Olhei para a caveira sorridente e os ossos cruzados. Pode ter sido uma ondulação da bandeira na brisa, mas eu tinha certeza de que de ele piscou para mim.

— Você está bem? — perguntou Pippa. — Está se divertindo?

Eu não queria demonstrar minha tensão por ter bebido o coquetel da estranha, então, tentei parecer relaxado.

— O que você acha que tinha naquela garrafa?

— Ecstasy, talvez? — sugeriu Jen.

— E você bebeu um pouco também? — confirmei com Pippa.

— Sim. Não se preocupe. Ela era uma sereia boazinha.

— Você acha que estou chapado?

Pippa riu, depois acariciou meu rosto.

— Talvez por causa do açúcar.

Eu não tinha referência para essas sensações. Minhas pernas pareciam um pouco bambas, mas podia ser fome. Eu podia ver a luz cintilar na minha visão periférica, mas poderia ser de fato a iluminação, que era cintilante e estroboscópica e ficava mais visível à medida que a luz do sol ia sumindo, prendendo nuvens de fumaça em seus raios.

Eu estava esperando que fôssemos passar a noite ali. Encontráramos um lugar com uma boa vista do palco, e mais tarde subiu o Muse, uma banda da qual eu tinha ouvido falar. Mas a turma queria dançar, e Tania estava encabeçando uma mudança para uma tenda de dança. Enquanto caminhávamos, ela listou os DJs que sabia que tocariam. Havia vários chamados Dave e "too many DJs", pelo jeito.

— 2 Many DJs?[30] Animal! — gritou Jen.

— DJs nunca são demais, né? — perguntei.

— Steve, você fez uma piada! — Pippa disse, rindo.

— Fiz, é?

Um dos DJs demais tinha seu posto num bar, o seguinte num riquixá; mais adiante, um homem de dreadlocks que parecia ter acabado de sair de sua casa na floresta batucava um bongô, levando os transeuntes ao frenesi.

Logo, fomos arrastados para um redemoinho de pessoas, todas entoando: "Só há um Jerry Baskets". A princípio, presumi que Jerry fosse um DJ, porque nosso grupo começou a cantar junto, mas parecia que ele poderia ser um garoto comemorando seu aniversário no meio de um grupo de amigos adolescentes. O canto logo se tornou uma conga, para a qual fui arrastado à força. Pippa, alguns corpos à minha frente, espiou por cima do ombro para verificar se eu ainda estava com eles.

Quando a fila da conga acabou, procurei por ela. Não estava na minha frente. Olhei para trás, mas também não estava lá. Virei-me outra vez, meus olhos se esforçando para encontrá-la, mas as luzes de fada penduradas entre as árvores ao redor só serviam para iluminar a todos com um crepúsculo salpicado.

— Pippa?

Verifiquei meu telefone: nenhuma chamada perdida, nada de sinal. Levantei a voz:

— Pippa?

---

[30] Em tradução literal, "DJs demais". Trata-se, entretanto, de um dos codinomes dos irmãos belgas David e Stephen Dewaele, do Soulwax, na sua fase de música eletrônica. (N.T.)

"*Pippa?*", alguns garotos, provavelmente amigos de Jerry Baskets, me arremedaram. Eles riam e, de repente, percebi um reflexo de mim mesmo pela forma como me imitavam: uma criança que perdeu os pais no meio do supermercado.

Decidi que minha melhor aposta era seguir na mesma direção que os meninos, embora os seguisse a uma pequena distância para que eles não pensassem que eu estava procurando uma briga depois do sarro que tiraram. Os rostos pelos quais eu passava começaram a adquirir a aparência de gárgulas: alguns entortando a cara com caretas, outros rindo loucamente, bocas com gloss se abrindo em sorrisos cruéis de Gato de Cheshire. Casacos e chapéus confortáveis há muito haviam sido arrancados, deixados para serem pisados na lama junto a incontáveis saquinhos de drogas vazios. Comecei a ficar irritado. A fome, a cerveja, o abandono — tudo aquilo criava uma mistura nada saudável. Por que eu tinha concordado em vir? Estar com Pippa, claro, vivenciar tudo isso com ela; mas era óbvio desde o início que eu acabaria ficando de fora. Imaginei que ela já tivesse desistido de me encontrar. Estaria em outro nível agora, com seus amigos usuários de drogas, feliz em me deixar para trás, livre para chapar o coco junto a todos os outros sem ter que ficar bancando a babá do namorado careta e chato.

Preso em meu devaneio de baixa autoestima, acabei indo parar em uma das famosas tendas de dança, que não era de fato uma tenda, apenas um enxame de corpos se contorcendo. Poderíamos estar dentro ou fora, eu não sabia dizer, não conseguia ver o céu por causa dos lasers verdes que projetavam listras no alto. Eu me espremi entre a confusão, forçando minha passagem, procurando chegar ao longo bar do outro lado. Talvez Pippa estivesse me esperando lá.

Quando consegui passar ziguezagueando, estava ensopado com o suor de mil estranhos. Foi profundamente desagradável. Nem meu casaco de chuva conseguia me manter seco. Olhei para a fila, que tinha seis camadas ao longo do bar movimentado. Na ponta dos pés, inclinei-me da direita para a esquerda, meus olhos esforçando-se para avistar o cabelo de Pippa entre a multidão. Eu nunca iria encontrá-la ali. Senti como se queimasse, então, tirei a jaqueta. No mesmo instante, ela foi arrancada das minhas mãos.

— Ei! — gritei, enquanto ela voava pelo alto das cabeças das pessoas como se tivesse ganhado vida própria. Tentei seguir seu voo, mas estava fora de alcance, depois fora de vista, e logo foi seguida por mais roupas — um chinelo, um top de biquíni —, depois uma bandeira da Inglaterra e uma bola de praia. Um êxodo de objetos inanimados surfando na multidão.

A saída mais próxima me cuspiu em um caminho de borracha, que parecia estar serpenteando em direção a uma placa que dizia: SAÍDA DE EMERGÊNCIA PARA TRAILERS. Provavelmente, o caminho errado, mas eu arriscaria. Preferia caminhar pelo perímetro do festival a me submeter a outra volta e enxágue no lava-jato que era a tenda de dança.

Quando virei a esquina, meu caminho foi bloqueado por um casal se atracando, alheio — ou indiferente — ao fato de que agora eu estava a centímetros deles. Os dois continuaram a se chocar contra a cerca enquanto eu lhes dava um amplo espaço, tentando não olhar. Não pude deixar de notar a cueca boxer do rapaz, no entanto, que havia sido puxada abaixo de uma bunda nua. Eles não estavam *fazendo aquilo*, estavam? Uma galocha na altura da panturrilha passava pela parte de trás das pernas do rapaz, onde ficou pendurada por um momento. Ao captar a luz, brilhou no mesmo tom de azul-escuro que a de Pippa. Agora eu os observava de maneira descarada, e um doloroso calafrio me percorreu quando uma mecha ondulada de cabelo sem cor tornou-se ruiva ao girar para a luz fraca. Um milhão de pensamentos absurdos passaram pela minha cabeça, do histérico ao homicida, e me senti enjoado e tonto. Virei a cabeça para a frente e caminhei o mais rápido que pude, cambaleando, envergonhado. De repente, eu estava com medo de onde Pippa poderia terminar esta noite, de com quem ela poderia acabar. Eu confiava nela, mas parecia que não estávamos mais no mundo real, onde as regras normais se aplicavam. Esse pessoal fazia eu me sentir velho e, embora fosse soar patético para eles, um pouco assustado. A criança que estava perdida no supermercado tinha acabado de entrar em um parque de diversões escuro onde os brinquedos eram todos trens-fantasmas e casas malucas saídas de um pesadelo, e não havia um adulto responsável à vista.

Encontre uma pessoa mais velha, pensei. Alguém confiável. Alguém como essa...

— Com licença — perguntei a uma mulher que estava enchendo um cantil de água. — Como chego ao Palco Pirâmide?

— A Pirâmide? — Ela pensou por um momento. — Hum. Philip?

Um homem saiu de trás dos banheiros químicos para se juntar a nós. Presumi que os dois estavam prestes a se retirar para um dos trailers. Eles deviam ter mais ou menos a mesma idade que meus pais (que, neste momento, estariam dormindo depois de um jantar de peixe na sexta à noite).

— Para que lado fica a Pirâmide? — ela perguntou.

— Ah. Essa eu sei. Nós viemos de lá. Mas acabei de tomar um monte de ácido.

— Philip! — ela exclamou, antes de estender a mão. — Me dá um pouco. — E desapareceu atrás dos banheiros.

Philip ficou onde estava, olhando através de mim, ou dentro de mim. Eu não sabia o que dizer, então, não disse nada e recuei até que ele retrocedeu na escuridão.

A Pirâmide, quando enfim a encontrei, conseguia estar ainda mais apinhada do que antes e também mais barulhenta. Esforcei-me para procurar nosso local de encontro, mas o ar estava denso de fumaça. Mesmo que eu conseguisse passar pela multidão me espremendo e encontrar a bandeira do rosto sorridente, será que Pippa estaria esperando lá? Não. Ela estava perdida na noite e eu tinha de libertá-la. Era um sinal, decidi, um aviso do Fantasma dos Festivais Futuros de que eu apenas não pertencia a este lugar.

— Vou procurar a barraca, me refrescar com lenços umedecidos e chorar um pouco — avisei em voz alta. — Isso vai me recompor. — O pensamento de chorar até dormir enquanto não tão longe dali o festival bombava até altas horas me trouxe uma espécie de consolo masoquista, mas eu não tinha muito mais a que me agarrar.

Mais à frente, o caminho se abria para uma clareira. Algumas pessoas estavam reunidas em pequenos grupos, ou cambaleando sozinhas, em uma área enfumaçada onde a música era mais tranquila, mais reconhecível. A fumaça era de churrasco, e fiquei surpreso ao sentir o cheiro de algo maravilhoso e convidativo nela. Os food trucks estavam a toda.

— Ainda estão abertos? — perguntei a um cara que tomava café atrás da grelha de uma van de hambúrguer gourmet.

Ele olhou para mim como se dissesse: "Não brinca, Sherlock".

Claro que estavam; logo estariam recebendo uma enxurrada de roqueiros e ravers bêbados, tardiamente enchendo seus estômagos com hambúrgueres, batatas fritas e kebabs. Meu nariz detectou o cheiro de acidez e picância de comida tailandesa, e fui irresistivelmente atraído por um food truck anunciando pad thai. Senti uma pontada de arrependimento por Pippa não estar lá; a comida tinha um sabor melhor quando eu podia apreciá-la com ela.

— Steve? — A voz era baixa e abafada pela boca cheia de comida. Pippa estava sentada em um fardo de feno baixo, com os joelhos quase na altura dos ombros, segurando um garfo de madeira enfiado em uma caixa de papel com macarrão. Em um instante ela se levantou e, depois, pisou nos meus pés quando nos chocamos em alta velocidade.

— Estive procurando você por toda parte — disse ela, deixando cair um pedaço de amendoim mastigado na minha camiseta.

— Eu também — falei e senti uma lágrima cair a uma curta distância do meu rosto, misturando-se com o suor em seu pescoço. Consegui suprimir uma fungada, mas ela se afastou e fixou o olhar em mim.

— Você está bem?

Fiz que não com a cabeça, incapaz de expressar como estava feliz por encontrá-la e como me senti culpado por duvidar dela.

— Desculpe — consegui dizer.

— Ai, meu amor — disse ela, as lágrimas acrescentando um brilho ao glitter salpicado em suas bochechas. — Está se desculpando pelo quê?

— Por ser chato. E não ser descolado.

— Você está brincando? — Ela empurrou a caixa de macarrão para minhas mãos, a fim de que ela pudesse gesticular o suficiente (isso nunca era falso — suas mãos faziam parte de sua fala tanto quanto sua laringe ou seus lábios) e deu batidinhas em suas têmporas como se para me mostrar onde seus pensamentos estavam sendo articulados. — Não há *ninguém* mais com quem eu preferiria estar aqui senão com você. Quando você estava montando as barracas, me senti tão orgulhosa de ser sua. Você não é como os outros, você é... você é... — Eu podia sentir o macarrão escorregando pelos meus dedos, mas não me importei. Queria que ela encontrasse as palavras. — Inspirador.

Sorri e ela retribuiu o sorriso. Eu nunca me cansava de olhar para a geografia de seu rosto.

— Desisti de tentar encontrar você — falei.

Ela atirou os braços em volta do meu pescoço e pousou a testa contra a minha.

— Nunca desista. Eu *sempre* encontrarei meu caminho de volta para você, Steven.

2 DE MARÇO DE 2019

07:39

Steve está parado junto à janela, abalado com a ligação. Ele sabia que estava por vir, mas nada poderia prepará-lo para a angústia que se derramou do aparelho, a dor pura de seu grito gutural, ainda zumbindo em seus ouvidos. Ele olha para o mundo lá fora, procurando conforto nas calçadas que se enchem com os passos das manhãs de sábado: funcionários do hospital chegando com garrafas de café; famílias visitando entes queridos; corredores vestidos de lycra e passeadores de cachorros usando galochas.

— Ding-dong. Serviço de quarto.

O enfermeiro Craig está segurando a porta aberta com uma perna enquanto carrega uma bandeja plástica de café da manhã.

— E tem uma coisa: pode não ser nenhum *cordon bleu*, mas sei por experiência própria que os flocos de milho são comestíveis. Então...

Ele abre a porta com uma batida do quadril e entra com um floreio.

— Hm — murmura, lançando os olhos ao redor do quarto. — Onde você vai fazer sua refeição esta manhã, senhor?

É claro que o único espaço adequado é a mesa ao lado da cama, mas Craig desliza pelo cômodo num movimento em forma de oito, fingindo procurar a melhor superfície.

— *Et voilà*.

Ele deposita a bandeja na mesa sobre a cama, arrastando-a pelas rodinhas, afastando-a de Pippa e trazendo a cadeira até ela. Steve não se move.

— Vamos, rapaz. — A voz de Craig suaviza. — Coma um pouco e vai se sentir outra pessoa.

Ele se aproxima e pega o braço de Steve com gentileza, conduzindo-o até a cadeira, como se ele fosse cego.

— Voltarei para verificar se você se alimentou um pouco. Coma só o que conseguir.

De repente, está agachado na frente de Steve.

— Está indo muito bem — incentiva ele, fitando-o diretamente nos olhos. — Estou falando sério. Siga em frente. Isso não é fácil, mas ela precisa de você.

Steve engole em seco, pego de surpresa pela sinceridade do homem. Ele assente, os olhos arregalados para evitar outro ataque de lágrimas. E, com isso, Craig se vai, a porta se fechando atrás dele devagar.

Com relutância, Steve pega a minicaixa de cereal e rasga o papelão ao longo da linha perfurada. Abre o pequeno saco plástico em seu interior e se força a tentar ingerir alguns flocos. Sua boca está muito seca, é impossível engolir. Cospe-os em um guardanapo de papel e o amassa. Cutuca o ovo mexido anêmico com o garfo. Ele se solidificou no formato da Itália, uma gota de fluido claro vazando da ponta da bota. Ele o empurra de modo distraído ao redor do prato de plástico arranhado. Não. Isso não dá. Passa para a torrada, que está fria e mole, e se dobra em sua mão como uma régua inquebrável. Determinado a não desapontar os outros, dá uma mordida, mastiga devagar, engole e repete o processo, cada bocado uma nova provação. Em seguida, retira o papel-alumínio do frasco de suco de laranja. Isso deve ajudar. Suco de frutas não tem erro, com certeza. Mas está enganado. O líquido queima sua boca, tão ácido que poderia ter vazado de uma bateria.

Ele percebe que sua mandíbula está doendo, não por causa da torrada de papelão, mas pelas horas de monólogo. Seu corpo está lhe dizendo para rastejar para a cama ao lado de Pippa e dormir por toda a eternidade, mas ele não pode, não deve. Como uma maratona de dança do período da Depressão, quando os casais bailariam sem parar até cair, escolhendo morrer de exaustão em vez de deixar seus pés pararem de se mover, ele não pode desistir. Deve encontrar ainda mais palavras para envolvê-la como um cobertor, para revigorá-la, para curá-la. Palavras que podem estar entrando por ouvidos surdos.

Mas agora Diana está a caminho. Outra voz para preencher o quarto com manifestações de amor.

Ao se deparar, enfim, com o nome dela na tela do celular, Steve teve de se afastar de Pippa, por instinto protegendo-a dos uivos animais de sua mãe. Seguiu-se uma explosão frenética de perguntas e interjeições ininteligíveis antes que ela desligasse de maneira abrupta, jurando estar lá dentro de uma hora.

Por favor, dirija com segurança, Steve mandou uma mensagem de texto para ela logo depois.

— Fiz a barba ontem, por causa do trabalho — conta ele para Pippa, acariciando o punho dela com o dedo, com cuidado para evitar que o adesivo transparente grude no soro intravenoso. — Sabe o que isso significa? Sua mãe vai dizer que pareço uma criança sem queixo. Sim, eu daria cerca de onze minutos.

Zumbido, bipe, clique, respiração.

— Ela vai adorar. Sou um alvo fácil. Será Natal de novo.

Ele ergue uma casca torrada bege, girando-a na luz como um joalheiro examinando um diamante raro.

— É, Craig estava certo. Sem sombra de dúvida, cem por cento certeza que *não* é nenhum *cordon bleu*.

Ele a coloca na boca, mastiga duas vezes e engole com rapidez. Então, ergue o frasco de plástico fluorescente.

— A você, meu amor. E a todos os cafés da manhã do nosso futuro. — Ele toma um gole, estremecendo à medida que a bebida desce.

Há uma comoção vindo do corredor. Ele olha por cima do ombro e vê uma mulher chorando do outro lado da porta. Ela se parece muito com o homem que chegou com a mãe, o sr. Redmond, exceto maquiagem traçando listras molhadas em suas bochechas. Ela arqueja, dobrando-se, antes que um braço consolador a envolva, impedindo-a de desmoronar. Steve não consegue desviar o olhar do retângulo de vidro — uma janela para o sofrimento da mulher. Ele observa enquanto Redmond coloca o outro braço em volta dela, puxando-a para um abraço apertado.

Redmond ergue a vista e pega Steve observando. Sua expressão é calma, impassível, até que seu foco muda para Pippa, deitada indefesa em meio à multidão de máquinas e fios que a mantêm viva. De repente, um olhar de preocupação, de pena manifesta-se em seu rosto. Seus olhos piscam e retornam para Steve. Quando a mulher aos prantos se afasta dele, ele toca um punho cerrado contra o peito. Steve retribui o gesto através do vidro, depois observa os irmãos em luto se afastarem.

 Ele se volta para Pippa, para o café da manhã frio e o frasco quase vazio de suco de laranja concentrado. Como um maratonista entrando nas últimas etapas da corrida, os músculos queimando, as pernas prontas para ceder, mas animado para prosseguir até a chegada com o apoio de estranhos na multidão, ele se vê com ânimo renovado pelo ato de solidariedade de Redmond — e pelo de Craig. Entorna o suco, depois joga o frasco direto no lixo: uma cesta de três pontos.

— E a nós darmos o fora daqui o mais rápido possível.

OUTUBRO DE 2011

Steve

Em algum momento entre o check-in e o embarque, decidi que essa seria a viagem em que eu faria o pedido. Não seria fácil, porque eu teria de pegá-lo sozinho, e passar tempo a sós com meu antigo diretor era algo do qual eu ainda tinha um medo irracional.

Era um pedido de permissão. De propriedade. Um pouco antiquado e que me fez questionar minhas credenciais pró-feminismo. No entanto, era um pedido que eu sabia que o sr. Lyons esperaria — e que Pippa acharia romântico. Eu poderia pedir a Diana também, mas sabia que sua resposta seria sim, e ela estaria ansiosa para tomar de imediato as providências. Com o sr. Lyons, no entanto, não haveria tal formalidade. Eu nem mesmo tinha certeza de qual seria sua resposta. Ele gostava de mim, dava para perceber, mas eu tinha a sensação de que ele estava apenas sendo indulgente comigo, assistindo a nosso relacionamento rolar um pouco mais, mas esperando que ele fracassasse até o fim dos nossos vinte anos.

Talvez, mais para a frente, poderia ser mais fácil passar um tempo sozinho com o sr. Lyons, embora eu não soubesse bem como isso se daria. Uma bebida no pub da esquina? Uma visita à loja de ferragens? Tudo parecia tão improvável. Não, teria que ser aqui, na terra da oportunidade, onde estaríamos inebriados pelo sol da Califórnia.

A viagem fora a mais recente oferta de um pacote de ideias malucas com as quais o sr. Lyons vinha se refestelando nos últimos dois meses, desde que anunciara a aposentadoria inesperada no meio das férias de verão, lançando a escola que dependera de seu comprometimento inabalável por um quarto de século no caos.

Diana fez pouco caso de sua mudança de comportamento alegando uma crise de meia-idade, mas era óbvio que aquilo estava atrapalhando seus planos, temendo que o ex-marido pudesse começar a se comportar como um ex-marido e se abrisse para novos romances — como ela havia feito — apesar de continuar seu não platônico não casamento platônico ("Todo o pecado do divórcio, mas sem a culpa", como minha mãe descreveu.)

Pippa, por sua vez, adorou a mudança radical no pai. Sempre presumi que seu lado impulsivo fora herdado de Diana, mas agora que aquele rebelde sem causa emergira de seu casulo empoeirado, estávamos todos de olho nele, fosse por fascínio ou preocupação, para ver com que ideia criativa, mas absurda ele iria surgir.

O que viria a seguir, ele nos contou em outra visita espontânea ao nosso apartamento, onde monopolizou um balde do KFC (o primeiro desde os anos oitenta), seria uma "aventura de rito de passagem de longa distância com todas as despesas pagas. Sem sua mãe, que não entra em um avião".

— Para onde vamos?! — gritou Pippa.

— Os EU da A — respondeu ele fazendo um sotaque caipira do sul dos Estados Unidos passando por Windsor. — San Fran, para ser mais preciso.

— Quem está pagando todas as despesas? — perguntei, presumindo que ele tivesse vencido um concurso da sua *Reader's Digest*.

Ele deu uma mordida em uma coxa de frango, parecendo extremamente satisfeito consigo mesmo, como se estivesse interpretando o Coronel Sanders em um comercial.

— *Eu* estou.

— *"If you're going to San Francisco…"*[31]

Em geral, era eu quem inventava as letras das músicas, mas, quando o sr. Lyons começou a cantar durante nossa primeira refeição

---

[31] Conhecido sucesso do cantor estadunidense Scott McKenzie. (N.T.)

a bordo (ovos borrachudos, cogumelos cozidos, linguiça de frango e feijão), foi Pippa quem surgiu com o próprio refrão.

— *"Você vai comer um café da manhã melhor lá"*.

Ela e o pai ficaram encantados com isso, e assim nasceu o jogo da viagem.

Eu teria ficado feliz com a brincadeira de "Eu vejo", que era mais discreta e atraía menos olhares, mas Pippa e o pai cantaram com empenho desde o controle de passaportes na chegada e prosseguiram ao longo da Bay Area.

Eles cantaram quando saímos do avião, passando por um casal americano que precisou ser puxado de seus assentos pelos comissários.

— *Se você estiver indo para São Francisco, certifique-se de que seu bumbum cabe no assento.*

Em seguida, no empurra-empurra para pegar as malas na esteira de bagagens:

— *Se você estiver indo para São Francisco, não fure a fila na frente do homem com cara de mau.*

— Vocês dois deveriam ter um show de improviso — afirmei, elogiando seu dueto, mas também tentando transmitir a ideia de que estavam ficando um pouco barulhentos.

— Uma trupe de improvisos em um ato! — exclamou Pippa.

— Maravilha em um ato! — respondeu o sr. Lyons.

— Pippa & Papa! — Pippa gritou.

— Sim. — O sr. Lyons desatou a rir. — Por apenas uma noite!

— Pippa e Papa Pippa! — juntei-me, fracassando na minha audição, e não pela primeira vez.

Eu levara uma câmera analógica comigo, para tirar fotos com aquele clima de férias vintage, mas também para não passarmos metade do tempo revisando as fotos: eu mexendo nas configurações como se estivesse trabalhando, Pippa passando pelas fotos e insistindo que eu apagasse aquelas das quais não havia gostado de como saiu.

Comprei três rolos de filme, nada baratos hoje em dia, o que achei que deveria ser suficiente. Eu só usaria para capturar momentos especiais, como jantares, passeios de teleférico ou nossa caminhada pela ponte Golden Gate até Sausalito — momentos especiais que eu já havia planejado em uma página em branco do meu *Lonely Planet*.

Usando minhas anotações, tentei lançar o primeiro rascunho de um itinerário no táxi do aeroporto, esperando chegar a um restaurante bem avaliado em Fisherman's Wharf (onde se pode comprar ostras por um dólar) a tempo para o almoço, mas Pippa e o sr. Espontâneo não queriam nada disso. Despejamos as malas no hotel, logo trocando as roupas de outono inglesas por mangas curtas e sandálias, e vagamos pelo Embarcadero, parando em cada píer para experimentar todo e qualquer estande de cachorro-quente, caminhão de sorvete ou barraca de caranguejo por onde passamos.

— Então, isso é o almoço? — Era meio-dia e eu estava ficando confuso. — Ou vamos fazer um lanche antes do almoço?

— *Whatever* — disse o sr. Lyons, já pegando a linguagem da Costa Oeste.

— Pode crer. *Whatever* — repetiu Pippa, olhando para ele com admiração.

Quando éramos abordados por alguém empurrando um panfleto para um passeio de barco até Alcatraz ou um passeio a pé por Chinatown, eu mantinha meus olhos baixos e seguia em frente com um propósito — eu tinha feito minha pesquisa, e sabia onde estavam as ofertas. Então, eu me virava e via Pippa e Papa perguntando sobre preços e horários, rindo e apertando mãos, encantando a todos que encontravam.

Chegamos ao Píer 39 e nos juntamos a um grupo reunido na beira da água para ver o que estavam olhando.

— Focas! — gritou Pippa, quase jogando um mochileiro no mar para ver melhor.

— Na verdade, são *leões-marinhos* — esclareci, mas ela não estava interessada.

— Amo! — Ela bateu palmas, canalizando sua foca interior (ou leão-marinho).

À medida que descíamos o píer, fomos encontrando mais e mais deles — uma gangue inteira cambaleando preguiçosamente nas docas.

Pippa soltou um gritinho, assustando mais alguns turistas, e sua colônia gritou de forma lamentosa de volta para ela.

— Dê-me sua câmera — disse ela.

Ela se afastou, em um safári marítimo. Ao documentar os animais, deu nomes a todos: Trevor, Brian, Mavis, Maud. Parecia o registro de um asilo de idosos. Tentei acompanhar.

— Olhe para Trevor, ele está ficando lascivo! — exclamei, apontando para um que estava tentando subir em cima de outro leão-marinho

— Esse não é o Trevor — Pippa me corrigiu. — É a Winifred.

— Ah.

— Ela está dominando a Brenda, para que ela se mantenha longe de Sid.

— Ah — soltei. — E qual deles mesmo é o Steve?

— Ele está lá, boiando na água — disse o sr. Lyons de um banco. Ele não teve problemas para aprender seus nomes.

— Como consegue distingui-lo? — perguntei a ele.

— Ele tem olhos tristes.

Vimos o leão-marinho piscar a água salgada dos cílios molhados.

— Pobre Steve — disse Pippa.

— Eu tenho olhos tristes?

— Não! — respondeu Pippa. — Steve, a Foca.

— Achei que você o chamou assim por minha causa.

— Não seja tão egocêntrico.

O compromisso de Pippa em vigiar a colônia não vacilou, mas, depois de um tempo, sua alegria se transformou em preocupação.

— Você não acha que eles deveriam estar no mar? Quero dizer, mais longe no mar? Eles *parecem* felizes...

— Exceto Steve.

— Exceto Steve. Mas eles seriam mais felizes longe de todos esses malditos... turistas humanos?

Suponho que ela não se considerasse humana nem turista, sendo nativa da colônia.

— Basta olhar para aqueles garotos acenando para Maud. — Ela estalou a língua em sinal de desaprovação.

— Eles estão apenas acenando.

— Não, eles a estão *provocando*. Dá para ver que ela não gosta disso.

Tentei encontrar algo na expressão de Maud, mas tudo o que pude ler em seu rosto foi "leão-marinho".

— Eu gostaria que eles parassem. Ela não é uma... uma...

— Foca de circo? — sugeri.

— Isso mesmo. — Ela se inclinou tão longe sobre a balaustrada de madeira que fui impelido a segurar seus quadris para que ela não caísse. — Aqui, Maud! Aqui, Maudinha!

— Pip, agora é *você* que está acenando.

— Sou diferente.

Passamos o restante da tarde lá, Pippa conversando com seus espíritos animais, o sr. Lyons sentado em seu banco, observando-a observá-los. Quando saímos, ela tinha usado um rolo inteiro de filme.

Eu poderia ter me juntado ao sr. Lyons em seu banco, mas Pippa não saíra do raio de audição o tempo todo; era muito arriscado. Uma noite de férias se passara e a questão ainda estava pendente.

No dia seguinte, pegamos um barco para Alcatraz.

— *Se você estiver indo para Alcatraz, não traga água em uma garrafa de vidro.*

Durante a visita guiada à prisão, Pippa iniciou uma conversa com duas garotas australianas, o que me proporcionou uma oportunidade. Enquanto ela estava distraída, eu colocaria o sr. Lyons em uma cela e pediria a ele. Teria que ser rápido, rápido demais talvez, mas, pelo menos, daria uma história divertida — uma anedota de brinde para seu discurso de pai da noiva. Ele poderia contar que o tranquei em uma cela de prisão; ele diria: "e exigiu se casar com minha filha".

Meu momento chegou quando Pippa e as novas amigas estavam ficando para trás.

— Veja — falei, entrando em uma cela vazia. — Acho que Al Capone escreveu nesta parede aqui.

Mas o sr. Lyons não me seguiu, apenas um grupo de mulheres com tênis muito brancos e pochetes combinando; elas ouviram, intrigadas, enquanto eu inventava uma história sobre Al Capone escrevendo poesia dedicada à sua amante.

Quando Pippa e as garotas nos alcançaram, o sr. Lyons juntou-se a elas, encantando as australianas com sua conversa.

Quebrei a cabeça tentando encontrar um jeito sutil de pegá-lo sozinho, mas, além de segui-lo até o banheiro toda vez que ele precisava ir, eu estava ficando sem ideias. Se sugerisse a Pippa que eu e papai sairíamos sozinhos para um papo de homens, ela entenderia tudo num segundo.

Eu estava prestes a desistir, pensando que o plano decerto era impossível de ser executado durante as férias como um trio, quando peguei um folheto para o spa do hotel. Era bem a praia de Pippa, e a maneira perfeita de se livrar dela por uma hora. Ou apenas meia hora, pensei, cronometrando os preços dos tratamentos oferecidos.

Enquanto Pippa estava no banho, apertei 0 e pedi para me ligarem com o spa.

— Posso reservar três de suas massagens mais curtas, por favor?

— É claro, senhor, devo colocar na conta do quarto?

— Não, é melhor eu pagar pessoalmente. Deixe-me perguntar: a sauna e o banho a vapor são unissex?

— Não são, sinto muito, senhor. Ainda quer marcar os tratamentos?

— Sim, está perfeito!

— Ok. Tenha um ótimo dia, senhor.

Durante o almoço, anunciei que nos brindaria com um pouco de paparicação no spa, no início da noite, e tive uma recepção fria.

— É estranho reservar uma sauna quando está tão quente — disse Pippa.

Estranho ou não, às seis da tarde todos nos encontramos em nossos roupões ao lado de uma fonte de água com um Buda de pedra sentado pacificamente sob uma minicascata borbulhante, antes de sermos levados para cabines separadas para nossos tratamentos. Após cerca de cinco minutos de massagem, adormeci profundamente e fui acordado meia hora depois pelo som do meu próprio ronco, que abafou o suave canto de baleia ao fundo. Voltei à consciência atordoado, tendo esquecido por completo o motivo de estar ali.

— Vamos nos encontrar aqui em vinte minutos? — ouvi Pippa dizer do outro lado das cortinas de bambu.

— Onde está Steven? — perguntou o sr. Lyons.

— Provavelmente, cochilou.

— Cochilei! — gritei, caindo da cama em um emaranhado de toalhas brancas.

— Steve, vou tomar um banho de vapor e encontro você perto do Buda borbulhante — Pippa gritou de volta.

O sr. Lyons e eu nos sentamos a uma distância educada um do outro, cada qual numa extremidade da câmara de mármore. Já teria sido estranho o suficiente, mas minha energia nervosa estava tornando tudo ainda mais desconfortável. Restavam dezenove minutos no relógio. Era agora ou nunca.

Eu estava prestes a me preparar para falar quando um hóspede enorme do hotel se juntou a nós. Ele sorriu, tirou a toalha, tendo por baixo nada além da pele loura, e se acomodou entre nós.

— *Guten Tag* — disse o sr. Lyons, fazendo um julgamento rápido como só um homem com sua autoconfiança poderia fazer.

— Vocês são da Alemanha? — respondeu o homem, com um sotaque inesperado do meio-oeste.

— Inglaterra — esclareceu o sr. Lyons.

— Londres?

— Perto dali, sim.

— E você? — O homem se virou para mim com um respingo.

— Também — respondi. — Estamos aqui juntos.

Ele olhou de volta para o sr. Lyons à sua esquerda, depois para mim à sua direita, tirando as próprias conclusões.

— Ah, entendi — disse ele. Então, pegou sua toalha, abriu a porta e saiu em meio a uma baforada de vapor.

— Que homem simpático — disse o sr. Lyons, feliz em ver pelas costas o peludo caipira homofóbico.

— Adorável — concordei.

Encostamos nas paredes úmidas, esperando que os vapores voltassem. Dez minutos no relógio. Quando a sala ficou espessa com vapor suficiente para que eu não conseguisse dizer se seus olhos estavam abertos ou fechados, eu sabia que era agora ou nunca. Outra vez.

— Senhor?

— Hum?

— Posso lhe fazer uma pergunta?

— Manda brasa.

— Bem... — Percebi então que, depois de tanto tempo planejando este momento, eu não tinha de fato pensado no que iria falar. Busquei as palavras e descobri que vinham de um livro de frases de Jane Austen. — Quero pedir a mão de sua filha em casamento, com o seu consentimento.

O sr. Lyons ficou quieto. Esperei uma resposta, mas nada veio. Sua expressão estava escondida atrás do nevoeiro opaco de óleo de eucalipto e extremo constrangimento. Meus medos haviam sido concretizados.

— Quero dizer, ainda não, é claro — expliquei, recuando.

Eu só podia ver sua silhueta agora. Ele estava completamente imóvel.

— Só queria, sabe, submeter a questão a você. — Eu estava tagarelando. — Enquanto o tenho aqui cativo comigo e seminu!

Ele não riu, mas pareceu levantar a mão, enxugando o suor do rosto. Fiz o mesmo, espelhando-o nervosamente.

— Talvez eu devesse ter escolhido um lugar menos quente para...

— É uma coisa maravilhosa, Steve, de verdade.

Ele nunca me chamara de Steve antes, apenas Steven. Talvez o vapor estivesse amortecendo nossas sílabas assim como nossos rostos.

— Sim? — disse, esperando ouvir um "mas". Em vez disso, silêncio, que comecei a preencher de novo. — Vou esperar um pouco, até poder comprar um anel adequado. Mais alguns anos, talvez.

— Peça-a logo — falou ele. Sua voz soou diferente, distante.

— Ah, sim, em breve. Talvez em... um ano?

Ouvi-o falar novamente, mas o que ele disse não fazia sentido. Os sons pertenciam à sua voz, mas as palavras pairavam no ar, suspensas, pesadas.

— Talvez eu não fique aqui por tanto tempo.

Eu queria ter permanecido naquele instante, logo antes de ele falar. Mas, então, as palavras se formaram e se encaixaram, e tudo mudou.

Ele me contou que tinha câncer. Que se espalhara, que descobriram tarde, que temiam que fosse avançado. Eu tinha tantas perguntas, mas sabíamos que Pippa poderia estar à nossa espera e não queríamos preocupá-la. A ideia de vê-la lá fora, descansada e feliz, enrolada em uma toalha, me encheu de um amor terrível. Ela era a primeira e última pessoa que eu queria ver.

Ao sairmos, o sr. Lyons pôs uma mão calorosa no meu braço. Havia algo mais que ele tinha a dizer enquanto ainda estávamos seguramente envoltos em vapor.

— Eu não ia contar a ela aqui — disse ele. — Eu não ia contar a nenhum de vocês, ainda não. Mas aqui estamos.

— Está tudo bem — assegurei.

— Quero que esta viagem seja… uma lembrança perfeita. Então, por favor, não diga nada.

— Claro — concordei de modo automático, como sempre fazia.

Apesar de ter resistido ao meu itinerário, o sr. Lyons tinha uma lista de passeios específicos em San Fran que estávamos cumprindo dia a dia. No topo da lista estava um passeio de bonde pela cidade até a ponte Golden Gate. Pippa e Papai estavam de bom humor, gritando "Stellaaa!"[32] do banco de trás do bonde como a turma rebelde e descolada demais para a escola que o sr. Lyons teria colocado na detenção de sexta-feira não muito tempo atrás.

Seu comportamento nos últimos dois meses estava se encaixando — o que antes parecia serem os caprichos de um louco de meia-idade, agora percebi que era um esforço repentino e determinado para cumprir uma lista de experiências de vida. Ocorreu-me pensar, a julgar como ele havia fugido do cargo na escola, há quanto tempo devia estar escondendo as notícias de nós…

Alguém mais sabia, além de seu médico e de mim? Diana certamente não. E por quanto tempo eu teria que manter esse segredo? Estávamos no quarto dia de férias de uma semana. Se meu futuro sogro conseguira guardá-lo por três meses, certamente eu conseguiria por três dias, não é?

---

[32] Famosa cena em que Stanley (Marlon Brando), arrependido após um acesso de raiva, grita por sua esposa Stella (Kim Hunter), em *Um bonde chamado desejo*. (N.T.)

— O que foi, Steve? — Pippa me perguntou durante um hiato nas imitações de Brando. Peguei o reflexo do sr. Lyons no vidro. Ele estava fingindo olhar pela janela, mas seus olhos estavam fixos em mim.

— Nada — respondi, o que sempre seria uma resposta insuficiente. — Só que tenho certeza de que *Um bonde chamado desejo* não se passa em São Francisco.

— Ah, não seja tão desmancha-prazeres.

Ela vinha me perguntando "O que foi?" ou "Por que você está tão quieto?" desde que saímos da sauna, na noite anterior.

— Pai, você está tão vermelho! — pontuou. — Parece que estava chorando.

O sr. Lyons, o pai da atriz, conseguiu rir disso de forma convincente. Ele foi capaz de carregar a mentira com mais facilidade do que eu. Na verdade, ele parecia estar se divertindo ainda mais agora — se isso fosse possível —, como se revelar a dolorosa verdade para mim o tivesse deixado mais leve.

Do meu lado, o efeito foi exatamente o oposto. Lamentei meu voto de silêncio, uma promessa feita às pressas que eu lutaria para cumprir sem levantar suspeitas em Pippa ou me tornar um desmancha-prazeres a ponto de estragar as férias para todos nós.

— *"Se você estiver indo para Sausalito..."*

Enquanto atravessávamos a ponte, me perguntei o que causaria mais dor a Pippa: contar a verdade enquanto estávamos aqui, a quilômetros de casa, a quilômetros de sua mãe e seus amigos; ou esconder-lhe a verdade — *mentindo* para ela —, algo que eu nunca deveria fazer. Não era como se fosse uma mentirinha inofensiva, também. Era uma mentira enorme: uma mentira embrulhada em um pedido de casamento embrulhado em umas férias.

— *"Nosso Vaporoso Steve vai levá-lo para um vapor..."*

Se eu não contasse agora, teria que admitir que já sabia quando, no final, contassem a ela? Como Pippa se sentiria ao descobrir que eu sabia, mas não lhe contei? Que tipo de começo para uma vida de honra e confiança seria esse? A mentira não a estava protegendo; estava apenas protegendo o prazer das férias, o que parecia desrespeitoso.

— *"Seu nome é Vaporoso Steve de Sausalito..."*

Mas eu também queria respeitar o sr. Lyons, que, quase tinha esquecido, havia concordado em ser meu sogro — concordado sem reservas. Assim que comecei a me ressentir da posição na qual ele me colocara, senti as primeiras dores do remorso. Como não me solidarizar com ele por desejar manter esta viagem como uma lembrança feliz?

— *Oh, Vaporoso Stevie, Vaporoso Stevie Vapor.*

Estávamos sentados do lado de fora de um café quando Pippa entrou para usar o banheiro, deixando a mim e ao sr. Lyons sozinhos pela primeira vez naquele dia. Ergui os olhos do meu café gelado, exausto de tentar fingir, exausto de tentar entender tudo, e implorei para ele contar a ela.

Em nossa caminhada de volta pela ponte, paramos para ver o pôr do sol. A água, as nuvens dispersas e o céu eram tiras perfeitas de uma pintura de Rothko em azul, roxo e laranja. Pippa começou a cantarolar ao som distante de um saxofone, feliz e despreocupada. "Sittin' on the Dock of the Bay". Ela se inclinou para a frente, respirando a brisa que soprava da água, e olhei para Chris. Seus olhos azuis, normalmente tão calmos e faiscantes de humor, pareciam refletir um mar agitado. Ele me viu, sustentou o meu olhar e, então, assentiu.

2 DE MARÇO DE 2019

08:39

Fiel à sua palavra, Diana chegou dentro de uma hora. Ela parece ter saído no meio do ciclo de uma secadora — um suéter de caxemira cinza pende frouxo em seu corpo, o cabelo molhado e liso gruda em suas bochechas. Nos pés, um par de alpargatas azul-marinho empoeiradas do jardim. Sua respiração fica irregular ao ver Pippa pela primeira vez, todos os fluidos, tubos e bombas. Ali jaz sua carne e sangue. Sua menina. Quebrada. E não há maneira de consertá-la. As mãos de Diana estão cerradas em punhos apertados, as unhas cravadas na palma de suas mãos.

Steve está atrás dela, de cabeça baixa, tentando lhe dar espaço ao mesmo tempo que está pronto para ampará-la caso suas pernas cedam. Ele sabe que não há como preparar alguém para uma visão daquelas, nenhum escudo. Mesmo depois de oito horas ao lado de sua cama, a palidez das faces de Pippa contra o hematoma preto e vermelho seco em sua testa ainda faz seu coração disparar e sua boca ficar seca.

— Eu ia parar e pegar um café da manhã — diz Diana. — Mas então achei que era melhor só vir para cá o mais rápido possível.

Steve não diz nada. Ele não é estranho ao mecanismo de enfrentamento de Diana, tendo visto isso durante toda a doença de Chris, depois em sua morte no hospital residencial, no velório, no sepultamento. Pippa não aguentava isso, talvez porque fosse tão parecido com o seu próprio, mas, neste momento, Steve sente apenas gratidão. Deixe-a falar agora sobre qualquer assunto. Qualquer assunto mesmo.

— Havia uma loja, um quiosque, na rotatória, que fazia waffles, mas pensei que talvez isso fizesse uma bagunça na enfermaria. Quem sabe mais tarde. Acho que ela gosta de waffles. Do tempo que passou nos Estados Unidos. Você está com fome, Steven?

Steve faz que não com a cabeça.

— Fui para a cama às quinze para a meia-noite. Um pouco tarde para mim, mas fiquei viciada numa novidade da Netflix. *Back to Reality*. Você já viu?

Ele responde que não com a cabeça outra vez.

— É sobre um homem que estava treinando para a maratona de Barcelona, mas descobriram que ele tinha um defeito cardíaco congênito em um check-up de rotina para febre do feno ou algo assim. Não é o tipo de programa ao qual eu normalmente assista, mas, na verdade, foi muito envolvente. Também é bom testar meu espanhol. Tenho usado um aplicativo todos os dias, eu lhe contei? De qualquer forma, as pessoas podem alcançar feitos notáveis quando se dedicam. Acho que vocês dois vão gostar.

Uma pausa momentânea para respirar antes da segunda onda, mas Steve sabe que não haverá como detê-la agora. Se ela parar de falar, mesmo que por um segundo, pode desmoronar. Em uma viagem a um country pub, quando Chris estava bem no meio do tratamento, eles jogaram uma partida de Jenga gigante no jardim. Diana foi a primeira, escolheu o bloco errado, e a torre balançou, imune a seus gritos de protesto, antes de desabar aos seus pés. A família se uniu em lágrimas de riso.

Ele sente que ela está prestes a retirar a peça errada outra vez.

— Deixe-me ir buscar uma xícara de chá para você, Diana.

— Não! — A palavra escapa antes que ela tenha a chance de reprimi-la. O grasnar de um pássaro preso que acaba de perceber que está engaiolado.

Ela olha para Steve, aturdida e desesperadamente assustada, sua pele branca como giz.

— Ah, droga! — exclama ela de repente, indo em direção à porta. — Não deixei o dinheiro na mesa para Maria. Devo sair e enviar uma mensagem a ela.

— Não. — Steve é firme. — Você deveria ficar aqui. Fale com ela. — Os olhos de Diana se arregalam. A ideia de ficar sozinha com Pippa a aterroriza, mas ela assente fracamente com a cabeça. — Para ser sincero, acho que ela está ouvindo — afirma Steve, tentando sorrir. — Ela vai ficar muito feliz por você estar aqui.

Uma expressão de esperança ingênua cruza o rosto de Diana.

— Acha mesmo, Steven?

A voz dela está mais fina do que ele jamais ouviu, como se o volume tivesse sido abaixado dentro de sua alma.

— Eu acho — confirma ele. — Diga a ela que você a ama. Conte-lhe histórias da pequena Pippa. Você sabe o quanto ela adora ouvir sobre sua juventude desperdiçada.

— Ela adora, não é?

Diana se aproxima da filha e pega sua mão, olhos marejados de lágrimas. Ela passa um dedo trêmulo pela bochecha de Pippa.

— Bem, olá, meu anjo mais querido. É a mamãe aqui. — Ela funga. — Que encrenca em que você se meteu, não foi?

Steve espera na porta, não para escutar, mas porque uma pequena parte dele espera que Pippa ouça sua mãe e acorde.

— Vim assim que pude, querida — diz Diana, sentando-se ao lado da filha. — Assim que ouvi a mensagem de Steven. Foi um choque. Você deveria ter me visto, meio pelada com chá derramado na minha camisola. Posso ter quebrado minha caneca, aquela do ceramista, mas não estou culpando você, não pense nisso. Vesti o que encontrei pela frente e, então... Quer saber de uma coisa? Talvez eu devesse contar à sua tia Suz. Você vai ter que me falar. É muito tarde lá? Ela me repreendeu da última vez por perturbá-la no meio da noite...

— Volto em breve — interrompe Steve, saindo do quarto, mas Diana nem percebe. Ela só tem olhos para o seu bebê.

MAIO DE 2012

Steve

O órgão tocou com os primeiros acordes da Marcha Nupcial, interrompendo a conversa animada, e toda a congregação esticou o pescoço em direção à entrada em arco.

— Achei que o casamento do príncipe houvesse sido no ano passado — sussurrei para Diana, mas ela não ouviu. Estava muito ocupada às voltas com seu celular, tentando mexer na câmera.

Então, Pippa apareceu no fim do corredor, com um vestido azul-celeste, o cabelo preso para trás com uma guirlanda de flores. Se ela tivesse criado asas e deslizado em nossa direção pelo ar, ninguém teria se surpreendido; ela parecia tão encantadora.

— É uma pena que Chris não possa estar aqui — disse Diana.

Era *mesmo* uma pena, uma terrível pena, mas eu esperava que ela não dissesse o mesmo para Pippa. Esperava que hoje fosse uma distração bem-vinda, depois de seis meses angustiantes cuidando de seu pai. Chris fora convidado, mas havia tomado uma decisão para o bem de todos naquela manhã, dizendo que se sentia um pouco "indisposto" demais para comparecer.

Pippa me deu uma piscadela ao passar, depois deslizou para o banco à nossa frente.

— Você está incrível — sussurrei, inclinando-me para ela, fazendo com que um leve rubor rosado se espalhasse por sua nuca.

— Eu estava pensando, é uma pena que Chris não possa estar aqui.

— Mãe, *não* — Pippa silvou.

Estendi a mão para a dela por sobre a parte de trás de seu banco enquanto todos nos virávamos para observar a noiva. Tania entrou de braço dado com o pai, parecendo fria sob o véu, como se o corredor fosse uma passarela de desfile de moda. Ela estava rebocando uma cauda bordada tão longa que as damas de honra em miniatura que seguravam a outra extremidade deviam estar em algum lugar no pátio da igreja quando ela começou sua procissão superlenta. Eu estava pensando em refazer minha piada sobre o casamento real quando senti a mão de Pippa agarrar a minha. Foi a visão do pai de Tania, que parecia tão empolgado por conduzi-la; ele estava fazendo toda a parte de sorrir e corar no lugar dela. Quando o aperto de Pippa aumentou, eu sabia que ela estava tentando não pensar no próprio pai, mas incapaz de pensar em outro assunto.

Quando Chris enfim contou a Pippa sobre o diagnóstico, nossas vidas entraram em curto-circuito; tudo agora seria colorido em gotejamentos à la Jackson Pollock de emoção e contraemoção. No início, ela ficou arrasada, mas logo as lágrimas secaram. A mesma coisa aconteceu com Diana, cada uma delas conseguindo converter sua dor em uma positividade ativa e infalível. Elas formaram um time de craque, travando sua luta contra o Big C assalto após assalto.

Pippa chegava à casa da família cheia de energia, como um palestrante motivacional, e passava horas procurando filmes franceses obscuros em DVD, planejando fins de semana prolongados ou arrumando mesas em restaurantes lotados. Diana comprou remédios homeopáticos, três liquidificadores e esvaziou a casa de bebida. (Fui lento demais para impedi-la de derramar impetuosamente a garrafa de um caro single malt na pia, embora os vinhos vintage possam ter ido para a sua bolsa.)

Elas não aceitariam ouvir nada negativo — nem de mim, nem dos médicos, nem de Chris. Quando perguntadas sobre como ele estava respondendo ao tratamento, informavam à família e aos amigos que estava mais em forma do que nunca, e eu era obrigado a concordar.

Na verdade, fiquei chocado com a rapidez com que o primeiro ciclo de quimioterapia o enfraqueceu. Embora fosse verdade que seu espírito e seu bom humor ainda estivessem intactos, ele parecia uma pessoa diferente. O chefe da família, o chefe da escola, outrora tão forte e exuberante, tornara-se magro e encovado. Quando não podia mais nos receber na porta, dava-nos as boas-vindas de uma poltrona, com Hardy a seus pés, o rabo artrítico do cachorro se esforçando para abanar. Por mais cansado que estivesse, ele se esforçava para se vestir para nossa chegada, em geral com um de seus blazers de tweed, que ainda conseguia usar com elegância, embora agora pendurado em seu corpo esquelético.

— Steven, como faço para torná-los maiores?

Diana lutava para capturar Tania enquanto beijava seu recém--declarado marido nos degraus do altar.

— Você quer dizer aumentar o zoom? — perguntei. — Tem que abrir a tela com o indicador e o polegar. — Ela olhou para mim sem expressão, depois começou a bicar a tela do telefone com o polegar e o indicador. — Não — expliquei. — Deslize os dedos para fora.

— Como assim, *deslizar para fora*?

— Assim — repeti, tentando demonstrar.

Seu foco de repente mudou para o corredor, onde um quarteto de cordas começou a tocar para acompanhar a assinatura do registro. Os acordes familiares de uma composição, talvez Bach, que Chris costumava ouvir em casa.

— Ah, seu pai adoraria isso — disse ela, antes de voltar a atenção para o telefone.

Arrastei-me até a beirada da cadeira e tentei segurar Pippa pela cintura, mas ela recuou.

— Pip?

Inclinei-me para a frente e pude ver por seu perfil que ela estava olhando para a frente, os olhos vidrados.

— Você está bem?

Ela assentiu de maneira vaga. Não gostava quando eu perguntava se ela estava bem, uma pergunta que eu vinha fazendo muito nos últimos tempos. Eu sabia que ela não estava e que, de qualquer modo, "bem" era uma forma lamentavelmente inadequada de descrever como ela estava, mas eu ainda sentia a necessidade de continuar verificando — e "você está bem?" era tudo o que tinha.

À medida que a música aumentava, ela soltou um gemido e, então, uma delicada lágrima caiu, seguida por uma chuva miúda e constante que estava há muito represada.

— Você está fazendo muito por ele, Pip — observei, passando o braço pelos ombros dela, que estremeciam.

Ela começou a falar, mas o que quer que fosse dizer foi engolido por um soluço. Apertou um pedaço esfarrapado de papel higiênico contra o rosto. Apalpei meus bolsos em busca de um pacote de lenços de papel, mas não levara nenhum — não pensei que precisaríamos de um.

— Ele está tão orgulhoso de você — falei. Isso a fez uivar. — *Eu* estou orgulhoso de você — acrescentei. Mas, quanto mais gentil eu era, mais dilacerantes ficavam os gritos de Pippa. Ela agora estava dobrada sobre si mesma e trêmula.

Logo, toda a igreja estaria olhando. Eu tinha que dizer algo para trazê-la de volta.

— Sabe, quando estávamos em São Francisco, pedi a ele sua mão em casamento.

Ela parou de chorar no mesmo momento, com algumas fungadas agudas, então se endireitou e enxugou as lágrimas com as costas do pulso.

— Que tal isso, hein? — perguntei, aliviado. Parecia que eu tinha conseguido desligar um cano estourado que espirrava água em mim.

— Sim — disse Pippa.

— Sim?

— Claro que aceito!

Ela se virou para me encarar, então enterrou o rosto no meu peito.

— Sim, sim, sim, sim, *sim*!

Na fileira de trás de um ônibus antigo da Routemaster, Pippa se enrolou ao meu lado como um gato, a cabeça apoiada no meu colo, borbulhando de alegria. Fiquei sem palavras, não sabia o que dizer. O que você *diz* quando acidentalmente pede alguém em casamento?

Outros convidados logo se juntaram a nós, enchendo o deque superior.

— Vocês dois parecem estar se divertindo aqui atrás — sorriu uma tia de Tania, enquanto ela e o marido se acomodavam nas proximidades.

— *Estamos* noivos. — Pippa deu um pulo no seu assento. — Noivos para sermos marido e mulher!

— Parabéns — parabenizou a tia.

— Bem, então — disse o tio —, quando Tania jogar o buquê, você nem precisa entrar na disputa, pode relaxar!

Pippa uivou de novo, mas, desta vez, com uma risada, como se fosse a coisa mais insanamente engraçada que já ouvira. O tio riu junto, satisfeito como um fantoche de teatro de marionetes com o sucesso de sua brincadeira.

Pippa olhou para mim com muito doçura.

— Diga — ela sussurrou.

— O quê?

— *Estamos noivos.*

Eu não sabia o que meu rosto estava mostrando, mas tinha certeza de que minha expressão era desanimada.

— Não estamos?

Pippa entrou violentamente no clube de golfe, na minha frente, assustando os funcionários que estavam dando os últimos retoques nas mesas, parando apenas para pegar um copo vazio e uma garrafa de champanhe fechada no bar.

— Pippa, espere! — chamei por ela.

— Esse deve ser o noivado mais curto da história — ela falou com desprezo, antes de passar por uma porta lateral.

— O que está acontecendo, Steven?

Diana estava atrás de mim, parecendo ameaçadora, apesar de seu chapeuzinho de penas de pavão.

— Acho que acabei de pedir Pippa em casamento.

— Você *acha*?

— Sim. Por acidente.

— Entendo. Bem, espero que ela tenha dito não.

— Acho que foi isso que aconteceu. — Eu queria que o piso laminado me engolisse. — Eu estraguei tudo?

Ela pensou sobre isso por um segundo, então disse:

— Você sabe como Chris me pediu em casamento?

— Em Paris.

— Não.

— Eu pensei…

— Estávamos noivos quando chegamos a Paris e passamos momentos muito românticos lá, mas ele fez o pedido em Dover. — Ela olhou profundamente em seu copo enquanto as bolhas traziam lembranças à superfície. — Dirigimos na primeira hora para pegar a balsa mais cedo. Bem, *ele* dirigiu, dormi o caminho todo. Eu estava tão nervosa na noite anterior, sabe, virando e me revirando na cama, porque eu sabia que ele ia me pedir em casamento. Por que mais estaríamos indo para Paris?

Ela pegou um anel de guardanapo e começou a virá-lo em suas mãos.

— Mas, quando acordei — ela continuou —, ele estacionou no final de uma ruela com vista para os penhascos brancos. Tão brancos, pensei que estava em um sonho. Chris me serviu um pouco de chá de uma garrafa térmica e começou a vasculhar o porta-luvas. Então, pegou uma caixinha de veludo. O que ele está fazendo?, pensei. Ele está fazendo tudo errado. Ele disse: "Vamos para Paris, mas eu queria dizer isso aqui. Porque foi nesta ilha que nos conhecemos, e é nesta ilha que quero passar o resto da minha vida com você. Você trouxe uma *joie de vivre* para minha costa, que, como esses penhascos, permanecerá sólida, confiável e verdadeira, ainda que um pouco descorada". Então, ele empurrou o banco do motorista para trás, para que pudesse se ajoelhar aos meus pés, o que me fez rir muito…

Ela parou, incapaz de terminar. Eu estava paralisado no lugar. O tilintar do aço inoxidável contra vidro a despertou das recordações, e ela as afastou sacudindo a cabeça como se tivesse sido mergulhada em água fria, e se endireitou voltando a ser o pilar de estoicismo que se tornara para seu ex-marido.

— Tudo o que estou dizendo — ela recomeçou com brusquidão — é que o nível foi elevado… talvez muito alto para você depois disso. Só não faça tanto barulho da próxima vez. — Ela se virou para ir embora, deixando-me me sentindo como um completo inútil, antes de acrescentar: — Supondo que haverá uma próxima vez.

Demorou alguns dias para a poeira baixar, durante os quais orbitei Pippa em silêncio, observando-a para ver quando ela estaria pronta. Quando me senti seguro para falar, enchi-a de pedidos de desculpa, prometendo que faria certo da próxima vez.

— Por favor, pare de falar sobre isso — determinou ela, uma instrução que obedeci devidamente.

Então, numa manhã de domingo, um dia em que normalmente visitaríamos Chris para ajudar a preparar um jantar assado (ou um jantar pastoso, que todos comeríamos com ele se ele não estivesse conseguindo comer um assado), houve uma brecha. Chris tinha uma amiga hospedada em casa, em visita vinda da Nova Zelândia — "Uma *amiga mulher*", Diana nos lembrou várias vezes, suas sobrancelhas arqueando atleticamente —, então tivemos o dia de folga.

Tomei isso como um sinal e acordei cedo para surpreender Pippa com o café da manhã na cama. Ovos mexidos, salmão defumado, bagel torrado e um café de cafeteira. Dificilmente se poderia chamar isso de cozinhar, mas era um menu que conseguia reproduzir com tal padrão de qualidade nos últimos tempos que não precisava mais de supervisão. Vasculhei a frigideira, a fim de encontrar a parte mais macia e amarela dos ovos para servir no prato dela, e, depois, arrumei o salmão, que eu cortara em tiras longas, para escrever "*Casa comigo?*".

— Qual é o objetivo disso? — ela questionou quando entrei no quarto.

— Apenas um pouco de leitura leve no café da manhã — respondi.

Quando ela viu a mensagem, soltou um suspiro de prazer, o que me agradou infinitamente.

— E então? — perguntei, mas ela estava envolvida demais com o prato para responder, retirando o salmão com um garfo e depois remexendo os ovos, como se tentasse escavar algum tesouro romano enterrado. Foi aí que me lembrei de como ela havia descrito a surpresa no noivado de Jen: seu noivo, Jacob (o doidão de Glastonbury se tornara um romântico incorrigível), embrulhou o anel em papel-alumínio e o escondeu dentro de seu prato favorito de macarrão com queijo.

— Você se esqueceu de colocar, Steve? — Pippa disse, repreendendo-me de modo gentil. Ela deve ter presumido que eu havia deixado o anel no balcão da cozinha.

— Não há um anel — falei com jeitinho. — Haverá um, mas ainda não o tenho.

— Você não pode fazer isso sem um anel!

— Não?

— O que eu deveria fazer? Usar isto — ela cutucou o bagel — no meu dedo?

— Achei que não importaria — protestei.

— Nada disso importa, não é? — Ela cobriu o rosto com as mãos. — É apenas o resto de nossas vidas.

— O resto de nossas vidas... *juntos*? — argumentei, erguendo o bagel. Eu esperava levar um sorriso aos seus lábios, então, tentei de novo: — Isso é um sim?

— Não! — Ela pulou da cama, e a cafeteira tombou, derramando café por toda parte.

— Aonde está indo?

— Estou me *desnoivando* — retrucou Pippa. — Quando você estiver pronto de verdade para me pedir em casamento, peça.

As semanas que se seguiram foram tensas. Chris começou outra rodada de quimioterapia, o que significava que estávamos para cima e para baixo — emocional e geograficamente —, tentando de maneira desesperada ajudar a levantar seu ânimo e aliviar a carga de Diana, que agora havia ido morar com ele.

Estávamos passando tanto tempo no trem de Londres para Guildford que ficamos conhecendo o guarda, Mo, muito bem. Se Pippa estivesse animada e cheia de energia, Mo parava para conversar por uma ou duas paradas. Se ela estava deprimida ou, como era o caso depois de visitas particularmente angustiantes, dormindo, ele passava sem sequer pedir para inspecionar nossos bilhetes.

— Seu pai tem muita sorte — disse ele em uma das viagens mais alegres.

— Nem *tanta* sorte — brincou Pippa, sombria.

Ele riu.

— Mas, falando sério, eu gostaria de ter mostrado a mesma dedicação ao meu velho quando ele apareceu com uma mancha de... você sabe.

— Nós sabemos. — Pippa estendeu a mão para tocar o cotovelo dele. Ao contrário de mim, ela não tinha medo de contato com estranhos.

— Continue como está — disse ele.

Quando Chris estava em casa, Pippa tomava shakes com ele no jardim ou lia romances de James Bond para ele na sala de estar. Quando Chris estava no hospital recebendo tratamento, ela e Diana brigavam com frequência. Mesmo que tivesse sido um dia relativamente fácil, elas encontravam algo para discutir. Precisavam ser desagradáveis uma com a outra tanto quanto precisavam ser gentis com Chris.

Qualquer excedente de mau humor era trazido para casa e jogado em cima de mim. Eu não conseguia acertar nada, e a coisa que eu mais tinha errado, *duas vezes*, seguiu-me como um espectro. Eu tinha feito tantas propostas quanto exames de direção, mas ainda não havia passado.

Ofereceram-me um emprego para fotografar festas de polo, o que, de um modo egoísta, era uma ótima desculpa para sair um pouco do caminho. O clube de polo ficava perto dos meus pais, então, fiquei lá um sábado à noite. Quando Charlotte soube que eu estava lá, apareceu dentro de uma hora. Depois, as gêmeas apareceram — todas as três irmãs muito felizes por deixar as crianças para trás com seus respectivos pais — e a coisa logo se tornou uma grande festa do pijama em família. Voltei do trabalho no domingo à noite e encontrei minha mãe puxando as extensões da mesa de jantar e meu pai enfiando duas pernas de cordeiro para dentro e para fora do forno, como se fossem a ponta de um carrinho de mão carnudo.

— Fique a semana toda, não me importo — disse Pippa, quando perguntei como ela se sentia por eu ficar mais uma noite. Acabei ficando por três.

Não demorou muito para eles farejarem exatamente o que estava acontecendo na minha cabeça.

— Trate bem aquela garota, Steven — disse mamãe.

— Ela é muita areia para o seu caminhãozinho, Stevie — argumentou Siobhan.

— Você deveria colocar um anel no dedo dela — aconselhou June. — Antes que ela escape.

— O que isso significa?

— Significa *propor*, pai. Como Beyoncé cantou.

— Ah, sim — disse meu pai. — Beyoncé.

— Achei que você acabaria com Lola — continuou June.

— Lola também achava! — guinchou Siobhan.

— Como está Lola? — perguntou mamãe.

— Não faço ideia.

— Você deveria colocar o anel da vovó no dedo dela! — gritou Charlotte.

— É uma ideia maravilhosa — minha mãe concordou, com os olhos cheios de lágrimas de repente. — Frank?

Meu pai já estava de pé. Ele voltou momentos depois com uma velha caixa de charutos que devia ter pertencido ao vovô. Era uma visão rara ver meu pai exibir mais do que as cores primárias da emoção, mas ele era incapaz de controlar suas bochechas trêmulas, que dançavam em seu rosto ao abrir a caixa, inalando a lembrança de seu pai. Ele pegou um pequeno pacote de papel de seda e o desembrulhou, suas bochechas se contorcendo mais uma vez enquanto nos mostrava o anel de noivado da vovó. A prata havia descolorido, os três pequenos conjuntos de diamantes haviam desbotado por anos de hibernação, mas era lindo, era pessoal e estava prestes a receber um novo sopro de vida.

Mandei polir o anel, fazer um seguro e guardá-lo em uma nova caixa de nogueira. Eu o mantive por perto, carregando-o comigo onde quer que fosse. Estava começando a parecer que nunca haveria um momento perfeito para fazê-lo, mas estaria preparado se a hora chegasse.

Certa manhã, entrei na cozinha e encontrei Pippa ouvindo rádio. Quando "It Must Be Love" começou a tocar, ela se virou para mim e sorriu. Fui dar um abraço nela. Então, ela subiu em meus chinelos com os pés descalços e, pela primeira vez em muitos meses, começamos a dançar.

— Eu te amo — ela disse baixinho na gola do meu roupão.

— Eu também te amo.

— Esta seria uma boa hora.

Ela sabia sobre o anel?

Afastei-me dela e enfiei a mão no bolso. Quando me ajoelhei no linóleo e segurei sua mão esquerda, percebi por sua expressão que ela não fazia ideia. Pude ver que estava prestes a revirar os olhos e dizer:

— Isso de novo não, Steve.

E, quando levantei o anel para ela, soube que finalmente havia acertado.

MAIO DE 2013

Pippa

— Você está bem aí, Pip? Estou do lado de fora se precisar de mim.

Sua voz soa abafada pela parede de lata enferrujada.

— Sim.

Dez dias atrás, eu era uma princesa vestida com renda branca vintage, penteada e arrumada com perfeição, depilada, polida e hidratada como nunca antes.

Dez dias atrás, eu era reverenciada e amada por todos.

Dez dias atrás, eu estava sendo servida com macios blinis de salmão e observando as bolhas dançarem alegremente através do meu champanhe cor-de-rosa.

Hoje, sou uma camponesa turista sem sutiã, queimada de sol e com o nariz descascado, agachada de forma deselegante sobre um buraco lamacento no chão, minhas Havaianas amarelas posicionadas de cada lado nas marcas quase fossilizadas onde milhares de chinelos ficaram antes de mim, tentando desesperadamente não urinar em meus próprios pés. A porta do pequeno barracão está fechada com um pedaço gasto de linha de pesca fluorescente, que parece tão útil quanto uma sauna no deserto. Minha pele está salgada de suor, meu cabelo implora por uma lavagem, e ainda posso sentir o ronco baixo do macarrão de rua da noite passada, deliberando se deve subir ou descer.

Mas, no lado positivo, meus pelos pubianos estão, enfim, voltando a crescer. A inspirada ideia de Tania de que eu deveria surpreender Steve com uma depilação à brasileira completa (e quero dizer COMPLETA) em nossa noite de núpcias (*Juro a você, Pip. Isso deixa os homens loucos. Você verá. Fiz isso para Danny. Ele não conseguia me largar, babe!*) saiu pela culatra tremendamente quando, na viagem de avião de quatorze horas, fiquei com uma coceira tão filha da mãe quando os tocos dos pelos começaram a nascer que mal conseguia ficar parada. Steve achou hilário, lágrimas escorrendo pelo seu rosto, enquanto eu me contorcia e me retorcia no assento, na tentativa de coçar a irritante área sem atrair atenção.

Abaixo de mim, a extensa tribo de formigas vermelhas cavando túneis através da argila seca está descontente com essa chuva inesperada. Elas correm para lá e para cá, como um bando de crianças hiperativas se espalhando pelos portões da escola. Meu banheiro é cercado por peças de metal corrugado *ad hoc* que parecem se encaixar como tijolos enferrujados. O fedor de esgoto está estagnado no ar, fazendo meus olhos lacrimejarem. Posso sentir a areia de cascalho rangendo sob meus pés. Determinada a não perder o equilíbrio, uso toda a minha força central (constrangedoramente mínima) para permanecer na vertical. O ácido lático está queimando nas minhas coxas. Cambaleio e apoio a mão na parede para me manter de pé.

Puta que pariu!

Grito de dor. O metal esquentou como uma frigideira.

Não sei o que esperava, dado que estou basicamente de cócoras dentro de uma lata de feijão cozido ao sol do meio-dia.

— Tem certeza que está tudo bem? Já está aí faz tempo...

— Tranquilo.

Examino meus dedos queimados, ciente de que a sensação de ardor cresce. Por alguma razão, o latejar parece profundo. Um batismo de fogo. As bolhas no meu polegar e no meu indicador já começam a inchar como plástico bolha. Não é bonito. Na verdade, a visão interrompeu por um tempo o fluxo do meu xixi, então viro minha mão. Assim está melhor. Minhas unhas de gel imaculadamente feitas no Vintage Dusk. Brilhantes, elegantes e sem um descascado à vista. Minha manicure perfeita de dez dias do meu casamento perfeito de dez dias.

Casamento!

A palavra provoca um arrepio na base da minha espinha e, por um momento, temo perder o equilíbrio.

Eu estou casada.

Eu. Estou. Casada!

Dez dias atrás, eu me tornei a esposa de alguém. Pippa Lyons abandonou a frivolidade de sua juventude. A nova Pippa vai beber menos, trabalhar mais, exercitar-se mais, gastar menos, elogiar mais, discutir menos, ser mais paciente, assistir menos box sets, ler livros *adequados*, escrever mais, SER mais.

Pippa *Gallagher* vai ser tudo o que Pippa *Lyons* sonhou ser. E mais.

Ok, parece com todas as listas de resoluções de Ano-Novo que já fiz, mas desta vez será diferente! Afinal, não é todo dia que você faz um voto de eternidade para uma pessoa.

Quando contei a Steve minhas aspirações de esposa no avião, ele abriu um leve sorriso melancólico e beijou o meu nariz.

— Só não vá mudar *muito*. Meio que gosto de Pippa Lyons como ela é.

— Sim, mas ela vai ser a mesma! Igual, porém, melhor! Sabe? Como um celular atualizado.

Ele riu.

— Mas estou feliz com o meu modelo atual. Acabei de descobrir como aproveitar ao máximo meus complementos. Não quero uma atualização tão cedo.

Revirei os olhos, fingindo estar frustrada, mas, secretamente, sua resposta me encantou. Cutuquei seu braço com minha cabeça, até que ele o colocou em volta de mim e eu me aninhei em seu peito.

Meu desejo às vezes é me fundir a ele.

Que grude. O que nos tornamos? Aquele casal pegajoso que só precisa um do outro para se sentir completo. Aquele casal açucarado que deixa bilhetinhos de amor um para o outro pela casa. Aquele casal apaixonado que faz cartões para seu aniversário de casamento de sete dias porque *Uma semana é importante, baby.*

Aquele casal babão, sentimental, namorandinho, fofinho, doido um pelo outro, que olha com admiração para suas alianças de casamento quando ninguém está por perto, atordoado com a sorte que tiveram.

— E agora vocês, por favor, fiquem de pé para receber os noivos!

Os aplausos estrondosos ressoaram atrás da porta de madeira. Steve se virou para mim, oferecendo sua mão.

— Você está pronta, senhora G?

O nível de ruído aumentou à medida que o bater de pés e o tilintar de copos se tornaram mais insistentes.

— Pronta, senhor G.

Enquanto caminhávamos, dedos entrelaçados, pensei que meu rosto iria quebrar de tanto que sorria. Todas aquelas pessoas exalando amor. Instantâneos do álbum de fotos de nossas vidas.

E, então, o tempo se tornou elástico. A noite girou em um carrossel de comida, risos, lágrimas, abraços e discursos. Ah, os discursos. As palavras ditas que me aquecerão como um cobertor de amor pelo resto da minha vida.

Meu pai contando histórias da minha infância, lembrando-se de cada detalhe como se fosse ontem. Sua doença evidente para o mundo agora — não há como esconder aquelas pernas finas, aquelas mãos cheias de veias, aqueles tornozelos inchados, aqueles lábios rachados —, mas, como sempre, de pé com a postura de um verdadeiro cavalheiro. Orgulhoso e galante.

Oscar, nervoso pela primeira vez, brindando-nos com histórias de bromance de como ele e Steve se apaixonaram. Ele tinha a sala na palma de sua mão trêmula.

E, então, foi a vez de Steve.

Steve, que odeia falar em público.

Steve, que prefere comer carvão a ser o centro das atenções.

Steve, que reduziu cento e cinquenta pessoas a destroços emocionais lacrimosos.

Dava para ouvir um alfinete cair tamanho o silêncio enquanto ele conduzia seu discurso. Ininterrupto. Seus olhos castanhos fixos em mim ao falar. Um discurso que, como sua mãe me disse depois, ele nasceu para fazer.

E, então, a sala explodiu como um estádio de futebol quando ele, por fim, verbalizou as duas palavras que todos estavam esperando: *Minha esposa.*

Enquanto eu o observava naquela noite, eu soube com toda a certeza do mundo que, agora, nos campeonatos do amor, nós venceríamos, sem sombra de dúvida.

Porque éramos invencíveis.

Éramos nós contra o mundo.

E ninguém, mas ninguém, *jamais* amaria como nós nos amávamos.

Depois veio a lua de mel.

Bem, isso, como qualquer grande aventura, começou com uma grande adversidade...

Chegando ao aeroporto de Phnom Penh, passando por uma fila de passaportes tão longa quanto a da Primark durante a liquidação do Boxing Day, descobrindo o ônibus precário correto para nos levar às colinas, percebendo que estávamos de fato no ônibus precário *errado* para nos levar às colinas, pegando uma carona na direção oposta com três surfistas desocupados de olhos vermelhos num Mini verde fluorescente que estavam visivelmente tão altos quanto o Kilimanjaro, sendo forçados a evacuar o referido Mini quando ele virou direto para uma árvore durante um ataque de riso histérico induzido pela maconha e, por último, cambaleando sob o peso esmagador de nossas mochilas novinhas em folha e sobrecarregadas ao longo de ruas de terra batida, sem pavimentação, sem qualquer placa de sinalização à vista até que, aleluia, com os nervos desgastados e membros doloridos, enfim fomos parar na nossa acomodação.

Finalmente. Lençóis limpos, um banho, uma xícara de chá.

Nós nos anunciamos na recepção. A concierge era uma criatura magra e feroz, seu cabelo escuro e lustroso cortado agressivamente na altura do queixo, sua pele perfeitamente lisa tornando-a eterna. Ela poderia ter qualquer idade entre vinte e cinco a oitenta anos. Era desconcertante.

— Oi. Estamos aqui para fazer o check-in.

— Nomes. Endereço. Datas de nascimento.

— É Steven Gallagher e Pi...

Antes que Steve pudesse terminar, as palavras saíram da minha boca, bolhas de sabão sopradas por um aro de metal.

— Sr. e sra. Gallagher.

Ele olhou para mim, suas bochechas corando. Piscamos um para o outro.

Uma onda de adrenalina. Que bola dentro! *Somos mesmo a porra de um casal!*

— Sim. Ela está certa. Desculpe. Somos sr. e sra. Gallagher.

E, com essas palavras, as últimas horas extenuantes se dissiparam em uma nuvem de fumaça.

— Reservamos até segunda à noite.

— Passaportes, por favor.

Entregamos os passaportes. Ela lhes deu uma olhada superficial antes de colocá-los na extremidade de sua mesa. Então, folheou com vagarosidade um caderno enorme, passando um dedo ossudo sobre cada um dos nomes. Deus. Foi torturante. Deixe-nos entrar, guardiã dos portões! Meus olhos estavam ardendo e meu estômago parecia estar comendo a si mesmo. Mas, mais do que isso, eu me sentia nervosa de expectativa, esperando que nossa lua de mel começasse — como se alguém estivesse segurando a parte de trás da minha bicicleta quando eu tinha uma descida maravilhosa, vazia e sem volta na minha frente.

Enfim ela parou, o dedo pairando no ar, e ficou imóvel como um manequim. O silêncio era ensurdecedor.

— Está, hã, tudo bem? Eu tenho o cartão com que fiz a reserva. Eu posso lhe mostrar...

— Não, senhor.

Seus olhos escuros se arregalaram, como poças negras de desgosto, a pele parecendo ainda mais esticada contra o rosto teso, tal qual uma tela em branco.

— Não, sr. Galangear, tudo *não* está bem.

Ela se virou para o menino sentado em um banquinho no outro lado do escritório. Ele não poderia ter mais de quatorze anos e, com sua pele perfeita e sua estatura diminuta, estava claro que era filho dela. A mulher sacudiu a cabeça com ferocidade em direção à entrada, e ele se levantou, arrastou-se em silêncio até a porta e a trancou.

Ela virou de volta para nós.

— Você quebrou lei.

— O quê?

— Vocês são os criminosos.

— Do que está falando? Temos uma reserva! Uma reserva! Destranque a porta agora mesmo.

Mas a mulher simplesmente balançou a cabeça, imperturbável.

— Você é culpado. Você comete um crime.

— Isso é ridículo! Nós pagamos. Aqui! Eu tenho o e-mail do sr. Luang. — Steve tirou uma folha impressa do bolso de trás. — Sete noites, meia pensão. Você pode perguntar ao Airbnb. Eles…

De repente ela explodiu, cuspindo palavras como chicotadas de lava derretida.

— As ofertas do Airbb não são LEGAIS aqui! Eu digo a você! — Sua voz assumiu um tom estrangulado, como se alguém estivesse sentado em sua laringe. — Não! Ele não vai fazer sublocação! A polícia vai cobrar! Nenhuma sublocação no meu lugar!

Ela estava de pé agora, o corpo rígido de raiva. De repente, ela me lembrou da mulher de *Os Incríveis* com o corte austero. Edna Moda. Fiz uma anotação mental para dizer isso a Steve mais tarde.

Mas é óbvio que Steve não estava pensando em Edna. Nem estava vendo o lado engraçado. A veia irregular em forma de relâmpago em sua têmpora esquerda, a veia que só aparecia em momentos de estresse extremo, estava projetada, e sua mandíbula, apertada como se estivesse chupando um doce azedo.

Sentindo um desastre iminente, tentei uma abordagem diferente.

— Ouça… — Sorri com doçura, de mulher para mulher. Charme no volume máximo. — Entendo totalmente sua situação, mas é óbvio que houve um mal-entendido. Podemos resolver isso sem a polícia. Estamos em lua de mel. Se você nos deixar ficar esta noite, vamos descer e discutir isso pela manhã. Estamos muito cansados, sabe? Precisamos mesmo dormir. Tenho certeza de que tudo pode ser resolvido.

Ela me encarou, olhos de aço. Esta senhora era um osso duro de roer.

— Não, sra. Galangear. Se me ajudar a prender o sr. Luang, pode sair com malas. Se não ajudar, você pode ir presa e para a cadeia. E eu guardo *isso*.

Ela pegou nossos passaportes e, rápido como um flash, jogou-os em um pequeno cofre de metal ao lado dela. Antes que tivéssemos chance de reagir, o botão foi girado, e o cofre, trancado.

Um momento de silêncio atordoado... Então, todo inferno desabou.

Steve começou a gritar, insistindo que ligaria para seu advogado.

O menino afundou ainda mais no banco, desejando que o chão o engolisse.

A mulher pegou o telefone e apenas gritava sem parar:

— Polícia! Polícia! Polícia!

E eu, vencida por exaustão, fome e decepção, comecei a uivar na minha camiseta. Eu sei, também achava que era mais durona.

Olhando para trás, acho que Steve ficou com a impressão de que foi sua assertividade viril que resolveu o impasse, mas sei muito bem. Vi o rosto dela quando abri o berreiro. Ouvi as janelas sendo abertas ao redor do complexo. Notei os rostos de hóspedes preocupados enquanto olhavam para fora. O que era aquela algazarra infernal? Alguém estava sendo atacado na recepção?

A sra. Incrível pareceu atordoada, depois enfurecida, depois petrificada, enquanto eu simplesmente chorava, cada vez mais alto, batendo a palma da mão para cima e para baixo em sua mesa.

— Não! Não é justo! Esta é a nossa lua de mel! Você não entende! Nossa lua de mel! Planejamos há meses! Você está estragando tudo!!

Minha voz continuou se elevando cada vez mais.

— Como pode ser tão cruel? Somos gente boa! Não fizemos nada de errado! NADA!

A bruxa obviamente não tinha compreensão de quão escandaloso um britânico em perigo pode ser. Para não falar de uma britânica com um senso agudo de injustiça e um diploma de atuação em seu currículo. Até Steve parecia atordoado quando minha voz se elevou como a de uma cantora de ópera, notas de angústia reverberando no escritório apertado.

— Você não vê? Você está *arruinando* nossas vidas!

Um pouco dramático, certo, mas eu podia ver que algo estava mudando nela. Enquanto eu tomava um último gole de ar, ameaçando aumentar a explosão para decibéis extremos, eu a vi gesticular para seu filho destrancar a porta. Ele não precisou ser instado duas vezes.

Com os lábios franzidos e o rosto arroxeado, ela começou a atirar primeiro nossas malas, depois nós e, finalmente, nossos passaportes para fora de seu escritório, acompanhando os gestos por uma torrente de palavrões cambojanos que nos atingiu como uma onda contra nossas costas enquanto ela batia a porta atrás de nós.

E foi assim que, cansados, humilhados, famintos e com jet lag, acabamos nos hospedando no hotel mais caro, soberbo, luxuoso e romântico que qualquer um de nós já havia experimentado.

Afinal, é para isso que servem os cartões de crédito, certo?

Sete dias de mimos incomparáveis que tornariam a vida real impossível de encarar outra vez. Óculos de sol polidos, bebidas de frutas frescas entregues à beira da piscina caso a senhora estivesse com sede, banhos repletos de óleos essenciais e pétalas de rosa, toalhas dobradas em elaborados origamis de cisnes e dragões, visitas guiadas aos mercados de alimentos mais espetaculares que já vimos. Sete noites alimentando um ao outro com morangos mergulhados em chocolate suíço enquanto estávamos enrolados nos lençóis depois do sexo mais suado, louco e selvagem de nossas vidas.

E foi lá, no Hotel "Foda-se", que minha menstruação, um reloginho pontual há quinze anos, simplesmente pensou: *Foda-se*.

Aí está. Isso deve resolver. Tento me endireitar, minha cabeça batendo no telhado do barracão de metal, minhas articulações rangendo como uma velha com artrite depois de uma aula de aeróbica.

Missão cumprida.

É claro que tenho mais xixi na minha mão do que no bastão, mas, ei, dado que eu venho me equilibrando precariamente em um pequeno barracão à beira da estrada que parece capaz de ser derrubado por uma mera brisa, estou bastante impressionada comigo mesma. Além disso, a urina pode ser usada como hidratante, certo? Tenho certeza de que li isso em *Grazia*. E, o mais importante, sei que Steve estará de prontidão com seu frasco gigante de desinfetante para as mãos. Steve é o maníaco do desinfetante até nas situações mais corriqueiras — depois de tocar em balaústres de ônibus, jornais gratuitos, equipamentos de ginástica, moedas, mesmo às vezes depois de apertar mãos (embora eu enfim o tenha treinado para fazer isso discretamente) —, então, a frouxa higiene do dia a dia do Camboja de fato foi um desafio para ele.

Olho para o bastão na minha mão. Parece estar fazendo alguma coisa. É visível que a urina está escorrendo pela tira central. É estranhamente satisfatório. Coloco a tampa na extremidade da amostra conforme as instruções e a deposito no meu bolso. Então, solto a fechadura de corda totalmente inútil e abro a porta de metal com meu quadril (não vou cometer de novo aquele erro de principiante), e, quando ela se fecha atrás de mim, sinto-me como um caubói vitorioso saindo de um *saloon*.

— Conseguiu? — Por um momento, estou ofuscada pelo brilho do sol do meio-dia. Pisco várias vezes e, por fim, o rosto preocupado de Steve emerge dos pontos de luz pipocando na minha frente. — Como se saiu? Deu certo?

Puxo o bastão do meu bolso e o seguro com um floreio.

— Ta-da. Sou a ninja do jato aquático. — Não faço ideia de onde isso veio.

— Ok. Bom. Quero dizer, que bom. Muito bem.

Eu aceno com a cabeça.

— Talvez não deva agitar, no entanto. Quer dizer, não sei, mas talvez...

Ele se interrompe e, pela primeira vez desde que nossa lua de mel começou, nenhum de nós sabe o que dizer.

Steve faz menção de segurar a minha mão. Eu o empurro bruscamente.

— Hã... Eu não faria isso. Um pouco de dano colateral. Você tem desinfetante aí com você?

Ele sorri.

— O papa é argentino?

— Hã, não?

— Na verdade, é, sim. O novo.

— Ah.

— Deixa para lá. Piada ruim.

Sorrio. Enfim, um elemento de normalidade nesta cadeia de eventos tão anormal.

Ele remexe em sua bolsa de ombro e tira o frasco reforçado. Abre a tampa e espreme uma quantidade do tamanho de uma ervilha na minha palma, e esfrego as mãos, saboreando a sensação da limpeza geladinha entre meus dedos entrelaçados.

— Melhor?

— Melhor.

Ele faz menção de segurar minha mão mais uma vez. Desta vez, eu a dou a ele.

— Podemos ir?

Caminhamos um pouco pela estrada ensolarada, até onde abandonamos nossas mochilas. O ar quente oscila entre o meio-dia e o anoitecer, enquanto o sol cambojano faz tudo estremecer e crepitar. Sentamos lado a lado, usando as mochilas como pufes.

Nada a fazer agora a não ser esperar.

Um pequeno minuto que pode mudar nossas vidas para sempre.

Eu estava do lado de fora da entrada, segurando o braço frágil de meu pai como se fosse uma boia salva-vidas em mar aberto. Através dos painéis de vidro, podia ver amigos e familiares rindo e se abraçando enquanto se sentavam. Os girassóis que eu havia adquirido naquela manhã no mercado davam ao lugar um brilho quente e dourado, exatamente como eu havia imaginado. Pequenos bolsões de felicidade amarelo-canário.

Enquanto isso, ali estava eu esperando, uma garota se equilibrando em um precipício, suspensa por uma corda pendurada entre o passado e o futuro. E, de repente, tudo transbordou.

— Pai. E se eu não for suficiente? E se ele se cansar de mim? E se eu me cansar dele?

— Pippa...

— E se ele morrer? E se ele for atropelado? E se eu for...

— Pippa.

A voz dele, aquela voz de veludo que tinha sido o bálsamo para incontáveis "pânicos de Pippa" desde que aprendi a usar as palavras, estava falando comigo agora. Uma voz que mudara de textura, estava mais ofegante, mas, ainda assim, era familiar.

— Querida, olhe para mim.

Olhei em seu rosto. Seu rosto dolorosamente magro que o câncer devastador estava fazendo o possível para destruir. Mas o câncer não podia tirar seus olhos. Aqueles olhos que estavam brilhando para mim agora. Vendo a mim e me amando.

— O passado é uma terra estrangeira, Pippa. O futuro, uma incógnita. Tudo o que temos é o agora. Isto aqui.

Ele pegou minhas mãos nas dele e as beijou.

Devagar, concordei com a cabeça, ciente de minhas coxas tremendo sob a meia-calça transparente.

— Ele te ama.

Concordei com a cabeça de novo, com mais ênfase desta vez.

— E mamãe e eu amamos você. Mais do que qualquer coisa no mundo.

Olhei para ele, as veias se contraindo sob seus olhos azuis marejados. Seu cabelo, outrora farto, agora brotava em pequenos tufos, como pedaços de grama recém-semeada, a quimioterapia brutal tendo levado a maior parte dele.

— Minha filha forte, difícil e brilhante. Seja corajosa. Estou tão, tão orgulhoso de você. — Sua voz falhou, como uma scooter no cascalho.

— Não me faça borrar a maquiagem, pai.

— Não me faça borrar *a minha*.

Eu sorri. Estava funcionando. Aquele toque mágico. Eu podia me sentir crescendo sob seu olhar. Mais forte. Mais reta. Como os talos dos girassóis em minhas mãos.

— Viva o presente. Um pé na frente do outro. Isso é tudo o que podemos fazer. Veja. Ele está esperando por você.

Respirei fundo e expirei contando até oito, como mamãe havia me ensinado.

Ao fazer isso, a música começou. As notas que selecionamos para acompanhar o início de nossa nova vida juntos. Elas subiram até as vigas, inchando em minhas veias.

— Você está pronta, minha querida?

Limpei uma lágrima com a ponta do dedo, ajustei meu buquê e balancei a cabeça mais uma vez.

— Estou pronta.

O porteiro abriu a porta. E, segurando com firmeza o braço do meu pai, saltei para o desconhecido.

— Acho que passou mais de um minuto, Pip.

Verifico meu relógio. Ele tem razão.

— Você quer olhar, ou olho eu?

Penso sobre isso, um nó no estômago.

— Vamos olhar juntos.

— Juntos no três?

Puxo o bastão do meu bolso, mantendo-o fechado em meu punho. Nossos olhos estão fixos um no outro. Ele está pálido sob o bronzeado.

Ok. Um, dois...

Três.

Nós dois olhamos para baixo enquanto viro o bastão para cima.

E ali, sem um pingo de indecisão, estão duas grossas linhas azuis.

OUTUBRO DE 2013

Pippa

Uma garçonete ridiculamente atraente nos recebe à beira-mar com uma taça de champanhe. As ondas quebram na praia de xisto, e o céu, embora plúmbeo, emoldura um determinado sol refletindo no mar.

Há um aspecto de capela no salão de jantar alto e abobadado. Coisa de outro mundo. Tenho essa sensação assim que entramos, com os raios gelados do sol refulgindo nas tábuas de madeira altamente polidas e nos talheres de aparência elegante. Decerto é óbvio que somos intrusos. Dois fantoches com roupas demais que parecem ter ganhado sua visita no verso de um pacote de flocos de milho, deslocados entre os ousadamente descolados, os super-ricos e os entendidos.

Ao nos aproximarmos de nossa mesa, passamos por um casal mais ou menos da nossa idade. A garota interroga o garçom de maneira ansiosa.

— Então, só para confirmar, o molho tem queijo azul? Se tiver, vou querer só com azeite. Já mencionei que não posso comer ostras e que preciso do meu bife bem-passado. Nada de sangue. Desculpe ser tão chata, é que... — Ela dá tapinhas na barriga com timidez. Seu marido sorri, parecendo que vai explodir de orgulho. Sinto meu útero contrair-se fisicamente, lembrando-me de que três meses antes, teria sido a mim verificando cada ingrediente. O salão começa a ficar insuportavelmente quente. Sinto a mão de Steve nas minhas costas, guiando-me com suavidade para a frente, afastando-me da zona de perigo. Engulo em seco. Não pense. Apenas continue caminhando.

O almoço no Oyster Pearl constitui o item número nove na chamada "Lista de Desejos Extravagantes antes de Bater as Botas" do papai. As pessoas vendem seus olhos, suas almas e suas tias para conseguir uma mesa ali. E, ainda assim, você pode aguardar três anos pelo privilégio. Com comentários bombásticos, orgásticos e eclesiásticos até mesmo dos críticos culinários mais polêmicos, e janelas que vão do chão ao teto, fazendo os hóspedes sentirem que estão de fato jantando *no* Mar do Norte, é fácil entender por quê. Depois de várias cartas implorando, teimosos e-mails, intermináveis e insistentes telefonemas e uma série de postagens públicas com bajulações francamente desesperadas no Facebook, enfim consegui garantir uma cobiçada mesa para nós três.

E aqui estamos. Bem, dois de três, enfim.

— Você está aquecido o suficiente, senhor, ou gostaria de ficar com o casaco?

É a nossa deslumbrante garçonete de volta. Steve usa sua melhor (única) *smart shirt* e, portanto, está muito entusiasmado para colocá-la em exibição o mais rápido possível. Quando entregamos os casacos, ela nos diz que é uma honra absoluta nos receber no restaurante. Gostaríamos de uma almofada extra para nossas cadeiras? A corrente de ar da janela está de alguma forma nos incomodando? Vamos tomar água sem gás, com gás ou naturalmente gaseificada com a refeição? (Naturalmente gaseificada? Vem à mente uma repentina imagem infantil do chef agachado sobre um tonel de água, peidando dentro dele.) Fala sério. Não é à toa que este lugar tem uma lista de espera.

Ah, pai, você devia estar aqui. Por que teve de escolher logo esta manhã para ficar tão nauseado? Por que só não foi em frente resolutamente como sempre faz? Meu pai, assim como eu, nunca admite a derrota. Foi mamãe quem enfim tolheu seus planos de vir conosco. Ela o observou na tentativa de pentear o que restava de seus cabelos louros para torná-los apresentáveis ao seu "compromisso de almoço". Mas foi quando o flagrou lutando para amarrar os sapatos engraxados ao mesmo tempo que vomitava discretamente em um balde que ela, por fim, vetou o passeio. Um nó sobe na minha garganta ao pensar em suas palavras quando nos despedimos na porta.

— Vá riscar o item nove por mim, Esquilinha. Você e Steve são meus representantes de equipe. Envie atualizações que estarei zero bala para o próximo.

Abracei-o — com gentileza, porque ele estava tão dolorosamente magro — e, por apenas um segundo, rezei para que o tempo parasse. Senti-me segura ali, como se pudesse protegê-lo e ele pudesse me proteger. Naquele momento, ele era a minha força e eu era a sua. Intercambiável. A criança e o protetor.

Fiquei na ponta dos pés e sussurrei em seu ouvido:
— Não se atreva a fazer nada drástico enquanto estamos fora. Tá?
Ele olhou para mim e riu.
— Eu não ousaria.
Mas não retribuí seu sorriso. Em vez disso, apertei aquela mão que eu conhecia tão bem.
— Prometa, pai.
Ele levantou três dedos e fez a saudação dos escoteiros.
— Palavra de lobinho.

Steve pega um pedaço de pão do cesto e o mergulha na "manteiga trufada batida com sal marinho local". Eu observo enquanto ele dá uma mordida, seus olhos se arregalando ao fazê-lo.
— Santo Deus, Pip. Isso é épico. Tome — ele estende um pedaço —, role-o em seus dedos! É tão macio! — Como sempre acontece quando se trata de delícias gastronômicas, seu entusiasmo é contagiante, e, antes que eu perceba, nós dois estamos fazendo bolas de neve com a massa de pão e passando-as na melhor (única) manteiga batida que já provei.

Steve levanta sua taça.
— A Chris Lyons. Você faz as melhores filhas. E as melhores listas de desejos. Nós o amamos e gostaríamos que você estivesse aqui.

Ergo a minha — "Ao papai" —, e, quando nossas taças se tocam produzindo um tilintar, uma lágrima traiçoeira faz uma investida não programada, ameaçando derramar-se pela borda. Droga. Não me deixe chorar. Aqui não. Não na frente de todos esses frequentadores assíduos do Oyster Pearl impossivelmente descolados. Não, não, não. Mantenho os olhos abertos e arregalados, e me recuso a piscar na tentativa de dissipar o líquido acumulado. Sou, em parte, bem-sucedida ao fazê-lo.

Steve inclina-se sobre a mesa e passa o polegar sobre minha bochecha molhada.

— Por que não mandamos uma mensagem para ele? — sugere Steve gentilmente. — Conte a ele tudo sobre esse pão de nuvem.

Sorrio. Ele tem razão. Ele está sempre certo. Pego meu telefone na bolsa e começo a escrever uma mensagem de texto.

Paizinho! Nós conseguimos. Uau. É uma loucura aqui. "Almoço à beira-mar, no mar", como diz o slogan. Aí vai a primeira foto de muitas. O pão de nuvem. É como uma nuvem com casquinha. Vou levar um pouco para casa na minha bolsa. É o paraíso. Mais fotos por vir!

Deixo o telefone na mesa ao meu lado e, pela primeira vez, Steve não me diz para guardá-lo. Ele sabe que não vou relaxar até ver que a mensagem foi recebida e que meu pai está digitando de volta. Enquanto meus olhos permanecem fixos na tela, brinco distraída com o colar, girando os dois berloques de leão-marinho de prata entre o polegar e o indicador. Há uma calmaria estranha em sua suavidade fria entre meus dedos. Fecho os olhos e tento estabilizar minha respiração. Concentre-se na lembrança.

Nossa última manhã em São Francisco. Meu pai prendeu o fecho no meu pescoço sobre uma panqueca de café da manhã, o par de berloques pousando com um baque suave na minha clavícula.

— Prontinho, Esquilinha. Agora você pode ver seus leões-marinhos todos os dias.

Foi a melhor lembrança que ele poderia ter me dado. Uma recordação tangível da escapada despreocupada e cheia de risadas que agora parece pertencer a outra vida. Nós éramos os Três Patetas. Os Três Amigos. O Triunvirato — *Eu sou o pai, Steve é o filho... o que faz de você, Pip, o Espírito... de porco.* Comemos, bebemos, nadamos e andamos de bonde por aquela cidade pulsante, *agarrando a Golden Gate pelas gônadas douradas*, como papai colocou a questão. Mas, o melhor de tudo, eu vi os leões-marinhos. Leões-marinhos da vida real, bem diante dos meus olhos.

Seguimos os berros, rosnados e grunhidos até o lendário Píer 39, e, ao virar a esquina, deparamo-nos com uma das vistas mais extasiantes que se possa imaginar. Dezenas de lindos filhotes com olhos de corça, rolando e se refestelando nas pedras escorregadias. Pilhas de leões-marinhos brincalhões, trombando e tombando, espalhados pelos estrados de madeira e olhando para mim como se estivessem me esperando. Alguns estavam juntos, acariciando de maneira afetuosa os bigodes de seus companheiros. Outros coçavam as próprias barrigas com ar sonhador. Os mais novos pareciam estar rindo enquanto mergulhavam e lutavam entre si como crianças indo para a creche, enquanto os maiores (decretei serem os avós do bando) apenas piscavam para a luz do sol, contentes, as barrigas esticadas ao ponto de estourar por causa do indulgente excesso de peixe no jantar. Isso me tirou o fôlego, como uma daquelas epifanias das quais as pessoas falam. Lá estavam todos eles, bem diante dos meus olhos. Fiquei fora de mim. Steve me diz que eu pulava de um pé para o outro como uma biruta, batendo palmas e gritando como uma hiena. Ele *afirma* que comecei a chorar de pronto. Mas tenho certeza de que fui muito mais tranquila do que isso.

— Gostariam de uma foto juntos? — Ela está de volta, nossa garçonete superpoderosa, exibindo seu sorriso de um milhão de dólares.

Nós nos olhamos. Steve não gosta de fotos de casal — é seguro dizer que ele as detesta —, mas, pelo meu pai...

— Claro, por que não?

Ele passa o telefone para ela e se levanta da cadeira para vir para o meu lado da mesa.

Um suspiro de surpresa de nossa garçonete.

— Não, não! *Você* deve ficar sentado, senhor.

Steve parece um pouco assustado, mas obedece. Ela se vira para mim e gesticula, e me movo para o lado dele, colocando os braços ao redor de seus ombros. Pressionando minha boca contra sua orelha, sussurro:

— Que tolice a minha, onde eu estava com a cabeça! *Nunca* se deve pedir a um homem que se levante de seu assento!

Steve bufa de riso e tenta disfarçar com uma tosse.

A garçonete olha para cima, os olhos arregalados de alarme.

— Você está bem, senhor? Posso lhe trazer alguma coisa? Água?

— Não, estou bem. Desculpe. Um pedaço de pão ficou entalado.

Ela parece aliviada e começa a se preparar para bater a foto.

— Hum. Não está muito bom. Esperem...

Ela puxa uma cadeira vizinha, sobe e se estica em toda a sua grande altura para capturar nosso melhor ângulo. Que diabos...

Espero Steve entrar em combustão espontânea. Esse nível de atenção é sua ideia de entrar no mais ardente dos infernos. Mas ninguém parece notar que temos uma garçonete alta de pé em uma cadeira ao nosso lado. Ela estende os braços acima de si e tira várias fotos. Enfim, desce para conferi-las.

— Ficaram incríveis. Há muitas aqui. Tenho que dizer, você está ótimo, senhor. Luminoso. Esta luz realmente realça seus olhos. Tome.

Steve ignora o elogio com indiferença, mas posso dizer que ele está animado. Ela se inclina para mostrar-lhe as imagens e percorre toda a coleção. A verdade é que não consigo nem ver os olhos dele em metade das fotos, pois a sombra dela está cobrindo todo o seu rosto. Mas não digo nada. Espero que ela mencione minha pele radiante ou meu cabelo sedoso ou minhas covinhas atraentes, mas a garçonete apenas devolve o telefone para Steve, demorando a mão na dele enquanto faz isso. Ela baixa a voz e se inclina um pouco mais.

— Uma foto é uma alegria, não é? Algo para guardar como um tesouro. *Para sempre.*

Espere. Isso foi um tremor em sua voz? E, com um tapinha significativo de sua mão, ela se foi.

Nós dois a assistimos se deslizar em silêncio pelos outros comensais.

— Bem. Alguém tem uma admiradora.

Steve procura seu lenço e assoa o nariz desconfortavelmente — um hábito arraigado que aprendi que é exacerbado por qualquer exposição ao escrutínio físico. Em seguida, ele pega decidido o menu chique estilo jornal debaixo do prato e aponta palavras e frases aleatórias.

— Escalopes fritos! Truta-do-mar com erva-doce em conserva. Interessante. Ah! Suflê de maçã russet! Pode vir. Esse pão me deixou com tanta fome.

Pão causa esse efeito em Steve. Pão, nozes, batatas fritas, cerveja — qualquer coisa que, para a maioria das pessoas normais, enganaria a fome e as faria aguentar até o jantar. Em vez disso, ele fica com mais fome, como se um compartimento invisível se abrisse na barriga enquanto seus sucos gástricos começavam a funcionar. Isso me faz rir. Amo o apetite dele. Sempre amarei seu apetite.

Folheio a coleção de fotos da garçonete e seleciono a menos terrível para enviar a meu pai. Ao fazê-lo, verifico se ele respondeu à primeira mensagem, mas nada. Um aperto momentâneo em meu estômago, como ar sendo forçado para dentro de um balão, quando o revejo nos degraus da frente esta manhã: um esboço em preto e branco apático se comparado ao seu antigo eu pintado de forma vibrante. Mas, apesar de magro, frágil e exausto, ele ainda estava sorrindo com um amor escancarado no rosto enquanto se despedia de nós.

Pare de entrar em pânico, digo a mim mesma. Ele está bem. Ele lhe deu sua palavra. Nada drástico durante o almoço, certo? Ele não vai a lugar nenhum. Meu pai *sempre* cumpre suas promessas.

Digito com agilidade.

Estou com saudades, pai. Steve está fazendo sucesso. Pode voltar para casa com uma nova namorada. Escalopes em seguida. Vou levar uma quentinha para você. Com amor, os (temporariamente) Dois Amigos.

Pressiono a tecla enviar. O sinal do envelope pisca na parte superior da tela ao tentar forçar minha mensagem através da selva tecnológica e soltá-la com segurança no telefone do meu pai.

Mas a mensagem não vai a lugar nenhum. Continua enviando, sem parar — sempre enviando, mas nunca entregue. De repente, penso em Nárnia, onde é sempre inverno, mas nunca Natal. Ah, deve ser por isso que ele não respondeu — obviamente o sinal é ruim no restaurante. Verifico minha caixa de saída e lá está, minha última mensagem, ainda pendente em algum lugar ao longo da A25 entre Whitstable e Surrey. Passeio meu telefone ao redor, tentando encontrar um bolsão invisível de Wi-Fi, mas sem sucesso.

Volto a olhar para o meu telefone.

Mensagem pendente.

Um aperto em volta do meu coração, como dedos ossudos e frios agarrando suas câmaras; a batida surda do pânico crescente. Preciso enviar isso. Devo manter contato. Se eu afrouxar o contato entre nós, mesmo que um milímetro, qualquer coisa pode acontecer. Qualquer coisa pode...

Não. Respire.

Não vai acontecer. Ele prometeu. Lembra?
Talvez o sinal seja melhor na frente do restaurante.
— As mensagens não estão indo. Vou dar uma volta lá fora e ver se no estacionamento é melhor. Não vou demorar. Desculpe.
Steve sorri.
— Não seja boba. Sem pressa.
Quando me levanto para ir embora, a nova namorada de Steve chega à nossa mesa, um pequeno ovo fumegando em uma travessa enorme.
— Um pequeno *amuse-bouche*. Ovo de codorna defumado com aïoli de endro. Com os cumprimentos do chef.
Ela o coloca na frente de Steve.
Quero dizer, uma coisa é atenção, outra é assédio.
— E como estão as coisas?
Por pouco não digo "Hmm, praticamente idênticas a como estavam quando você nos perguntou três minutos atrás", mas me forço a não dizer nada.
Sua atenção está focada apenas em Steve. Qual é, penso. Pelo menos finja que reconhece a minha existência.
— O gerente perguntou se você gostaria de fazer um tour pela cozinha com o chef Ricky Warner antes de servirmos o seu primeiro prato. Normalmente, não convidamos o público durante o serviço, mas ficaríamos honrados se quisesse se juntar a nós, sr. Lyons.
Hum. Alô?
— É uma experiência muito especial e única na vida.
Steve lança um olhar para mim. Lanço um olhar para a garçonete. Ela lança um olhar para Steve.
Isso continuou por certo tempo. Como uma espécie de jogo esquisito de mudança de foco numa escola de teatro.
Enfim, quebro a corrente.
— Na verdade, só preciso enviar uma mensagem urgente. Onde eu teria o melhor sinal?
— O sinal é muito melhor na cozinha. Então, vocês podem matar dois coelhos com uma cajadada só! — Ela de repente parece um pouco desconfortável. — Por assim dizer. Então, gostariam de me seguir?

Ela sorri e volta para a cozinha, parando perto das portas de vaivém e olhando para nós com expectativa. Dava para ouvir um alfinete cair. Olho ao redor do salão. Os outros clientes observam sem pudor a cena, de olhos arregalados.

É claro que somos o entretenimento. Ansiosos para evitar mais exposição, nós a seguimos com rapidez pela sala de jantar, através das portas estilo *saloon* e pela cozinha barulhenta.

A garçonete nos anuncia com uma tosse levemente constrangida.

— Eles estão aqui, Ricky.

Um silêncio estranho sobrevém. Nós nos agrupamos atrás dela, como crianças em uma excursão escolar, enquanto um homem baixinho de gorro preto e óculos redondos de tartaruga levanta a vista de um soufflé alto.

Há um brilho maníaco em seus olhos escuros, como se ele tivesse acabado de ouvir a melhor piada imaginável.

— Ah! Meus convidados *d'honneur*! Entrem, entrem!

Ele tira o avental e corre em nossa direção, um cachorrinho em sua primeira caminhada.

— Bem-vindos à minha cozinha! O melhor lugar na pequena terra de Deus.

Enquanto ele fala, suas mãos expressivas dançam no ar, cortando-o em pedaços com um assobio.

— Agora que você viu meus segredos, terei de matá-lo!

Ele ri loucamente. Os olhos da garçonete se arregalam de horror enquanto ela olha de Steve para o chão. Por que parece tão mortificada?

Por fim, ele oferece a mão a Steve e sua expressão muda para sombria.

— Estou muito feliz que tenha sentido que poderia se juntar a nós, senhor.

Ambos permanecem apertando as mãos por um longo, longo tempo.

— É uma honra saber que podemos ser úteis.

Steve observa sua mão e é visível que não sabe como terminar o cumprimento sem ofender.

— Que minha comida possa lhe trazer alegria durante este período difícil. Bem, é por isso que fazemos o que fazemos.

Olho para Ricky e depois para Steve.

— Todos nós admiramos você. Tamanha luta. Tamanha... como vocês dizem... *garra*.

Todos os chefs param de cortar e observam Steve, expressões dolorosas de respeito e solidariedade em seus rostos.

Ah, espere.

Olho para a garçonete enquanto ela gesticula para um sous-chef pegar uma cadeira, caso Steve precise se sentar. E, de repente, tudo faz sentido.

Horrível, ridículo, absurdo, hilário, de certa forma.

Eles acham que Steve tem câncer! Eles acham que Steve é o convidado de honra.

Preciso dizer algo. Preciso esclarecer as coisas para eles.

Mas, então, aquele riso, aquele riso terrível, infame e feliz que desce como neblina nos lugares mais inoportunos, está sobre mim. Um bufo, virando uma risada, virando uma risadinha, virando um rolo compressor de histeria que faz lágrimas escorrerem pelo meu rosto.

Não é que seja engraçado. Na verdade, toda essa situação devastadora é a coisa mais sem graça que já aconteceu comigo. Mas, por alguma razão, neste momento, enquanto um Steve confuso está de pé desajeitadamente apertando a mão de um chef famoso, sendo acarinhado, mimado e lamentado, sinto que minhas bochechas vão arrebentar de tanto rir. Nossa garçonete me olha com desdém.

Que tipo de namorada ri numa hora dessas? Tento falar, mas a histeria me deixa muda.

Ok. Respirações profundas. Para dentro e para fora. Preciso me recompor.

Pareço uma lunática. Para dentro e para fora. Para dentro e para fora. Steve está olhando para mim. Todo mundo está olhando para mim.

— Sra. Lyons?

Uma voz atrás de mim. Eu me viro, e é a maître. O que ela está fazendo na cozinha? Parece tensa.

— Desculpe incomodá-la, mas temos um telefonema para você na recepção. Acredito que seja sua mãe. Ela soa...

Mas não consigo mais ouvi-la enquanto cambaleio para longe, empurrando as portas de vaivém com Steve atrás de mim, derrapando pela sala de jantar lotada, esbarrando nas cadeiras, alheia aos resmungos da clientela enquanto me jogo contra a mesa da recepção.

Se eu chegar a esse telefone rápido o suficiente, talvez eu consiga contornar o tempo. Talvez eu possa parar a ligação.

Talvez…

Estou de volta ao carro. Não faço ideia de como cheguei aqui, mas cheguei.

Olho para a frente, desejando que a viagem termine e, ainda assim, nunca termine. Meu reflexo na janela. Meus olhos.

Ou são os olhos dele?

Por favor, pai. Por favor. Eu preciso de você. Isso não pode acontecer. Isso não pode estar acontecendo. Você prometeu. Você nunca quebra sua palavra. Fique comigo. Fique comigo, pai. Fique…

Steve estende o braço e coloca a mão sobre a minha. Seus olhos podem estar fixos na pista à sua frente, mas seu coração está fixo na passageira sentada ao lado dele.

— Nós vamos chegar lá, meu amor. Estamos a apenas uma hora de distância. Ele vai esperar por você, prometo. Seu pai é um lutador.

Esperar. Chegar lá. Lutador.

Posso ver as palavras de Steve flutuando na minha cara. Não balões de fala, mas entidades físicas e tangíveis. À deriva e estourando. A estranha fica ao lado da minha orelha. Posso vê-la pelo canto do olho. Recusando-se a se mover. Querendo ser ouvida. Mas nenhuma delas de fato significa algo. São abstratas. Aleatórias. Desconectadas.

Acho que Steve ainda está falando.

Parece que ele está debaixo d'água. Ele está debaixo d'água?

Ou sou eu que estou?

As marcações da estrada se dissolvem abaixo de nós.

Cada vez mais rápido. Estamos chegando a algum lugar. Em algum lugar que não suporto estar e, ainda assim, do qual jamais quero sair.

Arrastando-nos em direção a algum lugar. Para algo. Algo que poderia me deixar sem nada.

Um futuro sem passado. Uma árvore que nunca mais fará barulho ao cair.

Não. Não. Não, pai. Não.

Fique comigo.

Estou tonta. Meu cérebro está quente. Eu alcanço debaixo do assento. Um saco plástico. E estou mais nauseada do que nunca. E continuo até não sobrar nada.

E, ainda assim, eu vomito.

Meu corpo abrindo espaço para a dor que consumirá cada centímetro de mim.

A cada minuto, estamos nos aproximando.

Fecho os olhos contra a escuridão e me preparo para saltar no abismo.

2 DE MARÇO DE 2019

09:39

Steve está no fim de uma passagem iluminada que liga a UTI ao restante do hospital. Dá para um jardim pavimentado, de um verde úmido com musgo, e de cujas laterais negligenciadas brotam narcisos resistentes que começaram a florir através do húmus. Ele descobriu que, se agitar o braço, o movimento faz com que as portas de correr se abram, trazendo ar mais fresco e menos estéril que não cheira a desinfetante.

Ele descansa a testa contra a janela, o vidro aquecido por um raio de sol da manhã, e respira fundo. Não consegue se aproximar da fonte da brisa, ainda preso à esposa por um cordão umbilical que se estende pelos corredores, mas o cordão afrouxou desde que Diana chegou. É bom saber que Pippa tem outro protetor agora. Pela primeira vez desde que ouviu a notícia, ele permitiu que outra pessoa compartilhasse o peso.

Quando as portas pelas quais ele entrou oito horas antes se reabrem, a corrente de ar traz consigo novas vozes. Ele se aproxima, atravessa a passagem e entra em uma ampla área de espera.

— Mãe, diga a ele para parar de me beliscar!

— Por que você está mentindo? Não toquei em você.

Ele para de repente e balança a cabeça. Deve estar imaginando coisas?

— Mãe, diga a ele!

— Sammy, deixe sua irmã em paz. Não vou falar de novo!

Inconfundível aquela voz. Ele empurra a porta.

— Tio Stevie!

E, como por mágica, lá estão todos eles. A vida dele. Seus apoiadores. Seu mundo inteiro espremido em uma sala minúscula. Charlotte, Siobhan, June, as crianças, Mickey, Pat, Tania, Gus. Ele meio que espera que alguém grite "Surpresa!" e sopre uma língua de sogra em seu rosto.

Ruby Mae corre em sua direção, enrodilhando os braços em volta da cintura dele como um chimpanzé. Para não ficar de fora, Sammy se aproxima e se junta ao abraço.

— Eles insistiram em vir — diz June.

Outro rosto atravessa a multidão. Oscar. Ele parece quase envergonhado, o cabelo despenteado, a camiseta amassada e de trás para frente.

— Ei, Stevie.

— Oscar, eu disse para não…

— Eu sei, companheiro. Mas a notícia se espalhou. Todos queriam estar aqui. Por você. Por ela. Somos uma família.

Lenta e silenciosamente, seu universo o envolve. Sua coleção de faróis reunida para guiá-lo em sua noite mais escura. Ele não se dera conta do quanto precisava deles. Agora todos o estão abraçando com força, em um *scrum* de rúgbi de alturas incompatíveis, uma unidade inquebrável, no meio de uma sala de espera de hospital.

— Ok — Steve diz, por fim. — Amo todos vocês, mas não consigo respirar.

Com alguns enxugamentos de lágrimas mal disfarçados, a equipe enfim se desfaz e volta aos seus postos ao redor da sala. Steve os observa e percebe que há algumas ausências notáveis.

— Mamãe e papai? — pergunta ele.

— Ficaram no trailer da tia Niamh — responde Mickey.

— Sem sinal — as gêmeas falam juntas, pela primeira vez em anos.

— Isso foi estranho — comenta Siobhan.

— Isso foi engraçado! — exclama Ruby Mae.

— Quando Pippa estiver melhor — diz June, e não está claro se ela está se dirigindo ao irmão ou aos filhos —, vovó e vovô podem vir visitar.

— Como ela está? — Tania pergunta em seguida, quase irreconhecível, seus olhos tão inchados de tanto chorar que parece que acabou de fazer uma plástica. — Posso vê-la? Preciso mesmo vê-la.

— Diana está com ela agora. Mas você pode entrar depois.

Tania engole em seco. Ela está segurando a mão direita com a esquerda numa tentativa fracassada de impedi-las de chacoalharem. Na verdade, todo o seu corpo está tremendo, joelhos, coxas, barriga. Ela parece estar de pé em uma placa vibratória na academia.

— E ela está... ela vai...

Mas as palavras não vêm.

— Ela está estável, Tan. Isso é tudo o que sabemos no momento.

Ela concorda com a cabeça timidamente, desesperada para dizer mais, palavras de conforto, mas em vez disso, as lágrimas escorrem por suas bochechas em riachos.

— Ela vai ficar bem, querida. Sei disso — incentiva Gus, enquanto passa um longo braço em volta da cintura dela. — Nossa garota tem mais espírito de luta do que Mike Tyson. Você vai ver.

Steve não suporta assistir ao desespero de Tania para acreditar. Ele se vira e vê Charlotte sentada ao lado da porta. Ela sorri e bate na cadeira ao seu lado. Está com a expressão impassível de uma profissional médica, o que, de imediato, ele acha reconfortante. Steve percebe que não tem força para a ansiedade de outras pessoas agora. Mal consegue administrar a sua própria.

— Eles lhe contaram como acham que ela está se recuperando da cirurgia? — Ela não perde tempo. — Sei que removeram um coágulo de sangue mais cedo, mas o cirurgião disse que a pressão ainda estava...

— Espere. Como você sabe disso?

— Eu o peguei no corredor. — Ela sorri, aquele sorriso ligeiramente torto de Gallagher. — Coitado. Acho que ele nem viu o que o atingiu. Dizem que os médicos são os piores pacientes... eu diria que são visitantes ainda piores.

Steve olha para o chão.

— Simplesmente não sei — diz ele. — Ele não está passando muita coisa. Apenas me disse para falar com ela, então tenho feito isso. Mas sem obter nenhum resultado. Estou com muito medo, Char.

Charlotte segura o rosto do irmão entre as mãos e encosta a testa na dele. É um gesto herdado de sua mãe, e a familiaridade ameaça derrubá-lo.

— Escute, Stevie. Não vou dizer que tudo vai ficar bem, porque te amo demais para te enganar. Mas de fato acredito que ela está em boas mãos. Mesmo que ele seja velho demais para usar brinco.

Steve emite um som estranho, mas se recusa a aceitar que possa ter sido uma risada.

— Vocês passaram por muita coisa nos últimos anos — Charlotte continua. — E vão passar por essa também. Tenho certeza disso.

Ele só consegue assentir.

— Vamos, Steve. Ela é uma Gallagher!

— Sim. — Ele sorri. — Sim, ela é.

Ruby Mae avança com timidez. Está segurando algo atrás das costas.

— Fiz uma coisa para a tia Pippa.

Steve se inclina para a sobrinha. A adolescente lhe entrega um pedaço de cartão dobrado.

— Ah, Rubes, é muito atencioso de sua parte

— É um desenho. Tive que fazer no carro, por isso não está grande coisa.

— Não, não está — Sammy entra na conversa. Ruby Mae revira os olhos.

Steve abre o cartão. Uma colorida Pippa no estilo mangá olha para ele. Tem enormes olhos amendoados, maquiagem descolada e um macacão azul-elétrico.

— Isso está sensacional, Rubes. Ela vai adorar.

— Poderia ter ficado mais legal, mas o carro estava pulando muito com a mamãe dirigindo.

— Não. Está perfeito.

Ruby faz um trejeito com a boca, demonstrando hesitação.

— Posso levar para ela?

— Agora não. Vou mostrar a Pippa primeiro, então, assim que ela acordar, vocês podem conversar sobre isso.

— Promete?

— Prometo.

— Stevie? — É Oscar, segurando um pequeno pacote. — Achei que você poderia querer algumas coisas de casa, então, fui até o seu apê. Ainda tenho a chave reserva.

Ele oferece os itens um a um, como um rei mago em uma peça de presépio, presenteando José com ouro, incenso e mirra.

— Pijamas. Dele e dela. Tirei-os de debaixo dos travesseiros, desculpe. Maçãs... só porque as vi e pensei, sabe, vitamina C e tudo mais. E suas escovas de dentes. Sei o quanto você ama uma boa escovada. E, quando Pippa acordar, ela não vai querer ficar com bafo de sono.

Steve pega os presentes ecléticos de Oscar em uma mão, mantendo o desenho de Ruby na outra. Ele olha em volta para a família e amigos que o estão observando, a seu dispor. De repente, sua bondade, seu amor e seu apoio são sufocantes. Sem dizer uma palavra, ele se levanta e sai correndo da sala.

Ele acelera ao longo do corredor, a respiração ondulando através dos pulmões sobrecarregados.

— Estou voltando, Pip. Estou chegando.

JULHO DE 2015

Steve

Nossa espera nervosa foi enfim interrompida pela chegada de um médico vestido de branco, que flutuou pelo corredor como um super-herói.

— Doutor Cole. — Nós o cumprimentamos, levantando-nos em uníssono.

Pippa e eu estávamos colocando toda a fé que podíamos naquele homem inteligente e um pouco distante, que não fazia ideia do quanto o reverenciávamos. Durante semanas, sua palavra se tornara um evangelho em nossa casa:

— O dr. Cole disse que tudo bem tomar uma taça de vinho.

— Cole disse que leite não orgânico pode ser melhor.

— O que o médico disse sobre ioga?

— Acho que ele não mencionou ioga.

— Eu me pergunto o que ele *diria*...

Ele não era muito mais velho do que eu ou Pippa, talvez estivesse na faixa dos trinta — na verdade, poderíamos estar entre seus primeiros pacientes de fertilização *in vitro* —, mas o víamos como um tipo de mago.

Ele veio em nossa direção ladeado por duas enfermeiras. Já havíamos passado por uma longa jornada com ele: consultas, cartas, exames. Tornara-se um amigo, um amigo por correspondência, um confidente — e estava mais intimamente familiarizado com as partes privadas de Pippa do que eu gostaria que estivesse. Apesar de sua onisciência e de nosso relacionamento fluorescente, no entanto, ele teve que dar uma olhada superficial em suas anotações para se lembrar de nossos nomes.

— Bom dia, Pippa, Steven — disse ele. — Vocês podem me acompanhar?

Reunimos nossos pertences e observei o casal sentado à nossa frente, com quem eu evitava me envolver desde que chegamos. Não sei por que nos mantivemos afastados um do outro — estávamos todos lá pelo mesmo motivo, e poderia ter sido reconfortante conversar —, mas estávamos firmes em nossa reserva britânica.

— Boa sorte — disseram agora, sorrindo calorosamente.

Enquanto seguíamos o dr. Cole pelo corredor curto, sussurrei para Pippa:

— Achei que desse azar dizer, você sabe...

— O quê? *Boa sorte*? — perguntou Pippa.

— Agora você também disse!

— Antes de uma peça, sim — ela suspirou. — De qualquer forma, é melhor do que dizer *quebre a perna*[33] quando estiver em um hospital.

— Verdade — concordei. — Tipo diferente de teatro.

Fomos deixados em uma sala silenciosa no fim do corredor. Outra caixa esbranquiçada sem janelas, a mesma lixeira amarela de pedal no canto, os mesmos buracos na parede que canalizavam oxigênio — um lembrete de que a sala poderia ser reaproveitada a qualquer momento. Foi reconfortante ver a mochila esportiva do dr. Cole e o capacete de bicicleta pendurados na parte de trás da porta.

— Sentem-se — disse ele. — Só vou baixar a ficha de vocês.

— Este é o seu consultório? — perguntei, buscando mais pistas sobre sua vida como civil.

— Hum, sim. Por hoje.

— O que você anda pedalando hoje em dia? — perguntei, com uma voz bem diferente da minha.

— Uma bicicleta comum — respondeu ele. O médico digitou em seu teclado, depois começou uma rotina familiar: recapitular nosso histórico completo de fertilidade até o momento. — Então, vi você pela primeira vez há um ano e meio, quando sua menstruação parou.

---

[33] No Brasil, no meio teatral em tal situação, é costume dizer "Merda pra você". (N.T.)

— Pensamos que poderíamos estar grávidos de novo — falei.
— Mas não estávamos — completou Pippa —, e a menstruação parou por três meses.
— Então, testamos seus níveis hormonais e, deixe-me ver... — Ele levantou um dedo apontado para que ficasse a uns três centímetros de distância da tela. — Seu hormônio folículo-estimulante foi...
— Muito alto — falou Pippa.
— Sessenta e cinco — completei.
— E pensei ser uma coisa boa.
— Mas depois ficou mais baixo. Acho que doze?
— Não, mais alto — Pippa me corrigiu. — E meu hormônio antimulleriano, que queríamos que fosse alto, estava muito baixo, quase inexistente.
— Zero ponto três — disse o dr. Cole, tentando nos acompanhar enquanto lia no monitor.
— Uau, isso é baixo.
— Mas, então, ficou mais alto.
— Mais alto, mais baixo — disse Pippa. — É como no programa *The Price is Right*.
O dr. Cole limpou a garganta.
— Então, há dois anos você engravidou naturalmente?
— Na nossa lua de mel — confirmou Pippa.
— Depois, novamente, seis meses atrás — acrescentei.
Nesse ponto de nosso histórico de fertilidade, o ouvinte em geral respondia com um pequeno suspiro triste, mas é óbvio que o dr. Cole não era dado a demonstrações educadas de emoção.
— E ambas as gestações terminaram em aborto espontâneo — concluiu. — Está correto?
Ele sabia a resposta, mas olhou para nós para confirmação.
— Sim — respondi.
— Estamos fazendo sexo a cada dois dias, porque é por quanto tempo dizem que o espermatozoide pode viver dentro de mim — disse Pippa, preenchendo o silêncio. — Isso é informação demais?
— Nem um pouco. — O dr. Cole quase sorriu. — É o que recomendamos.

— Claro que às vezes fica um pouco "vai lá em cima, faça o trabalho, de volta ao *Line of Duty*". Desculpe, isso é mesmo...

— Sim, talvez um pouco. — Ele limpou a garganta outra vez. — Você está injetando Menopur, certo?

— É Steve que aplica em mim.

Eu tinha aprimorado o procedimento ao nível de obra de arte. Enchia a seringa, tirava as bolhas de ar, beliscava a barriga de Pippa e, quando ela parava de rir do absurdo ou de chorar pela injustiça da situação, eu injetava, esfregava e depois descartava.

O dr. Cole continuou a ler nossas anotações.

— E, após três semanas de estimulação, seus ovários produziram um folículo em potencial.

— *Um* — repetiu Pippa, lamentando mais um número inútil que nos foi dado neste cruel jogo de vinte e um. — A maioria das mulheres consegue cerca de dez, certo? — O dr. Cole olhou para nós, sem saber como responder. — Nossas chances são muito pequenas — ela continuou. — Nós sabemos disso.

— Cada pessoa é diferente, Pippa — explicou o médico, saindo do roteiro. Ele conseguiu soar realista, mas não desencorajador, e olhou para Pippa paternalmente.

Eu me perguntei se ele tinha seus próprios filhos — ele usava uma aliança de casamento — e vasculhei a sala em busca de provas: uma foto emoldurada, talvez.

— Então. As enfermeiras já devem ter passado tudo isso para você, mas, só para esclarecer, estaremos passando uma sonda de varredura com uma agulha fina acoplada...

Meus olhos pousaram no rosto risonho de uma criança, um bebê, mas não era a progênie do dr. Cole. Era uma foto colada em um cartão de felicitações, em uma prateleira ao lado de uma caixa de luvas cirúrgicas. Eu só consegui decifrar as palavras *Obrigado por tudo* escrito dentro.

— ... antes de extrair o fluido do folículo.

Eu estava pensando se deveríamos enviar um cartão caseiro como o da prateleira ou um cartão personalizado de um site quando ouvi meu nome sendo mencionado.

— E aí Steve vai levar a caixa ao King's? — Pippa estava dizendo.

— Eu? O quê?

Ela cutucou meu joelho com o dela.

— Você precisa prestar atenção, Steve!

— Depois da coleta de óvulos — explicou dr. Cole, girando a cadeira para ficar bem na minha direção —, o fluido folicular será armazenado em uma incubadora portátil, que você terá de levar à unidade de concepção assistida do King's. Aconselhamos que pegue o trem. Viagem mais rápida a esta hora do dia. Lá, você produzirá uma amostra de esperma antes de retornar para buscar Pippa.

— Claro. Eu sei.

E sabia mesmo. Li várias vezes o folheto que nos foi dado em nossa primeira consulta. Mas não parecia que era algo que de fato iria acontecer, mesmo agora que enfim estávamos aqui.

— Então, a menos que tenham mais perguntas…? — Não tínhamos. — Steven, você pode esperar na recepção ou ir direto para a enfermaria, fica a seu critério.

— Ah, vai ser agora? — perguntei.

— Vou deixá-los a sós um instante para se prepararem — disse o médico que, ao sair, deixou um avental azul-esverdeado dobrado sobre a mesa. — Remova apenas as roupas íntimas, meias e qualquer joia.

A porta se fechou atrás dele e Pippa começou a se despir.

— Você pode abrir o zíper aqui atrás? — ela pediu. — Não consigo alcançá-lo.

Estava quente lá fora, no meio de uma onda de calor de julho. Pippa escolhera usar um vestido laranja-vivo.

— Você acha que esta roupa está adequada? — ela perguntou, deliberando na frente do espelho, naquela manhã.

— Você está adorável.

— Eu sei, mas é adequada para um hospital?

— Não há código de vestimenta, há?

— Isso é verdade.

— Mas é um colorido forte.

— Eu sei. Mas isso faz eu me sentir feliz.

— Então, você deveria usá-lo.

Vesti uma alegre camisa de manga curta em solidariedade, com pequenas flores azuis e amarelas estampadas, e chegamos ao hospital de óculos escuros e sandálias, o que parecia completamente inadequado, como se estivéssemos indo para o clube em vez de para um centro médico.

O avental hospitalar de Pippa era quase do mesmo comprimento que seu vestido de verão, mas ela não parecia alegre nele.

— Você está bem? — perguntei.

— Estou bem. Fecha para mim?

Amarrei o cordão atrás de suas costas, apertado o suficiente para que definitivamente cobrisse seu bumbum.

— Como estou?

— Sensual.

— O chão está frio. — Ela patinhou no local. — Esqueci meus chinelos.

— Tem pantufas aqui. — Eu abri o zíper da bolsa que ela trouxera para o hospital, que eu tinha enchido sorrateiramente antes de sairmos, sabendo que provavelmente ela estaria levando pouquíssima coisa (e estava mesmo: apenas uma revista de fofocas e uma maquiagem totalmente desnecessária).

— Você é meu anjo da guarda — disse ela, olhando dentro da bolsa. — É um sanduíche? De quê?

— Uma surpresa. Caso não queira a comida do hospital.

Foi então, pela primeira vez naquele dia, que Pippa chorou.

— Eu te amo — ela conseguiu dizer, assim que houve uma batida suave na porta.

O dr. Cole entrou no quarto com as duas enfermeiras e um auxiliar, que ofereceu a Pippa um assento em sua cadeira de rodas. Ela me deu um sorriso nervoso *aqui vamos nós* enquanto timidamente se acomodava na cadeira, antes de ser levada para longe parecendo indefesa, mas esperançosa.

Pippa

Um par de médicos residentes, eles disseram. Eu me importaria com um par de médicos residentes assistindo ao procedimento?

Podem me chamar de ignorante, mas, que eu saiba, um par significa dois. Sendo só modo de falar, no máximo três, vai...

Agora, um par de centenas, como assim?

A sala de cirurgia está repleta deles. Garotos praticamente imberbes e garotas de olhos arregalados, todos sérios, ansiosos, atentos, tomando notas como se estivessem se aproximando com rapidez de um prazo final.

Eles não parecem ter idade suficiente para *brincar* de médicos, que dirá *ser* um deles.

Bem, *voilà*. Aqui estou eu. Fiquem à vontade, meninos e meninas. Deixem-me ser sua cobaia.

O que ouço você perguntar? Se me sinto exposta? Não! De jeito nenhum. Por que deveria? Eu só tenho minhas pernas bem abertas e um vestido de papel que mal cobre minha vulva. Manhã normal de sexta-feira.

— Certo — diz o dr. Cole. — Essa é a cânula penetrando agora. Observem o ângulo que discutimos.

Assentimentos e murmúrios de concordância. Mais anotações compenetradas. Olho para minha mão esquerda, mal a reconheço sem meus anéis. Traço a marca que eles deixaram no dedo anular.

— E estou certo em pensar que você já tomou sedativo antes, Pippa? Você sabe o que esperar?

O dr. Cole tem a capacidade desarmante de fazer eu me sentir como se estivesse de volta à escola. A voz de barítono, as mãos firmes como uma rocha... Tudo nele grita competência, experiência, foco. Então, por que estou tão apavorada?

— Sim!

Minha voz soa muito aguda. Limpo a garganta e tento de novo, como uma adolescente procurando esconder o nervosismo.

— Sim. Algumas vezes, na verdade. Aborto espontâneo, miomas removidos, o tênis de corrida de plástico da Barbie enfiado na minha narina esquerda... — Por que sempre tento fazê-lo rir? — Não nessa ordem, é claro!

Sou recompensada com um sorriso. Ponto para mim!

— E nenhuma reação adversa? Nenhum enjoo? Palpitações?

— Não, tudo bem. Sou dura na queda! Não sou alérgica a nada.

— Que sortuda.

Ele entrega uma folha de papel à estudante de enfermagem a seu lado, que logo o prende no quadro acima do meu leito.

— Ah, tirando grão-de-bico. Mas pode ser que eu não goste do cheiro. De qualquer forma, me faz engasgar.

O dr. Cole assente gravemente.

— Azeitonas fazem isso comigo.

— Sério? Verde ou preta?

— As duas. Mas minha esposa adora, então, sobra mais para ela. Por que, pelo amor de Deus, estamos discutindo azeitonas?

— Ok...

Ele está segurando o que parece ser uma agulha desproporcional de tão grande. Puta merda. De onde veio isso? E, mais especificamente, para onde está indo? Que bom Steve não estar aqui. Agulhas o deixam tonto.

— Sei que discutimos isso antes, mas, apenas para esclarecer, passaremos, em seu ovário direito, uma agulha fina presa à sonda de varredura, a fim de extrair o fluido do folículo. Embora costumemos encontrar um óvulo em setenta por cento das vezes, no seu caso essa chance pode ser um pouco menor. É um procedimento muito simples e você só ficará aqui por cerca de vinte minutos. Deu para entender?

Confirmo. Uau. O dr. Cole encarnou por completo o médico. Chega de bate-papo sobre grão-de-bico. Chega de sorrisos pacientes. Chega de gracinhas. Apenas uma determinação calma e foco.

— Medição da saturação, por favor. Oxigênio pronto?

De repente, sinto falta de Steve. Olho em volta para o meu público, ciente do batimento latejando em meu pulso, coxas e crânio.

Espere. Júnior está lá atrás checando o telefone? Vamos, companheiro, um pouco de respeito. Decerto o Instagram pode esperar. Minha vulva está em exposição aqui. Ou talvez eu esteja sendo injusta. Talvez seja uma mensagem urgente sobre um paciente terminal em outra enfermaria.

Mas, então, ele me pega ao fitá-lo, fica escarlate e guarda sem demora o telefone no bolso. Certo. Menos atualização de pacientes terminais, mais mensagens de aplicativos de namoro, eu diria.

A agulha está agora presa à cânula na minha mão, e o dr. Cole está olhando para mim.

— Certo, a anestesia está entrando agora, Pippa. Se você puder contar de trás para frente a partir de dez… vai ser como uma ótima e forte G & T.

Gin e tônica, você diz? *Aí* está algo com que eu poderia lidar.

Dez. Não, não consigo sentir nada. Nove. Este é definitivamente um single. Oito. Mais tônica do que qualquer outra coisa. Sete. Melhor dizer a eles que não está fun…

Steve

— Tudo bem, Miranda? Como você está se sentindo?

Uma enfermeira matronal, que soava ainda mais irlandesa do que minha mãe, atendia uma mulher que voltava de seu procedimento. A paciente resmungou de volta com um gemido baixo; ela não soava bem para mim, mas não pareceu preocupar a enfermeira.

— Sua cor voltou agora. Quando estiver com vontade, trarei uma boa xícara de chá e um biscoito.

Encontrei meu caminho para a ala de recuperação do ambulatório, onde agora estava na porta, muito consciente de ser a única presença masculina.

— Com licença? — falei. — É aqui que devo esperar minha esposa?

— Coleta de óvulos?

— Sim.

— Coloque suas coisas aí — disse a enfermeira, apontando para um espaço na fileira de leitos, uma baia na qual a maca de Pippa provavelmente seria estacionada de ré.

Então, um murmúrio volta sua atenção para a cabeceira da mulher acordada.

— É só falar, querida. Tenho um Hobnob[34] com seu nome nele.

Não demoraria muito para que Pippa estivesse deitada aqui, voltando da anestesia, confusa e com dor. "Pippa" e "dor" eram palavras que nunca deveriam ser ditas juntas. Eu queria fazer qualquer coisa para ajudar a tornar isso mais fácil, então, deixei a mala na cadeira, aberta, a revista visível. Depois, coloquei o sanduíche embrulhado em papel-alumínio ao lado, para servir como uma mensagem de que eu estive lá, que ela estava segura.

Talvez eu devesse deixar o telefone dela carregando em algum lugar que ela pudesse ver?

— Com licença? — sussurrei. — Desculpe.

— Sim, jovem, o que posso fazer por você?

— É seguro deixar o telefone da minha esposa fora?

— Bem, eu não vou vigiar isso, querido. E ninguém na minha enfermaria vai.

Ela disse *minha enfermaria* como um mafioso dizendo *meu pedaço*, mas com sotaque de Dublin.

— Desculpe — eu disse. — Quando ela acordar, você pode lhe dizer que o telefone dela está carregando no armário e há uma revista na bolsa? Ah, e um sanduíche e um pouco de água com gás.

— Por que você não aproveita e coloca umas fotos? — Não tinha pensado nisso. Procurei na bolsa um papel e uma caneta. Eu poderia fazer um desenho rápido de nós, para levantar o ânimo dela... — Eu estava brincando — explicou a enfermeira.

— Ah, sim, eu sei. Eu só estava...

— Não se preocupe, vou cuidar dela. — A enfermeira era uma chefe da máfia novamente. — Você vai sair em breve, então, trate de se recompor.

Eu me recompus e esperei, empoleirado na beirada da cadeira, onde o estofamento azul dava lugar ao plástico cinza. O ambulatório estava silencioso, exceto pela enfermeira, que dissecava tagarelamente seu almoço.

---

[34] Biscoito industrializado, feito de aveia em flocos, muito popular na Grã-Bretanha. (N.T.)

— Este é sem dúvida o melhor. Brócolis e couve-flor. — Ela sorveu de uma caneca cor-de-rosa, soando como uma criancinha fingindo beber. — Delicioso. Nem parece que é industrializado.

Ouviu-se um ranger de rodas no corredor enquanto uma maca era empurrada, o dr. Cole e as enfermeiras logo atrás. Era Pippa.

— Como foi? — perguntei, pulando da cadeira tão rápido que estava no meio do cômodo antes de conseguir parar. — Ela está bem?

— Tudo correu conforme o esperado.

Conforme o esperado? Agora não é hora de ser misterioso, doutor.

Segui a maca até o lugar onde parou. Pippa parecia pálida e sem vida, seus lábios flácidos formando um U ao contrário.

— Tem certeza? Ela parece um pouco… estranha.

— Ela está totalmente bem — disse ele. — Agora é sua vez. Esta é a incubadora.

Só então percebi o que mais havia sido trazido ao lado de minha esposa: um cubo isolado, envolto em metal, que o dr. Cole abrira como uma maleta. Era mais ou menos do tamanho da TV a que eu assistia quando criança no quarto de Charlotte quando ela estava dando uns amassos, aquela com VHS integrado.

— Como pode ver, contém três frascos — continuou ele.

— Três? Isso é bom?

— É normal. Coletamos o máximo de fluido folicular possível para ajudar a sustentar o óvulo durante a incubação.

Olhei com admiração para os três frascos preciosos. Além deles, escondidos na escuridão do isolamento denso, havia dez a vinte cavidades vazias em forma de frasco.

— Vou fechar a incubadora agora — prosseguiu o dr. Cole. — Tem que ficar em temperatura ambiente, por isso, não abra novamente nem toque nesses fechos. Ok?

— Tudo bem — respondi, enquanto ele a fechava.

— Deve permanecer na posição vertical e o mais imóvel possível. Se você a perder, e, por favor, não a perca, ou se for comprometida, há um número de emergência ao lado.

— Não vou perder isso! — eu disse com um sorriso bobo. Quando as pessoas assumem um tom sério comigo, fico nervoso, e, quando fico nervoso, fico alegre. E o tom do dr. Cole era severo. Ele estava extraindo fluido folicular a manhã toda. Devia estar precisando de um descanso e de um pedaço de bolo.

— Mas se eu *de fato* a perdesse — falei num rompante —, como eu encontraria...

— Coloque o número em seu telefone agora — sugeriu ele, com a experiência de inúmeros briefings com intermináveis homens nervosos como eu. Pippa soltou um gemido da cama. Esqueci minha tarefa por um momento e pulei para o lado dela.

— Ela está bem. Vá logo.

Acariciei algumas mechas de seu cabelo e dei-lhe um beijo de despedida. Ela estalou os lábios em retribuição e depois voltou a dormir. Parecia ter desmaiado depois de uma noite no Soho.

— Certo. Estou indo — falei, embora parecesse errado deixá-la.

— Steven? — o dr. Cole chamou enquanto eu passava por ele. — Você não está esquecendo de nada?

Eu me virei.

— Ah, a caixa.

Ele quase sorriu quando voltei até a cabeceira para pegá-la, o quase sorriso desaparecendo quando meus dedos deslizaram pela alça como se não estivesse lá. Tentei outra vez, reajustando o aperto, agora que sentira o peso dela.

— Mais pesado do que parece, não é?

— Não, está bem. Não é nada pesada.

Era pesada. Eu estava esperando levantar a televisão da minha irmã, o que era fácil o suficiente mesmo para o meu eu de onze anos, mas aquilo tinha o peso de um kettlebell de fortão de academia, do tipo que poderia ancorar um navio.

— Algum outro pacote precisa ser entregue? — perguntei.

— Vá logo, Steven.

— Sim. Agora estou indo mesmo.

Pippa

— Olá, Pippa, querida. Sou a enfermeira Kierly.

Onde estou? Minha boca está seca. Posso ouvir alguém chorando. Isso é ressaca?

— Você está bem. Está de volta à enfermaria. Sua recuperação ocorreu sem problemas. Quer um gole de água?

Murmuro, vagamente ciente de que estou em uma cama e algo acabou de acontecer. Alguma coisa importante. Minha pélvis dói. Acho que posso estar sangrando. Isso é uma almofada entre as minhas pernas? Meu útero parece oco.

— Vamos sentar você um pouco, está bem, amor?

Sou levantada com gentileza e algumas gotas de água são derramadas em minha boca ressecada. Engulo, agradecida.

— Aí está. Muito bem. Assim está melhor.

Minhas bochechas estão molhadas? São lágrimas? Estou chorando?

Sim.

Acho que estou chorando. Tento falar. O som sai rouco.

— Onde está Steve?

Quero Steve. Preciso vê-lo.

— Ele deve estar a caminho do King's agora. Tente descansar.

O celular apita perto do meu ouvido.

— Lá vamos nós de novo! Seu adorável marido ligou seu telefone antes de sair. Está zumbindo e apitando!

— Desculpe.

— Não seja boba, não me importo! Vou colocá-lo aqui ao lado da sua cama para que possa alcançá-lo.

Quando ela apoia o telefone na minha mesa lateral, noto seu rosto pela primeira vez. Bondoso. Vívido. As longas horas de trabalho gravadas em sua testa como falhas geológicas.

— Garota popular, não é?

E, de repente, preciso perguntar. Tenho que saber.

— Você sabe como foi?

Ela olha para mim, seus olhos vincados com simpatia.

Eu me sinto fraca, vulnerável. Estúpida por colocá-la em uma posição impossível. Sei que ela não pode responder, mas estou desesperada por um pouco de tranquilidade.

— Tudo o que sei é que seu adorável marido saiu com um par de frascos em uma caixa. Tenho certeza de que ele não vai demorar muito.

Par. Aí está essa palavra de novo. O que isto significa? Um? Dois? Ela sai andando como um rolo compressor bem-intencionado.

— Qualquer coisa de que precisar, estou sentada naquela cadeira ali no canto. E, quando você estiver pronta, há um adorável Hobnob com seu nome nele.

Ela pisca. Tento sorrir enquanto ela se afasta, mostrar gratidão por sua gentileza. Mas a náusea sobe na minha garganta. Saliva salgada enchendo minha boca como se uma torneira tivesse sido deixada aberta em minhas bochechas. Acho que eu teria mais chance de correr uma maratona do que comer um Hobnob agora.

Esfrego meus lábios um no outro. Rachados. Minha boca tem um gosto amargo. Metálico. Picante.

Onde está Steve? Gostaria que ele estivesse aqui. De verdade, não gosto de hospitais.

Steve

O folheto não dizia que seria tão pesado. Eu deveria ter pegado um desses Ubers. Deveria ter feito um aquecimento, pelo menos. Alongamentos de tênis.

O estalo elétrico nos trilhos me disse que um trem estava se aproximando, e meu ombro direito baixou de leve por causa do alívio. Logo eu seria capaz de colocar a coisa no chão e descansar o braço, que começara a vibrar com seus próprios pulsos elétricos.

Não esteja cheio, não esteja cheio, não esteja cheio, rezei enquanto o trem trovejava na plataforma.

Estava meio vazio, graças a Deus. Havia até espaço para minha amiguinha de metal se sentar ao meu lado.

Agora não se mova. Não se desligue. E não caia.

Do nada, um cara pousou no vagão em um pé, tendo ultrapassado o limite da plataforma com um salto longo enquanto as portas se fechavam. Não era um evento anormal, mas fiquei assustado e, quando olhei para a incubadora, descobri que havia colocado um braço protetor em volta dela.

Eu me pergunto se há alguma coisa acontecendo lá dentro, pensei. Aguente firme aí, óvulo, bom garoto. Ou garota.

Um casal embarcou na parada seguinte comendo bagels, e me arrependi de não ter feito um sanduíche para mim também. Era hora do almoço, e eu só tinha comido um biscoito no café da manhã, para não fazer Pippa passar vontade, já que ela não poderia comer antes do sedativo. A garota cujo bagel eu cobiçava sussurrou algo para o companheiro, inclinando a cabeça em direção à caixa. Ele me fulminou com um olhar insultuoso antes de se levantarem e se moverem mais para a frente no vagão.

Que foi?, gritei para eles, em uma vida paralela. *Nunca viram um homem viajando com sua incubadora antes?*

Recostei-me no meu lugar, observando os subúrbios passando por mim mais uma vez. Então, um pensamento preocupante me fez sentar direito. *Espero que eles não pensem que é uma bomba.* Considerei minha amiguinha de metal com cautela. *Quero dizer... parece uma bomba.* De repente, todos os passageiros me encaravam com desconfiança, afastando-se devagar e digitando o número da emergência em seus telefones.

Por que não entregam a incubadora numa sacola ecológica "pela vida"?, eu me perguntei. Na verdade, isso seria muito apropriado.

"Se você vir alguém agindo de forma suspeita, por favor, informe um membro da equipe ou ligue para a Polícia Britânica de Transportes", soou o anúncio, no timing para me provocar.

Eu estaria ferrado se um policial entrasse.

— Vamos tirar a caixa daqui, senhor.

— Mas é apenas uma incubadora, policial. Olha, tem um adesivo do NHS[35] nela.

— Você pode se afastar da caixa, senhor? Não vamos pedir de novo.

---

[35] National Health Service (Serviço Nacional de Saúde). (N.T.)

— Não posso fazer isso, policial. Deve permanecer sempre na vertical e à temperatura ambiente. Se você destruir isso em uma explosão controlada, Pippa nunca vai me perdoar.

Pippa.

Pego o telefone. Sem chamadas ou mensagens de texto. *Você está acordada?*, digito. *Deixe-me saber que você está bem, ok? Mande uma mensagem quando acordar.* Aperto enviar.

— Próxima estação: Earlsfield.

Só mais uma parada, minha amiguinha, então mudamos para o Overground. E ninguém entra em Earlsfield.

Os freios gemeram quando paramos em uma plataforma lotada. O trem em frente estava cem por cento vazio. *Deve ter havido uma falha. Eu e minha maldita falta de sorte.*

À medida que os assentos se enchiam, um dos passageiros recém-chegados parou ao meu lado. Eu o ignorei até que ele disse:

— Com licença. Você pode mover o seu, hã...?

— Incubadora — retruquei, esperando que isso o detivesse. Não o deteve. — Tudo bem, eu só quero...

Eu a ergo do assento com muito cuidado — e uma demonstração de esforço passivo-agressiva —, então, baixo-a entre as minhas pernas com um baque surdo. Ele nem me agradeceu, o ladrão de assentos, apenas sentou sua bunda preguiçosa no espaço quadrado que havia sido bem aquecido pela incubadora.

Que gente, viu?

Dei uma olhada na caixa. *Vamos apenas verificar se todos os itens estão bem e corretos. Fechos? Ainda presos. Nenhuma batida nem protuberâncias. Espere um minuto — essa luz vermelha deveria estar acesa? Não me lembro de ter visto uma luz antes. Eu teria me lembrado de uma luz vermelha. Uma luz vermelha nunca é bom sinal. Vou ligar para o número — onde está?*

— Senhoras e senhores, este trem está sendo retirado de serviço devido a uma falha de sinal em Clapham Junction. As passagens serão aceitas nos ônibus.

Ai, merda, não.

Juntei-me à debandada na plataforma, protegendo a incubadora o melhor que pude da multidão de passageiros apressados. A multidão se empurrava em direção a uma escada rolante estreita, no topo da qual vi o casal com os bagels. Eles desceram do trem, mas não se dirigiram para a saída com todos os outros; em vez disso, fizeram a travessia para outra plataforma, parando em uma ponte para falar com alguns policiais.

Dedo-duros! Eu não podia acreditar. Talvez estivessem apenas pedindo orientações sobre que direção tomar, mas eu não podia correr o risco. *Não posso ser preso. Não tenho tempo. Mesmo que não me prendam, vão querer olhar dentro. Mas eles não podem abrir a incubadora, porque se o fizerem...*

Tomei impulso e passei pela escada congestionada e ao longo da plataforma, procurando uma saída alternativa. E veja! A salvação! Como uma miragem, as portas de vidro encardido de um elevador se materializaram nos tijolos. Elas se abriram, envolvendo a mim e minha amiguinha no portal de fuga, uma máquina zelando por outra.

— Primeiro andar — soou a voz potente do elevador.

— Primeiro andar: completo — respondi. Derrotei o grande e malvado vilão do bagel e estava pronto para a próxima fase do jogo.

O telefone vibra no meu bolso com uma mensagem de Pippa. *Acordada. Como você está indo?*

Eu tinha jurado não colocar a incubadora no chão novamente, a menos que estivesse no assento macio de um táxi, então, digitei de volta com um polegar.

Tudo bem aqui. Viagem fácil.

Pippa

*P*ing!

Pego o celular com lentidão, cada movimento perigosamente difícil. É como se eu tivesse adormecido e acordado como uma velhinha.

Pisco para me ajustar à luz que irradia da tela. Puta merda! Tantas mensagens. Quatro são de Steve.

Você está acordada?
Deixe-me saber que você está bem, ok?
Mande uma mensagem quando acordar.
Eu te amo.

Elas são intercaladas com um punhado de escolhas muito especiais da minha mãe.

Apenas algo que pensei r.e. a perna de Steve. Ele come Bastant vegetarianos?

O quê?

Não perna, ESPERMA*.*

Ah, bem, isso é muito melhor, então. Fico feliz com as maiúsculas enfáticas também.

BETERRABA *aumenta a mobilidade. Ou é motilidade? De qualquer forma,* BETERRABA*!*

Mais sábios conselhos da especialista. Obrigada, mãe.

Como foi a Opera?

Quero dizer Opera açaí.

Não. Ainda não entendi.

Operação!

Não é um cruzamento de música com fruta, então... Que pena. Finalmente é a vez de Tania.

Como está a periquita, Pips? Amo você, garota do rock.

Eu volto e começo uma resposta lenta para Steve. É uma luta.

Acordada. Como você está indo?

Posso ver que ele está on-line, e responde quase no mesmo instante. As bolhas azuis ondulam sob seu nome e posso ver sua testa franzida enquanto digita.

Tudo bem aqui. Viagem fácil.

Há uma onda de risadas educadas na enfermaria. A enfermeira Kierly parece estar estrelando seu próprio show de stand-up, as mulheres em recuperação proporcionando a ela um público cativo.

— Ouçam isso, senhoras!

Não temos escolha de verdade, não é?

Ela começa a ler em voz alta uma revista de fofocas bem manuseada.

— Linda Broadwick, trinta e quatro anos, criou versões de bolo em tamanho real de suas filhas gêmeas para comemorar o aniversário delas!

Ela olha ao redor da sala, convidando uma resposta. Nada.

— Um bolo!!!

Não. Ainda sem resposta.

— Mas como alguém poderia comer isso? — Ela explode em uma gargalhada.

Ai, esse barulho dói. Não, não, por favor, pare. Está chacoalhando na minha cabeça, arrepiando-me como unhas raspando um quadro-negro.

— E onde você cortaria isso!

Sua risada aumenta, e sinto que uma piada é iminente. Por favor, que assim seja.

— Aqui está, sra. Clarke. Quem quer uma fatia do antebraço da minha filha?

Suas gargalhadas estão chegando ao auge, um rubor mosqueado subindo por suas bochechas e seu cabelo ralo soltando-se do coque como se também estivesse exultante com a história.

— PEQUENA LASCA DE NÁDEGAS, ALGUÉM VAI QUERER?!

E é isso. Ela se foi. Lágrimas rolando por suas bochechas, mãos batendo palmas como um leão-marinho. Tão dominada pela hilaridade que é forçada a se sentar para recuperar o fôlego. Seu deleite é visceral, ricocheteando nas paredes azuis desbotadas e nos ouvidos frágeis de seu público mudo e inteiramente horizontal.

Viro-me para a parede, puxando meu travesseiro sobre a cabeça para abafar o som.

Steve

— Sexto andar — disse outra elegante voz de locutor em outro elevador, informando-me que eu havia quase completado o jogo. Eu chegara ao andar do hospital sem ter perdido nenhuma das minhas vidas ou, mais importante, a incubadora.

— Oi — eu disse, apresentando-me à enfermeira na recepção. — Steven Gallagher. — Ela devolveu o olhar para mim, e é evidente que espera um pouco mais de informação, então, levantei a caixa sobre a bancada. — Vim com isso.

— Entendo. Pode deixá-la aí. Cuidaremos dela.

— Obrigado. Vou dar um descanso para o meu braço antes de... — Impeço meu monólogo de escapar bem a tempo. — O que acontece com isso agora?

— Enviaremos para o laboratório, que vai avaliar os óvulos e selecionar o melhor. Nesse meio-tempo, você precisará produzir esperma. Pegue isso. — Ela me entregou uma folha de plástico, do tipo em que guardo a papelada para os meus impostos. — Seu nome já está no pote da amostra. Você também precisa preencher estes formulários e devolvê-los para nós.

— Preencher os formulários, preencher o potinho. Entendi.

— Você não precisa preencher *tudo* — observou ela.

— O quê?

— O pote.

Eu não sabia dizer se ela estava fazendo uma piada ou tentando me deixar à vontade. Não achei nem graça nem me senti tranquilizado.

— Na verdade, tem alguém na sala de coleta de amostras no momento — informou ela, deslocando-se rápido. — Chamo você assim que ele sair.

Ocupei uma das cadeiras e tentei bloquear o pensamento de que outro homem estava fornecendo sua amostra justo antes de mim. *Eu queria que ele se apressasse. Se mais caras começarem a chegar, todos ficarão esperando por mim.* Com um estremecimento, imaginei-os enfileirados do lado de fora da sala.

Meu telefone vibrou com uma mensagem de Pippa.

Como está indo? Acabei de receber uma enxurrada de mensagens da minha mãe. Ela tinha várias sugestões para nossa vida sexual. Quer ouvir?

Talvez depois, respondi. *Pode estragar o clima.*

Como está o clima?

Ouvi uma porta abrir e fechar, e um homem surgiu com seus formulários, parecendo envergonhado. Espero que tenha lavado as mãos, pensei.

Chegou a minha vez agora, digitei. *Te mantenho informada.*

A sala de coleta de amostras ficava atrás de uma porta cinza, que levava a uma cortina plissada. Se a cortina era à prova de som ou para conferir um certo glamour de clube de striptease, eu não tinha certeza. Provavelmente, estava lá para oferecer uma camada extra de privacidade, para diminuir qualquer preocupação de que alguém pudesse irromper pela porta sem ser convidado. De qualquer forma, era outra superfície que eu tinha de tocar.

Uma poltrona de couro lustroso predominava na sala, a luz halógena brilhante que refletia nela dando a sensação de uma cela de interrogatório cuidadosamente mobiliada. *Quantos caras sentaram nisso hoje?* Era melhor não pensar a respeito. Abri uma gaveta para encontrar uma pilha de revistas bastante folheadas, as pontas com orelhas curvando-se para revelar imagens de, bem, *lábios*.

Devem estar pingando, pensei. Não, obrigado, vocês podem voltar aí pra dentro.

Virei-me para a tv de tela plana na parede e peguei o controle remoto. Um menu de filmes pré-carregados apareceu, acompanhado por uma música jazzística — do tipo que toca quando Michael Douglas está sendo seduzido contra sua vontade. Tentado por uma promissora miniatura do catálogo, cliquei em "play" e, com relutância, afundei na poltrona.

Ora, ora! Isto é... claramente dos anos 1990.

Enquanto pensava em ver o que mais era oferecido, reparei no controle remoto na minha mão. Como todos os controles remotos que eu havia conhecido antes, este possuía um acúmulo de material cinzento indescritível e desconhecido entre os botões.

Não acredito que acabei de tocar nisso. Talvez eu devesse dar uma limpada nele. Mas onde? Não na pia...

Explorei todas as superfícies, procurando debaixo da poltrona e em cada gaveta algo para limpá-lo.

Sério mesmo? Com tantos recipientes de higienização para as mãos neste prédio. Todos os sacos e tubos esterilizados. Não dá para acreditar que não podiam deixar aqui alguns lenços umedecidos!

Meu telefone vibrou contra a coxa. Lavei as mãos e o retirei do bolso.

Você está aí dentro? Como é? Deve ser tão esquisito.

É esquisito. Conto tudo mais tarde. Tenho que continuar com isso agora.

Devo tirar uma foto sensual? Vai ajudar?

O que, da sua cama? Você não está ainda na enfermaria? Com outras oito mulheres?

Ah, é. Bem colocado. Está por sua conta, então.

Fechei os olhos, respirei fundo.

Vamos lá, Steven. Acabe logo com isso.

Pippa

Devo ter adormecido, porque sou despertada com um susto pelo toque do meu telefone. Desajeitada, eu o apanho e o coloco no ouvido.

— Foi rápido, hein, amor? Pornô do bom?

— Como é que é...?

— Merda. Oi, mãe.

— Olá, querida. Você está acordada?

Em geral, eu argumentaria que esta era uma pergunta inútil, mas não tenho gás para isso.

— Mais ou menos.

— E como foi?

— Sim, correu tudo bem. A enfermeira me disse que coletaram um par de frascos de líquido.

— *Um par*? O que isso significa exatamente? — Somos mesmo mãe e filha. — Quero dizer, um par pode ser qualquer coisa, Pippa. Eles especificaram? Pode significar dois óvulos, pode significar cinco.

— Não, mãe. Eu te disse. Havia apenas um folículo, portanto, apenas um óvulo. Na melhor das hipóteses.

Uma longa pausa enquanto minha mãe calibra seus pensamentos.

— Entendi. Bem, deixa pra lá. Você recebeu minha mensagem de texto sobre beterraba?

— Recebi, mãe. Obrigada.

— É muito boa para motilidade.

— Você já disse.

— Para o Steve... você sabe do que estou falando.

— Eu sei do que você está falando.

Inclino a cabeça para trás contra o travesseiro e fecho os olhos. Sinto uma dor atrás das pálpebras.

— Eu estou fazendo uma sopa de beterraba polonesa... ou pode ser ucraniana, não tenho certeza. Enfim, o efeito é o mesmo. Imaginei que Steve deveria comer um pouco antes de fazer... aquilo.

— Bem, ele está lá agora, então...

— Ah! Achei que faria seu atozinho pecaminoso somente daqui a um ou dois dias.

— Não, ele está fazendo seu atozinho pecaminoso enquanto conversamos.

Como chegamos aqui? Em que universo chegamos ao ponto no qual minha mãe está pensando em meu marido se masturbando?

— Que pena. Fiz especialmente. Eu a levaria correndo para ele, mas a beterraba ainda não amoleceu.

— Não se preocupe. Valeu a intenção.

Um momento de silêncio. Posso ouvir as engrenagens de seu cérebro trabalhando, ponderando se deveria sugerir o que virá a seguir.

— Tem mais uma coisa.

Lá vamos nós.

— Depois que vocês dois fazem amor...

Socorro.

— ... o Steve permanece dentro de você por tempo suficiente?

Sem palavras.

— Você sabe, depois que ele...

— Mãe!

— Porque é mesmo *crucial*, Pippa, foi o que li. Pode fazer toda a diferença. Além disso, alcançar o clímax juntos...

Deus do céu.

— ... aumenta o fluxo sanguíneo para o útero. Pronto, eu disse o que tinha para dizer!

Observo ao redor na enfermaria. Apesar de falar em voz baixa, sinto-me totalmente exposta — como se tivesse deixado as cortinas abertas depois de um banho e me encontrasse nua, pingando de tão encharcada, lutando para cobrir minhas partes íntimas com uma toalha de mão pequena demais na frente de vizinhos boquiabertos.

— Olha, mãe. Mesmo que eu quisesse discutir isso com você, o que não quero, esse assunto não é de grande utilidade hoje, de verdade.

— Tudo o que estou dizendo é que seu pai e eu concebemos você na parte de trás de um...

— Mãe! Por favor! Pare! Estou no hospital. Enfiaram uma agulha no meu ovário! Steve está carregando nossas esperanças pela cidade e você está...

— Ah, querida. Sinto muito. Ela respira fundo. Quando volta a falar, sua voz é gentil, quase infantil. — Estou um pouco aérea. Só quero que você consiga. Quero tanto. Por todos nós. E se não acontecer hoje…

— Mãe.

— Desculpe, querida. Você tem razão, podemos conversar outra hora. Eu te amo.

— Eu sei. Te amo também.

Encerramos a ligação. Descanso a cabeça contra o travesseiro fino do hospital e tento respirar.

De uma forma perversa, a incessante conversa com minha mãe é um alívio. Qualquer coisa é melhor do que o silêncio retumbante e doloroso de sua ausência após a morte do meu pai. Ela simplesmente retirou sua participação. Da família, dos amigos, de si mesma. Eu mandava mensagens todos os dias, ligava, dava um pulo lá; até comecei a enviar cartões-postais semanais para fazê-la sorrir, mas sem sucesso. Ela bloqueou minhas tentativas como um amante rejeitado. A ausência do meu pai foi demais para ela processar, então ela se desligou como um laptop superaquecido. Por fim, Steve e eu encenamos uma intervenção — a Operação Recuperação da Diana. Entramos na casa, munidos de um pacote de seus itens favoritos: filmes da Marilyn Monroe, vinho branco italiano, revistas *Good Housekeeping* e chocolates com recheio de licor. A casa estava fria e escura, como se tivesse sido trancada para as férias, e lá estava ela sentada, magra como um alfinete, sem maquiagem, bem enrolada no suéter da universidade do papai, bebendo uísque do copo favorito dele e ouvindo no volume máximo o programa esportivo que ele ouvia. Uma trágica srta. Havisham do século XXI. Senti uma dor no coração. Ela mal nos notou quando começamos a trabalhar abrindo cortinas, limpando superfícies, esvaziando vasos de flores funerárias secas e jogando fora comida vencida.

Foi um caminho árduo, mas devagar, e delicadamente, nos meses seguintes, minha mãe e eu aprendemos a rir de novo. Percebemos que não nos permitíamos nos divertir juntas há muito tempo. Naturalmente, a vida girava em torno do meu pai, de sua doença e de atender a todas as suas necessidades. Fazíamos noites só das meninas no sofá com comédias românticas infernalmente sexistas e atirávamos pipoca na tela. Steve atuava como mordomo quando o Prosecco em nossas taças acabava. Montei o "Empório de Beleza da Pippa" no quarto de hóspedes e provi mamãe de vouchers retirados do verso de recibos antigos que ela poderia reivindicar quando bem entendesse. Apesar das lágrimas, da dor, do buraco em nossas vidas, nós rimos como nunca antes. Eu encarnava a mal-humorada esteticista polonesa Magda e mamãe a amava. "Faz de novo! Faz de novo!", ela exclamava enquanto eu batia creme frio no rosto dela e anunciava: "Pelo novo nascendo no lábio superior! Tenho que arrancar. Fique parada!".

Era estranhamente belo. Nós três. Uma pequena comunidade.

E, aos poucos, com o passar dos meses, devagarzinho minha mãe voltou a brilhar. Um toque de blush. Um pente nos cabelos. Seus olhos ficaram mais vivos e ela passou a aceitar as refeições que eu preparava e Steve reaquecia com tanto carinho. Nunca me senti mais próxima a ela do que nesse período. Eu podia sentir papai em todos os lugares — contente que seus seres humanos favoritos na terra estavam percebendo o quanto se amavam. Senti seus braços em torno de nós duas, guiando, liderando, apoiando.

Meu peito parece comprimido, e minha respiração, obstruída, como se algo estivesse sentado em minhas costelas, pesando sobre mim. A dor incômoda em meu útero está se intensificando, um lembrete constante do que está em jogo. A sinfonia rítmica das macas ressoa pelos corredores distantes como as correntes de Marley, e os cheiros fortes de desinfetante e medo chegam às minhas narinas.

Sinto movimento na cama ao meu lado. O farfalhar de um lençol, o pigarrear de uma garganta. A garota à minha esquerda está acordada. Eu a espio. Sua longa trança lustrosa está pendurada sobre o ombro e chega quase até a cintura. Impecável, nem um fio fora do lugar. Sinto um aperto no coração quando reconheço a expressão de esperança ansiosa e dolorosa no franzir de sua testa — seus olhos grudados na tela do telefone. Tento desviar o olhar, oferecer-lhe um pouco de espaço e me concentrar em minha própria vida, mas algo me força a entabular uma conversa.

— É como a pior despedida de solteira do mundo, não é?

Ela olha para mim, sobressaltada. Na verdade, está tão chocada que parece que eu estava falando em línguas ao flutuar a quinze centímetros da cama vestida como David Bowie. Não há dúvida de que eu acabara de atropelar a primeira regra da etiqueta da sala de recuperação: ninguém conversa, a não ser para obter informações totalmente necessárias. A primeira regra do Clube da Ala de Recuperação é que ninguém fala no Clube da Ala de Recuperação.[36]

— Como disse?

Eu deveria recuar. Deixá-la em paz. Permanecer quieta na minha e deixá-la quieta na dela.

Mas não consigo. Algo me diz que falar, comunicar-se, é a única coisa que pode nos impedir de afundar agora. Estou impressionada com a importância vital que há em fazer contato, nesta sala e além dela; de encontrar uma forma de nos conectarmos durante a terrível jornada à frente.

— Isto. Bem aqui. Uma sala cheia de mulheres amontoadas contra sua vontade, participando de um evento chato do qual ninguém quer participar. Também conhecido como despedida de solteira.

A garota ainda parece perplexa e, por um segundo, temo que ela possa chamar a segurança. (Ou, pelo menos, a enfermeira dos Hobnobs — dá no mesmo, na verdade.)

— Eu realmente não...

— Não. Desculpe. Péssima analogia. Não estou dizendo coisa com coisa.

É minha chance de desistir. Finja que esse desvio de curso nunca aconteceu. Enterrar-me no meu telefone, o caminho mais fácil.

Mas algo nela me faz prosseguir.

— A propósito, sou Pippa.

— Reema.

— Olá, Reema. Eu apertaria sua mão, mas, quando me inclino para a direita, sinto como se minha vagina pudesse cair. — Um sorriso envergonhado. Algo está se abrandando nela, tenho certeza disso. Eu persevero. — Então. Esta é sua primeira tentativa? — Silêncio. Ela se fecha como uma ostra. Droga. Pessoal demais. — Desculpe, não é absolutamente da minha conta. Você não precisa...

---

[36] Referência ao filme *Clube da Luta*.

— Sim, é. — Sua voz é quase inaudível, como se viesse do subsolo profundo, um bulbo empurrando-se contra o solo denso, tentando alcançar o calor da luz do sol. — E última. E você?

— Sim, primeira vez.

Reema ergue a vista e finalmente olha para mim. Um sorriso hesitante. Então, de repente, do outro lado da enfermaria:

— Descanse, querida. Você está em recuperação e, quando se sentir melhor, tenho um Hobnob com o seu nome.

Baixo a voz.

— Você acha que ela tem um pacote de Hobnobs embaixo daquela cadeira com o nome de todas as garotas possíveis?

É quando acontece. Os olhos de Reema subitamente se enrugam nos cantos como lençóis amassados, um som caloroso borbulha de sua boca, e ouço o primeiro soluço de uma risada genuína. Sinto uma pontada de satisfação, como se tivesse acabado de encontrar a difícil e última resposta em um pub de trivia. Uma mistura de triunfo, alívio e orgulho. Então...

— Conheço você, na verdade. — Fico atônita. — Bem, sinto que conheço você. Meu marido e eu assistimos àquela série de que você participou no ano passado. *Quantum*? Você era uma cientista. Nós adoramos.

Eu coro. Ser reconhecida é sempre estranho, sobretudo numa enfermaria de ginecologia.

— Obrigada. Sim. As filmagens foram um caos. Ótimo elenco.

— Você foi brilhante. De verdade. Não estou falando só por falar.

— Significa muito para mim. Obrigada. É estranho, não é? Quando as carreiras estão no seu auge, os corações podem estar no seu pior momento. E vice-versa. Simplesmente não consigo encontrar o equilíbrio entre trabalho e vida pessoal. Talvez um dia, quem sabe?

Observamos a enfermeira Kierly percorrer a sala em sua turnê de stand-up. Cada cabeceira um novo palco, à medida que recita o mesmo conjunto de piadas e brincadeiras. Nada mau. Irritante, possivelmente. Repetitivo, é claro, mas, ainda assim, impressiona.

— E aí. Como o seu marido está indo? Ele já está lá?

— Steve? Sim. Ele está lá. E o seu?

Reema se mexe com desconforto no lugar, torcendo a ponta da longa trança em torno do dedo indicador.

— Bem, ele chegou lá há mais de uma hora e não tive notícias desde então.

— Está tudo bem. Não ter notícias é boa notícia. Tenho certeza de que tudo demora um pouco.

— Hmm, talvez. — Sua voz se tornou fina, frágil como papel de seda. — Eu odeio essa espera.

— Eu também. É como o purgatório, não é? Vamos subir para o céu ou descer para o inferno? — Reema olha para mim bruscamente. — Desculpe. Um pouco dramático.

Mergulhamos num silêncio, perdidas em nossos próprios pensamentos. Até que…

— Se isso falhar, não temos outra chance.

— Não diga isso, Reema. Pegam apenas um óvulo, lembre-se.

— Não é isso. Tenho muitos folículos. Eles acham que havia sete ou oito óvulos. É o Vinay. Ele… — Ela para de falar, incapaz ou sem ânimo para continuar.

Estudo seu rosto, determinada a não deixá-la se perder na dúvida pela qual estamos todas sendo consumidas.

— Há algum problema com o esperma dele? Mas isso é bom! Quero dizer, não é bom no sentido de ser uma coisa *boa*. Mas bom no sentido de que é melhor do que ser um problema do *seu* lado. O esperma pode ser melhorado. Existem suplementos de todos os tipos. E se você tem óvulos…

Mas Reema simplesmente balança a cabeça.

— Eles nos disseram que é muito improvável que funcione. E isso significa que talvez nunca possamos…

Aquelas palavras.

Essas duas pequenas palavras que não podem ser pronunciadas. Nunca. Possamos.

Quero abraçá-la. Tranquilizá-la. Dizer-lhe que tudo ficará bem. Mas não posso. Ninguém pode.

— Vocês poderiam tentar de novo no particular? Se não… você sabe.

Ela olha para o chão, pensativa.

— Nós poderíamos. Quero dizer, o problema não é o dinheiro. Os pais de Vinay têm bastante.

— Que vidão, hein! Talvez possam pedir a eles para deixarem de ser muquiranas e tirarem vocês do sufoco!

Mas desta vez não consigo fazê-la rir. Ela se vira para mim, seus olhos escuros se enchendo de lágrimas.

— Eles não sabem que estamos aqui. Não sabem nada sobre essa parte de nossas vidas. E nunca vão saber.

Posso ouvir o aperto em sua garganta, e suas palavras se tornam espaçadas.

— Sentimos que os despontamos quando não aconteceu naturalmente.

— Mas isso não é verdade! Vocês não desapontaram. Ninguém pode prever uma coisa dessas.

— Sim, talvez. Mas é assim que as coisas são.

Nós duas permanecemos em silêncio, a interminável alternância entre esperança e decepção apitando em nossos ouvidos.

— Eu sinto muito.

Ela sorri, limpando uma lágrima do canto do olho. Ela não quer chorar ali.

Eu a admiro.

— Obrigada. Então, chega de falar de mim. Qual é a sua história?

— Ai, meu Deus, não é uma muito alegre. Não é para contar para criancinhas na hora de dormir. Faria elas terem pesadelos.

Respiro fundo, sentindo de repente como se estivesse nua na reunião da escola.

— Você não precisa contar, Pippa.

— Não, tudo bem. Basicamente, engravidei na nossa lua de mel. Foi uma loucura, inesperado. Mas maravilhoso. Eles não sabem o que aconteceu. Estava tudo bem. O bebê estava vivo. Até que não estava mais.

Respire, Pippa, apenas respire.

— Então, depois disso... Bem, minha menstruação pareceu parar. Eu era jovem demais para isso, mas meus níveis hormonais estavam oscilando muito. Eles ainda não sabem a razão. Talvez o choque do aborto tenha feito meus ovários surtarem. Seja como for, disseram que não tínhamos chance.

— Eu sinto muito.

— Sim. Foi terrível. Então, milagrosamente, engravidamos de novo no ano passado. Mas só chegou a sete semanas. Enfim. O Serviço Nacional de Saúde nos forneceu uma tentativa sem custos, então estamos fazendo uma experiência.

Percebo que estive puxando a pele ao redor do meu polegar. Há uma gota de sangue no lençol.

Reema se inclina.

— Bem, eles devem pensar que há uma chance, então?

Dou de ombros, sem encarar o seu olhar.

— Tem apenas um folículo. Então, vai saber se haverá um óvulo... E, se houver um óvulo, vai saber se será de boa qualidade e, se for de boa qualidade, vai saber se vai virar um... blastoplasto, ou seja lá como é chamado...

— Blastocisto.

— E, se virar um blastocisto, será que vai chegar a três meses desta vez? E se chegar a três meses...

— Aí não há razão para acreditar que você não terá um lindo bebê em nove meses.

Engulo em seco. As lágrimas estão escorrendo pelo meu rosto. Droga. De onde elas vieram? Eu as enxugo, mas elas continuam escorrendo. Cada vez mais.

— Desculpe. Eu estava bem. Não sei por que...

— Não se desculpe. Olha, tenho um pacote de lenços a mais. Lá vai.

Reema me joga os lenços. Eu os apanho com uma das mãos. Algo impressionante, considerando que não consigo enxergar porra nenhuma.

— Valeu.

Assoo o nariz, ciente de como soa alto na ala dos sussurros.

— Alguma notícia do seu marido?

Reema balança a cabeça.

— Talvez eu devesse ligar. Só não quero pressioná-lo. Ele anda tão ansioso nos últimos tempos...

Depois de um momento, ela prossegue.

— Estou de fato numa luta, porque ele simplesmente se fecha. E quero conversar sobre tudo isso. Compartilhar. Porque ele é um homem bom.

Ah, esses malditos homens bons.

— Fico pensando em Steve carregando a caixa pra lá e pra cá. Trágico, não? Cômico. — Procuro extrair uma risada, mas com pouco sucesso. Reema não diz nada. — E me sinto tão culpada.

— Não, Pippa! A vida é assim. Não é culpa de ninguém.

Meu nariz recomeçou a escorrer. Eu o limpo energicamente com o lenço de papel, esperando que a brusquidão impeça as lágrimas que ameaçam se derramar.

— É o que Steve diz. E isso faz meu coração doer. Quero dizer, na maioria dos dias estamos bem. Mais do que bem. É como quando nos conhecemos. Nenhuma preocupação no mundo. E estamos muito, muito felizes. Mas aí a questão se infiltra sorrateiramente, não é? E arrasta você para baixo.

— Eu sei, mas você tem que tentar manter a esperança.

— Mas é a esperança que é o tormento. Eles dão a você todas essas estatísticas sobre suas chances, ou a falta delas… Como seus níveis estão muito baixos, como você deve considerar outras opções. E, então, dizem que você tem que manter o pensamento positivo, que o estresse é o principal inimigo nessa jornada. Basicamente, parece que você está sendo informada sobre um incêndio na sua casa, mas, seja lá o que aconteça, não fique estressada. Espere com paciência. Relaxe. Prepare um bom chá de folhas de framboesa e a assista queimar.

Reema ri.

— Estou bebendo esse negócio também.

— E todas essas histórias de finais felizes não ajudam. Mulheres que engravidam por acidente depois de saberem que seus ovários estão danificados. É o que me faz pensar que talvez tenhamos outro milagre. A gente tem permissão para dois milagres?

— Acho que dois são permitidos.

Uma maca range, entrando na enfermaria. A nova paciente parece pálida, sonolenta, confusa. Como o restante de nós.

— Quer saber, Pippa. Acho que chegou a hora de um Hobnob. Encara um também?

Sorrio para a minha nova amiga. Mulheres são coisas maravilhosas.
— Vai fundo. Vamos pirar.

Reema está dormindo, com a mão pendurada na lateral da cama. O grande relógio de parede está perigosamente alto. Como podem ter se passado apenas dezessete minutos desde a última vez que verifiquei? Enquanto isso, a enfermeira Kierly nos mantém atualizadas sobre cada etapa de suas novas palavras cruzadas.

— Hmm, um bulbo amarelo-claro? O que poderia ser?

Desembrulho um canto do papel-alumínio e tento mordiscar meu sanduíche. Ai, meu Deus, ele tirou as cascas — por que isso me faz chorar? Tento mastigar, mas minha boca não funciona. Acho que não consigo comer isto. Nunca consigo deixar de comer. É tão estranho. Não sei o que estou sentindo. Não sei se estou com medo ou feliz ou triste ou assustada. Sinto-me meio que suspensa. Fora do corpo. Como se pudesse olhar para baixo do teto e ver Pippa Gallagher tentando comer esse adorável sanduíche sem casca que seu adorável marido fez para ela.

Tento dar outra mordida.

Eu meio que quero dizer à Pippa Gallagher da cama que vai ficar tudo bem, que ele vai ligar e dizer que está tudo resolvido. Que tudo valeu a pena. Mas a Pippa Gallagher do teto não pode dizer isso. E a Pippa Gallagher da cama não aceitaria. Então, aqui estamos todas nós. Suspensas. Nessa terra de ninguém.

Meu telefone apita. É minha mãe.

Estou pensando em godês.

E outra.

Godês

E de novo.

VOCÊS

Tento novamente com o sanduíche. Ele prepara os melhores sanduíches. *Poderíamos adotar?* A quantidade certa de recheio para o pão. *Só não sei como me sinto com tudo isso.* Ele passa manteiga de um lado só. *Mas quero que ele seja pai. Mais do que tudo no mundo.* Uma camada de maionese impede que o pão fique muito seco. *Como isso aconteceu com a gente?*

O telefone toca de novo. Desta vez, olho. *Steve Mob.*[37] Eu o apanho.

— Me fala. Só me fala de uma vez. Logo.

Posso ouvir sua respiração como se ele estivesse bem ao meu lado. Quase posso senti-la no meu rosto.

— Acabei de entrar e... Eu falei com eles e... Sinto muito. Sinto muito mesmo.

— O que foi? O que aconteceu?

— Eles não conseguiram encontrar um óvulo. Sinto muito, meu amor.

Silêncio. O som do meu coração latejando nas minhas têmporas. Posso ouvir a enfermeira, ainda falando. Um carro passa roncando o motor na via principal. O som de uma britadeira. O guincho de uma gaivota. Alguém está rindo?

— Pip? Pip, você ainda está aí?

Olho para as mulheres. Como podem não ver? Como nenhuma delas consegue ver? Uma bomba acabou de explodir debaixo da minha cama. Meu sangue está espalhado pelas paredes como tinta fresca. São pedaços do meu coração pulsando sobre os lençóis. Minha carne, minha cartilagem, meus ossos. Digam, vocês ouviram a bomba?

— Pippa? Fale comigo. Fale comigo. Tente respirar.

Faço o que ele diz. Os ruídos diminuem um pouco. Começo a expirar.

— Está bem. Estou bem, amor.

Permanecemos ouvindo a respiração um do outro. Por fim...

— Está tudo bem, Steve?

Uma pausa. Preciso tocá-lo.

— Eu achava mesmo que daria certo, Pip. Eu senti. — Uma fungada.

— Você está chorando?

---

[37] Mob é o diminutivo para "Mobile Object", termo usado em videogames para descrever um *non-player character* capaz de entrar em combate. (N.T.)

— Sim. Sim, estou chorando. As pessoas estão olhando para mim. — Como ele consegue sempre me fazer sorrir? — Ah, querida. Isso ainda não acabou. Não acabou. Nós ficaremos bem. Podemos tentar outra vez. De alguma forma.

— Eu sei. Sinto muito.

— Não se desculpe! Nunca se desculpe. Você precisa chorar um pouco. Você tem sido tão forte nos últimos dois anos. Agora temos que ser fortes um pelo outro.

— E nós seremos. Nós seremos.

Ele funga e tenta, aos trancos e barrancos, conter a emoção que precisa ser liberada. Não me lembro da última vez que o ouvi chorar. Isso parte o meu coração.

Passa-se um momento. Então…

— Certo — eu digo. — Faz uma coisa por mim?

— Qualquer coisa.

— Vá tomar um *pint* de Guinness… Na verdade, talvez meio, não quero ficar aqui tanto tempo assim.

— Não, quero ir te buscar. Não vou abandonar você.

— É uma ordem.

Posso captar um sorriso em sua voz.

— Ok. Meio que pode ser uma boa. Eu te amo.

Nós encerramos a ligação. Abraço o telefone como se fosse uma forma de proteção, como se uma parte da alma de Steve estivesse escondida no cartão SIM.

De súbito, do outro lado da sala, a enfermeira Kierly oferece outra pista de suas palavras cruzadas.

— Caminha ao seu lado. Hum. Cinco letras. Então, não é *cachorro*.

Sussurro para mim mesma:

— Amigo.

2 DE MARÇO DE 2019

10:39

O dr. Bramin desligou a lanterna da caneta com um clique e a deslizou de volta para o bolso superior.

— A reação da pupila está igual — diz ele à enfermeira, mas o quarto inteiro aguarda cada palavra sua. — Embora isso seja esperado com o atual nível de sedação.

A caneta da enfermeira range enquanto ela reescreve uma linha do prontuário de Pippa em uma prancheta pendurada sobre a cama. Steve passara várias horas tentando decifrar os rabiscos e símbolos, mas parecem letras do alfabeto grego.

Bramin dirige-se a Steve e Diana.

— Podemos começar a diminuir o sedativo, para ver como ela responde com uma dosagem mais baixa. Será um processo relativamente lento, não queremos correr o risco de provocar uma reação adversa, mas ela não pode permanecer sob esta medicação por tempo indefinido. Na melhor das hipóteses, pode começar a reconhecer ou reagir ao que está acontecendo no quarto.

— Tudo bem — concorda Steve. Ele olha para Diana, esperando que ela comece a questionar o médico, mas descobre que a sogra passou a se ocupar com os lençóis da cama... Desdobrando e então dobrando as pontas do tecido hospitalar como se estivesse aconchegando a filha para passar a noite, alheia às outras pessoas no quarto.

— É até engraçado — ela fala num rompante. — Quando era mais nova, Pippa estava sempre brincando de ficar inconsciente.

O dr. Bramin observa, mas não diz nada, enquanto Diana preenche o espaço com conversas forçadas.

— Era conhecida por fazer isso! — Ela ri um pouco alto demais. — O número de vezes que recebemos mensagens da escola na secretária eletrônica. *Senhora Lyons, achamos que ela tinha desmaiado. Achamos que ela estava muito mal! Achamos que ela estava inconsciente* etc. Ela simplesmente não resistia! Se estivéssemos dando um jantar, nós a encontrávamos no pé da escada, de braços abertos, como a Dama de Shalott. Christopher entrava na brincadeira, é claro. *Ora, mas o que será que temos aqui? Ela deve ter caminhado durante o sono, Di. Veja só! Acho que teremos que carregá-la para a cama. É o único jeito. Não se deve acordar um sonâmbulo.* Ele a pegava no colo como uma boneca de pano e subia as escadas. Dava para ver um olhinho se abrindo enquanto ele a carregava, para verificar sua plateia. Ela adorava a reação que provocava. Não deveria ser engraçado. As pessoas ficavam preocupadas. Mas o pai dela adorava. E suponho que eu também, de certa forma. Nossa Little Lady Fauntleroy.

O dr. Bramin sorri para ela, mas ela está totalmente alheia, presa na rede de segurança do passado.

— Às vezes, você ficava deitada lá um tempão, não é? Brincando de morta.

O quarto de repente parece apinhado de gente.

— Qualquer mudança que observarem no nível de consciência dela, me chamem — diz Bramin, apalpando-se sem necessidade como se procurasse por algo. — As enfermeiras vão examiná-la com frequência. Sabem onde fica a campainha, não sabem? — Steve assente. — Muito bem. Não estarei longe.

Com isso, ele se dirige rapidamente para a porta e sai. Diana começa a tremer, como se sua saída tivesse provocado uma rajada de gelo. Sua voz baixa para um sussurro.

— Mas você *sempre* se levantava no fim, não é, meu amor? Hein? — Uma lágrima de Diana cai na bochecha inchada de Pippa. — E você vai se levantar desta vez.

Steve prende a respiração, ciente de que as comportas podem estar rangendo sob o peso de sua angústia reprimida.

— Eu não teria sobrevivido aos últimos anos sem ela, Steve.

— Eu sei.

— Pippa me salvou depois que Christopher morreu. Ela me levantou, me escovou e me reensinou a andar. E não sei se expressei a ela o suficiente. Que ela é a razão de eu seguir em frente. Minha maior conquista, meu melhor momento. Tenho medo de que ela não saiba.

Diana olha para o genro, uma dor intensa aumentando por detrás de seus olhos.

Este é o convite que Steve estava esperando. Ele caminha em direção à Diana de braços abertos. Ela se encolhe neles.

— Está tudo bem. Vai ficar tudo bem.

— Eu não sei. — Ela balança a cabeça. — Estou com tanto medo, Steven. E se ela não...

— Ela *vai*.

Ambos ficam parados por alguns instantes, até que Diana se afasta, arrancando bruscamente uma toalha de papel de um recipiente na parede. Ela enxuga as lágrimas, envergonhada pela demonstração atípica de vulnerabilidade.

— Então. Diga-me, Steven... — Ele se irrita com a mudança de tom dela. — ... enquanto eu o tenho aqui cativo, como *estão* as coisas entre vocês dois?

— Hã...

— Não quero me intrometer, mas você sabe como ela é comigo. Nunca me conta nada.

Ela amassa a toalha de papel verde e procura um lugar para colocá-la. Steve gentilmente a pega de seu punho fechado e caminha até a lixeira, grato pela oportunidade de escapar de seu olhar.

— Bom — ele começa a dizer —, estamos bem. Eu acho. Foi um ano difícil para nós dois, você sabe. A coisa do bebê tem sido muito difícil, mas, sim, estamos seguindo bem.

Diana inclina a cabeça com um sorriso irônico, encorajando-o a continuar.

— Tenho estado bastante ocupado com o trabalho e tudo mais, e talvez não tenhamos conversado tanto quanto costumamos fazer... Sabe, tipo, apropriadamente. Mas ela sabe que estou sempre lá para ela. — Ele olha para Pippa, e um estranho formigamento começa a se espalhar das coxas até a barriga. — Pelo menos, espero que ela saiba. Ela sabe, não é? — Ele olha para Diana, implorando por apoio.

— Todo mundo sabe que você a ama, Steve.

Zumbido, bipe, clique, respiração.

— Mas descobri que é difícil — afirma ele, surpreso com o quanto quer se abrir com Diana. — Achei que as coisas seriam perfeitas para nós. Fáceis, sabe? Porque nós merecemos.

— A vida não funciona assim, meu querido.

— Eu sei, mas *deveria*. — Ele tem noção de como isso soa infantil, mas não se importa. Essas palavras, que mal existiam como pensamentos privados antes, parecem totalmente formadas e desesperadas por oxigênio. — Somos o casal mais forte que conheço. Nós trabalhamos nisso. E apenas… nos complementamos. E, ainda assim, a vida continua trazendo um monte de merda pra gente. Desculpe.

— Não faz mal.

— É que não é justo — diz ele. — Planejei dar tudo a ela. Pippa é tudo que eu sempre quis. Mas, no ano passado, acho que me afastei. Tenho tido medo. — Ele bate a unha do polegar contra o dente da frente, como se sua mão estivesse pensando em um movimento para abafar o restante de sua fala. — Medo de perder a coisa mais importante da minha vida, porque não consigo fazê-la entender que ela é suficiente para mim. Mais do que suficiente. Nunca precisei de nada a não ser de Pippa. Nunca.

Diana sorri, seus olhos cheios de lágrimas.

— Somos dois.

Zumbido, bipe, clique, respiração.

— Diga a ela, Steven. Se ela pode mesmo nos ouvir, então diga a ela. Você é o único que ela ouve, afinal. O único, além do pai dela, que consegue se comunicar com ela. Fale com o meu bebê agora, por favor.

Ela cobre o rosto e se retira para a janela.

Zumbido, bipe, clique, respiração. Fungar.

Zumbido, bipe, clique, respiração. Fungar.

Steve vira a cadeira e se senta de frente para a parede atrás de Pippa. Ele abre a boca para falar, mas se vê sem palavras — ele já falou tanto e nem de longe o suficiente. Inclinando-se para a esposa prostrada, ele inspira o cheiro de seu pescoço. O cheiro familiar de segurança.

Steve toma a mão esquerda dela na dele. Suas alianças de casamento se tocam com um tilintar, como se estivessem falando uma com a outra em uma linguagem própria e secreta.

— Fale o que você está pensando — ele consegue sussurrar. — Onde você está, Pip? Fale para mim.

MAIO DE 2017

Pippa

— Juro por Deus, foi a primeira vez que *vi* o pênis dele desde que a KK nasceu, e voilà! Gêmeos.

Tania está debruçada sobre a mesa, engolindo seu quarto cupcake, criteriosamente equilibrado para a ingestão de fibras com punhados intermitentes de pretzels. O fardo da fertilidade implacável pesa em sua expressão. A barriga dilatada projeta-se como uma bola de praia cônica, enquanto a filha de quinze meses, Kay, está sentada em seu carrinho, montando um formigueiro com uvas-passas.

— Chega de sexo. *Nunca mais.* Danny pode ir a outro lugar. Estou absolutamente tranquila quanto a isso. Garotas de programa. Massagistas. Não tem problema nenhum. Mas se ele acha que vai *um dia* colocar aquilo dentro de mim de novo, está muito enganado. Não, senhor.

Tania dá um sobressalto, a mão instintivamente sobre o ventre.

— Ai, porra! Eles me chutam como uns putos. Por que parei de fumar?

Eu rio. Graças a Deus por Tan existir. Nunca faz gênero, diz as coisas como são, mesmo que choque. Ela sempre deixou claro que, apesar de todos os sorrisos desdentados e macacões de bebê fofos, no fundo, a maternidade é exaustiva, assexual e tediosa pra caralho.

— Ah, e você nunca mais terá controle sobre sua flatulência.

Meu Deus, eu a valorizo por isso.

— Olhe para mim, Pip. Onde foi que eu errei? Por que não posso ser mais como *ela*?

Sigo seu olhar. E lá, como uma Mulher-Maravilha com os cabelos esvoaçando em câmera lenta, está Nisha. Ela está, como sempre, fazendo duas coisas ao mesmo tempo, seu foco dividido entre um pequeno Motorola em uma das mãos e um reluzente iPhone na outra. Ninguém diria que ela havia dado à luz há menos de cinco semanas. Seus cabelos estão lustrosos e escovados, a maquiagem impecável, o terno passado, e sua figura diminuta voltou à forma como um elástico, nenhuma protuberância reveladora à vista.

— Quero dizer, cadê a porra do vômito escorrendo pelas costas dela? E aquela *maquiagem*, Pippa! Maldita *maquiagem*! Não consigo nem me lembrar da última vez que fiz escova no meu cabelo. Você sabe, né, que ela tem duas babás?

Eu não sabia.

— *Duas!* Duas babás de Norland! Você faz ideia de quanto isso custa, pelo amor de Deus? Uma para enquanto ela está no trabalho e outra para o período noturno. Aparentemente, condição inegociável.

Duas babás de Norland. Dois telefones celulares. Nós assistimos em silêncio a Nisha conduzir uma reunião de negócios virtual estando em um chá de bebê, enviando mensagens de texto ferozmente com uma das mãos enquanto atende intermináveis chamadas com a outra. É hipnotizante. Estou tentando não julgá-la. Quero dizer, vamos encarar, é meio que extraordinário que uma pessoa consiga passar nove meses gerando um pequeno humano perfeito dentro da barriga e, então, quando ele chega, tratá-lo com tanta frieza como a uma bolsa nova.

Tania baixa a voz.

— Aposto que Freya recebe dez minutos de atenção durante o café expresso matinal da mamãe e depois é "bye bye, bebê".

Deve ser assim mesmo. Nisha está atualmente alheia à criança aninhada nos braços da babá hipereficiente.

— Só estou com inveja. Quero dizer, Nish não permitiu que uma coisinha como um bebê que requer cuidados atrapalhasse a sua vida. Enquanto esta coisa disforme diante de você não tem mais uma vida para ser atrapalhada.

Tania suspira, um suspiro profundo e dramático. A bebê Kay, como se tivesse recebido a deixa, atira um punhado de passas na barriga da mãe com uma gargalhada de alegria. Eu faço um esforço para não rir. O melodrama de Tania é uma de suas melhores qualidades.

— Saudações terrenas, gostosas!

E lá está ele. Inalterado. Inexplorado. Sem filtros. Nosso Gus. Um metro e noventa e dois de prazer desmedido. Pernas mais compridas do que as de Naomi Campbell, cabelos bagunçados que atraem os caras como moscas, e um brilho cósmico nos olhos que ilumina uma sala inteira. O pequeno Sidney está balançando com o rosto virado para a frente como uma boneca de pano largada no canguru fluorescente em seu peito.

— Finalmente consegui fazer com que o hobbit dormisse. Agora é hora de o papai festejar!

Acaricio a cabeça dependurada do bebê, seus cachos dourados parecendo plumas sob minha palma.

— Então, onde está o marido? — pergunta Tania, examinando os convidados.

— Só Deus sabe; ele deu um piti de diva. Tivemos uma briguinha no trem. Algo tedioso. — Ele parece momentaneamente abatido, então… — Mas quem precisa de um marido quando um menino tem esposas!

Ele coloca seus braços longos e bronzeados em torno de Tan e de mim. Eu sinto uma lufada de sua loção pós-barba Fahrenheit. É estranhamente datado, mas adoro. Ele a usa desde a escola de teatro. Sinto uma onda reconfortante de nostalgia.

Tania gesticula para seu copo vazio.

— Bem, eu e a bola de praia precisamos de outra maldita bebida. Gustav?

— Achei que você nunca iria perguntar.

Ela se vira para mim.

— Pips? Você está parecendo um pouco murcha aí. Que tal Gus e eu pegarmos duas garrafas e uma tigela de Twiglets e montarmos acampamento no banheiro do andar de baixo?

Gus e ela batem a palma no ar.

— Uhúúú. Manda ver, vadias!

Eles se voltam para mim, sobrancelhas levantadas com expectativa.

— Não. Vão nessa vocês. Eu tenho que prestar homenagens à lady Godiva lá.

Gus estica o lábio inferior para fora como uma criança petulante fazendo beicinho.

— Ah, vamos lá, Pip. Por favooooor. Encher a cara com vocês duas foi minha única motivação para me despencar até aqui. Quero dizer, quem já ouviu falar de *Hartcliffe*?

Eu ri. Gus sempre foi tão mordaz com qualquer lugar que não seja sua amada Londres. Mas me mantenho firme, por mais tentadora que seja a oferta.

— Bem, você sabe onde nos encontrar. — Ele me sopra um beijo e sai.

Tania grita por cima do ombro.

— E cuidado com aqueles mamilos pontudos dela. Poderia arrancar um olho fora.

Jen está de topless, sentada em um banquinho de amamentação entalhado à mão, balançando ao som da música, um sorriso beatífico em seus lábios. O lado esquerdo de seu sutiã de amamentação está aberto, revelando um seio pendente. Um grande bebê nu com uma avassaladora cabeleira ruiva está grudado em seu gigantesco mamilo exposto. O "parceiro de vida" Jacob, envolto em fraldas de pano e um cobertor de retalhos feito de bandeiras de oração tibetanas, está ajoelhado ao lado dela, dedilhando seu ukulelê e cantarolando ao som de sua alegria. Um mar de cobertores e velas cerca os três. Observo quando a rechonchuda Wren[38] ("primeiro pássaro que vimos depois de seu nascimento") finalmente libera seu mamilo, os olhos se fechando e a cabeça macia e felpuda afundando contra ela. Quase posso sentir isso. Aqueles dedos minúsculos amassando meu peito. O corpo caído como uma bolsa de água quente sobre o meu coração.

De repente, uma Scout de quatro anos, vestida apenas com meias douradas e botas de caubói com lantejoulas, chega fazendo piruetas

---

[38] Cambaxirra. (N.T.)

como um dervixe rodopiante, deixando um rastro de migalhas de pão como João e Maria atrás de si. Ela para ao lado de Jen, exigindo "leitinho". Jen concorda alegremente, liberando o outro seio. Scout agarra e suga com força.

Steve escolhe este exato momento para voltar do banheiro. Posso vê-lo na porta, tentando desesperadamente não olhar para o festival de ordenha em andamento. Observo-o ir para a estante mais próxima, acariciando o queixo — o sinal universal para "estou absorto aqui"— e cantarolando alto e de forma pouco convincente, a fim de deixar patente sua "casual" jovialidade.

Jen faz uma profunda inspiração Mãe-Terra, os olhos fixos em mim.

— Então. Como estão as *coisas*, Pip?

Aqui vamos nós.

— Bem! Sim, as coisas estão ótimas.

Devo soar tão pouco convincente quanto me sinto, porque Jen levanta uma sobrancelha. Ela dá um tapinha no cobertor ao lado dela.

— Venha. Sente-se.

Olho para Steve, desejando que ele finja um ataque cardíaco, mas, infelizmente, ele agora está mergulhado em *A Cura pelos Cristais para uma Geração Atormentada*. Apanhada na armadilha, faço o que me mandam. Parece que estou participando de um encontro com o Dalai Lama.

— Sei que foi um ano difícil para vocês. Faz um ano, não é? Ou tem mais tempo?

— Sim, ahm, tipo uns dois.

— *Dois* anos! Deus, isso é horrível! Tanto tempo. E ainda nada?

Como se fosse uma deixa, um riacho de leite jorra de seu mamilo desocupado e escorre por seu torso nu, como se dissesse, *aqui está a feminilidade, acertando*.

Tento me concentrar.

— Ah, meu Deus. Você pode me jogar uma fralda de pano, Pips? Acho que está sentada em uma.

Desloco o meu peso e puxo uma fralda já encharcada de leite de debaixo de mim.

— Obrigada. No momento, não sou mais do que uma completa máquina de produzir leite. É insano. Quero dizer, olhe para o tamanho disso!

Ela empurra o torso nu para a frente, segurando um seio pesado em cada mão. Ela não precisa. Não consigo ver outra coisa. Eles eclipsam o sol.

— Às vezes, me preocupo que o pequeno vá engasgar de tanto leite que tenho! — Ela ri com orgulho. Não tenho ideia de como responder.

Scout decide que já está satisfeita com seu lanche depois da escola e cospe o mamilo de Jen, limpando a boca com as costas da mão, e, então, sai em busca de seu próximo prato: Smarties.[39]

— Mas, escute, Pip, você precisa se manter positiva. Já aconteceu uma vez, certo, e isso significa que pode acontecer de novo. Então, vocês não devem desistir.

Duas vezes, na verdade, mas quem está contando?

Ela sorri para mim com um olhar de excruciante compaixão. Sinto uma onda de náusea atingir minha barriga.

— Jacob e eu temos pensado muito em vocês dois. Não é, meu amor?

Mas Jacob, de olhos fechados, está perdido na música.

— E queríamos dizer que vocês deveriam visitar Michaela na Clínica de Bem-Estar Cúrcuma. Ela trabalhou com alguns amigos nossos que tinham…

Ela está lutando para encontrar a palavra certa.

— Que não podiam…

Inclino a cabeça. Sim?

— Que estavam…

Eu a deixei sofrer. É cruel, mas, de alguma forma, satisfatório.

— … enfrentando atrasos imprevistos.

Pelo amor de Deus, ela faz nosso relacionamento soar como um anúncio de trem.

— Basicamente, trata-se de desbloquear esses chacras e romper os bloqueios. Em algum lugar dentro de você… — ela estende a mão

---

[39] Confeitos de chocolate revestidos por uma cobertura de açúcar de cores sortidas. (N.T.)

para tocar meu peito, embora inconscientemente, toque a minha barriga —, *você* é quem está impedindo que isso aconteça.

Uau. Ela acabou de dizer isso mesmo?

— Você está tensa. Está rejeitando. Seu corpo está dizendo não a essa fertilização!

Ela faz uma pausa para efeito, então muda Wren para o outro seio, secando o mamilo com a fralda.

— O trabalho de Michaela ajudará a otimizar sua fluidez e mucos.

Mucos! Ela está mesmo falando comigo sobre mucos? Salve-me, Steve. Olho para cima, desejando que ele se lembre de repente que deixamos o forno ligado, mas ele está grudado na leitura escolhida, de cabeça baixa.

— Deixe esse óvulo se mexer, Pippa! Deixe-o dançar ao longo dessas suas lindas trompas!

Meus dedos apertam o cobertor de juta. Eu sei que Jen tem boas intenções, mas estou com medo de que, se isso continuar por muito mais tempo, eu possa quebrar alguma coisa. Ela começou a balançar os quadris em seu banquinho como se demonstrasse o movimento de sua ovulação de fluxo livre.

— Está tudo dentro. Você vê?

Percebo que ela olha para mim esperando alguma resposta ao seu monólogo da fertilidade.

— Pode ser. Quero dizer, sim. Eu vejo. Obrigada.

— Confie em mim, você deveria ligar para ela. Michaela é incrível. Ela ajuda tantas pessoas a criar seu espaço corporal seguro.

— Tenho certeza de que ela ajuda. Com certeza vamos examinar essa questão.

Ela acabou? Houve uma pausa de alguns segundos no discurso. Talvez seja seguro ir agora.

— Bem, acho que é melhor Steve e eu...

Mas, de repente, Jen estende o braço e agarra a minha mão, seus olhos se enchendo de lágrimas hormonais.

— Só quero que você experimente a liberdade das relações sexuais, Pippa. Como Jacob e eu. Você merece tudo isso. Deve ser natural e sem esforço.

Puta que pariu.

Ela olha para Steve, que está folheando as páginas com ferocidade crescente. Quanto disso ele está conseguindo ouvir? Seu tom de voz baixa.

— E posso ver que ele também está bloqueado. Está claro como o dia. Ele está todo ressecado. Se você quiser, ele pode falar com Jacob. Há maneiras simples para ele aumentar o volume de seu sêmen. Maca amarela pode...

Chega. Uma névoa vermelha me sobrevém e de repente estou de pé. Ela pode me destruir, eu posso aguentar. Ela pode dissecar meus mucos, meus óvulos, minhas trompas, minha feminilidade. Mas ela não vai arrastar meu marido para isso.

— Sabe de uma coisa, Jen, só estou ouvindo suas besteiras porque você acabou de dar à luz e estou presumindo que esteja quimicamente desequilibrada agora.

Chuto o cobertor que se tornou inoportunamente torcido ao redor do meu pé. Tome isso, ar de superioridade!

— Além disso, por mais que goste de fingir que empurrar algo do tamanho de uma melancia de algo do tamanho de um limão é uma experiência orgástica que melhora a vida, sei que você deve ter se rasgado, cagado e gritado, como todo mundo.

Minha voz está subindo. A sala está encolhendo. Rostos se voltam para mim em horror abjeto. As bebidas ficam suspensas entre a mão e a boca. Ah. Agora eu tenho a atenção de Steve. Ele está olhando, querendo que eu pare. Mas é muito tarde. Uma comporta foi aberta. Minhas águas romperam.

— Você não está me ajudando, Jen. Você nem está tentando ajudar. Juro por Deus, em qualquer outra circunstância eu teria saído por aquela porta uma hora atrás. Você é arrogante. Você não sabe nada sobre a nossa vida. E não quero saber mais sobre a sua. Steve, pegue nossos casacos. Estamos indo embora.

Começo a me afastar, mas, merda, há mais.

— E cubra os seus seios. Não há necessidade de tirar os dois pra fora, e você sabe disso.

O trânsito está angustiante. Engarrafado. Parado. Bloqueado. Em toda parte. É sufocante.

Nosso ônibus não se move há vinte minutos, e faz vinte minutos que estamos presos na cena do meu crime. Tão perto que estou convencida de que ainda posso ouvir o maldito ukulelê de Jacob.

Steve espera que eu fale. Estou esperando que uma explosão nuclear espontânea venha e elimine qualquer vestígio de mim.

Seria a melhor coisa.

Olho, através da janela suja, as pessoas que passam.

Pessoas felizes. Pessoas normais. Gente rindo. Ninguém que espelhe essa louca que vejo estilhaçada refletida no vidro. Pessoas sãs e racionais que não gritam ofensas para uma amiga que acabou de passar pelo milagre de dar à luz uma nova vida. O que está acontecendo? Quando me tornei a pessoa que sai furiosa do chá de bebê de uma amiga?

Sim, Jen pode ser irritante; sim, estamos passando por um momento difícil agora; sim, estamos cansados e perdendo a fé e fartos até a tampa dessa batalha injusta sem fim, mas somos mais fortes que isso. Mesmo aquela primeira rodada brutal de fertilização *in vitro* não nos derrubou. Somos o casal que aguenta qualquer tempestade. Não somos?

Olho para Steve, seu rosto contraído de preocupação, e volto para a vidraça suja.

— Sinto muito, Pippa. Não conseguimos encontrar o batimento cardíaco.

O belo rosto da enfermeira empalideceu.

— Parou.

O quê?

— Não. Não pode ser. Está crescido. Eu consigo ver. Está... está maior.

— Eu sei. Sinto muito. Deve ter acontecido um ou dois dias atrás.

— Olhe de novo. Olhe de novo. Está vivo, sei que está.

A mão de Steve aperta a minha. A cor sumiu de seu rosto. Um pânico por trás de seus olhos e a dor vazando por sua camisa.

— Está realmente parado, Pippa. Sinto muito.

Silêncio. E, então, um som que se originou além do meu ser. Animal. Primitivo.

— Você está errada. Você está errada! Você está errada. Você está...

Não consigo respirar. Minha garganta parece estar inchando. É como uma pedra me prendendo, forçando a respiração para fora dos meus pulmões.

— Você disse que estava vivo! Nós vimos. Nós vimos.

Dava para ver que eu a estava assustando, meu corpo se debatendo de um lado para o outro, mas não havia nada que eu pudesse fazer. Uma descarga elétrica estava percorrendo minha espinha.

— É algum engano. Nosso bebê está vivo. Olhe de novo! OLHE DE NOVO!

Eu já estava vomitando, o enjoo dos últimos dois meses ainda borbulhando dentro de mim. Bile no lençol.

O tempo era um vidro quebrado, segmentos estilhaçados da realidade deslizando pelo chão do hospital enquanto eu soltava minhas pernas dos estribos, o gel ainda molhado nas minhas coxas. O som gutural continuou espumando entre meus lábios, um som de gemido partindo de minhas entranhas — intruso, interminável, sem paralelo.

Fui conduzida para fora da enfermaria. Acho que por Steve. Ou talvez por uma enfermeira. Talvez outra pessoa. Escoltada como um animal ferido.

Homens e mulheres, casais velhos e jovens, desviavam o olhar, tentando não olhar nos olhos aquele rosto de agonia humana, para o caso de ser contagioso. Essa pobre mulher quebrada e destruída que havia perdido qualquer senso de dignidade.

Os meses seguintes transcorreram como num sonho. Amigos, familiares, colegas — todos tinham algo a dizer. Alguma mensagem de conforto.

Vai acontecer de novo, Pippa... Isso é um bom sinal. Você já esteve grávida uma vez agora, então... Não desistam, vocês dois. Isso é tão comum — estatisticamente um em cada três... Aposto com você, por essa época no próximo mês você estará... Disseram à minha amiga que ela nunca ficaria e aí...

Mas nossa dor era um removedor de tinta para nossas almas. Era como caminhar submersa até a altura da cintura, só que em melado em vez de água. Tínhamos caído em um precipício íngreme, e não importava quão alto gritássemos, quão alto pulássemos, quão freneticamente acenássemos com nossa bandeira, ninguém descia para nos salvar.

A gravidez fora um choque, nós dois antecipando alguns anos de diversão frívola de recém-casados antes que a vida real batesse à porta. Mas duas indiscutíveis linhas azuis naquela empoeirada estrada cambojana decretaram que não era para ser, e, no momento em que nossas mochilas de lua de mel foram desfeitas, o pânico deu lugar ao espanto e ao deleite. O crepitar de excitação foi aceso em nós e, do nada, tudo naquilo parecia certo. Aleatório, sim. Surpreendente, talvez. Inesperado, com certeza.

Mas certo.

Estávamos prontos. Estávamos tão prontos. Como tudo com Steve e eu, o universo estava do nosso lado. Nós nascemos para ser pais. E o pequeno Gallagher seria a criança mais amada do sistema solar.

Antes da concepção, eu nunca tivera motivos para me apresentar de maneira formal aos meus hormônios. Eram apenas coisas que aconteciam comigo. Como uma habilidosa equipe de gerenciamento de palco, invisível, sem palavras de gratidão, não reconhecida, trabalhando sem cessar nos bastidores para garantir que a vida cotidiana corresse com tranquilidade. Eram a parte mecânica de mim à qual nunca dispensei muita atenção.

Mas a Dama Gravidez me ensinaria a não tomar nada como garantido.

Da noite para o dia, esses hormônios tão objetivos e na deles ficaram desesperados para se fazerem conhecidos. Este era o momento deles! Sua chance de brilhar! Dia e noite eles festejavam dentro de mim, revezando-se para monopolizar os holofotes, agarrando o microfone, determinados a se fazerem presentes de uma série de maneiras extremas e excruciantes.

Meus seios pequenos (mas "totalmente perfeitos", de acordo com Steve) estavam inchando a cada dia. Meus mamilos cresceram e escureceram como caroços de ameixa e ficaram absurdamente sensíveis; eu não aguentava deixar Steve chegar perto deles. Eu chorava com comerciais e adormecendo nos pontos de ônibus. Estava esquecendo coisas, e perdendo coisas, e quebrando coisas, e deixando cair coisas. Qualquer senso de consciência espacial parecia ter sido abandonado naquela estrada no Camboja. Tudo de mais estranho revirava meu estômago. Laranjas tinham que evacuar o prédio. Completamente. Até a cor me causava urticária. Iogurte de morango, um forte favorito antes, fazia vomitar se sequer visse o pote.

As primeiras imagens revelaram que havia, de fato, um pequeno Gallagher crescendo dentro de mim — dificilmente uma surpresa quando meu corpo estava se comportando como se tivesse sido invadido por um alien —, e, enquanto observávamos o bebê de sete semanas dançando na tela como uma nota musical animada, nós nos agarramos um ao outro maravilhados.

O ônibus avança.

— Você está bem, Pip? Posso fazer alguma coisa?

Steve está me observando, visivelmente preocupado. O vidro embaçou sob minha testa. Eu não disse uma palavra durante o longo trajeto para casa.

Meneio a cabeça.

Ele prossegue, mais hesitante:

— É que… eu estava pensando… sem pressão, é apenas uma ideia… mas não seria bom talvez você conversar com alguém?

Olho para ele.

— Quero dizer, tem sido uma época de merda, e talvez alguma assistência profissional, bem… ajudasse. Talvez para nós dois.

Aquele rosto doce, inocente e bem-intencionado. Procurando me alcançar. Desesperado para melhorar as coisas. Mas meu ventre ainda está rugindo de dor, meu coração bombeando as lágrimas dos últimos dois anos. Eu me viro de costas para ele como um animal selvagem.

— Sabe o que ajudaria, Steve? Se você só parasse de tentar melhorar as coisas. Não dá para melhorar isso. Isso é uma merda total! Estamos na porra da merda!

Há uma recriminação coletiva do deque superior a esta enxurrada de palavrões. Steve cora, mas não diz nada.

Estou passando mal, como se tivesse acabado de chutar um filhote de cachorro. Tento pensar em palavras que podem melhorar as coisas. Qualquer coisa. Tudo isso.

Mas nenhuma vem.

Sinto que talvez tenha quebrado algo precioso que nunca poderá ser consertado. E, então, quando as coisas não podem piorar, acontece. O telefone de Steve toca no banco ao lado dele. Baixo os olhos para a tela.

— Por que diabos Lola está ligando para você?

Silêncio.

— Steve. Por favor, me diga por que sua ex-namorada está ligando para você.

Ele olha para mim, implorando.

— Olha, você sabe que odeio esconder qualquer coisa de você, Pip.

O mundo parece estar desacelerando ao meu redor. Posso ouvir o latejar do meu pulso batendo nas minhas têmporas. Essas não são palavras que uma esposa quer ouvir.

— Ela só me pediu para fazer um pequeno trabalho para ela. Alguns meses atrás.

Uma dor nas minhas têmporas.

— Eu queria lhe contar no mesmo instante, mas você estava... *nós* estávamos... passando por dificuldades e eu apenas... bem, eu não suportaria preocupá-la.

Estou olhando para ele.

— Não que haja algo com que se preocupar! Nada. Caramba, Pip! Juro. Ela me ofereceu alguns trabalhos fotográficos para sua revista e, com tudo o que temos por vir... quero dizer, o tratamento e tudo... simplesmente não estava em condições financeiras de recusar.

Minha respiração está irregular agora. Preciso descer do ônibus. Steve e Lola. Lola e Steve.

— Eu ia lhe contar, Pip. Eu ia. Só pensei em esperar até você se sentir um pouco mais forte. Você tem que acreditar em mim.

Sinto que estou me afogando. Steve mentiu para mim. Meu Steve. O meu melhor amigo.

— Só fiz duas sessões. E ela nem estava lá, eu juro. Ela só precisava de alguém para fotografar a inauguração de uma galeria e pensou em mim. Eu ia lhe contar, mas foi na semana em que você teve aquela menstruação atrasada e você pensou... pensamos, talvez...

Ele se interrompe.

Eu sei o que pensamos.

Lembro-me daquela noite como se fosse ontem. Chorando sem controle algum enquanto me sentava no vaso sanitário, pijama em volta dos tornozelos. A indesejada mancha de sangue vivo no papel higiênico como lágrimas carmesim.

Steve entrou e colocou os braços em volta de mim, confortou-me e me disse que estávamos apenas começando. Que não havia nada a temer. Que nosso bebê viria quando fosse a hora certa. Ele me carregou para a cama e me beijou com ternura, acariciando meu cabelo até que, enfim, parei de chorar e adormeci.

Sim. Lembro-me daquela noite.

Pego minha bolsa e toco a campainha. Uma, duas, três vezes.

Ele odeia quando as pessoas tocam a campainha do ônibus mais de uma vez.

Eu toco uma quarta vez, olhando para ele enquanto faço isso.

— O que você está fazendo, Pip? A gente não é assim. Vamos. Vamos conversar. Por favor.

Uma quinta vez, apenas para efeito.

— Vejo você em casa.

Levanto-me com agilidade e desço as escadas íngremes. Quase perco o equilíbrio.

— Pip, espere. Vou com...

Mas as portas duplas se abrem com um guincho e saio correndo pela rua, para longe dele.

Nunca corro dele. Apenas em direção a ele.

E, ainda assim, agora, preciso ficar sozinha.

2 DE MARÇO DE 2019

11:39

— Espere, Suz, não estou ouvindo você.

Diana está numa ligação com sua irmã em Perth, falando alto em seu iPad, a boca encostada na tela como se o microfone estivesse enterrado lá no fundo.

— O Wi-Fi aqui é inconstante. É Serviço de Saúde, não foi feito para isso, eu acho. Você está na praia?

A voz metálica que vem do outro lado crava uma farpa na cabeça de Steve.

— Só um minuto, Suz. Estou indo para fora, mas a bateria pode acabar a qualquer minuto. — Diana sai apressada do quarto, sua voz desaparecendo quando ela vira um canto. — Melhorou?

Ele expira, grato pela trégua momentânea.

Zumbido, bipe, clique, respiração.

Steve olha para o telefone de Pippa, que está carregando na mesa de cabeceira. Ele se levanta e se espreguiça. Suas articulações parecem nodosas e velhas. Sem pensar, desconecta o telefone dela da tomada e o liga, e a tela inicial acende na frente dele.

Lá está. Um momento de pura felicidade. Um convite para a casa dos pais de um amigo para visitar uma ninhada de filhotes. Pippa delirava deitada no chão da cozinha, a cabeça o mais perto possível do amontoado de bolinhas de pelo. Uma pilha macia de caudas abanando, focinhos molhados e patas enormes. Enquanto os filhotes mastigavam o rabo de cavalo dela, subindo por sua cabeça, Pippa olhou para ele, eufórica. Steve tirou uma foto que capturou o momento perfeitamente.

Ele pressiona o telefone contra o peito, com o desejo de absorver essa versão dela em seu coração. Então, em uma enxurrada de bipes e vibrações, o telefone voltou à vida como uma exibição de fogos de artifício.

Ele sabe a senha dela, é a mesma para tudo, então, desbloqueia a tela só para ver o que há.

3 chamadas perdidas.

425 e-mails não lidos.

Notificações de bate-papos em grupo aumentando em número como um ticker do mercado de ações com defeito.

Então, seu coração dá uma guinada quando ele vê uma mensagem de texto inacabada. Para ele.

Como você pôde

Enquanto ele olha para as três palavras, o pânico rói sua barriga com dentes de piranha.

— Como eu pude *o quê*, Pip?

Ele pega o grande saco plástico deixado pela polícia, frenético por pistas, e joga o conteúdo no chão, depois se agacha, vasculhando-os como um maníaco. Escova de cabelo, revista, chaves da porta, garrafa de água. O de sempre. Mas, então… perfume, salto alto, sutiã de renda e uma calcinha que não viu antes? Meias de seda e o *negligée* do casamento? Óleo de massagem? Entorpecido, ele ergue a vista dos itens no chão, olha para a esposa na cama e volta novamente a contemplar os objetos.

— Ah, Pippa. Diga que não é o que parece.

Imagens de sua esposa pipocam na frente de seus olhos. Pippa trajando roupa de baixo, um sorriso sedutor nos lábios. A curva de sua cintura, seus seios modelados pelo *negligée* de seda, o dedo pressionado nos lábios. As imagens piscam mais rápido, um flip book antiquado. Uma pessoa desconhecida entra. Um homem. Ele caminha em direção a ela e a toma em seus braços. Ela olha para cima, seus cílios cheios de rímel se fechando, e…

Steve se levanta de um salto.

Zumbido, bipe, clique, respiração.

Ele engole a bile metálica que sobe em sua garganta.

— Não vou acreditar. Não vou. *Aonde você estava indo?*

A porta se abre atrás dele. O rosto pálido de Tania espia pela porta. Steve se dá conta de que ele estava gritando.

— Eu... Eu vi Diana sair — ela diz timidamente. — Posso voltar depois.

— Não, está tudo bem — esclarece Steve, virando-se para se recompor. — Entre, entre.

Tania entra no quarto.

— Na verdade, Tan, preciso de um pouco de ar. Você pode ficar com ela por um minuto?

Tania olha para ele, arregalando os olhos. Pela primeira vez, ela está totalmente sem palavras.

— Tudo bem. Apenas fale com ela. Sobre qualquer coisa. — E ele sai correndo do quarto, o telefone de Pippa na mão.

Tania avança de modo nervoso. Quando chega à cama, agarra o corrimão, os dedos exangues tão brancos quanto os lençóis. Ela mal pisca ao observar a melhor amiga. Pippa, cujo cabelo brilha como castanhas de outono. Pippa, cujo sorriso ilumina a noite mais escura. Pippa, que esteve presente em todas suas angústias, fúrias e alegrias. Pippa, madrinha de seus filhos.

— Ai, meu Deus, Pip.

Sua cabeça se desvia, seus olhos se fecham. Ela tem que se fortalecer antes de voltar a olhar.

— Desculpe. Oi. Você se livrou do seu marido por um minuto. Só você e eu, senhora. Como nos velhos tempos.

Ela respira fundo e levanta o braço em sua saudação MAPPE.

— Vamos, amiga. Não me deixe esperando.

Zumbido, bipe, clique, respiração.

Ela baixa o braço e finalmente se permite olhar direito. Uma agulha afiada arranha seu peito enquanto ela examina o dano.

— Bem, este é um novo visual para você. Devo dizer que a sombra roxa realmente funciona. Eu nunca teria pensado que era a sua cor, mas de fato realça as sardas. E estou adorando os tubos. Muito cyberpunk.

Zumbido, bipe, clique, respiração.

— KK amou o macacão de unicórnio que você comprou para ela. Literalmente não quer tirá-lo. A hora do banho virou uma loucura.

Danny cedeu na outra noite: entrei e o encontrei dando banho nela de macacão e tudo. Sim, é o fim da autoridade dos pais lá em casa.

Zumbido, bipe, clique, respiração.

Talvez sejam as poças de sombra nas bochechas encovadas de Pippa. Talvez seja a imobilidade de suas mãos sempre agitadas. Talvez sejam os lábios rachados em torno do tubo de ar, mas Tania de repente começa a tremer incontrolavelmente.

— Meu Deus, Pips. Isto é minha culpa. Isto é tudo minha culpa.

Ela tenta respirar pelo nariz para se equilibrar.

— Eu sabia que algo estava errado ontem à noite. Apenas senti. E agora você está aqui. Eu poderia ter feito alguma coisa. Eu poderia.

Ela toca suavemente os dedos de sua melhor amiga.

— Falei para você ir. Foi ideia minha. Você não estaria dirigindo para lugar algum se não fosse por mim. Recebi sua mensagem e tentei retornar para você — *juro* que tentei —, mas as crianças estavam simplesmente impossíveis. KK não me deixava sair de sua vista e os gêmeos estavam caóticos e Danny estava trabalhando e...

Ela para, perdendo o ímpeto para prosseguir.

— Mas eu deveria estar lá para você. Você está sempre lá para mim. Sempre. E, a única vez que realmente precisou de mim, deixei você na mão.

Ela se sente como se estivesse engolindo um pedaço de pão dormido e pega o copo de plástico com água, que bebe trêmula.

— Não sei o que fazer — afirma em um sussurro rouco. — O que dizer para você. O que fazer.

Ela olha além da porta, mas Steve ainda não voltou.

— Você tem que ficar bem, Pips. Não tenho ideia do que faria se você não estivesse aqui.

Um gole. Sua voz fica tão baixa que mal chega a ser um sussurro.

— Você é insubstituível.

FEVEREIRO DE 2019

Pippa

É uma linha extremamente tênue. Quero dizer, veja bem, é claro que quero que seja *preciso* — afinal, chama-se "desenho de modelo vivo" —, mas não quero ofender. Vou apostar em *preciso o suficiente*. Se existe tal coisa. O coitado do Patrick parece um cara bastante tímido, olhos direcionados para o chão, ombros curvados, postura como se pedisse desculpas. Até mesmo a forma como ele deixou cair a toalha branca no chão no início foi menos "Olhem para mim!" e mais "Desculpe, pessoal, isso é tudo que tenho a oferecer".

Estranha escolha de carreira para um introvertido.

Mas aí penso: talvez não.

Talvez, ao tirar todas as suas roupas, ao livrar-se da armadura diária, da camuflagem corriqueira, você esteja se revelando. As pessoas não podem mais tentar estudá-lo, investigá-lo e decifrá-lo. Não faz sentido estranhos sondarem verdades ocultas ou respostas não ditas, porque você chegou lá antes.

Você ficou lá parado e lhes mostrou tudo o que é e tudo o que sempre será.

Uau.

Na verdade, isso é uma jogada bastante inteligente.

Talvez seja o trabalho perfeito para alguém que quer se esconder à vista de todos. Ninguém lhe faz perguntas.

Retiro o que disse. Tiro o meu chapéu para você, Patrick (por você tirar sua cueca slip).

De volta à tarefa em mãos. (Bem, felizmente não *em* mão — isso seria desconcertante. Digamos, *manual*.) Estou segurando o lápis na minha frente, com um olho fechado do jeito que vi artistas de verdade fazerem em livros ou na televisão. Tem algo a ver com obter perspectiva, acho. Eu, no entanto, não tenho ideia de qual perspectiva espero obter e, então, apenas permaneço fixa nessa posição por alguns instantes, parecendo resolutamente pensativa. Ao meu lado, Tania está sentada em um banco alto de madeira, a postura tão séria quanto seu envolvimento. Está vestida com um esvoaçante vestido kaftan hippie chic e um turbante de seda amarela, compondo um visual de autêntica artista.

Sempre valorizando seu passe, a nossa Tan. Entra de cabeça, vestida para o papel, não importa o que isso implique. Lycra da cabeça aos pés para acampamentos esportivos de verão, castanholas e saia de flamenco para aulas de espanhol. É uma das muitas coisas que adoro nela.

Com um olho bem fechado, ela também está consultando o lápis com perita ignorância, movendo-o diante de seu rosto como uma batuta de maestro. Toda a atenção está voltada para o pênis pálido de Patrick. Pelos meus cálculos, parece chegar a cerca de um quarto do meu lápis. Marco o local com a unha do polegar e, em seguida, coloco cuidadosamente o lápis mastigado contra o meu cavalete.

Caraca! Isso não pode estar certo. Proporcionalmente, parece um braço! Ou talvez eu tenha desenhado os braços dele para parecerem proporcionalmente pênis.

A verdade é que não sou nenhuma especialista quando se trata de tamanho de pênis. Não é algo em que eu tenha pensado com muita dedicação. Sempre me incomoda que as revistas femininas façam parecer que as mulheres não falam de outra coisa, mas, na minha experiência (que, claro, está longe de ser extensa), acho que é algo meio irrelevante. Com certeza, é mais uma questão de trabalho em equipe, não é? Como os corpos das pessoas reagem uns aos outros em um determinado momento, não quem tem o que ou quanto maior, melhor. Quer dizer, sei que tive sorte com Steve. Apenas parecemos nos encaixar, desde o início. Nunca houve momentos embaraçosos nem incômodos, dor ou constrangimento. Era como se nossos corpos soubessem que estavam destinados a ficar juntos por muito, muito tempo, então, decidiram que poderiam ser amigos.

Meu Deus, o estúdio está sufocante. Arregaço as mangas, ciente de que o suor está brotando na minha testa e se acumulando atrás dos meus joelhos. O homem de rabo de cavalo à minha esquerda tirou os slippers e as meias pop e está inflando suas bochechas como um cavalo de corrida impaciente. Tento não olhar para o estado de seus pés, que estão rachados, descamando e desprendendo um odor pungente de água estagnada de lagoa. Não é frescura minha, mas estou posicionada *diretamente* na linha de fogo. O fedor está sendo espalhado pelos circuladores de ar aquecido instalados para conforto do modelo, tornando-o mais um estúdio de ioga Bikram do que uma aula de arte.

Retiros criativos na Crafty Hen House. Era o que dizia o panfleto de aparência bastante sóbrio que Tania alegremente me entregou com nossa taça de vinho pós-corrida, casual se preferir. Dei uma olhada e estava prestes a fazer o comentário mordaz que aquilo pedia (*Que perdedores de fato vão para essas coisas? Uau! Vamos organizar uma festa enorme lá. Um arraso!*) quando olhei para cima e vi que sua expressão estava mortalmente séria.

— Nós vamos...

— Nós va...

— Último fim de semana de fevereiro. Seu tempo todo meu. Você precisa de uma mudança de ritmo, Pips. E não comece a fingir que está consultando a agenda e dizer que está ocupada, porque nós duas sabemos que seria mentira. Sua vida social está tão árida quanto sua vida sexual agora.

Abro a boca para refutar indignada essa afirmação, mas logo a fecho outra vez, percebendo que não posso.

Está árida. Fazemos sexo duas vezes por mês, e só quando a ovulação decreta.

— Fiz muita pesquisa e, ao que parece, arte e criatividade são boas para combater ansiedade. Considere-se com sorte: estávamos a um clique de uma semana em um centro espiritual holístico em Newton Abbot administrado pelos Hare Krishnas. Então, agradeça aos céus.

E foi assim que acabamos aqui, dividindo beliches barulhentos em uma construção coberta de glicínias em Northamptonshire, junto a um bando eclético de mulheres na menopausa de cabelos finos e homens barbudos de slippers, medindo o pênis do pobre Patrick com tocos de lápis HB e contando as horas até podermos ir para casa.

Quero dizer, Tania não estava errada. Os últimos meses têm sido uma merda, e talvez ela tivesse razão em estar preocupada comigo. Estou exausta. Não tenho dormido. Não de verdade. Não aquele sono revigorante adequado, quando você acorda e sente que tudo é possível. Toda noite parecia que meu lençol e meu edredom estavam em conluio, com a intenção de me enredar, arrastando-me para baixo, prendendo-me ao colchão. Ora estou com muito calor, ora com muito frio, ou com muito cólica, ou muito acordada. Enquanto me reviro de um lado para o outro, os lençóis apenas fortalecem sua aderência. É como se eu estivesse me debatendo em areia movediça e devesse ficar quieta, porque todo mundo sabe que lutar só piora as coisas, mas é impossível. Não posso ser derrubada sem lutar. É instinto.

— Psiu, Pip! — Eu me viro para Tania, que agora gesticula para seu bloco de desenho, um sorriso alegre brincando nos cantos de sua boca. Sigo seus olhos travessos até a fonte de seu deleite.

Patrick foi premiado com um falo insanamente longo. Eu bufo e aperto o meu nariz na tentativa de suprimir a onda de histeria infantil que está ameaçando me engolir. Tania vê isso e, como sempre, gosta de me empurrar para mais perto do precipício sem volta. Ela se aproxima, sussurrando:

— Título de trabalho: *Patrick, o tripé humano!*

Estamos de volta à escola, as risadinhas subindo de nossos sapatos sem polimento, nossas meias-calças com fio puxado, através de barrigas eternamente famintas, sobre os sutiãs esportivos desnecessários, os rabos de cavalo emaranhados, ameaçando nos derrubar e nos deixar estateladas no chão da sala de aula. Quanto mais nos esforçávamos para suprimir o ataque de bobeira, conjurando trágicas e detalhadas imagens de membros da família decapitados, crianças famintas na África, animais de estimação amados sendo esmagados por caminhões, mais o riso se multiplicava e borbulhava dentro de nós.

À medida que a euforia infantil percorre minhas veias, percebo que não sinto essa sensação há séculos. A irresistível entrega que liberta a mente e desacorrenta o coração. Aquela sensação de flutuar centímetros acima do solo, intocável. Como se você existisse dentro de uma bolha de sabão soprada de um canudo de plástico por uma criança.

Livre como o ar. Na verdade, não consigo me lembrar da última vez que ri até minhas bochechas doerem.

Olho para cima e vejo a bela mulher ganense à minha frente acenando com a mão para o tutor, tentando chamar sua atenção. Ela se levanta devagar, e só vejo quando sai de trás de sua tela: uma barriga perfeitamente inflada pressionada contra o algodão fino do vestido. Uma cúpula mística abrigando o conto não contado de uma nova vida. Ela parece calma, poderosa e feminina.

Minha bolha estoura.

A maré eufórica diminui.

Paro de rir.

Talvez seja o calor da sala ou a falta de sono, mas estou achando difícil respirar. Manchas douradas se acumulam atrás das minhas pálpebras, cada respiração se tornando mais superficial, como se eu estivesse sendo lentamente submersa em óleo quente. O lápis tomba dos meus dedos e tenho medo de cair do banco. Viro-me para pedir ajuda a Tania, mas ela já está lá. Sem dizer uma palavra, colocou um braço em volta da minha cintura e o outro enganchado sob minha axila, e está me levando para fora da sala.

— Você está bem, meu amor. Apenas respire. Para dentro e para fora. Para dentro e para fora.

Posso sentir os outros alunos tentando não olhar para nós. Ninguém quer ser um babaca, desacelerando o veículo para testemunhar todos os detalhes sangrentos de um acidente de carro.

— Vamos. Vamos levá-la para fora.

Ela me guia pelo corredor. Com suavidade. Devagar. Como se eu fosse uma paciente doente em uma casa de repouso.

— Está um calor infernal lá dentro, não está? É um milagre que não estivéssemos todos caindo como moscas! Vou comprar uma Fanta para você.

Há certos momentos que definem uma amizade, e este parece um deles. Ela sabia. Sabia exatamente o que estava acontecendo dentro de mim naquele momento, e quanto me detesto agora.

Tenho medo da pessoa irracional que me tornei. Alguém que tem um ataque de pânico ao ver uma mulher grávida.

Mas Tania não me julga nem critica. Apenas cuida.

Tomamos nossas bebidas enlatadas no banco do pátio em silêncio, saboreando o líquido efervescente e gelado enquanto as bolhas estouram contra o céu da boca, fazendo nossos olhos lacrimejarem. Sinais de primavera brotando nos arbustos e árvores. Um feixe de sol perfurando as nuvens. Posso sentir o olhar preocupado de Tania em mim, mas ela permanece em silêncio. O único som é o farfalhar das árvores e o martelar de um pica-pau solitário do outro lado do vale. O aperto no meu peito diminui um pouco quando sou tocada pela miraculosa paz do campo inglês.

De repente, um esplêndido cervo solitário emerge do estacionamento. Ele passa com arrogância e confiança extrema, inclinando os chifres em nossa direção como se estivesse tirando o boné. Tão perto que quase poderíamos alcançá-lo e tocá-lo. Nós assistimos em silêncio maravilhado, encantadas, enquanto ele se dirige calmamente para a floresta.

— Ah. Espere!

Tania de repente enfia a mão na bolsa e tira algo, balançando-o entre o polegar e o indicador.

— De nada.

Eu olho.

Bootlaces.[40] Bootlaces efervescentes sabor morango.

Desde que me lembro, esse tem sido um lance nosso. Nenhum presente de aniversário estaria completo, nenhuma ida ao cinema seria satisfatória, nenhum pedido de desculpas aceito sem um saco de Bootlaces de morango ao nosso lado. Sorrio enquanto ela conta sete cadarços para cada em nossos colos.

— *Cinco é pouco, dez é gula demais.* Achei que isso poderia ser útil com toda aquela gororoba vegana que estão nos servindo.

Ela chupa a ponta de um cadarço, enrolando com habilidade a outra em torno de seu polegar como a profissional tarimbada que é.

---

[40] Bala de goma coberta de açúcar, fina e comprida, que lembra cadarços, daí o nome. (N.T.)

— Delícia. Números E[41] puros e não adulterados. O que mais uma garota poderia querer?

Uma brisa suave levanta uma flor precoce do galho da cerejeira. Ela flutua para baixo, pousando no meu pé como uma oferenda. Pego as pétalas e as esfrego na palma da mão como confete. Tania espera, sabendo que as palavras virão quando eu estiver pronta.

Enfim...

— Não está ficando mais fácil, Tan. Acho que estou me sentindo mais forte e, em seguida, bum, estou de volta à estaca zero. E não é apenas a coisa do bebê. Embora isso seja enorme, é claro. Às vezes, absorvendo toda a atenção.

Ela coloca a mão sobre a minha, mas não diz nada, e, de repente, como uma comporta se abrindo, as palavras começam a sair da minha boca, tropeçando umas nas outras em uma tentativa frenética de alcançar a luz.

— Às vezes, a tristeza parece um tumor silencioso, penetrando cada centímetro do meu ser. Como se eu tivesse deixado um sem-teto zangado entrar na minha casa e agora não conseguisse expulsá-lo. Como se ele tivesse reivindicado o lugar como seu.

Tania engole em seco. Posso sentir o quanto ela quer me fazer rir, me fazer esquecer. É palpável. Mas se segura. No fundo, sabe que preciso disso — preciso disso há meses. Preciso falar, ser ouvida. Ser escutada. É quase como se eu estivesse em um transe. Sei que ela está lá. Eu sei que estamos juntas, mas, pela primeira vez, as palavras são maiores do que eu mesma. Este é o momento delas. Não o meu.

— Porque é minha culpa, Tan. Eu o convidei para entrar. E agora ele lacrou as portas com tábuas e pregos. Ele sabe reconhecer uma boa oportunidade que se apresente e não tem a menor intenção de largar o osso tão cedo.

Ela me observa, os olhos arregalados. Acho que eu a estou assustando. Estou meio que assustando a mim mesma. Tento sorrir.

— Merda. Largue isso. Desculpe. Vamos voltar. O pênis de Patrick não espera por ninguém!

Começo a me levantar.

---

[41] Números E são códigos de referência para aditivos alimentares; "E" significa "Europa". (N.T.)

— Sente-se, Pippa.

Opa. Nome inteiro, ela não usou meu apelido. Nós nos chamamos só por apelidos, nunca pelos nomes inteiros. Nomes inteiros são reservados para mortes e separações.

— Prossiga. Coma seus Bootlaces. — Ela levanta um cordão de morango. — E prossiga.

Faço o que ela manda, deixando meu olhar vagar para um galho balançando na brisa.

— Sempre acreditei que estava destinada a atuar. Mas tudo deu errado.

— O que você quer dizer?

— Eu quero dizer, olhe para você. Você ganha dinheiro. Tem uma família. Você conseguiu. Saiu a tempo e encontrou outro caminho. — (Com a típica determinação de Tania, quando a atuação parou de dar retorno, ela se arriscou e logo se tornou designer de interiores como se fosse a transição mais fácil do mundo.) — Mas fui teimosa, me recusei a ceder, e agora tudo estagnou.

— Isso não é verdade, Pip. Teve aquela sua campanha comercial no ano passado.

Ergo as sobrancelhas.

— Que foi? Você estava ótima! Você era a melhor!

Uma série ridícula de anúncios on-line de laxantes. Até mesmo o apoio incondicional da minha melhor amiga não pode dourar a pílula e transformar em campanha esse trabalho que cobria apenas despesas.

— Qual é, Tan. Tem uma diferença entre descansar e estar em coma.

Ela ri, aliviada por eu ainda ser capaz de ter humor.

— Claro, *Quantum* foi ótimo, mas não levou a outras séries. Eu tenho uma audição vez ou outra, mas é sempre a mesma velha história. "Você chegou *tão* perto, Pippa", "eles gostaram *muito* de você", "decidiram seguir em outra direção", "está tão competitivo no momento", "algo vai surgir em breve". Sinto que estou no turbilhão da aventura de outra pessoa, do sucesso de outra pessoa. Isso faz sentido?

Tania pondera a respeito e, então, assente com vagarosidade.

— Quero dizer, *realmente* praticávamos trava-línguas antes do café da manhã todas as manhãs?

Ela sorri, então cantarola:

— *Sabendo o que sei e sabendo o que sabes e o que não sabes e o que não sabemos, ambos saberemos se somos sábios, sabidos ou simplesmente saberemos se somos sabed...*

Eu a corto.

— Houve mesmo uma época em que vasculhamos revistas de casting em busca de oportunidades? Quem era aquela garota que viajou quilômetros pela Inglaterra em um ônibus caído para fazer um curta não remunerado que jamais veria a luz do dia? Onde ela está?

— Ela ainda está aí dentro. — Ela coloca a mão no meu peito. — Nós só temos de encontrá-la, não é?

Balanço a cabeça. Posso sentir as lágrimas se acumulando atrás dos meus olhos.

— Não, não está! Não consigo encontrá-la, Tan. Não consigo. E, acredite em mim, eu procurei.

Ela coloca um braço em volta de mim, e por um momento me deixo ser confortada. Descanso a cabeça em seu ombro. Posso sentir minhas lágrimas salgadas pingando em seu kaftan e percebo que meu nariz está escorrendo como uma torneira. Mas Tania não se importa.

Eu me afasto devagar e limpo os olhos na manga.

— E Steve está indo tão bem. Tipo, um fica de vigia enquanto o outro dorme, saca? E, meu Deus, quero que ele tenha sucesso. Mais do que isso... Quero que ele voe alto! Ele merece. Para ser sincera, ele se tornou um dos melhores fotógrafos que há. Quer dizer, no começo ele só tinha um bom olho. Mas agora tem habilidade real. Algumas de suas fotos me deixam de queixo caído. São simples. Elegantes. Perfeitas.

Faço uma pausa e respiro.

— Eu só queria que ele não estivesse trabalhando com *ela*.

Tania ergue uma sobrancelha.

— Com quem, com Lola? Ah, Pip. Você não pode achar que ele algum dia iria...

— Eu sei, eu sei, eu sei. Foi anos atrás. E acredito que as coisas nunca funcionaram entre eles. Ao que parece, ele mal a vê no trabalho. Apenas foi o único fotógrafo em quem ela conseguiu pensar em um espaço de tempo tão curto. Steve não tem culpa de ter se saído tão bem que quiseram mantê-lo de modo permanente.

— É uma coisa boa. Ele está ganhando dinheiro e fazendo contatos. Você não tem com o que se preocupar.

Soltei um suspiro involuntário.

— Ela é tão doce, de fácil convivência e gentil. E eu estou irritante, teimosa e temperamental por causa dos hormônios. Eles têm um passado e a família dele a amava. E se ele quiser isso de volta, Tan? E se perceber o que perdeu? Quero dizer, por que ele iria querer uma desmazelada insegura e rabugenta quando poderia ter uma fanática por academia bem-sucedida e atraente?

Tania estende a mão e segura o dedo contra meus lábios, calando-me.

— Já chega.

— Eu sei, eu sei. Estou entrando em parafuso. Confio nele. Cem por cento. Se Steve diz que não há com o que me preocupar, então não há com o que me preocupar. Ele nunca me decepcionou. Nunca.

— Amém para isso.

Chupamos os Bootlaces e noto que o pica-pau parou de martelar. Por um momento, há uma quietude, a tagarelice constante em minha cabeça também se acalmou temporariamente. Aperto os olhos para a luz do sol, deixando os raios aquecerem meu rosto.

— E sinto falta pra caralho do meu pai. Sinto falta dele com cada fibra do meu ser.

— Sei que sente, querida, eu sei.

— E é uma merda, porque, quando tenho um momento, um segundo em que estou envolvida em algo (quando milagrosamente *não* estou sentindo falta dele), sinto falta de sentir falta dele. Isso soa ridículo, mas é verdade.

— Não soa ridículo. Seu pai era maravilhoso.

— Porque, ao sentir falta dele, ele ainda está comigo. Carregado no meu bolso, no meu coração. Ele falou uma vez que o câncer não era cruel. Era brutal, era duro, era injusto, mas não cruel. Disse que a crueldade é deliberada, intencional. Mas o câncer não era nenhuma dessas coisas. Tento me agarrar a ele dizendo isso quando começo a ser consumida por quanto quero ver seu rosto ou ouvir sua risada. Porque a dor não vai a lugar nenhum, não é? Não de verdade. Ela sempre te segue aonde quer que você vá, como uma *groupie*. Ela corre os dedos pelos meus cabelos no ônibus. Senta no meu colo no cinema. Espreme-se nos cantos mais distantes do meu guarda-roupa, invade meu sono...

Respiro fundo, fechando os olhos.

Por fim, Tania estufa as bochechas e me entrega cerimoniosamente outro bootlace — apesar de saber muito bem que já ultrapassamos nossa cota diária. Mas mal me dou conta, de súbito consciente do que venho tentando dizer o tempo todo.

— Porque, quando ele estava vivo, eu tinha uma *testemunha* da minha existência. E agora apenas me sinto tão sozinha.

— Mas não está sozinha!

Tania levanta-se e agacha-se na minha frente, encarando o meu olhar.

— Sou sua testemunha, Pippa! Sempre fui sua testemunha! Veja! Olhe para mim! Vejo tudo! Tudo!

Ela se aproxima até que a paisagem é encoberta por seu rosto. Nenhuma de nós tem certeza se está chorando ou rindo.

— Eu sei. E sou a sua. Mas, de alguma forma, meu pai conferia sentido a mim sendo eu mesma, e cada pequena coisinha que eu fazia parecia mais real quando ele estava ao meu lado. E agora ele se foi.

Como que se houvesse recebido a deixa, meu telefone vibra.

Tania levanta uma sobrancelha.

— Poderia ser outra testemunha aí mesmo, milady?

Estou sentindo sua falta, querida. Estou torcendo para você me fazer o chaveiro bordado mais elegante do mundo aí na aula de artesanato. Só para deixar bem claro. Te amo.

Eu sorrio.

— Você tem *ele*, Pip. A maioria das pessoas busca a vida inteira encontrar um amor como o que vocês têm.

Fico olhando a mensagem. Ela está certa. Steve é demais, demais em todos os sentidos, mas isso, por sua vez, consegue fazer com que eu me sinta pior. E o estou agredindo, magoando alguém que é só bondade.

— Estamos discutindo o tempo todo, Tan. Ele sugere algo, eu discordo, nós brigamos. Esta é praticamente a situação atual.

— Parece uma fonte de diversão. Sorte do Steve.

Mas não consigo abrir um sorriso.

— Você precisa estar se sentindo bem consigo mesma para receber conselhos, não é? Para se sentir *digna* de ajuda. Se você está se sentindo uma inútil, então, qualquer conselho parece uma alfinetada, uma crítica. Entende o que eu quero dizer?

Tania assente.

— E ele nunca me pede nada. Apenas diz que quer que encontremos uma solução... Um novo caminho. Ele diz que acredita em nós e que sempre acreditará. Mas a verdade é, Tan... — Paro. Nunca proferi essas palavras em voz alta. — Parte de mim acha que tenho que deixá-lo ir. Que ele é muito especial. Que merece mais. Steve dirá que não, que eu sou suficiente, mas não sou. Quero que ele tenha o mundo. Família. Filhos. A coisa toda. E outra pessoa poderia dar isso a ele.

Minha garganta está apertada. Meus olhos, cegados pelas lágrimas.

Tania faz uma longa pausa antes de, enfim, falar. Ela morde o lábio. Sei como está lhe custando.

— Você ainda o ama, Pip?

— Porra! Caramba! Quero dizer, meu Deus, não duvido do meu amor por ele! De jeito nenhum! *Nunca*. Isso nunca esteve em questão e nunca estará.

Ela parece aliviada.

— Acho que podemos considerar isso um sim.

Olho para minha mão, rodando a aliança de casamento com o polegar e o indicador.

— O caso é que cada conversa no momento é uma faísca em potencial. Será que vai acender? Será que vai se espalhar? Nossas palavras podem se transformar em um inferno em um piscar de olhos.

— Todo mundo discute, Pip. Danny e eu brigamos o tempo todo. É normal.

— Não comigo e Steve. Não mesmo. É novidade e é muito cansativo. Acho que não sei mais o que é uma resposta razoável.

De repente, os olhos de Tania se arregalam e ela grita na minha cara.

— VOCÊ É UMA PUTA LOUCA, TE ODEIO E NUNCA MAIS VOU FALAR COM VOCÊ!

Dou um pulo para longe dela.

— Meu Deus, Tania!

Ela se recosta com calma e sorri.

— Se ajuda alguma coisa, *isso* seria considerado uma resposta irracional.

E, por fim, sorrio.

— Você é doida.

— Obrigada, mocinha.

Ela toma os últimos goles de sua Fanta. Por um momento, sinto que já encerrei, estou vazia, todas as palavras despejadas. Mas então...

— E os hormônios que injetei. Sinto-me como uma almofada de alfinetes gorda e feia. Quero dizer, olhe para mim, Tan.

Aperto a gordura na minha barriga. Tania parece confusa.

— Olhar para o quê? Você é uma das garotas mais gostosas que já conheci. Do que você está falando?

— Não me sinto assim. Todas as explorações. As espetadas. As pílulas. As sondas. Eu simplesmente... me sinto velha.

Olho para o chão, de súbito envergonhada.

— *Velha?* Você tem trinta e sete anos! Você é uma jovem arrogante!

— Não sei. É como se... É como se eu estivesse vazando em algum lugar. Meu corpo desistiu de mim. Alimentei-o direito, eu o exercitei. Tentei lhe dar amor e confiança, e ainda assim ele está me rejeitando, me mostrando o dedo médio como um adolescente mal-humorado quando solicitado a arrumar seu quarto. *Como é que é? Fazer um bebê? Vá à merda. Nem a pau. Não vou fazer isso.* E sinto tanta raiva dele. Comigo mesma.

— Certo. — Tania de repente está de pé.

— O que está fazendo?

— Levante-se! — Ela está de pé na minha frente, com as mãos nos quadris como um sargento do exército.

— Tan...

— *Levante-se!*

Obedeço devagar. Tania estende a mão e agarra meus ombros.

— Isto aqui! — Ela os balança de um lado para o outro como um movimento de dança dos anos oitenta. — Lindos. Poderosos. Sensuais.

— Pare com isso.

Ela agarra meus seios.

— Isto aqui!

— Sai fora!

— Perfeitos. Nem um pouco caídos. As melhores tetas que existem.

Duas mulheres saem da casa. Eles devem estar intrigadas com aquele ataque desequilibrado beirando a obscenidade que ocorre diante de seus olhos, mas, fiéis ao jeito inglês de ser, simplesmente se forçam a passar como se ali não estivessem.

Tania coloca as mãos em meus quadris.

— Esses meninos levados! — Ela me sacode de um lado para o outro. — Sensuais. Femininos. Altamente provocantes.

Ela me gira, agarrando minhas nádegas por trás.

— E quanto a esta obra-prima aqui! Melhor bunda não há, e todo mundo sabe disso. Com licença... — Ela grita para as mulheres, que erguem a vista, fingindo que acabaram de notar nossa presença. — Uma palavra para descrever essas nádegas.

— Pelo amor de Deus!

— Vamos lá. A primeira palavra que lhes vêm à mente. Nada de confabularem.

A primeira mulher sorri.

— Invejável.

A segunda pondera, estudando com atenção o meu traseiro. Por fim...

— Perfeita.

Tania aplaude.

— Eu não conseguiria encontrar definição melhor.

As mulheres lançam-lhe um sinal de joinha e dirigem-se para o lago.

— Viu só? — Ela me vira com vagarosidade e pousa as mãos em cada lateral da minha cabeça. — Está tudo *aqui dentro*, querida. Você pode melhorar as coisas, juro a você. Você precisa se lembrar de como é maravilhosa. Porque eu consigo enxergar. *Ele* consegue enxergar. Mas, que inferno, até *elas* conseguem enxergar!

Ela aponta para as mulheres, que estão desaparecendo de vista ao descer a alameda.

— Você é a única que não consegue.

De repente, os olhos de Tania se enchem de lágrimas. Ela acredita nisso de verdade. Posso ver em seu rosto.

— Sabe o que você vai fazer, Pippa Lyons?

Meneio a cabeça, totalmente ciente de que ela está prestes a me dizer.

— Você vai apimentar as coisas. Vai chegar lá e lembrar ao jovem Stevie o que ele tem. E, acima de tudo, vai lembrar a si mesma o que *você* tem. A dra. Tania está prescrevendo um sexo tórrido e não programado. Uma boa trepada sem compromisso é o manejo adequado para essa situação. E tenho os sapatos *simplesmente* perfeitos para a ocasião.

2 DE MARÇO DE 2019

12:39

Tania se senta ao lado de Pippa, apertando com gentileza seus dedos frios. O silêncio entre elas é gritante, estranho.

— Estive olhando o telefone dela. — Vem uma voz da porta.

Ela se vira e vê Steve segurando o celular de Pippa.

— Só queria ver se havia alguma coisa lá, alguma coisa que eu tenha perdido — continua ele, parecendo um pouco envergonhado. — Sei que não deveria, mas li as mensagens dela.

Tania ofega, o pânico em seus olhos é palpável.

— Preciso entender — explica ele. — Ajude-me.

— Ela não quis dizer isso, Steve! — Ela se levanta. — Sabe disso, não é?

Ele fica surpreso com a reação veemente dela, mas não diz nada.

— Ela tem estado emotiva, estressada — Tania continua, tropeçando nas palavras. — Você… você viu, não viu? Ela está afastando a todos nós. Mas ela te ama. Ela nunca, *jamais* faria isso. Eu nunca deixaria que fizesse.

Steve está confuso, mas algo nele sente que deveria deixá-la falar.

— Pippa me escreveu essa mensagem porque é uma ideia que tem estado na mente dela nos últimos tempos. Por causa da situação toda do bebê. Ela colocou na cabeça que você nunca poderia ter uma família se ficar com ela. A família que ela tanto quer que você tenha. Mas ela não teria lhe deixado. Não teria como. Você é tudo para ela.

Tania faz uma pausa para respirar, concentrando-se adequadamente em Steve pela primeira vez.

— Me *deixar*? Espere. Ela estava pensando em...
— Merda.
— Ela ia me deixar? Ela disse isso a sério?
— Eu não devia... — Tania cora, mortificada. — Você disse que leu...
— Preciso saber, Tan — insiste Steve, segurando-a pelos ombros. — Em que exatamente ela estava pensando?

Tania olha de Steve para Pippa, atormentada pela culpa por trair inadvertidamente a amiga.

— Conversamos muito em nosso fim de semana fora e pensei que tinha conseguido falar com ela. Mas então ela me mandou uma mensagem ontem à noite. Tudo o que dizia era: *Eu estava certa. Não sou suficiente*. Ou algo assim. Mandei uma mensagem de volta dizendo: *Ligue para mim. Nós vamos esclarecer isso*. Mas aí kk não conseguia dormir porque estava resfriada, e depois... — Ela começa a chorar. — Então *isso* aconteceu. Pensei que poderia acalmá-la, Steve, mas acho que ela nem chegou a ler minha mensagem.

As pernas de Steve se dobram sob uma onda de exaustão, e ele cai no chão entre os objetos de Pippa, espalhados. Ele pega um pequeno frasco de vidro.

— Ela levava óleo de massagem. Lingerie... — Sua voz está sumida. — Ela tem outra pessoa?

— Outra pessoa? — Tania balbucia.

— Só me diga. Para onde ela estava indo?

Ela se agacha devagar e sustenta seu olhar com dureza.

— Ela estava vindo ver *você*, seu idiota. Ela tinha tudo planejado. Isso tudo era para *você*.

1º DE MARÇO DE 2019

Pippa

Esticando a ponta dos pés com dedos pintados como uma *femme fatale*, deslizo a primeira meia de seda com cuidado. *A Primeira Meia de Seda*. Parece um romance de Sherlock Holmes. Não posso acreditar que cheguei à provecta idade de trinta e sete anos sem possuir um par de meias de seda. Deus do céu, sem mesmo chegar a *usar* um par. Minhas gavetas estão abarrotadas de meias-calças práticas, mas algo sobre a natureza puramente estética e sensual das meias de seda sempre me escapou. E, para ser mais objetiva, não seriam elas insanas de tão desconfortáveis? Quero dizer, o que as impede de escorregar para baixo e amontoar em torno de suas panturrilhas? Será que as bordas elásticas as prendem *mesmo* no lugar? Tenho sérias dúvidas. E uma cinta-liga? Não dá. A mera palavra me provoca urticária. Mas talvez mais significativamente, custando vinte e cinco libras (roubo à luz do dia), cintas-ligas não são adequadas ao saldo bancário de uma atriz.

Não, não vou comprar mais nada por impulso. Esta noite e apenas esta noite.

Com a língua entre os dentes em concentração, prossigo com extrema cautela, determinada a não puxar um fio. Dedos do pé, depois calcanhar, como Tania me mostrou. Uau. A sensação é diferente, nova. A do náilon sedoso enquanto se cola aos meus pés, meus tornozelos, minhas panturrilhas, minhas coxas. Quando foi a última vez que usei algo com a única intenção de agradá-lo? Não, mais do que agradá--lo — de *emocioná-lo*. Parece outra vida. Aqueles dias inebriantes no princípio do namoro.

A crescente expectativa de surpreendê-lo vestida como uma mulher fatal parece estranha, perigosa, estressante e intensamente sexy. Borrifo o perfume no ar e passo por ele duas vezes, como minha mãe me ensinou há tantos anos: *Nunca diretamente na pele, Pippa. Borrife e passe. O perfume anuncia a chegada de uma mulher e prolonga sua partida, por isso é vital que tenhamos o equilíbrio certo.* Steve adora esse perfume. Sempre o deixava louco quando nos sentávamos juntos em longas viagens de carro com amigos, seu rosto enterrado em meu pescoço, nossos membros entrelaçados como algas emaranhadas; ou amontoados no transporte público, um fone de ouvido cada, alheios a tudo, menos um ao outro.

Nós nos olhávamos com aquele sorriso. Sabíamos o segredo. Sabíamos o que nos esperava. Tínhamos as chaves do universo. Eu e ele. Ele e eu.

Ele sussurrava no meu ouvido: "Caramba, preciso levá-la para casa", e eu sentia o sangue correr para minha virilha. "Seu cheiro, seu cabelo… você". Devia ter sido nauseante para quem via. Quero dizer, quem quer testemunhar isso? Mas não nos importamos. Nós não notamos. Não havia mais nada. Eu adorava ver seus lindos olhos mudarem de cor, como uma gota de tinta espalhada pelo óleo. Eles assumiam a aparência nublada e intensa do céu se fechando sob uma tempestade que se aproximava.

O universo encolhido. Só nós.

Lembro-me de que precisava de toda a nossa força de vontade para não nos devorarmos ali mesmo. Às vezes, eu tinha de me afastar fisicamente dele. Sentar do outro lado do ônibus. Tentar pensar em outro assunto. Tudo, menos o sentimento. O desejo de despir um ao outro e perder a noção do tempo e do espaço.

Devo. Me. Distrair.

Folheie um jornal gratuito.

Tente uma palavra cruzada críptica.

Entabule uma conversa-fiada com um velho solitário sentado à sua frente.

Procure algo *incrivelmente* importante na bolsa.

Qualquer coisa para nos levar em segurança para casa e para a cama.

Deslizo os pés com meias de seda nos lustrosos sapatos pretos de salto agulha. Peguei-os emprestados da Tania. Ora, de quem mais? *Amiga, não existe encontro sexual surpresa sem salto alto, meias de seda e um sobretudo. Sedução nível básico.* Ela sempre foi mais por dentro desse tipo de coisa do que eu, por isso, eu era uma aluna atenta. A ideia do encontro sexual surpresa, uma mera sementinha plantada no retiro de artes do último fim de semana, logo tomou forma, e agora aqui estou eu, vestindo-me para impressionar. Steve estava trabalhando em um evento em um hotel chique fora da cidade e passaria a noite lá, pois estava programado para terminar tarde. A ideia de Tania era que eu fosse o "serviço de quarto" surpresa.

Acho que Steve ficará satisfeito. Meu Deus, espero que fique.

Os sapatos estreitos já apertam meus dedos, e sei que terei bolhas horríveis amanhã, mas, por enquanto, estão fazendo seu trabalho. Sofrer por sua arte, como dizem. Bem, esses sapatos são o extremo do sofrimento. Até posso afirmar que minhas pernas estão à altura do que se propõe. Tonificadas, macias, longas.

Sim, ok. Acho que pareço sexy.

Corro as mãos sobre o meu *negligée* de casamento, lembrando da contração de orgulho extático quando ele me entregou o pacote de papel crepom, uma fita bordô amarrada frouxamente ao redor dele.

"Algo para nossa primeira noite, minha futura esposa."

Aquele embrulho levemente indiferente de uma loja tão confiante de que você adoraria o conteúdo do seu pacote, que eles mal precisavam amarrá-lo. E estavam certos. Nunca tinha visto, sentido ou usado algo assim. Simples, mas elegante. Sexy, mas classudo. Talvez pareça clichê, mas acho que foi a primeira vez que me senti mulher.

Sacudo meu cabelo bagunçado de leve e puxo o cinto do sobretudo para que fique firme em volta da minha cintura. Ok, estou com uma certa pinta de exibicionista. Mas acho (espero) que no bom sentido.

Uma camada final de brilho labial, um spray bônus de perfume e aqui estou eu.

Mais pronta do que isso não dá para ficar.

Ainda não consigo acreditar que estou fazendo isso. Estou ficando louca? E se ele rir? E se ele estiver dormindo? E se ele não me achar...

Não. pare. Simplesmente pare, Pippa. Pela primeira vez, não pense, apenas faça.

Hoje à noite, vamos voltar o relógio.

Hoje à noite, ele me verá e será dominado pelo desejo.

Hoje à noite, ele vai me empurrar para o elevador do hotel e envolver os braços em minha cintura.

Hoje à noite, será o início do nosso novo amanhã.

Pego a bolsa, desligo a luz e bato a porta do apartamento atrás de mim.

2 DE MARÇO DE 2019

12:45

— É mesmo, Pip? Tudo isso era para mim?

Zumbido, bipe, clique, respiração.

— Você estava vindo me ver, minha querida?

Zumbido, bipe, clique, respiração.

— Pippa, fale comigo. Por favor. Preciso que você me diga.

Ele está de pé ao lado da cama, o telefone dela ainda na mão. As palavras de Tania ricocheteando em seu cérebro.

Ela estava vindo ver você, *seu idiota. Ela tinha tudo planejado. Isso tudo era para* você.

Se Tania estiver certa, tudo isso é culpa dele. Steve lê e relê a mensagem inacabada de Pippa, procurando freneticamente uma resposta entre as palavras.

Como você pôde

Como você pôde

Como você...

E, de repente, claro como o dia, a resposta lhe ocorre. Por que ele não viu isso antes? A resposta escondida à vista de todos.

— Ah, porra, Pippa. Você esteve *lá*. Você foi ao hotel. Você me viu com Lola, não foi? Você me viu com ela e pensou que eu estava... Ai, meu Deus, querida, não. Não, não, não. Eu te disse, é só trabalho. Eu nunca te trairia. Nunca. Meu coração é seu. Eu não poderia...

Biiiiiiiiiiiiiiiiiiiiiiiiiiiiiiiiiiiiiiiiiiiiiiiiiiiiiiiiiiiiiiii.

Um ruído penetrante toma o quarto. Steve dá um pulo para trás. Alarme de fumaça?

Biiiiiiiiiiiiiiiiiiiiiiiiiiiiiiiiiiiiiiiiiiiiiiiiiiiiiiiiiiiiiiiiiiiiiii.
Ele olha ao redor descontroladamente em busca de qualquer sinal de fogo. Nada. O corredor do lado de fora está vazio.
Biiiiiiiiiiiiiiiiiiiiiiiiiiiiiiiiiiiiiiiiiiiiiiiiiiiiiiiiiiiiiiiiiiiiiii.
A tela atrás da cabeça de Pippa pisca com fúria. É como se cada medidor tivesse sido despertado, cada botão pressionado em um frenético painel de controle de atividade. Sua atenção é puxada de volta para a própria Pippa, cujas costas se arqueiam para o alto na cama como um peixe cartomante.[42] Ela convulsiona, espuma se acumulando nas laterais da boca, pálpebras forçadas a se abrirem, revelando o branco dos olhos. Ele tenta segurar os braços dela para baixo, com medo de que ela caia da cama, mas não tem certeza da força que pode imprimir.

— Pippa? Pippa?

Ele bate a mão na campainha de emergência que Bramin lhe mostrou e grita em direção à porta.

— Por favor! Alguém! Socorro! Precisamos de ajuda aqui!

---

[42] O *fortune teller fish* é feito com um polímero higroscópico especial que absorve e retém a umidade da palma da mão de quem o "consulta", revelando seu estado de espírito no momento. Vem acondicionado num envelope plástico com as instruções que associam os movimentos que o peixe faz com os seguintes resultados: ciumento, apaixonado, morto, falso, inconstante, afeiçoado. (N.T.)

1º DE MARÇO DE 2019

Pippa

Biiiiiiiiipe. Nosso velho Corsa apita e pisca duas vezes para me dizer que está definitivamente trancado. Bem, isso é o que a empresa alega, de qualquer maneira. Tenho certeza de que hoje o carro só está rindo de mim: "Não tem volta agora, Pippa! Você é oficialmente uma lunática seminua no meio do nada. *Bonne chance, mon amie*".

Não é tarde demais para cair fora. Eu poderia só voltar para o carro, tirar os estúpidos sapatos de tortura, ligar o Magic no máximo e ir embora em uma nuvem de fumaça de escapamento. Ninguém seria mais sensato. Há sobras de macarrão com queijo na geladeira e a nova temporada de *Queer Eye*, que ainda não vi. Não. Seja corajosa, Pippa. Ignoro as provocações encantadas do meu carro e coloco o chaveiro de volta no bolso da minha capa de chuva. Percebo que estou tremendo. Aqui é muito mais frio. Báltico. Ok, sei que estou a apenas alguns centímetros da M25, mas juro que a temperatura caiu dez graus. Posso ver minha respiração saindo em pequenas baforadas de calor. Meu *negligée* de seda fina, que parecia uma escolha tão inspirada de vestuário no meu apartamento aconchegante com aquecimento central, agora parece tão ridículo quanto um biquíni no Ártico.

Talvez seja o salto alto de Tania, mas, quando olho para cima, a distância entre mim e o saguão do hotel parece se esticar como chiclete. E por que esse maldito estacionamento é tão mal iluminado? Quero dizer, não me entenda mal, neste caso em particular eu sou grata por isso. Quanto menos pessoas me flagrarem vestida de garota de programa do Soho, melhor. Mas, para uma pessoa qualquer de meia-idade, renda média e visão mediana, essa seria uma jornada traiçoeira, como cruzar o Atlântico em uma jangada.

Sem mencionar os buracos que acabei de descobrir em primeira mão, batendo no asfalto como um estudante bêbado depois de muitas tequilas. Merda. Com receio de ter puxado fio das meias de seda que comprometem o pagamento da hipoteca, procuro meu telefone. Passo o dedo pelo ícone da lanterna, que se acende obedientemente. Segurando o facho sobre cada perna, eu as examino de cima a baixo, de cima a baixo — uma estranha ressonância magnética noturna. Por um milagre, escaparam sem lesões. Nem um ponto fora do lugar. Sem furos. Sem fios puxados. Sem beliscados. Ufa.

Isso deve ser um sinal, certo? De que estou fazendo a coisa certa por estar aqui. Por mim. Por nós. Pelo nosso casamento. Sem dúvida, isto é o que os deuses dizem: salvamos suas meias caras e, em troca, agora você deve ir adiante e arrebatar seu devotado marido faminto por sexo.

Certo. Avante. Vamos, Pip. Quem não arrisca e coisa e tal.

Eu me levanto, me espano e seguro o telefone à minha frente como se estivesse me defendendo de um agressor. O facho brilha à minha volta, iluminando a área ao redor. Assim está melhor. Uma chance muito maior de chegar ao meu destino quando posso de fato ver para onde estou indo.

Então. Apenas este estacionamento entre mim e um novo começo.

Ao me colocar mais uma vez em movimento, percebo que qualquer tentativa de graça, sensualidade ou — convenhamos — dignidade é totalmente inútil. Chegar inteira à entrada do hotel já será um triunfo pessoal. Quaisquer vestígios de amor-próprio foram deixados para trás no meu carro agora trancado. Enquanto cambaleio, meio potro inexperiente, meio stripper embriagada, determinada a permanecer na vertical em meus saltos de arranha-céu, tudo que posso ver é o rosto de Steve quando ele bater os olhos em mim.

Isso me impulsiona para a frente.

Levantando o rosto para o céu noturno, sinto os raios da lua beijando minha testa. Sorrio, ondas de empolgação agitando minha barriga.

2 DE MARÇO DE 2019

12:47

— Por favor, ela precisa de ajuda! — Os gritos de Steve ecoam pelo longo corredor.

Em segundos, três enfermeiras apareceram. Elas correm para a cabeceira de Pippa, seguidas de perto por Diana, seu rosto pálido. Ela agarra a manga do genro.

— O que aconteceu, Steven? O que aconteceu? — Sua voz sobe para um falsete. — Diga-me! Não entendo. O que está acontecendo com meu bebê?

Mas Steve já não consegue falar. Ele está assistindo a uma cena de um filme: uma jovem luta pela vida cercada por seus entes queridos petrificados.

— Com licença, precisamos que vocês dois se movam para o lado, por favor.

Uma enfermeira os conduz até a janela.

— Pippa. Sou a enfermeira Parker. — Há uma calma autoridade em sua voz, destinada tanto a Diana e Steve quanto a Pippa. — O médico está a caminho. Nós vamos movê-la agora.

1º DE MARÇO DE 2019

Pippa

— Boa noite, senhora. Como posso ajudá-la?

Boa pergunta. E uma para a qual tenho certeza de que não há resposta. Quem estou tentando enganar? Não sou uma sedutora. Eu sou uma esposa. Uma atriz desempregada. E neste exato momento, até certo ponto. De repente, não tenho a menor ideia do que estou fazendo ali. Por que sempre dou ouvidos aos planos malucos da minha espontânea melhor amiga? Ah, ser capaz de desaparecer, evaporar em uma nuvem de fumaça e deslizar entre as tábuas perfeitamente reluzentes do piso sem ser notada.

Em vez de...

— Sim. Oi. Estou aqui para ver... hã, bem, na verdade, é complicado.

Devo apenas dizer, este lugar *fede* a dinheiro. Vastos buquês de orquídeas, velas perfumadas do tamanho de vasos de plantas, o delicado borbulhar das fontes de água, o tilintar de cristal pesado vindo do bar.

— Quero dizer... hã, eu sou... hã...

O concierge pisca devagar. Seu sorriso é inabalável. Quaisquer opiniões são escondidas atrás de um verniz de profissionalismo impecavelmente treinado. Se ele é o cisne que desliza no topo do lago, eu sou as pernas agitadas abaixo da superfície.

— Está aqui para *encontrar* alguém, senhora?

Uma leve elevação da sobrancelha. Uma ligeira inclinação da cabeça. Essa ênfase no *encontrar*. Ah, pelo amor de Deus. Ele pensa que sou uma garota de programa, com certeza. Mudo a estratégia.

— Não! Veja, estou aqui para uma cerveja! — Percebo que estou gritando. E rimando. Nenhuma das táticas me dá a credibilidade de uma cliente de boa-fé, mas continuo. — Para que lado fica o bar, por favor? Para minha *cerveja*.

— Temos dois, senhora. E um restaurante. O Bar Hemingway fica no final do corredor, segunda porta à direita. E o salão de coquetéis Savoy fica logo depois da escada em espiral, atrás das cortinas de veludo. Temos um pianista de concerto lá esta noite. Qual deles vai ser? Para a sua... *cerveja*?

Posso sentir a cor do meu rosto escorrendo para o meu peito. Sei que haverá manchas perfeitas se acumulando ao redor da minha clavícula, sob minhas maçãs do rosto, sob meu queixo. Pense, Pippa, pense.

— O salão de coquetéis, por favor.

Merda. Deveria ter dito o bar. Aposto que os coquetéis vão custar uma fortuna aqui. Mas, ei, agora algo forte cairia bem. Um pouco de coragem postiça.

— Muito bem. E posso guardar seu casaco para você, madame?

— Deus do céu, NÃO!

A outra sobrancelha do concierge se levanta para se encontrar com o seu par. Nós dois sabemos o que está acontecendo sob este sobretudo.

Sorrio com doçura.

— Quero dizer, não, obrigada mesmo assim. Vou ficar com ele. Está friozinho por aí. Preciso me aquecer. Saindo de um resfriado. — Sempre muitos detalhes. — Obrigada pela ajuda.

— De nada, senhora. Aproveite sua... *bebida* conosco. — Ele sorri para mim.

Espere. Ele acabou de...

Deixe para lá, Pippa.

Vou em direção ao bar, tentando andar como uma empresária. Tento um canto meditativo como fui aconselhada em tempos de estresse. Estes sapatos são meras extensões dos meus pés. São como chinelos. Posso andar com graça e equilíbrio. Sou bem-vinda aqui. Debaixo do meu casaco, estou completamente vestida. Estes sapatos são meras extensões dos meus pés. São como chinelos. Posso andar com graça e equilíbrio. Sou bem-vinda aqui. Debaixo do meu casaco, estou completamente vestida...

2 DE MARÇO DE 2019

12:49

— A traqueia está inchando. Precisamos aumentar o oxigênio. Bramin dá instruções às enfermeiras de apoio em um tom entre falar e gritar, como um comentarista esportivo. Um ar de calma adrenalina. Seus olhos alternam com rapidez entre o rosto de Pippa e os monitores frenéticos atrás da cabeça dela.

— Vou aplicar uma injeção de epinefrina, por favor, segurem-na firme.

Enquanto eles tratam sua esposa de forma mais rude do que ele poderia ter previsto, Steve tem que lembrar que eles já passaram por tudo isso antes. Existem protocolos que podem seguir para trazê-la de volta da beira do precipício. E, no entanto, cada caso é único. O médico terá que apostar aqui, usando como paradigmas os sucessos ou os fracassos do passado. Jogar com a vida de Pippa.

Bramin preparou uma seringa grande com dois frascos de líquido claro. Uma enfermeira rasga o avental fino de Pippa. Quando a agulha se aproxima da carne exposta de sua filha, Diana abre a boca e se vira. Ela não suporta assistir e pressiona a cabeça com força contra a moldura da janela.

1º DE MARÇO DE 2019

Pippa

Ouço o bar de coquetéis antes de vê-lo. O murmúrio baixo de conversas caras e os tons agradáveis do jazz do piano filtram-se para fora. Certo. Talvez eu peça para nós dois uísques sours para levarmos para o quarto. Ele adora uísque, e cairia bem algo para me aquecer. Literal e metaforicamente. A iluminação é suave, romântica. Velas nas mesas e uma lareira crepitante no canto. Cortinas pesadas e tapetes luxuosos.

Mais uma vez, sou grata pela iluminação fraca. Todo mundo parece cerca de setenta por cento mais atraente do que o normal. Tenho um vislumbre de mim mesma em um enorme espelho com moldura dourada. Nada mal. Cabelos lustrosos. Pernas mais longas do que eu me lembrava. Reparo nas travessas de nozes, azeitonas e Twiglets dispostas por cortesia nas mesas e faço uma anotação mental para pegar um punhado de cada na saída. O casaco tem bolsos grandes, e eu estava nervosa demais para jantar mais cedo, então, meu estômago está roncando e dando nós.

Há uma não fila educada no bar — os frequentadores se apoiando ali de modo casual, conversando com os "amigos" da equipe de funcionários.

— Mais um do de sempre, sr. Lloyd?

— Que bom que aprova o novo mezanino, sra. Treadaway.

Ah, a cordialidade compartilhada dos ricos.

Pego o pesado menu encadernado em couro e o folheio sem preocupação até os coquetéis de uísque.

Uau! Puta mer… Vinte e quatro libras por um uísque sour! Isso custa quase tanto quanto as meias! Talvez possamos dividir um.

Sorrio para o barman.

— Olá. Por favor, eu gostaria de um…

E, então, escuto. Aquela risada soluçante. Aquele som que nutre meu coração. Inconfundível. Impossível não notar. Inesquecível.

Steve.

Mas ele não deve me ver ainda! Arruinaria tudo! Olho por cima do ombro, deslocando meu peso em direção ao grupo de homens grandes ao meu lado para me ocultar.

Que emocionante. Como um *thriller* estrangeiro sexy. Enfim sou a espiã russa em meu próprio romance erótico. Examino o ambiente suavemente iluminado. Onde diabos ele está?

Aí está de novo. Outra risada. Vem do outro lado. Eu me viro de frente para as janelas atrás de mim.

Não. Não é Steve. Aquele não, aquele ali também não. Velho demais. Gordo demais. Mulher demais.

Então, de repente, eu o vejo.

Metade dele, de qualquer maneira. Está sentado confortavelmente perto da lareira. Cabelo penteado para trás do rosto. De certa forma, parece mais jovem, arrojado. Meu coração pula de alegria. Quero correr para ele, jogar meus braços ao redor de seu pescoço, inebriada com seu cheiro. Dane-se a surpresa. Ele está ali! Parece tão feliz. Está tão bonito. Ele está olhando… para outra pessoa.

Espere. O quê?

Quando a multidão entre nós se afasta, de repente vejo tudo. Há uma mulher sentada ao lado dele. Confortavelmente. Com intimidade.

Minhas omoplatas começam a tremer. Um terremoto sacode o piso sob os meus pés, mas não consigo me mexer.

Ela diz algo e Steve joga a cabeça para trás, rindo. Uma gargalhada gostosa. A luz bruxuleante do fogo mergulha seu rosto na sombra, mas é claro que ele parece alegre de verdade. Radiante. Livre do peso da dor e das decepções. O sulco persistente em sua testa desapareceu, suavizado pela companhia dela. Observo enquanto ele gentilmente lhe remove algo da gola do casaco. A mulher olha para baixo, rindo. E, enquanto faz isso, dou uma boa olhada em seu rosto.

Quase vomito, mas meu estômago está vazio.

— Você está bem, senhora? Quer um pouco de água?

Sinto como se sufocasse, como se o ar fosse sugado do salão. O menu cai em câmera lenta, aterrissando com um baque.

Preciso sair. Sair. Sair.

Cambaleio às cegas bar afora, atravesso o saguão e desabo contra o pilar de mármore na saída. Pego meu telefone e começo a digitar.

Eu estava certa, Tan. Não sou suficiente.

2 DE MARÇO DE 2019

12:52

As convulsões de Pippa diminuem, seu corpo para, por fim. A energia cinética que percorria seus membros momentos antes praticamente evaporou.

Outro médico se juntou a Bramin. Eles falam muito baixo e com muita rapidez para Steve ouvi-los. Diana se afasta da janela e pega a mão do genro. Estão lado a lado, um par de crianças assustadas, perdidas na floresta, completamente dependentes dos cirurgiões do outro lado da cama.

1º DE MARÇO DE 2019

Pippa

A chuva está caindo, mal se dispersando sobre o para-brisas antes que a próxima camada desça. É como uma chuva de filme pouco convincente. Aquela chuva que você não acredita que existe até acontecer com você.

Estou lutando para respirar. Lembre-se do que mamãe lhe disse antes do funeral do papai: "Inspire contando até quatro. Segure contando até oito. Expire contando até quatro. Inspire quatro. Segure oito. Expire quatro".

Ou é o contrário? Os números não fazem sentido.

Nada está fazendo sentido.

O que acabou de acontecer?

Está acabado? Acabamos?

Ele mentiu para mim. Steve mentiu para mim.

Um lampejo repentino do rosto beatífico de Lola enquanto ela olhava para ele à luz do fogo. Devotado. Apaixonado. Perfeitamente combinado.

Seu sorriso galante quando avistou o grão de poeira na jaqueta dela.

A intimidade casual enquanto ele o espanava, devolvendo-a ao seu estado habitual de sublime perfeição.

O que eu estava pensando? Sou uma idiota.

Minha roupa é grosseira. Ele teria rido de mim. Os hormônios me engordaram. Eu não deveria estar vestindo *negligée*.

Sempre foi ela?

Mesmo quando não era ela, talvez fosse?

Não posso dar a Steve o que ela pode. Eu não posso lhe dar nada. Por que eu o estou prendendo?

As lágrimas dificultam minha visão. Pingam do meu queixo e no volante.

E, de repente, posso ver um bebê. O bebê deles. Ai, meu Deus. Não. Qualquer coisa menos isso.

Um querubim de olhos escuros e bochechas rosadas arrulhando para seus pais de uma toalha de piquenique verde-clara. Lola está fazendo cócegas em seus pés gorduchos, enquanto Steve espana com carinho um pouco de pólen do vestido de verão de Lola.

Aperto os olhos.

Para. Para. Para.

Tente respirar fundo. Para dentro e para fora. Para dentro e para fora.

Talvez eu esteja errada. Talvez não fosse nada. Talvez eu tenha interpretado errado...

Mas eu conheço aquele olhar. Estou certa disso.

Não era nada. Era tudo.

Talvez eu devesse saber.

Nossa Lola.

Ela é perfeita.

Nossa Lola.

Ela se encaixa em suas vidas.

Nossa Lola.

Ela sempre o amou. Talvez eu só precisasse descobrir para ele perceber que foi tudo um grande erro. Ele nunca deveria tê-la deixado anos atrás.

Mas quando ele iria me contar?

O que vou fazer agora?

Com uma mão no volante, vasculho o bolso do casaco. É mais fundo do que parece, e tenho que me levantar do assento. Por fim, encontro o telefone e o jogo no colo. Sem diminuir a velocidade, coloco-o entre o volante e minha mão esquerda e começo a digitar.

BIIIIIIIIIIIIIIIIIIIIIIIIIIIIIIIIIIIIIIIIIIIIIIIIIIIIIIIIIIIII!

Merda, merda, merda.

Viro o volante com força para a esquerda. Um motorista furioso passa por mim, a mão apertada contra a buzina, gesticulando, praguejando, piscando os faróis.

Deslizei para a pista externa e, por muito pouco, não colidi com ele.

De imediato, largo o telefone, que cai nos pés do banco do passageiro. Aceno com a mão me desculpando, mas ele não está mais olhando para mim.

O que eu estava fazendo, porra? Eu poderia ter morrido. Poderia ter matado alguém. Só idiotas mandam mensagens enquanto estão dirigindo.

Olho pelo espelho retrovisor. Meu Deus, que lástima estou. Rios de rímel escorrendo pelo rosto como uma heroína trágica em um filme mudo francês.

A chuva forte não dá sinais de diminuir. Meus limpadores de para-brisa estão a todo vapor, mas nada clareia minha visão.

De repente, uma música começa a tocar no rádio. Eu nem tinha notado que ainda estava ligado.

Porra.

Não. Por favor. Qualquer coisa menos isso.

Nossa música.

Pés descalços. De pé em cima dos pés dele como se eu fosse leve como uma pluma. Balançando de um lado para o outro. Um corpo só. Nem uma nesga de espaço entre nós. Nossos corpos pressionados. Nossos lábios unidos.

Sorrindo, sussurrando, rindo.

As lágrimas recomeçam a cair, densas como a chuva persistente. Não consigo ver. Tentando freneticamente desligar o rádio, só consigo aumentar o volume.

It must be love, love, love...

Não!

Minha cabeça pode explodir. Preciso desligar. Olho para baixo e meus dedos trêmulos fazem contato com o botão. Eu o empurro.

Assim está melhor. Por uma fração de segundo, posso respirar novamente.

Mas, então, há uma luz tão brilhante que me ofusca.

E, depois, silêncio.

2 DE MARÇO DE 2019

13:12

Bramin aponta a lanterna para os olhos de Pippa, levantando a pálpebra esquerda e depois a direita para verificar se há alguma resposta. Diana e Steve ainda estão de mãos dadas, a única energia que lhes resta foi gasta na batalha para manter um ao outro de pé.

Os outros cirurgiões e enfermeiras foram embora, e o quarto está calmo, como se a cacofonia de pés apressados e equipamentos estridentes e vozes elevadas pertencesse a outra vida.

— Como temíamos, Pippa sofreu uma convulsão, uma reação ao alívio dos medicamentos sedativos, mas sua pressão intracraniana agora se encontra estável. É muito difícil dizer como isso pode ter afetado a função cerebral, e não poderemos avaliar sem outra tomografia computadorizada até, ou mesmo *se*, ela recuperar a consciência. Receio que ainda seja uma questão de esperar para ver.

Diana cambaleia no lugar, mas é o médico que a ampara desta vez. Steve observa enquanto Bramin a conduz para fora do quarto.

— O que está acontecendo? — A voz de Diana não soa como a dela, mas, também, nada mais soa normal.

— Você desmaiou — diz Bramin. — Deixe-me pegar algo doce para você beber.

Steve e Pippa estão sozinhos. Ele se senta na cama e se enterra nos lençóis com ela, alheio aos fios, à higiene e às regras. Nada importa, exceto tê-la em seus braços.

— Volte para mim, Pippa. Se você pode me ouvir, meu anjo, volte. Não posso continuar sem você. Somos uma família. Completa. Sempre fomos. Você é tudo de que sempre precisei.

JUNHO DE 2012

Pippa

— Você é tudo de que sempre precisei.
Sua voz está abafada, distante, como se ele estivesse sussurrando através de uma parede. Sorrio, minha cabeça aninhada em seu peito, apreciando o calor suave de seus chinelos sob os meus pés descalços. Nós balançamos de um lado para o outro, como um metrônomo.

Tique-taque. Tique-taque.

Estou em paz, suspensa em uma terra de sonhos entre a vigília e o sono.

Tique-taque. Tique-taque. Zumbido, bipe, clique, respiração.

— Você quer ser minha esposa?

Tique-taque. Tique — o quê?

O que ele acabou de dizer?

Ele gentilmente me tirou de seus pés. Sinto frio sem seu corpo pressionado ao meu. Agora ele está no chão, ajoelhado. Pega algo no bolso. Uma caixa. Ele abre e lá está o anel. Meu anel perfeito. O cômodo encolhe. Somos só eu e ele. Eu e ele para sempre. Eu assinto, lágrimas escorrendo pelo meu rosto. Enquanto ele o retira do suporte acolchoado e o coloca no meu dedo, nós dois sabemos que ele permanecerá lá até o dia em que eu morrer.

Tique, zumbido, taque, bipe, tique, clique, taque, respiração.

2 DE MARÇO DE 2019

14:39

Steve dorme profundamente, enrolado em sua esposa. Um sono pesado e sem sonhos. As lágrimas, a esperança, a dor e a conversa o esgotaram. Está oco.

Diana está na janela, roendo as unhas. No parapeito, uma nata se forma em uma xícara de chocolate quente intocado. Ela observa um grupo de adolescentes magros lá embaixo, chuteiras enlameadas após o treino, comendo asas de frango gordurosas e atirando descaradamente os ossos na calçada. Jovens, despreocupados, todo o seu futuro se estendendo pela frente.

O relógio bate.

Pippa permanece imóvel, exceto pela ondulação contínua de respirações mantidas com a ajuda de aparelhos.

Zumbido, bipe, clique, respiração.
Zumbido, bipe, clique, respiração.
Zumbido, bipe, clique...

Seus lábios parecem se separar, infinitesimalmente.

Respiração.

Uma jovem enfermeira entra discretamente em sua ronda. Ela olha da mulher na janela para o homem ao lado da cama, lembrando-se dele da noite anterior. Os dois estão alheios à sua presença. Ela está feliz por ele ter alguém agora. Ninguém deveria ficar sozinho em um momento como este.

Ela se aproxima da paciente e se assusta com o que vê. Uma pálpebra machucada se abre trêmula e se fecha outra vez. Sem proferir uma palavra, ela sai do quarto e corre para buscar o médico.

2 DE MARÇO DE 2019

14:41

Pippa

Luz. Fragmentos.
Peso. Peito pressionado.
Respiração.
Dedos. Dados com alguém?
Pálpebra. Fechada.
Respiração.
Embaixo d'água. As bolhas estouraram. Sons de motor.
Um carro.
Mente escura e turva.
Um homem?
A cabeça se eleva. Os olhos se arregalam.
Você consegue me ver?
Boca em movimento. Palavras distorcidas.
Uma mulher se aproxima.
Perfume. Lavanda?
Os lábios dela. O que ela está faz…
Botões pressionados. Quarto explode.
O homem.
Lágrimas de felicidade.
Eu não o conheço.
E ainda assim…
Há alguma coisa. Um sentimento. Só que fora de alcance.
O sorriso dele. Caloroso. Como a luz do sol na minha bochecha.
Eu não sei seu nome.
E ainda assim.
Ele me lembra…

Lar.

AGRADECIMENTOS

Obrigado aos nossos irmãos, Fia e Jamie, por quem escalaríamos montanhas.

Aos nossos preciosos cunhados, John e Cat.

Aos nossos sobrinhos e sobrinha super-heróis, Max, William, Oskar, Amber e Harry.

À linda Stella, para quem vamos ler isso.

A Jacqueline e Edward, por seu amor e apoio.

A Charlotte Mills e Grant Gillespie, por suas primeiras leituras e seu encorajamento.

A Katie Haines, a melhor agente literária, que faz você querer fazer mais do que se considera capaz. E a Gina Andrews, por sua assistência espetacular.

A Michael Wharley, pela orientação fotográfica.

A Joe Lansley, por doar seu tempo e sua inestimável segunda opinião.

A Mel Harris e Susannah Tresilian, por nos ajudarem a encontrar Pippa e Steve.

A Jane Selley, por dar ao livro um acabamento atraente.

A Bea Grabowska, por sua generosa ajuda editorial.

A Nathaniel Alcaraz-Stapleton, por sua volta ao mundo.

Aos nossos queridos amigos, nossas diárias máquinas de suporte à vida. Vocês sabem quem vocês todos são.

A Sally Cockburn, oh capitã, minha capitã, por ser a melhor professora de inglês do mundo.

Um agradecimento especial a Sherise Hobbs, por nos ouvir, por nos defender, depois nos pegar pela mão e nos conduzir gentilmente ao estranho e maravilhoso mundo da escrita de romances, prontos para saltar.

E, claro, a Stanley, para quem tudo isso foi feito.

Uma entrevista com Olivia Poulet e Laurence Dobiesz

P: Como surgiu o romance e como vocês descreveriam a história?

Olivia:
Larry e eu escrevemos uma peça de rádio juntos e, então, um editor ouviu, abordou-nos e perguntou se estaríamos interessados em escrever um romance com base nos personagens da peça de rádio.

Laurence:
É uma história de amor contada sob duas perspectivas: os personagens Steve e Pippa…

Olivia:
… e também um narrador onisciente nos capítulos intermediários.

Laurence:
Steve correu para a cama de Pippa, sua esposa. Ela sofreu um acidente. Disseram-lhe para falar com ela porque ela pode estar ouvindo. E, então, ele começa a tentar encontrar as palavras certas. Ele tem dificuldade no início, mas depois é aconselhado a falar qualquer coisa, dizer por que a ama. O médico também acrescenta que as próximas doze horas podem ser cruciais para trazê-la de volta.

Olivia:
E, a partir daí, começa seu diálogo sobre como se conheceram, a jornada do início de seu relacionamento, o namoro inebriante e vertiginoso, passando pelo casamento, pelos elementos mais complicados e difíceis de um relacionamento, até o ponto em que estão agora, ele à cabeceira dela, desesperado para que ela volte para ele. Porque, falando, ele percebe que...

Laurence:
Talvez ela possa ouvi-lo.

Olivia:
... e realmente não há nada além dela. E assim é uma história de amor em sua forma mais verdadeira, confusa e crua, porque nem tudo são flores...

Laurence:
E diversão...

Olivia:
... é concreto e tem altos e baixos. Mas esperamos que com muito humor também, porque a vida é horrível e engraçada, eu acho.

P: Qual é a importância de contar a história da perspectiva de Pippa e de Steve?

Olivia:
Eu acho que, ao contar as perspectivas de dois personagens, podemos olhar para os pequenos aspectos do dia a dia dos relacionamentos, que os tornam muito fáceis de as pessoas se identificarem. Mas, no meio disso, há pequenos momentos de magia que o tornam uma história de amor e a tornam única. Acho que isso é bastante trágico também...

Laurence:
Sim, Steve está em uma situação de alto risco. As circunstâncias são tensas e desesperadoras, mas ele só precisa se comunicar com Pippa. E, assim, ele cava fundo suas lembranças. E são coisas pelas quais todo mundo passa. Como adolescentes...

Olivia:
... medo de rejeição, esperanças, sonhos, querer uma família, querer ser parte da família de outra pessoa, querer se encaixar e não se encaixar, a época do colégio. E acho que o elemento único do livro é que estamos cobrindo vários estágios de um relacionamento, bem, até os trinta e oito anos de idade.

Laurence:
Quando ouvimos o lado de Pippa da história, é na primeira pessoa. Então, você tem uma sensação de imediatismo de que ela está quase... Onde quer que ela esteja, qualquer que seja o grau de sua presença, ela está passando por isso. Naquele momento.

Olivia:
A ideia é que Pippa esteja potencialmente passando por essa lembrança. Ela está nela, no coma, enquanto Steve fala através dessas lembranças. Então, os trechos dele estão no passado, o que é uma coisa muito legal, acho, que mostra a diferença entre eles também.

P: Quais são os temas que vocês acham que os leitores encontram no romance?

Laurence:
Nós exploramos os grandes temas dramáticos, mas espero que haja muitas situações com as quais as pessoas possam se identificar, seja qual for o estágio do casamento ou do relacionamento em que estejam. São esses pequenos momentos, esses pequenos contratempos que compõem toda a trama de um relacionamento.

Olivia:
Desde aquela primeira vez que você diz a alguém que a ama. A primeira vez que você vai para a cama com alguém. A primeira vez...

Laurence:
A primeira vez que você embarca em um ônibus de Londres...

Olivia:
Sim... A primeira briga. O primeiro Natal. E combinado com o fato de que acontecem coisas ruins em um relacionamento de longo prazo, e coisas... bem, a vida é complicada. E são as pessoas das quais você se cerca que o ajudam a superar essas coisas. E eu acho muito bonito a respeito de Pippa e Steve que eles são uma equipe e são uma família. Acabem tendo ou não filhos, ou o que quer que seja. Seja como for que o casamento deles dê certo, eles são uma equipe e apoiam um ao outro.

P: Como foi o processo de escrever como um casal?

Olivia:
Um de nós pegava um capítulo e o escrevia, e, então, o outro passava direto por ele, desconsiderando-o. E, quanto aos capítulos intermediários, nós praticamente os escrevemos juntos; com dois computadores, na verdade. E aí, nos diálogos, representávamos entre nós, como se estivéssemos escrevendo um roteiro: nós o ouvíamos e descobríamos o que funcionava. E, como nós dois também somos atores, isso foi algo que realmente nos ajudou.

Laurence:
Sim, nós planejamos a história, a espinha dorsal e mais ou menos a dos personagens, o andamento de toda a obra. E, então, acredito que pensamos: "O que queremos escrever hoje, qual capítulo da vida deles?".

Olivia:
Nós dois sentávamos e escrevíamos nossas próprias partes, mas não era como se eu pegasse sempre as partes da Pippa e ele pegasse as do Steve. Quero dizer, muitas vezes qualquer um de nós escrevia o primeiro esboço de um capítulo sobre um dos dois personagens.

Laurence:
Quem começava era quem estivesse com...

Olivia:
... o ímpeto...

Laurence:
... sim, o ímpeto e a inspiração. Nós dávamos a saída separadamente, começávamos a escrever, depois perguntávamos um ao outro como estava indo, às vezes trocávamos, reescrevíamos e editávamos, e, então, refinávamos. E, na verdade, na maioria das vezes funcionou.

Olivia:
Tivemos nossas dificuldades, mas basicamente foi ótimo. E temos habilidades bastante distintas, o que ajuda muito. Eu saio e volto com seiscentas páginas, e ele vai e volta com uma brilhante. E isso funcionou muito bem, o fato de que podíamos refinar o trabalho um do outro. Nós dois somos bons em diálogo, mas ele é muito bom em editar e dizer: "Isso não é necessário", e eu sou muito boa em encorajá-lo a simplesmente se arriscar e escrever mais. Então, eu acho que é um bom...

Laurence:
... processo.

Olivia:
Bem, espero que seja um bom processo e uma boa parceria.

P: Houve alguma discordância em alguma coisa que vocês escreveram?

Laurence:
Acho que houve divergências, mas onde houve divergência sobre alguma decisão ou frase, uma direção que se estava tomando na história, geralmente havia um motivo. Havia uma decisão.

Olivia:
Sim. Então, alguém geralmente acabava meio que estando certo, porque não poderia ser de outra maneira.

Laurence:
Eu acho que tais momentos talvez fossem uma sinalização de onde a história não estava caminhando com tanta fluidez ou…

Olivia:
… ou estávamos ficando empacados em um trecho.

Laurence:
… onde precisávamos reconsiderar outra forma de prosseguir. Então, esses momentos são importantes e úteis e…

Olivia:
E queríamos que fosse meio que verossímil. Eu estava ciente de que houve momentos em que as pessoas disseram: "Ah, mas o Steve é tão adorável e ele é tão maravilhoso, e Pippa é mais… Não que ela seja desagradável, mas é um pouco voltada demais para si mesma". E eu acho que estávamos realmente preocupados em tentar retratar um relacionamento muito real. E um relacionamento nem sempre é totalmente equilibrado e nem sempre os dois lados são universalmente bons, gentis e fáceis de lidar um com o outro. E eu acho que nós dois estávamos querendo criar personagens bem verdadeiros, que tivessem seus defeitos e suas inseguranças.

P: Vocês se basearam em suas próprias experiências ao escrever o livro?

Laurence:
Bem, é o nosso primeiro romance, e acho que provavelmente foi uma boa ideia escrever com base no que nos é familiar, porque seria um pouco maluco não fazer isso. Há, obviamente, uma combinação de coisas.

Olivia:
Há coisas que tiramos de nossas vidas, é claro. Em termos do tipo de história de amor deles, obviamente há partes de nós e partes de nossa família...

Laurence:
... partes de nossos amigos e nossas famílias.

Olivia:
Mas também há muita coisa que criamos e meio que preenchemos, mudamos e adaptamos porque não seria uma história excepcional se fosse apenas nossa biografia...

Laurence:
... nossas biografias.

Olivia:
Mas em relação a luto, por exemplo, é algo pelo qual nós dois passamos, ambos compreendemos e foi difícil escrever a respeito, mas era uma coisa boa sobre a qual escrever e poderíamos recorrer às nossas experiências. Também foi assim com relação aos melhores amigos e sobre às vezes ter algumas pessoas maravilhosas ao nosso redor que nos ajudam e nos recompõem. E usamos uma coisa e outra de nossos amigos, apenas pequenos toques.

Laurence:
Há momentos e situações em que alguns amigos vão gostar de se verem representados.

Olivia:
Mas, principalmente, queríamos criar uma história de amor que fosse de Pippa e Steve.

SOBRE OS AUTORES

Olivia Poulet e Laurence Dobiesz são escritores e atores que residem em Londres. Casados há seis anos, têm escrito juntos para rádio e televisão. *#blessed*, uma história de amor e comédia dramática, foi escrita por eles para o rádio e transmitida pela BBC Radio 4.

Você também pode gostar de...

DEPOIS DAQUELE SONHO
Angie Hockman

O que você faria se o homem dos seus sonhos se tornasse real? Da celebrada autora Angie Hockman, **Depois daquele sonho** *é uma comédia romântica mágica e espirituosa que explora o que acontece quando nossos sonhos se tornam realidade — mesmo quando não são o que esperamos.*

Quando Cass Walker, uma estudante de Direito, acorda depois de sobreviver a um acidente de carro, ela é inundada por lembranças de seu namorado, Devin. O problema? Devin não existe. Mas tudo que ela lembra sobre ele parece real, como o tom de seus olhos cor de café, a textura de seu cachecol favorito e até seu dedinho mindinho ligeiramente torto, quebrado depois de cair de um trampolim na terceira série. Ela sabe que ele é fruto da própria imaginação — amigos, familiares e médicos confirmam —, mas não consegue tirá-lo da cabeça.

Então, um ano depois, quando encontra o Devin de verdade em uma floricultura de Cleveland, Cass entra em choque. O mais surpreendente é que Devin acredita na história dela, e logo ambos embarcam em um romance na vida real. Com o homem dos seus sonhos ao seu lado e um emprego de verão em um prestigiado escritório de advocacia, o futuro de Cass parece perfeito. Mas o destino talvez tenha outros planos…

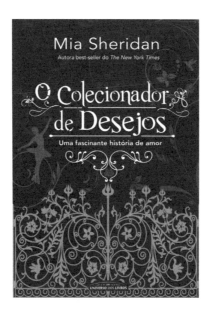

O COLECIONADOR DE DESEJOS
Mia Sheridan

Pouco depois de se mudar para Nova Orleans em busca de alavancar sua carreira de bailarina, Clara Campbell se encontra mergulhada em solidão e incertezas, tendo na companhia de uma vizinha idosa seu único alívio para a melancolia que ameaça dominá-la todos os dias. E é durante uma visita a essa amiga que Clara toma conhecimento de uma antiga lenda sobre as bonitas e decrépitas estruturas da Fazenda Windisle, uma atração turística local.

Segundo a lenda, os espíritos apaixonados que tiveram o trágico desenrolar de sua história na propriedade ainda vagam pela mansão, mesmo depois de 150 anos do ocorrido.

Obcecada com a lenda do "muro que chora", Clara decide conhecer o local, tido como desabitado, mas descobre ali um morador solitário e alquebrado, Jonah Chamberlain. Em um breve diálogo através do muro, ambos sentem a chama de uma conexão se acender imediatamente. Mas como Jonah conseguirá permitir a aproximação de Clara, a despeito de suas cicatrizes?